Louisa Christina Hansen-Rollfing

Lebenserinnerungen
einer Auswanderin

Übersetzung aus dem Englischen durch Stephanie Ambs
Für den Druck überarbeitet von Dietrich Reißt

Herstellung: Libri Books on Demand
ISBN: 3-927045-13-6

Inhalt

Vorwort

Die Lebenserinnerungen der Louisa Christina Hansen-Rollfing stellen in mancher Hinsicht eine Besonderheit innerhalb
der mannigfachen Veröffentlichungen auf dem Gebiet der
Autobiographien dar.

Das Buch, es wurde im Jahre 1932 geschrieben und durch
einen Zufall im Jahre 1975 neu entdeckt, ist seinerzeit nicht
in der Absicht einer späteren Veröffentlichung entstanden. Es
wurde den Kindern und Enkeln der Autorin gewidmet und hat
deshalb den Charakter einer Familienchronik.

Die Erzählerin ist eine Deutsch-Amerikanerin, die als junges Mädchen in den 70er Jahren des vergangenen Jahrhunderts
aus Nordfriesland nach Amerika auswanderte und dort nach
vielen Rückschlägen schließlich eine zweite Heimat fand. Im
Alter von 72 Jahren stellte sie sich die Aufgabe, die Geschichte
ihres wechselvollen Lebens aufzuschreiben, ein Vorhaben,
dessen Verwirklichung sich über mehrere Jahre hinzog, aber
dann doch einen Abschluß fand.

L. Ch. H.-R. schrieb ihren Bericht in englischer Sprache
nieder. Ihre Kinder waren in den USA geboren und dort aufgewachsen, damit waren sie angestammte Bürger dieses Staates.
Das Englische muß ihnen vertrauter gewesen sein als die
Muttersprache der Schreiberin. Das mag bei der Entscheidung
der Autorin den Ausschlag gegeben haben. Schließlich wollte
sie ja auch erreichen, daß das Buch gelesen wurde, damit die
Erinnerung an Deutschland, die Heimat der Vorfahren, nicht
verlorenging und auch nicht vergessen wurde, wie ereignis-
reich das Schicksal der Familie Rollfing auf amerikanischem
Boden gewesen war.

Das Ungewöhnliche dieser Autobiographie liegt darin, daß
sie aus der Feder einer Frau stammt, deren Herkunft und
Lebensweg nicht darauf schließen lassen konnten, daß sie
eines Tages schriftstellerisches Talent entwickeln würde.

Als zweitältestes Kind der vielköpfigen Familie des Schneiders Hansen auf der Nordseeinsel Föhr wuchs L. Ch. H.-R. in einfachen Verhältnissen auf, und auch als spätere Frau des Kunstmalers und Dekorateurs Rollfing in den USA fand die Schreiberin wenig Gelegenheit, sich literarische Kenntnisse anzueignen.

L. Ch. H.-R. schreibt, daß sie während eines kurzen Aufenthalts in der Heimat nach dreizehnjähriger Abwesenheit ihren alten Dorfschulmeister auf dessen Wunsch noch einmal besucht hat. Nach längerem Gespräch über ihre Eindrücke in der Neuen Welt habe er sie mit den Worten verabschiedet: „Lise, du hast in deinem Leben die Augen und die Ohren offen gehalten!" Sicherlich spricht aus diesen Worten die berechtigte Freude des Lehrers darüber, wie geschickt seine ehemalige Schülerin ihr Leben zu meistern gewußt hatte. Man kann den Satz aber auch als eine versteckte Anerkennung ihrer Begabung ansehen, Erlebtes kritisch zu verarbeiten und eindrucksvoll wiedergeben zu können.

Das vorliegende Buch könnte als Beweis dienen.

Wohl ist der Stil der Schreiberin von einer gewissen Schlichtheit, aber vielleicht ist er gerade darum auch besonders einprägsam.

In abwechslungsreichen Bildern schildert die Autorin mit erstaunlicher Gedächtnistreue Geschehnisse, Personen und Schicksale, die für uns ein Jahrhundert und mehr zurückliegen. Das Ergebnis ist ein historisches Zeitbild, gesehen mit den Augen einer Frau aus dem Handwerkerstand.

Im Mittelpunkt ihrer Darstellungen steht immer das persönliche Erlebnis, das sie im Kreise der Familie, der Verwandten oder der zahlreichen Freunde hatte.

Es ist also die Welt der sog. „einfachen Leute", in die wir durch das Buch geführt werden. Wir lernen das kleine Strohdachhaus ihrer Kindheit in Nieblum kennen und die Häuschen ihrer Verwandten auf der Insel Föhr. Wir sehen das Mädchen Louisa Christina auf dem Pferdewagen sitzen, zwischen Nähmaschine und Stoffballen, und von Inseldorf zu Inseldorf fahren, um dem Vater zur Hand zu gehen, wenn er als Schneider auf einem Bauernhof den Vorrat an Wäsche und Kleidung wieder in Ordnung bringt.

Selbst wenn uns die Schreiberin das Leben in einer großbürgerlichen Familie wie der eines Hamburger Senators schildert, so tut sie das aus der Sicht des Hausmädchens Louisa Christina, eine Rolle, die sie eine Zeitlang übernommen hatte.

Für die Fahrt auf dem Auswandererschiff reicht es nur zur billigsten Fahrkarte – in der Touristenklasse unter Deck. Das Geld dafür ist geborgt. – In Amerika führt sie an der Seite ihres Mannes, der gleichfalls Auswanderer ist, ein unruhiges Leben, stets von Existenzsorgen bedrängt. Unterbrochen wird diese anstrengende Zeit nur durch die einmalige Reise „nach Hause". – Nach ihrer Rückkehr vernichtet eine Sturmkatastrophe Hab und Gut der Familie Rollfing. Man muß ein zweites Mal ganz von vorne beginnen. – Endlich – im hohen Alter – könnte eine Periode besinnlicher Muße kommen. Die Kinder haben den sozialen Aufstieg geschafft. Aber wir sehen die Autorin wieder auf Reisen, jetzt als Großmutter, die immer unterwegs ist zwischen den Familien ihrer Kinder, sorgend, beratend, helfend. –

Durch ihr Buch wird deutlich, welche psychischen und physischen Voraussetzungen eine Auswanderin mitbringen mußte, wenn sie das Auf und Ab eines solchen Lebens in einem fremden Land durchstehen wollte: Anpassungsfähigkeit, Tatkraft und Sinn für das Praktische, Bescheidenheit, Anspruchslosigkeit, ja Entbehrungsbereitschaft in Zeiten der Not und . . . eine robuste Konstitution!

L. Ch. Hansen-Rollfing wurde 89 Jahre alt!

Das Charakterbild der Autorin weist noch einen Wesenszug auf, den man als eine ausgesprochen glückliche Komponente bezeichnen darf: ihre heitere Grundstimmung, gepaart mit Gelassenheit und Zuversicht, die sie nie aufgegegeben hat. Man kann ihr frohgemutes Naturell als Erbgut ihrer Eltern erklären; vielleicht ist der Grundstein dafür aber auch durch die protestantische Erziehung gelegt worden, die ihr die Gewißheit gegeben hatte, daß man sein Leben lang geführt wird.

Als echtem Friesenmädchen, das am Meer aufgewachsen war, mögen ihr die Symbole christlicher Seemannstradition: das Herz, der Anker und das Kreuz, also die Sinnbilder für

Liebe, Hoffnung und Glauben, vertraut gewesen sein. Jede Zeile der Erinnerungen der L. Ch. Hansen-Rollfing scheint von diesen Leitsternen geprägt.

Der erste Teil des Buches umfaßt die Kindheit und die Mädchenjahre der Autorin, ihre Auswanderung, ihre Verheiratung, die Besuchsreise mit ihren beiden Kindern in die alte Heimat und die Rückkehr nach Texas.

Der zweite Teil bringt den Lebensabschnitt der Autorin in Galveston, Texas. Wir hören von dem großen Sturm 1900 und den Auswirkungen auf die Familie Rollfing.

Das Buch endet mit der Aufzeichnung der Schicksale der Kinder und Enkel in Amerika.

Auf diese Weise erhält das Werk der L. Ch. Hansen-Rollfing eine zusätzliche Bedeutung. Es ist eine Tatsache, daß dem Schicksal der deutschen Auswanderer auf fremdem Boden bislang recht wenig Aufmerksamkeit geschenkt wurde.

Heute, in einer Zeit, in der durch die geschichtliche Entwicklung nach dem 2. Weltkrieg das westliche Deutschland zum politischen Verbündeten der USA geworden ist, heute hat das Thema: „Deutsche Auswanderung nach Amerika vor 100 Jahren" längst seinen bitteren Nachgeschmack verloren.

Im 19. Jahrhundert hingegen und in der Folgezeit, in einer Periode nationalstaatlichen Denkens in Deutschland, waren die Meinungen über die Auswanderer unterschiedlich. Von den Anhängern konservativer Denkungsart wurden sie als Individualisten und als undankbare Staatsbürger kritisiert, ja gescholten[1], von den Zeitgenossen mit liberaler Grundeinstellung mit Wehmut als verlorengegangener wertvoller Bestandteil unserer Nation bedauert[2]. Aber niemand wußte eine andere Lösung für dieses Problem, das sich aus dem raschen Bevölkerungsanstieg in Deutschland einerseits und dem fehlenden Angebot von Erwerbsstellen andererseits ergeben hatte.

Louisa Christina Hansen und ihr späterer Mann August

Rollfing hatten jedoch – jeder auf seine Weise – die damals begrenzten wirtschaftlichen Möglichkeiten in der Heimat erkannt und auch die gesellschaftlichen Schranken des preußisch-deutschen Klassenstaates monarchistischer Prägung. Sie wußten, welche bescheidene Rolle ihnen darin bei einfacher Herkunft, materieller Not oder anderen ungünstigen Vorbedingungen zugebilligt wurde. Enttäuschungen, die im privaten Bereich lagen, mögen dann nur noch das auslösende Moment gewesen sein für den Entschluß, das Vaterland zu verlassen. Mut und Abenteuerlust waren vorhanden. So konnte sie nichts davon zurückhalten, sich dem Zug der „Europamüden" anzuschließen, einer Massenbewegung, die in der Hauptsache wohl Vertreter der sozial schwachen Schichten umfaßte, aber auch die politisch, religiös oder rassisch Verfolgten einschloß. Selbst einzelne Angehörige der mittleren und gehobenen Stände gingen mit nach „drüben". Alle waren sie von dem Wunsch beseelt, im „Land der unbegrenzten Möglichkeiten" unter freieren Lebensformen ihr persönliches Glück zu machen, in einem Staat, der allen seinen Bürgern gleiche Rechte und gleiche Chancen einzuräumen versprochen hatte[3].

Das Schicksal ließ unsere Autorin auf dem anderen Kontinent den Mann ihres Lebens finden. Wie sich die beiden, Not und Entbehrung nicht scheuend, mit Fleiß und Verbissenheit eine eigene Existenz aufbauten, Wurzeln schlugen und schließlich zu Amerikanern wurden, ist beispielhaft für den Lebensweg vieler Auswanderer gleich ihnen. Der unbezähmbare Wille dieser Menschen, sich durchsetzen zu wollen – eine unter Umständen geplante Rückkehr ohne vorzeigbare Erfolge wäre eine unerträgliche Demütigung gewesen –, spornte sie zu Leistungen an, die ihren Teil dazu beitrugen, daß der junge Staat innerhalb des 19. Jahrhunderts einen wirtschaftlichen Aufschwung ohne Beispiel erlebte.

5,5 Millionen Deutsche gingen in den Jahren 1820–1914 über den Atlantik . . . ein Massenexodus[4].

Das Buch der L. Ch. Rollfing vermag heute eine Brücke des Verständnisses zu schlagen zwischen den Nachfahren derer, die in der Heimat blieben, und denen, die sie als Auswanderer verließen. Zugleich kann es eine Lücke schließen helfen, die auf diesem Gebiet der norddeutschen Heimatgeschichtsforschung besteht.

Vierzig Jahre lang befand sich das Werk der Autorin im Besitz ihres Sohnes August Rollfing jun. in Houston/Texas. Auf einer Europareise überbrachte dieser seiner Cousine Stephanie Ambs in Hildesheim eine Abschrift der Autobiographie seiner Mutter. Die zwei entschlossen sich, der Insel Föhr einen kurzen Besuch abzustatten. Dabei kam es durch Zufall zu einer Begegnung zwischen mir und den beiden Nachfahren der Schreiberin. Als ich mich als Pädagoge vorstellte, kam das Gespräch auf das vorliegende Buch. Nach einer Leseprobe ermunterte ich Frau Stephanie Ambs, eine Übersetzung ins Deutsche vorzunehmen und einer Veröffentlichung der Erinnerungen zuzustimmen, in der Gewißheit, daß es sich um ein wertvolles Dokument handelt, das es verdient, einem größeren Leserkreis zugänglich gemacht zu werden.

Ich selbst brauchte nur einige Kapitel zu straffen, einige Teile des Buches umzustellen und sprachliche Ungenauigkeiten mit aller gegebenen Vorsicht zu glätten, damit das Bild der Verfasserin und ihr Werk klar erkennbar werden.

Aus einer größeren Auswahl von Familienfotos, die Frau Ambs aufbewahrt hatte, wählte ich diejenigen aus, welche die Authentizität des Erzählten am besten unterstreichen können und ergänzte sie durch eigene Aufnahmen von der Insel Föhr sowie durch Reproduktionen von Bildern aus verschiedenen Museen und aus der Literatur zum Thema „Auswanderung".

Glückliche Umstände haben es gefügt, daß das Elternhaus der L. Ch. Hansen-Rollfing, das Haus des Schneiders Hansen in Nieblum, noch erhalten ist. Die Grabsteine der Mutter der Schreiberin und der Großeltern mütterlicherseits sind auf dem Friedhof von St. Johannis zu finden. Ja, selbst der bedeutsame Steinzeitfund des Vaters der Autorin, der im Buch erwähnt wird, ist auf Föhr zu besichtigen. Der Graf, der ihn käuflich erworben hatte, gab ihn dem Friesenmuseum in Wyk zurück. Dort wird er in der vorgeschichtlichen Abteilung als bemerkenswertester Fund von Nieblum eindrucksvoll präsentiert.

Mögen die wiederentdeckten Lebenserinnerungen der L. Ch. Hansen-Rollfing auf der Insel Föhr und darüber hinaus viele Freunde finden.

Dietrich Reiß

Anmerkungen zum Vorwort

1. Vgl. Karikatur 1849 (Bildanhang).
2. Friedrich Rückert, „Die Auswanderer" (1832).
3. In der 1. Hälfte des 19. Jahrh. hatten sich die USA in einer gewaltigen politischen Kraftanstrengung bis an den Stillen Ozean ausgedehnt. Riesige fruchtbare Landstriche waren hinzugewonnen worden. Ein Strom von Auswanderern aus ganz Europa (4,5 Mill. von 1820–1860) ergoß sich in die Weststaaten, um den Boden zu besiedeln und zu nutzen. Neue Erfindungen, wie z. B. Eisenbahn, Telegraph und Dampfschiff, förderten einen ungewöhnlich schnellen Wirtschaftsaufschwung (Ende des 19. Jahrh. hatten die USA England in der Industrieproduktion überrundet).
4. Er war beendet, als die deutsche Wirtschaft Anfang des 20. Jahrh. ihre Umstellungskrise überwunden hatte und durch die Industrialisierung so viele Erwerbsmöglichkeiten anbieten konnte, daß der Lebensstandard der Gesamtbevölkerung sich anhob. Der Name „Amerika" hatte damit seine lockende Anziehungskraft verloren (vgl. G. Moltmann: „Deutsche Auswanderung im 19. Jahrhundert" in „Nach Amerika" (Museum f. Hamburgische Geschichte 1976) sowie „Auswanderer" von H. Freeden und G. Smolka, Leipzig 1937, aber auch Peter Marschalck „Deutsche Überseewanderung im 19. Jahrhundert", Klett-Verlag, Stuttgart 1973.

Louisa Christina Hansen-Rollfing

Lebenserinnerungen

Geschrieben in Übereinstimmung mit den Wünschen
meiner Kinder und Großkinder
(begonnen im Jahre 1932 im Alter von 72 Jahren)

Es ist bekannt, daß der Mensch mit zunehmendem Alter immer mehr mit seinen Gedanken in der Vergangenheit weilt und bei den Erfahrungen, die er gemacht hat.

So erzählte ich wohl gelegentlich dieses und jenes aus meinem Leben und erweckte damit die Wißbegier meiner Kinder und Enkel. Schließlich baten sie mich, doch meine Erinnerungen niederzuschreiben.

Nun werden sie, wenn ich einmal nicht mehr unter ihnen bin, diese Zeilen von mir haben, um darin zu lesen.

Louisa Christina Hansen-Rollfing

I. Kindheit

In Nieblum bin ich geboren – auf der Nordseeinsel Föhr. Sie liegt mit einigen anderen vor der Westküste Schleswig-Holsteins in Deutschland. Am 16. Juli 1859 kam ich dort zur Welt[1]. Meine Eltern waren der Schneider Peter Christian Hansen und seine Frau Ida Maria Hansen, geb. Oest. Sie nannten mich Louisa Christina.

Die kleine Insel ist nur ca. 80 qkm groß, besitzt aber 17 Dörfer. Wyk hat einen Hafen und ist als Badeort bekannt. Drei Kirchen gibt es auf der Insel; die gewaltigste von ihnen, St. Johannis, steht in Nieblum. In meiner Erinnerung ist dieses Dorf wunderschön. Alte hohe Bäume findet man hier, in deren Schatten den Sommer über mancher Platz nahezu dunkel wirkte. – Unser Haus[2] lag am Südrand des Ortes mit einem freien Ausblick auf Felder und Wiesen.

Ein Weg von zehn Minuten führte uns ans Meer, wo man im Sand spielen, baden und den Schiffen zusehen konnte, die vorüberfuhren. Aber die Nordsee ist oft rauh, und die Kinder wurden ermahnt, am Strand vorsichtig zu sein. Wir hielten uns darum, solange wir noch klein waren, meistens auf der Straße vor dem Elternhaus auf. Ich weiß nicht, ob ich mich an das Folgende noch selbst erinnere oder vielleicht nur aus den Erzählungen der anderen weiß, denn damals war ich erst zwei Jahre alt. Es geschah etwas, das sich mir als erstes Erlebnis einprägte und dessen Folgen mich längere Zeit beunruhigten.

Es war an einem Tag im Sommer, und ich spielte mit meinem Bruder Karl, der zweieinhalb Jahre älter war als ich, am Nachbarszaun, als vom Teich her eine Schar Gänse auf mich zukam!

Der Ganter sprang plötzlich auf mich zu und hackte nach meinem Kopf. Ich schrie laut vor Angst. Da stürzte sich mein Bruder auf das Tier und hielt es am Halse fest. Die Nachbarsfrau eilte herbei und jagte die Gänse mit dem Besen fort. Aber eines meiner Augen war verletzt worden. Lange Zeit hatte ich den Eindruck, mit ihm schlechter sehen zu können, ja, ich fing an zu schielen. Als ich älter wurde, wollten die Ärzte operieren. Aber da ich niemals darin eingewilligt hätte, machten sie mir Hoffnung, daß sich das Auge vielleicht von selbst bessern würde. Und richtig! Als ich 20 Jahre alt war, sah man äußerlich nichts mehr. Nur gelegentlich, wenn ich einmal nervös bin, zeigt sich die Schwäche wieder. Aber was macht das schon? Mein Bruder Karl war tapfer gewesen und hatte mein Auge gerettet.

Mit fünf Jahren kam ich in die Dorfschule[3]. Es war Sitte, daß die Mütter, wenn sie ihre kleinen Kinder in die Schule brachten, dem Lehrer ein Pfund getrockneter Pflaumen zur Aufbewahrung übergaben. Am Vormittag wurden den Kindern zwei Backpflaumen gegeben und am Nachmittag wieder zwei als Belohnung für gutes Verhalten. Als der Vorrat aufgebraucht war, kamen wir auch ohne Pflaumen aus, aber sie müssen für uns ein großer Anreiz gewesen sein, sonst hätte ich mir diesen Brauch nicht so sehr eingeprägt.

Anfangs nahm mich Anna, ein Mädchen, das etwa zehn Jahre älter war als ich, jeden Morgen zur Schule mit. (Sie war die Tochter jener Nachbarin, die mir bei meinem Gänseabenteuer mit ihrem Besen zu Hilfe gekommen war.) Ich war Anna sehr dankbar dafür, daß sie mich begleitete, denn mir war doch etwas bange. Sie dagegen war so selbstsicher und so groß!

In den ersten Wochen muß mir der Unterricht recht schwer gefallen sein. Es wurde in Hochdeutsch gelehrt, und unsere Bücher waren auch so abgefaßt, zu Hause aber sprachen wir nur Plattdeutsch. Ich mußte mich umgewöhnen, und es gelang. Ich war sehr eifrig und kam in der Schule gut voran.

In jedem Jahr fand eine öffentliche Prüfung vor allen Eltern und Lehrern aus den anderen Inseldörfern statt, und auch der Pastor wurde dazu eingeladen. Zum Abschluß wurden einige Schüler in die nächste Klasse versetzt. In den zwei Räumen des Schulgebäudes unterrichteten uns unsere beiden Lehrer, bis wir 14 Jahre alt waren. Dann wurden wir konfirmiert und aus der Schule entlassen.

Ich war ein sehr kleines Mädchen. Mein bisheriger Lehrer setzte mich anläßlich der Prüfung auf die dritte Bank, da konnte ich nicht so sehr bemerkt werden; denn der Lehrer wollte mich wohl gern in seinem Raum behalten. Aber es kam anders! Bei jeder Frage flog meine kleine Hand hoch, ich war bereit zum Antworten. Obwohl er mir keine Chance gegeben hatte, mußte mein Bemühen aufgefallen sein, und ich wurde für die nächste Klasse in dem anderen Raum ausgewählt. Mutter hatte zugeschaut. Jetzt war sie stolz auf mich. Leider wurde ich durch den Wechsel von meinen beiden Freundinnen Meta[4] und Line[5] getrennt. Aber im nächsten Jahr folgten sie mir in meinen Klassenraum, und wir waren wieder zusammen. Oh, wie wichtig ich mich fühlte! Sie wußten ja noch nicht einmal etwas vom Globus, aber ich wußte Bescheid. Ich flüsterte und wollte ihnen etwas vorsagen. Mein Lehrer hatte mich jedoch beobachtet und er sagte: „Lise, du weißt nicht alles; die beiden wollen lernen; darum sei still!" Ich weiß, mein Gesicht brannte. Es ist nicht gut, sich so wichtig zu fühlen!

Einige Jahre später hatte ich einen Aufsatz zu schreiben über das Sprichwort: Hochmut kommt vor dem Fall. – Und ich dachte an meinen ersten Tadel.

Diese Zurechtweisung hat mich nicht daran gehindert, diesen Lehrer bis heute in liebevoller Erinnerung zu behalten. Unvergeßlich ist mir geblieben, wie wir jedesmal seinen Geburtstag feierten. Der Lehrer Johann Kertelhein[6] war damals wohl 40 Jahre alt. Er war verheiratet und hatte einen Sohn Johannes und eine Tochter Helene. Sie war ein Jahr jünger als ich.

Der Lehrergeburtstag war am 3. September und wurde immer in einer bestimmten Weise begangen. Am Nachmittag davor gab uns der Lehrer unter irgendeinem Vorwand frei. Er wußte sehr wohl, daß wir die Zeit brauchten. Alle Kinder waren sehr geschäftig. Die Jungen mußten fegen und die Fenster der Schulstube putzen. Die Mädchen schrubbten alle Bänke und Schreibtische und den Fußboden. Dann sammelten die Jungen Immergrün und Blumen in den Gärten, und jeder im Dorf half dabei, daß wir die schönsten Blumen bekamen, die man hatte. Wir Mädchen flochten Kränze und Girlanden und schmückten die Klasse. Dann sammelten wir Geld von allen Kindern ein, und eine Gruppe von sechs Ausgewählten kaufte ein Geschenk.

Am nächsten Morgen kamen wir früh zur Schule, alle im Sonntagsstaat, und warteten ruhig, bis der Lehrer die Klassentür öffnete. Dann wandten wir uns ihm zu, standen auf und riefen wie mit einer Stimme: „Wir gratulieren!" Wie überrascht er aussah, wie er lächelte und sich bedankte, als ob es sich noch niemals ereignet hätte! Aber natürlich wußte er alles, war es doch alle Jahre zuvor auch so geschehen. Der Unterricht wollte nicht gelingen. Wir waren zu aufgeregt. So gab er uns frei, und wir stürmten glücklich nach Hause.

„Was machen wir am Nachmittag? Wollen wir an den Strand? Nein, laßt uns zur Burg gehen!" – Außerhalb von Nieblum, bei dem Dorf Borgsum, aus dem meine Mutter stammte, lag inmitten der Felder ein großer runder Platz, der von einem hohen, mit Gras bewachsenen Wall wie ein Ring eingefaßt war. Vor vielen hundert Jahren soll hier ein befestigtes Schloß gestanden haben: die Lembecksburg[7]. Davon ist heute nichts mehr zu sehen, aber hier konnte man herrlich spielen. Die Außenseite des Walls war glatt, und man konnte an ihr wunderbar in einen Graben hinunterrutschen. Unsere Mütter hatten uns mit Äpfeln und Butterbroten versorgt. Erst wenn es anfing, dunkel zu werden, wanderten wir heimwärts und sangen dabei die ganze Zeit Lieder.

Nach dem Abendbrot gingen wir tanzen in einem richtigen Saal, wo zwei Geiger die Musik machten. Und der schönste Augenblick war für uns der, wenn der Lehrer in der Tür stand und sah, daß wir alle glücklich waren.

Auf unserer Insel gab es noch andere Bräuche, von denen ich erzählen will, z. B. den „Neujahrsmorgen" und den „Ostermorgen". – Am 1. Januar mußten wir früh aufstehen und die Sonntagskleider anziehen, denn es war Sitte, daß wir Kinder vor jedes Haus im Dorf gingen, um den dort wohnenden Familien zum Jahreswechsel einen „Guten Morgen und ein glückliches Neues Jahr!" zu wünschen.

Im Frühling kamen wir mit dem Sprüchlein „Fröhliche Ostern!" noch einmal wieder. Wir trugen bei diesen Gelegenheiten immer ein großes Taschentuch mit, das wir durch

Zusammenknoten der Ecken zu einer Tasche verwandelt hatten. Dahinein taten die Frauen als Gegengabe Kuchen, Äpfel und Bonbons. Und wie wir aufpaßten auf das, was uns geschenkt wurde! Manchmal reichte der Vorrat wochenlang, etwas davon in die Schule mitzunehmen. Gelegentlich wurden uns auch Bleistifte oder Schreibhefte zugesteckt, das geschah jedoch nur, wenn wir besondere Freunde aufsuchten. Natürlich mußte unsere Mutter genausoviel einkaufen, um es den anderen Kindern, die zu uns kamen, zu geben. Aber darüber dachten wir damals nicht nach.

Zum Osterfest erhielten wir Kinder von den Eltern eine Menge Ostereier. Mit einem Teil davon machten wir uns einen Spaß. Am Tag vor dem Fest gingen die Jungen los und fegten einen Spielplatz neben der Kirche, bis er frei war von allen Kieseln und Steinen. Ostersonntag versammelten wir uns dort am Nachmittag. Die Jungen erschienen mit einer besonderen Art von Schleuder[8]. Wir Mädchen gaben ihnen von unseren hartgekochten Ostereiern einige ab. Die Jungen benutzten sie als Wurfgeschosse und schleuderten sie hoch in die Luft. Manchmal flogen die Eier so hoch, daß wir kaum sahen, wann sie herunterkamen. Einige zerbrachen schon beim ersten Mal, aber gelegentlich hielt eines, das klein und rundlich war[9], den ganzen Nachmittag.

Als wir älter waren, ahmten wir Kinder im Sommer ein Fest nach, das wir den Erwachsenen abgeschaut hatten. Dazu muß man wisssen, daß diejenigen auf der Insel, die den Reitsport liebten, ihren großen Tag hatten, wenn das „Ringreiten" stattfand. Dann galoppierten die Männer auf prächtig geschmückten Pferden auf einer abgesteckten Bahn entlang und wetteiferten darin, am Ziel einen aufgespannten kleinen Ring mit einer Art Lanze zu treffen. Der Jubel um die besten Reiter war groß, es gab Preise und Ehrungen. EinenTeil dieses Brauches hatten wir Kinder in unser Spiel übernommen.

In der Nähe unserer Schule befand sich eine Straße, die an beiden Seiten von großen Ulmen gesäumt wurde. Wir nannten sie „Die Allee". Zwischen den Bäumen hatten wir eine lange Leine befestigt, an der ein eiserner Ring hing. Die Jungen hatten sich aus Ästen Speere gefertigt, und wenn es einem von ihnen gelungen war, aus einer bestimmten Entfernung den Ring dreimal zu treffen, war er „Kaiser", der nächste wurde „König" usw. Die Ehrung der Sieger war für alle Mädchen nicht ohne Spannung. Jedes hatte seinen Namen auf einen Zettel geschrieben und in einen Hut geworfen. Die Jungen mußten ziehen, und das Mädchen, dessen Name sie auf ihrem Los fanden, war für einen Tag ihre Partnerin. Manchmal traf es sich, daß einem großen Jungen ein kleines Mädchen auf diese Weise zugesprochen wurde, oder auch umgekehrt; das gab Enttäuschungen, aber die Regeln mußten eingehalten werden. Die Sieger wurden mit einem Seidenband an der Mütze geschmückt, ihre Mädchen erhielten eine Schleife um die Taille.

So hieß es auch einmal: „Königin Luise!" Und der Name des Königs war – Harald[10]. Wie freute ich mich; denn Harald war ein sehr hübscher Junge. Nach dem Spiel ging die ganze „adlige" Gesellschaft singend und rufend zu den Häusern der glücklichen Mädchen, die ihre Partner nun mit Kuchen und Saft zu bewirten hatten. Die Jungen mußten auch noch bis zum Abendbrot bleiben, und anschließend wurde von 7 bis 11 Uhr getanzt.

Woher wir eigentlich tanzen konnten? Nun, wir hatten keinen richtigen Tanzunterricht. Im Dorf, nahe dem Haus eines Kapitäns, etwas abseits, gab es einen Platz mit hartem Sand – kein Gras, keine Steine – ein guter Ort zum Üben. Wir sangen uns selbst die Musik, einen Walzer, einen Rheinländer oder eine Polka, die wir „Hopser" nannten. Dieses waren damals die populärsten Tänze. Aber nur wir Mädchen kamen zusammen. Wo die Jungen übten, haben wir nie erfahren, aber sie konnten das Tanzen geradeso wie wir.

Das erinnert mich an einen Tanzabend anläßlich eines Geburtstages unseres Lehrers. Im Saal hatte mein Bruder Karl pflichtschuldig mit mir einen Walzer gedreht. Nach ihm kamen zwei große Jungen und tanzten mit mir – das machte mich eingebildet. Als Karl wiederkam und mich aufforderte, sagte ich zu ihm: „Ich will nicht mit dir tanzen, du bist mir zu klein." Nun, den Rest des Abends saß ich da, und als ich schließlich meinen Bruder fragte, ob er es nicht bitte mit mir noch einmal versuchen wolle, sagte er kühl: „Dazu muß ich erst größer werden!" Ich glaube, da hatte ich wieder eine Lektion bekommen.

Der Sommer auf unserer Insel hat überhaupt die meisten Kindheitserinnerungen bei mir hinterlassen. Sommer bedeutete Ferienzeit und Badezeit! Aus diesem Anlaß kamen viele Besucher vom Festland herüber. Sie bedeuteten für uns eine willkommene Abwechslung. Anfangs war nur Wyk der Ort gewesen, der die Kurgäste wegen seiner Badeeinrichtungen anzog. Bald aber kamen Familien, die einen ruhigen Ferienplatz suchten, auch zu uns nach Nieblum, weil es so nahe am Strand lag. Eine Familie Magnussen aus Hamburg kaufte das Haus neben dem unsrigen und verbrachte von da ab jeden Sommer in unserem Ort. Herr Magnussen[11] war ein bekannter Künstler, und während eines Sommers malte er ein großes Gemälde in der Sakristei unserer Kirche. Es stellte ein Leichenbegräbnis[12] dar; die Menschen im Trauerzug trugen die Trachten unserer Insel. Eine Zahl alter Leute posierten für ihn und waren stolz, sich auf dem Bild wiederzuerkennen. Da der Maler eine Vorliebe für Kinder hatte, durften wir ihm manchmal beim Arbeiten zusehen.

Seine Familie bestand aus ihm, seiner Frau, zwei erwachsenen Töchtern und drei großen Söhnen. Es war seine zweite Frau, die wir kennenlernten; sie war nicht viel älter als seine Töchter aus erster Ehe und hatte zwei eigene kleine Kinder[13]. Als Begleitung hatte man zwei Mägde mitgebracht. Die waren sehr fromm und gründeten eine Sonntagsschule. Das war etwas Neues für uns. Vormittags lernten wir Lieder, und am Nachmittag veranstaltete Frau Magnussen Ausflüge mit Erfrischungen, meistens zum Strand. Wir waren traurig, wenn sie uns verließen, und freuten uns auf den nächsten Sommer.

Im Frühling und im Herbst fand in Wyk regelmäßig ein Jahrmarkt statt. Als ich 11 Jahre alt war, durfte ich mit meinem Bruder Karl im Herbst zum ersten Mal dieses Vergnügen besuchen. Mutter besaß zwei Kusinen, die in Wyk wohnten. Wenn wir müde sein sollten, könnten wir zu ihnen gehen.

Für einen Erwachsenen ist es von Nieblum aus eine Stunde Wegs. Wir Kinder brauchten natürlich dafür viel mehr Zeit.

Wir mußten unsere echten Lederschuhe anziehen. Die Hälfte der Strecke hatten wir wohl geschafft, als ich mir schon eine Blase an der Ferse geholt hatte. Die Füße schmerzten, und ich setzte mich alle Augenblicke hin. Aber die roten Hausdächer in der Ferne ermunterten mich weiterzugehen. Wir kamen gegen Mittag an, und der erste Weg war der zum Hafen.

Da lagen viele Schoner und kleine Schiffe, alle hatten Flaggen an den Masten aufgezogen, das sah hübsch aus! Viele kleine Boote waren voll von Äpfeln[14]. Oh, wie das duftete! Am Kai waren Töpferwaren ausgebreitet zum Verkauf. Ich sah einen Teetopf und konnte nicht widerstehen. Mutter brauchte einen neuen, also kaufte ich ihn. Das kostete all mein Taschengeld bis auf einen Groschen. Für den erstand ich ein Stück Pfefferkuchen mit einer Mandel in der Mitte.

An der Hauptstraße waren viele Buden aufgebaut, und wir freuten uns an den schönen Dingen, die es dort zu sehen gab. Wir standen auch eine lange Zeit vor dem Kasperletheater, ich immer mit dem Topf unter dem Arm. Karl gab fast sein ganzes Geld fürs Karussellfahren aus. Ich fuhr auch einmal mit, setzte mich jedoch nicht auf ein Pferd, sondern ich wählte einen Stuhl. Oh, wurde mir von dem vielen Drehen schlecht! Ich fühlte mich sterbenskrank. Karl schlug vor, einen schönen geräucherten Aal vom Rest des Geldes zu kaufen und mit nach Hause zu nehmen. Dann waren wir froh, zu Mutters Kusine gehen zu können. Sie gab uns ein gutes warmes Essen, und dann gingen wir heim. Wir kamen zu Hause an, bevor es dunkel wurde. Aber wie! Vermutlich barfuß! Als Mutter meinen Teetopf sah, rief sie: „Das hat ja all dein Taschengeld gekostet! Wart ihr hungrig?" „Nein", sagte ich, „wir gingen zu Pauline zum Essen; aber ich will nicht wieder nach Wyk gehen, es ist zu weit, und meine Füße haben mir den ganzen Tag wehgetan." Aber ich weiß, daß ich meine Meinung änderte. Im nächsten Jahr ging ich doch wieder hin. Nur, was ich da erlebte, habe ich vergessen, meinen ersten Ausflug dagegen nicht.

Der Winter in der Heimat war lang, stürmisch und kalt und dauerte etwa von Anfang November bis Ende April.

Aber es gab ein Vergnügen für uns: das Eislaufen. Lange Zeit liefen nur die Jungen Schlittschuh und schoben uns Mädchen einfach vor sich her. Eines Tages hatte Thomasine Knudsen eine glänzende Idee. Sie sagte: „Warum sollen eigentlich nur die Jungen eislaufen? Wir können das auch, laßt es uns versuchen!" Einige Eltern willigten ein, Schlittschuhe anzuschaffen, andere hatten Vorbehalte, die Mädchen könnten sich weh tun. – Ich hatte das Glück, von meinem Bruder Karl ein Paar zu bekommen, und wenn wir auch oft hinfielen, so war es doch ein großer Spaß. Eines Abends, ich muß ungefähr 12 Jahre alt gewesen sein, kam meine Freundin Meta herein und sagte: „Komm, Luise, beeile dich und laß uns auf das Eis gehen." „Ich kann nicht," meinte ich zu ihr, „ich muß auf meine kleine Schwester aufpassen." Meta war ein Einzelkind und hatte solche Sorgen nicht, so schlug sie mir vor: „Laß uns sie auf ein Kissen vor den Ofen legen. Da ist es warm, und sie kann nicht fallen." – Ich dachte auch, daß das gut sei. Wir betteten sie schnell auf ein Kissen und rannten aufs Eis des nahe gelegenen Ententeichs.

Ich beobachtete von dort aus unser Haus; bald zündete Mutter die Lampe an und zog die Rouleaus herunter, und ich wußte, daß sie nun bald Abendbrot essen würden. Ich fühlte mich nicht so recht wohl in meiner Haut. Alle Kinder verließen ungefähr zur gleichen Zeit das Eis, Meta auch, und ich war ganz allein und hatte Angst heimzugehen. Endlich überwand ich mich, öffnete die Haustür und trat ein. Ich stellte fest, daß das Abendessen schon vorüber war. Vater nähte, Mutter spann Wolle, Karl machte seine Schulaufgaben; meine anderen Geschwister Maria, Georg, Juliane und das Baby Atlanta waren schon im Bett. (Mein Bruder Justus war damals noch nicht geboren.) Da nahm ich meine Schularbeiten her, und obgleich ich sehr hungrig war, sagte ich kein Wort und dachte, es sei alles in Ordnung, weil ich nicht einmal Schelte bekommen hatte. Aber keiner sprach mit mir.

Am nächsten Tag war ich ein sehr liebes Mädchen und half der Mutter, wo ich nur konnte. Als es dann Abend wurde, fragte ich: „Mutter, darf ich Eislaufen gehen?" Sie sah mich an und sprach: „Nein, Luise, das darfst du sechs Wochen lang nicht; Vater hat es gesagt. Hast du nicht darüber nachgedacht, was hätte passieren können, wenn ich gestern abend nicht in die Stube gekommen wäre? Ein Funke hätte auf das Kissen fallen können, das Baby wäre verbrannt und unser Haus auch." Ich sah ein, daß sie recht hatte, und alles, was ich tun konnte, war, auf Tauwetter zu hoffen, damit das Eis schmelzen möge. Ich wollte nicht das Zischen und Sausen der Schlittschuhkufen hören, das Lachen und die fröhlichen Rufe meiner Freunde. Aber der Frost hielt an. – Meine sechs Wochen verstrichen, und da war es Frühling!

Die Lehre, die mir Vater erteilt hatte, muß geholfen haben. Ich wurde vernünftiger und zuverlässiger.

In meinem 13. Lebensjahr und im Jahr darauf übernahm ich im Sommer drei Monate lang bei einer Familie, die in Wyk wohnte, den Posten eines Kindermädchens. Ich erhielt etwa 4 Mark im Monat, frei Kost und Logis. Dafür mußte ich den Tag über auf ein Kind aufpassen.

Wie ich hatten viele Mädchen aus den Inseldörfern eine solche Stellung erhalten, aus Nieblum allein fünf. Unsere Aufgabe machte uns Spaß. Wir trafen uns oft mit unserer kleinen Last auf der Promenade oder an einem gleichfalls wunderschönen Platz, dem Königsgarten.

Drollig war, daß wir gezwungen wurden, jede Woche einen halben Tag lang zur Schule zu gehen, als ob uns das sehr nützlich sein konnte.

Ich hatte gedacht, weil Wyk für uns beinahe eine kleine Stadt war, daß die Kinder dort mehr wüßten als wir Landmädchen, aber das erwies sich als ein Irrtum. Ihr Lehrer konnte es nicht mit dem unsrigen aufnehmen. Als ich zum ersten Mal dort die Schule besuchte, setzte mich der Lehrer auf die dritte Bank. Als wir eine Stunde Rechnen hatten, fragte er mich, wie weit wir in unserem Lehrbuch gekommen seien. Ich zeigte es ihm, und er fragte: „Kannst du wohl diese Aufgabe lösen?" Ich bewies ihm, daß mir das ohne Schwierigkeiten gelang. Später ließ er mich laut lesen und ordnete dann an, daß ich mich mit meinen Büchern auf den ersten Platz in der zweiten Bank setzen solle. Da fing ein Mädchen auf der dritten Bank an zu weinen. Er fragte sie: „Warum weinst du, Agnes?" „Ich mag nicht, daß so ein kleines Landmädchen vor mir sitzt!" „Du solltest erst einmal soviel lernen, wie sie schon weiß!" wurde sie zurechtgewiesen. Jetzt wußte ich, wie glücklich wir sein konnten, unseren Lehrer zu haben.

Man sollte sich übrigens nicht darüber wundern, daß ich schon in so jungen Jahren Kindermädchen gewesen bin. Mutter brauchte mich nicht im Haushalt, wir waren ja viele Geschwister, und außerdem war mein Vater Schneider. Wäre er Bauer gewesen, dann hätten wir wie die Landwirtstöchter einen Monat Ferien gehabt und hätten auf dem Felde mitarbeiten müssen – eine anstrengende Arbeit; mir gefiel meine – ehrlich gesagt – besser.

In jedem Monat konnte ich an einem Sonntag nach Hause zurückkehren. Mutter war stets etwas verstimmt, wenn ich dann gleich meinen Nähkorb ergriff und Meta und Line besuchte; aber ich mochte es gern, Freunde zu haben und diese Freundschaft auch zu pflegen. Kam dann der Abend, begleitete mich Mutter meistens auf meinem Rückweg nach Wyk.

Häufig machten meine drei Jahre jüngere Schwester Maria und ich auch einen Besuch bei unserer Tante Rosina in Borgsum oder bei Tante Maria in Övenum. Beide waren Schwestern meiner Mutter.

In Tante Rosinas Haus konnten wir gut Murmeln spielen. Da gab es nämlich ein bestimmtes Loch im Fußboden, das sich gut dafür eignete. Später heiratete sie, und Karl und ich wurden zur Hochzeit eingeladen. Es war die einzige, an der ich jemals auf der Insel teilnahm. Der neue Onkel Simon[15] mochte uns wohl gut leiden. Er füllte für uns immer einen großen Beutel mit Birnen aus dem Garten, aber ich glaube, die Tante meinte, es wären zuviel; denn wenn wir uns auf den Heimweg machten, fehlte die Hälfte. – Sie hatten später einen kleinen Sohn, Martin. – Leider starb Onkel Simon schon sehr bald.

Besuchten wir Tante Maria in Övenum, bekamen wir in ihrem Haus immer einen Eindruck von der großen weiten Welt. Ihr Mann, Onkel John Jakobs, fuhr als Steward auf einem großen Hamburg-Amerika-Passagierschiff. Er schickte seiner Frau eine Menge Postkarten, Bilder und Andenken, die sie entzückten und die sie in den Zimmern ausstellte oder an die Wand hing. So war ihre Wohnung ein reizvoller Kuriositätenladen, der immer neue Überraschungen für uns bereithielt. Tante Maria hatte drei Kinder: Simon Baker, Mina und Josina. Die waren allerdings schon erwachsen und beachteten uns damals nicht sehr. Sie sollten später unsere ersten Verwandten sein, die von der Insel Föhr weggingen und nach Amerika auswanderten.

Im Jahre 1866, während des Preußisch-Österreichischen Krieges, hob mein Vater im Herbst ein großes viereckiges Loch in unserem Garten aus, um unseren Vorrat an geernteten Kartoffeln auf Stroh zu lagern, mit Erde abzudecken und über den Winter aufzubewahren. Dabei stieß er auf einen großen Stein. Das kam ihm sonderbar vor, und er grub um ihn herum und teilweise auch darunter und fand dabei eine steinerne Axtklinge aus grauem Feuerstein. Am selben Tag kam Hans Thade Christiansen aus Goting zu uns zum Holzsägen. Vater zeigte ihm, was er gefunden hatte, und beide kamen überein, daß es eine Waffe aus der Steinzeit sein müßte. Sie waren ganz aufgeregt.

An Holzsägen war an diesem Tag und an den folgenden nicht mehr zu denken. Beide gruben und gruben, bis sie den Stein bewegen konnten. Sie fanden darunter insgesamt 14 Steinwerkzeuge aus Flint. Einige Axtklingen waren blutrot, wenn man sie gegen das Licht hielt, andere waren von grauer Farbe. Die meisten Fundstücke hatten eine schmale längliche Form und unterschieden sich nur in der Größe. Vater entdeckte auch Steine, die auf der einen Seite sehr scharf waren und wahrscheinlich als Messer gebraucht worden waren. Unter dem Stein war eine Urne eingebettet worden, aber als die Luft sie berührte, zerfiel sie[16].

Unser Garten bestand nur aus einem schmalen Streifen an der Seite des Hauses. Das westlich angrenzende Stück unseres Nachbarn war wesentlich größer. Im Haus nebenan lebten zwei etwa fünfundsiebzigjährige Jungfern. Vater kaufte ihnen ihr Grundstück ab, ließ sie aber wohnen. Er hatte jedoch das Vorrecht, so viel zu graben, wie er wollte. Mit dem Spaten grub er den Platz von Anfang bis zum Ende um, und er hatte Erfolg. Er sammelte 34 Fundstücke! – Dann starb eine der beiden alten Frauen, und die andere war von nun an allein. Ich erinnere mich sehr gut: Jeden Tag, wenn wir aus der Schule zum Mittagessen kamen, hatte Mutter eine Schüssel fertiggemacht und schickte uns zur Hintertür hinaus, um sie der alten Metje zu bringen. Ich vermute, Mutter dachte, wir wären so viele, und es würde uns nichts entgehen, wenn wir ihr von unserem Essen etwas abgäben. Aber sie sagte es nicht dem Vater. Später, als es auf den Winter zuging und es zusehends kälter wurde, schlug Mutter dem Vater vor, Metje am Morgen herüberzuholen und sie bis zu ihrer Schlafenszeit am warmen Ofen sitzen zu lassen, dann ihr Bett zu wärmen und sie zurückzubringen. Vater sagte: „Sehr gut, dann wird das Essen wenigstens nicht kalt, wenn du es ihr rüberschickst." Also wußte er die ganze Zeit lang von Mutters Hilfe und hatte dazu geschwiegen. Ungefähr nach einem Jahr starb Metje.

Vater riß das Nachbarhaus nieder[17]. Aber er fand nichts darunter. – Auf dem eingeebneten Grundstück legte Vater einen großen Garten an. Mutter pflanzte viele Stachelbeersträucher und andere Beerenbüsche an, zog um unsere Laube Jelängerjelieber, und Vater setzte eine Hecke an der Vorderseite zur Straße. Wir sparten nicht beim Begießen der neuen Pflanzen; das Wasser trugen wir in kleinen Eimern aus dem Teich herbei, auf dem wir im Winter Schlittschuh liefen. Und der Garten gedieh; alles wuchs wundervoll, wahrscheinlich durch das viele Umgraben. Nun erst wurde unser Haus so recht ein Blickfang. Was es von den anderen außerdem unterschied, war, daß es auf der Südwestseite auf einem riesengroßen Granitblock ruhte. Vater dachte nicht daran, ihn wegzuräumen; das Haus würde dabei einstürzen. Er war sicher, daß der Fachwerkbau auf einer alten Begräbnisstätte aus der „Heidenzeit" stand[18]. Auf der Südseite der Insel findet man nämlich hier und da von Menschen errichtete Hügel, die Gräber enthalten. Man nennt sie „Hünengräber". Aus welcher Zeit sie stammen, daß weiß man nicht genau. Die Bauern lassen die Hügel unberührt und pflügen um sie herum.

Im nächsten Sommer, als der Krieg vorbei war, kamen die Feriengäste vom Festland wieder wie früher. Vater nutzte die Gunst der Stunde. Er hatte Karten drucken lassen und bot seine Sammlung gegen ein kleines Eintrittsgeld zur Besichtigung an. Ich bin gewiß, da war kein Gast auf unserer Insel, der nicht unser Haus aufgesucht hatte. Einige kamen sogar mehrmals. Das brachte uns mehrere Jahre lang eine kleine Nebeneinnahme, über die wir uns freuten. Vater entwickelte damals folgende Gewohnheit: Rückte die Badesaison heran, tat er um 12 Uhr sein Nähzeug beiseite; dann legte er den weißen Kragen und die Manschetten an und wartete auf seine „hochwohlgeborenen" Gäste.

Zuerst kicherten wir, als wir Vater soviel „Hochdeutsch" sprechen hörten, denn wir kannten das nicht von ihm, außer wenn er sich mit Pastor Sieverts oder mit dem Lehrer Kertelhein unterhielt. Aber nach kurzer Zeit waren wir überzeugt, daß er ein sehr kluger Mann sein müßte, denn er hatte manche Freunde in den „höheren Kreisen". Welche Ehre war es für uns, zu wissen, daß die kleinen Prinzen[19] des preußischen Thronfolgers[20], wenn sie ihre Sommerferien auf Föhr verbrachten, auch Vaters Schätze betrachtet hatten! Und als „Wilhelm" Kaiser[21] wurde, waren wir stolz darauf, daß er früher einmal unsere Stachelbeeren gepflückt hatte und sie gerne mochte.

Vaters Sammlung und die Art und Weise, wie er zu ihr gekommen war, erweckte soviel Interesse, daß später eine Anzahl von den zuvor erwähnten Hünengräbern geöffnet und untersucht wurden. Aber Vater war immer dabei und hatte eine Art Oberaufsicht. Es scheint, daß die Hügel jüngeren Datums sind. In keinem fand man Steinwerkzeuge, statt dessen aber bronzene Waffen und Urnen mit Asche; und wenn man sehr sorgsam war und sie eine Weile nicht berührte, zerbrachen sie manchmal nicht[22]. Später fügte Vater seiner Sammlung noch andere Seltenheiten hinzu, wie chinesische, japanische und indische Kunstwerke. Viele Männer unserer Insel waren Kapitäne und brachten diese Dinge aus fremden Ländern ihren Familien mit. Die Frauen behandelten diese oftmals nicht pfleglich genug, manchmal paßten sie auch nicht in ihre kleinen Wohnungen, und so nahmen sie lieber Geld. Vater kaufte sie ihnen ab und veräußerte sie weiter.

Sein bester Freund war ein Graf von Minnigerode, ein großer, blonder junger Mann. Er kam im Sommer fast täglich zu uns, scheute nicht den langen Weg von Wyk nach Nieblum und freute sich, wenn er sich mit Vater unterhalten konnte. Mutter bot ihm zum Empfang immer eine Tasse Kaffee an, und er schlug sie nicht aus. Er fühlte sich bei uns wie zu Hause. Eines Tages bat er den Vater, die Steinzeitsammlung, wenn er sie verkaufen wolle, ihm zu übergeben. Schließlich überließ ihm Vater seine Schätze. Er wußte, daß sie in die Hände eines Fachmannes kamen, der sich ihres einmaligen Wertes bewußt war[23].

II. Mädchenjahre

Trennung von etwas Liebgewonnenem macht traurig. So ging es auch mir, als ich 14 Jahre alt war und zu Ostern konfirmiert werden sollte. Ich hatte das Empfinden, als ob mit dem Abschluß der herrlichen Schulzeit zugleich die schönsten Jahre meines Lebens zu Ende gingen. – Zwischen Meta, Line und mir bestand immer noch eine enge Freundschaft. Wie viele Sonntagnachmittage hatten wir bei einem von uns zusammen verbracht mit Erzählen oder Handarbeiten und waren glücklich gewesen. Nun sollten wir auch gemeinsam konfirmiert werden.

Unsere Kirche, St. Johannis, hatte zwei Pastoren, weil zu der Gemeinde sieben Dörfer gehörten. Drei davon wurden von Pastor Petersen betreut, die vier anderen, darunter auch Nieblum, von Pastor Sieverts. Zweimal in der Woche waren wir von ihm unterrichtet worden, hatten manchen Aufsatz geschrieben und eine Menge auswendig gelernt. Würden wir drei Freundinnen nach der Konfirmation nicht verschiedene Wege gehen?

Der Ostersonntag war ein sehr kalter Tag, und auch in der Kirche war es kalt. Ich spürte das trotz meines langen Kleides, das bis auf die Fußknöchel herabhing. Der lange Rock war für mich etwas ganz Ungewohntes, aber ich war von nun an ein junges Mädchen und kein Kind mehr.

Ist das nicht eine törichte Sitte? Ganz gleich, ob man klein oder groß ist, von der Konfirmation ab hat man lange Kleider zu tragen . . . und ich war klein! Meta und Line waren beide groß, und ich sah es mit Bewunderung. Sie trugen die friesische Tracht und als Brustschmuck Ketten und Kugeln aus Silber[24]. Sie sahen damit so reich aus; aber ich wußte, daß sie mich, die ich diese Kostbarkeit nicht besaß, deswegen nicht geringer achteten und mich trotzdem liebten.

Ich will mich nicht beklagen. Ich erhielt zwei neue Kleider, ein schwarzes und ein graues, einen neuen Hut und eine kleine seidene Jacke, neue Schuhe, einen Schal und Handschuhe; jedoch tief im Inneren fühlte ich mich trotzdem so klein und unbedeutend, daß ich nach dem Konfirmationsfest gerne wieder wie vorher zur Schule gegangen wäre. – Ein Wunschtraum. In Wirklichkeit konnte ich der Überlegung, wie es nun weitergehen sollte, nicht mehr ausweichen. Eines stand ziemlich fest: Lange Zeit noch zu Hause in verhältnismäßiger Langeweile zu bleiben, kam für mich nicht in Frage!

Bei manchen Mitschülerinnen sah das anders aus. Ihre Eltern hatten Geld und Land, da mußten die Töchter der Mutter im Haushalt helfen, und im Herbst gingen sie mit den Tagelöhnern aufs Feld und arbeiteten so schwer wie diese. Ich habe diese Mädchen nie beneidet. Andere verließen die Insel und gingen in die Städte, arbeiteten dort für die reichen Leute und wurden auf diese Weise gute Köchinnen und Haushälterinnen. Sehr oft heirateten sie und blieben auf dem Festland.

Die Jungen hatten im Vergleich zu den Mädchen damals viel mehr Möglichkeiten, etwas aus sich zu machen. Jeder konnte einen Beruf erlernen, z. B. Maler, Zimmermann, Schneider, Schuhmacher, Töpfer o. ä. Vier bis fünf Jahre mußte er als Lehrling arbeiten. In dieser Zeit verdiente er keinen Groschen. Die Eltern mußten ihn kleiden und für ihn sorgen; was er vom Meister erhielt, waren die Verpflegung und ein Schlafplatz, ein Zimmer konnte man es nicht nennen. Das machte es den Eltern mitunter schwer, ihre Söhne ein Handwerk ergreifen zu lassen.

Wenn sie ausgelernt hatten und sie nun endlich verdienen konnten, war es Zeit, für drei Jahre als Soldat in der Armee zu dienen[25].

Ein anderer Teil der Jungen ging auf die Universität, um zu studieren. Sie wurden später Pastoren, Lehrer, Rechtsanwälte, Ärzte o. ä. Wenn sie in den Sommerferien nach Hause kamen, waren wir Mädchen froh. Endlich waren wieder junge Männer da zum Tanzen! In der Zeit ihrer Abwesenheit kamen wenigsten 50 Mädchen auf 10 Jungen, und die Mädchen mußten immer zusammen tanzen. –

War es da ein Wunder, daß so manches hübsche und liebenswerte Mädchen dazu verdammt war, alte Jungfer zu werden?

Die Insel war voll von ihnen!

Manche Jungen fuhren zur See. Wenn sie später heirateten, sahen ihre Frauen sie unter Umständen über Jahre hinweg nicht wieder.

Einige abenteuerlustige Burschen gingen nach Amerika. Sie konnten sicher sein, daß wir ihr Schicksal mit Anteilnahme verfolgten. Nur schon das Wort „Amerika" verursachte bei mir ein erregendes Gefühl. Der Grund dafür war ein mehrere Jahre zurückliegendes Ereignis, das für die Entwicklung auf Föhr große Bedeutung bekommen sollte.

Ich muß ungefähr zehn Jahre alt gewesen sein, als ein Mann namens Peter Goos aus Amerika kam, um seine alte Mutter auf der Insel zu besuchen. Er war drüben der Besitzer einer großen Sägemühle in Lake Charles geworden; dieser Ort liegt im Staate Louisiana im Golf von Mexiko. Er hatte eine Frau, mehrere Kinder, ein ansehnliches Haus und beschäftigte viele Angestellte. Als er sah, daß es auf unserer Insel für junge Leute nur wenige Möglichkeiten gab, voranzukommen, erklärte er sich bereit, etwa sechzig von ihnen mitzunehmen und das Überfahrtgeld vorzustrecken. Er garantierte ihnen, daß sie bei ihm Arbeit bekämen. So ging die erste Gruppe mit ihm. Sie bestand aus jungen Männern, jungen Mädchen, einigen verheirateten Paaren und älteren Männern, die ihre Familien verließen mit dem Versprechen, sie nachkommen zu lassen, wenn sich ihre Hoffnungen erfüllten. Anscheinend wurden sie nicht enttäuscht, denn Jahr auf Jahr folgten ihnen weitere Verwandte. Nicht alle blieben am Ort, einige gingen nach Kalifornien[26] oder in andere Staaten[27]. Mehrere Männer heirateten amerikanische Mädchen, manche Mädchen amerikanische Jungen, aber es gab auch Männer, die mochten Föhringerinnen am liebsten und heirateten darum die Mädchen aus der Heimat.

Alle Familien konnten sich kleine Häuser bauen und verdienten gut. Doch es kamen auch Meldungen, die uns betroffen machten. Fieber und Malaria machten den Auswanderern zu schaffen. Bald aber hörten wir, daß sie sich eingewöhnt hätten und zufrieden seien.

Meine Cousine Josina, die Tochter meiner Tante Maria in

Övenum, deren bunte Postkartensammlung in ihrer Wohnung mich immer sehnsüchtig an ferne Länder denken ließ, Josina war auch nach Amerika gegangen. Sie war wesentlich älter als ich. Sie heiratete in New Orleans ihren Schatz Jakob Hansen, und später zogen sie nach Lake Charles. Als Cousine Josina nach etwa einem Jahr ihre Eltern (Onkel John und Tante Marie) und ihre Schwester Mina aufforderte, nach Amerika zu folgen, hielt es meinen Bruder Karl nicht mehr zu Hause. Er schloß sich den Verwandten an, und gemeinsam gingen sie in die Neue Welt. Karl war erst 16 Jahre alt!

Ich erinnere mich noch sehr gut an die Briefe, die er uns schickte. Sie befanden sich stets in einem großen gelben Umschlag, und eine Reihe grüner Briefmarken war daraufgeklebt. Wenn der Postbote sie bei uns abgegeben hatte, stellte Vater sie immer sichtbar ins Fenster. Konnte ich rennen, um Nachricht von drüben zu hören! Auch mein Cousin Simon Baker Jacobsen, Seefahrer von Beruf und mit Dina Goos[28] verheiratet, einer entfernten Cousine des schon erwähnten Daniel Goos, war auf irgendeine Weise nach Lake Charles gelangt. Dina folgte ihrem Mann nach, und sie lebten seitdem dort. Ich mochte sie gern, ja beinahe lieber als meine eigenen Cousinen. Sie hatte ein freundliches Wesen und war sehr hübsch. Außerdem war sie eine gute Bekannte unserer Sommernachbarn, der Familie Magnussen, gewesen. Auch sie war also gegangen. – Der Name Lake Charles ließ mich nicht mehr los.

So standen die Dinge, als ich konfirmiert wurde. Aber trotzdem dachte ich zu jener Zeit noch nicht daran, dem Beispiel der anderen zu folgen.

Ich glaube, ich war noch sehr froh, zu Hause bleiben zu können, denn ich war ein solch kleines Mädchen.

So half ich von jetzt ab meinem Vater bei seinen Schneiderarbeiten. Manchmal mußte ich den ganzen Tag Knopflöcher zur Übung in Flicken nähen, bevor es mir erlaubt wurde, sie in eine Weste zu machen, und ich war glücklich, wenn Vater meinte, sie seien nun vollkommen. Ich nähte nie auf der Maschine, damals eine neue Erfindung, ich nähte alles mit der Hand. So lernte ich unter der Anleitung meines Vaters eine ganze Menge, was sich später als sehr nützlich erweisen sollte. Er war ein angesehener Schneider und erhielt auch Aufträge aus den anderen Dörfern. Es war üblich, daß dann die Bauern mit Pferd und Wagen kamen, um Vater und mich zu holen. Die Nähmaschine und alles Zubehör wurden gleichfalls aufgeladen, und dann fuhren wir über Land. Manchmal arbeiteten wir einen Monat lang außerhalb Nieblums.

Vater kehrte jeden Abend nach Hause zurück, ich jedoch nicht. Wenn Mädchen in der Familie waren, überredeten sie mich oft, über Nacht dazubleiben, und bisweilen hatten wir dann viel Spaß.

Zwei Jahre lang war ich auf diese Weise Vaters Gehilfin. Dann wurde meine Schwester Maria konfirmiert. Sie hatte dieselben Probleme wie ich zu durchdenken und entschied sich fürs erste, auch weiter bei den Eltern zu bleiben. Ich dagegen entschloß mich nun, etwas Neues zu lernen.

Die Familie des Kapitäns Michelsen in Wyk suchte ab November ein Mädchen für ihre Pension[29]. Das Haus, das ihnen gehörte, war groß und schön. Es besaß 14 Zimmer; Küche und Speisekammer lagen im Untergeschoß. Der Garten war nur durch einen Deich vom Nordseestrand getrennt. Das gefiel mir, denn ich liebte die See, man konnte von hier weit über das Meer bis zum Horizont blicken.

Ich bewarb mich und erhielt die freigewordene Stelle.

Im Sommer wurden die Zimmer an prominente Gäste vermietet, für die auch gekocht wurde. Wenn es mein Ehrgeiz gewesen wäre, eine erstklassige Köchin zu werden, hier wäre die beste Gelegenheit dazu gewesen. Aber ich fand es vergnüglicher, die Fremden zu bedienen und mit ihnen ins Gespräch zu kommen.

Kapitän Michelsen war ein sehr freundlicher Mann; aber er starb im Sommer, und die einzige Tochter heiratete; so waren die alte Dame und ich den Winter über ganz allein in dem großen Haus. Ob ich Heimweh hatte? Ja, sehr. –

Eines Tages kam ein Brief aus Südamerika an. Der Sohn der Kapitänswitwe schrieb darin, daß er geheiratet hätte. Die Mutter beschloß, ihm ein Geschenk zu machen: 6 Paar lange Strümpfe und 6 Paar Socken, alle aus Wolle! Ich mußte helfen, aber immer fielen einige Maschen, und nie wurde ein Paar fertig. Da hatte ich eine gute Idee, mich vielleicht auf andere Weise nützlich zu machen.

Frau Michelsen war eine intelligente Dame, aber als Dänin konnte sie Deutsch nicht gut lesen, so fragte ich sie: „Soll ich Ihnen aus den kleinen Kirchenbroschüren vorlesen?" (Frau M. war sehr fromm.) Sie sagte: „Ja, das tu nur!" Und sie freute sich über mein Lesen. Ich ging einen Schritt weiter und schlug vor, ein Buch aus der Bibliothek zu holen, und sie sagte: „Gut!" Der Bibliothekar kannte mich, und er suchte einen Band aus, von dem er dachte, daß er die alte Dame interessieren könnte. Was mich betraf, ich machte mir über den Inhalt der Lektüre keine Sorgen; ich war schon froh, nur irgend etwas lesen zu können.

Nach dem Abendbrot, das war gewöhnlich gegen sieben Uhr, wurde weiterhin gestrickt. Pünktlich um 8 Uhr wurde darauf mit Lesen begonnen. Zuerst nur ein Kapitel, dann zwei, und in kurzer Zeit waren wir von dem Buch so gefesselt, daß meine Zuhörerin an einem Abend meinte: „Kleine Liese, du verlierst immer so viele Maschen in deinem Strickzeug; ich kann das nicht mehr mit ansehen. Aber ich finde, du liest gut. Darum brauchst du nicht mehr zu stricken. Lies mir nur vor!" Wie froh war ich! Wir erarbeiteten uns noch manches Buch in jenem Winter.

Der Sommer kam, und er brachte mit den Feriengästen wieder viel Arbeit, Aufregung, aber auch Unterhaltung und neue Eindrücke. Ich war zufrieden; aber wenn ich an den kommenden Winter dachte, in dem großen Haus allein mit der alten Dame, wurde mir bange. Die Vorstellung, ihn durch Lesen an den langen Abenden überbrücken zu müssen, befriedigte mich nicht. Ich hatte nicht die geringste Abwechslung, abgesehen davon, daß ich in jeder zweiten Woche in die Kirche ging und einmal im Monat meine Familie besuchen konnte und meine geliebten Freundinnen Meta und Line. Das Zusammensein mit den beiden bedeutete mir viel, es war ein Ausgleich für manche Stunde der Verlassenheit in Wyk. Durch diese Verbindung kam es schließlich auch zu einer Wendung in meinem Leben. –

Linas Schwester Lise war drei Jahre lang in Hamburg im Hause eines Dr. Martin Erzieherin eines sechsjährigen Jungen gewesen, als dieser an Typhus plötzlich starb. Sie gab ihre Stellung auf, denn sie heiratete einen gut gestellten Kaufmann in der Stadt. Frau Dr. Martin brauchte nun keine Hausdame mehr, aber sie bat Lise, ihr bei der Suche nach einem netten Mädchen für den Haushalt behilflich zu sein. Diese dachte an mich und schrieb mir einen Brief. Darin zählte sie die Arbeiten auf, die auf mich zukämen, nämlich Nähen, Hausarbeiten und Aufwarten bei Tisch, wenn ich mich entscheiden würde anzunehmen.

Ich beschloß, nach Hamburg zu gehen, wenn Vater einwilligen würde. Er war schließlich einverstanden. Es fiel ihm dadurch leichter, weil seine einzige Schwester Maria auch in Hamburg lebte. Sie hatte mit ihrem Mann drei Töchter und einen Sohn, Mathilde, Amalie, Hermine und Ludwig. Die Älteste, Mathilde, stammte aus ihrer ersten Ehe. Ich kannte sie bisher nur durch gelegentlichen Briefverkehr. Als ich nun Tante Maria und Onkel Abeling meine Pläne mitteilte, antworteten sie sofort und versicherten meinem Vater, daß sie auf mich achten würden. Nachdem ich meinen Eltern versprochen hatte, niemals auf einen Tanzboden zu gehen, war mein Weggang nach Hamburg eine beschlossene Sache.

Nun mußte ich nur noch Frau Michelsen erklären, daß ich meine Stellung bei ihr aufgeben würde. Sie konnte natürlich nicht verstehen, warum ich nicht bei ihr bleiben wollte. ,,Wir hatten solche gemütlichen Abende", sagte sie. Aber zuletzt wünschte sie mir Glück und bat mich, ihr zu schreiben.

Ich kam noch für einige Wochen nach Hause. Mutter und ich frischten meine Kleider auf. Dann ging es ans Packen. Vater fuhr mit mir auf der Fähre bis Dagebüll, der Anlegestation auf dem Festland, und ich verlor beinahe allen Mut, als er mir die Hand gab und wir dann auseinandergingen. Aber ein Zurück war nun nicht mehr möglich.

In Hattstedt erwarteten mich mein Onkel Lorenz Hansen, seine Frau und ihre beiden erwachsenen Töchter. Wir hatten uns vorher nie gesehen. Nach einigen Tagen Aufenthalt bei ihnen begleitete mich eine Kusine auf der Fahrt mit dem Bus nach Husum. Dort stieg ich in den Zug um und fuhr 3. Klasse nach Hamburg, der großen Stadt. Wenn mich mein Onkel und meine Tante nicht mit offenen Armen empfangen hätten, ich wäre todunglücklich gewesen. Alles verwirrte mich: Das Hasten und Jagen der Leute auf dem Bahnhof, die ungewohnten Geräusche der Lokomotiven und die vielen fremden Menschen um mich herum ... Aber meine Verwandten waren nett und lieb zu mir, so daß ich mich bald wohlfühlte.

Doch nur mühsam konnte ich meine Enttäuschung über die Großstadtwohnungen verbergen. Abelings lebten in einem Teil des alten Hamburgs, wo die Straßen eng sind. Ihre Wohnung war klein. Die Zimmer waren dunkel und schmal, und vom Fenster aus konnte ich nur auf den Innenhof und auf langweilige graue Fassaden blicken. Schrecklich fand ich das. Von unserem Haus in Nieblum und vom Hotel der Madame Michelsen in Wyk konnten die Augen bis zum Horizont schweifen. Ich war nicht daran gewöhnt, in der Straße einer Großstadt zu wohnen. Niemals würde ich einsehen, wie man hier in Hamburg glücklich sein konnte; und ich hatte Heimweh nach unserem kleinen Haus mit den blinkenden Fenstern und dem hübschen Garten vor der Eingangstür.

Dann machten wir einen Besuch bei Lise Andreason, der Freundin, die mir die Stelle in Hamburg vermittelt hatte. Sie lebte in einer sehr hübschen Wohnung mit geschmackvollen Möbeln in St. Pauli. Lise erklärte mir die wichtigsten Dinge über meinen neuen Posten, und alles hörte sich gut an. Doch etwas mußte ich noch wissen. Ich fragte: „Wie weit kann man von der Wohnung aus sehen?" Sie lachte. „Oh, gerade über die Straße. Aber nur vier Häuser weiter bist du schon an der Außenalster. Dort ist es wunderschön. Du wirst kein Heimweh bekommen. Zur Wohnung gehört ein kleiner Garten auf der Rückseite des Gebäudes, und ein Gewächshaus ist auch vorhanden."

Schließlich kam der 1. November heran, der Tag, an dem in Deutschland die Wohnungen gewechselt und die Dienstverhältnisse neu geregelt werden. In meiner Heimat wird ein Mädchen nicht für einen Monat eingestellt, sondern immer für ein ganzes Jahr; und wenn man innerhalb dieser Zeit seinen Platz verliert, so gilt das als Schande – es sei denn, man mußte die Stellung aus Krankheitsgründen aufgeben. – Tante Maria ging mit mir zu meinem neuen Heim in der Gurlittstraße. Es war ein schönes Haus, jedoch war es an beiden Seiten von vierstöckigen Gebäuden eingefaßt. Die Dame des Hauses war groß und stattlich, etwa 40 Jahre alt, hatte schon graues Haar und war nicht sehr hübsch. Sie sprach mit französischem Akzent und zeigte sehr feine Umgangsformen. Sie beschrieb mir meine Pflichten und rief dann die Köchin Marie herbei. Die Tante verließ mich, und nun war ich zum erstenmal wirklich unter fremden Leuten. Marie erwies sich als ein sehr hilfsbereites Mädchen, und wir wurden Freundinnen. –

Es bedeutet schon eine Umstellung für ein kleines Mädchen von einer Insel, wenn es in ein aristokratisches Haus gerät – und das hier war wirklich eins. Daß die Hausherrin Französin war, machte die Sache nur noch verwickelter. –

Dr. Martin war in dem Jahr Senator in Hamburg geworden, und seine Frau war nicht wenig stolz darauf. Wurde sie vorher nur „Frau Doktor" genannt, so mußte es jetzt heißen: „Frau Senator", denn zu jener Zeit sagte man in Deutschland nicht schlicht „Frau Sowieso", sondern jede Frau trug den Titel ihres Mannes vor ihrem Namen. Und man tat gut daran, es nicht zu vergessen! – Was Lise mir erzählt hatte, traf zu: Es war schön hier draußen in St. Georg, d. h. wenn man das Haus hinter sich ließ. Dann gelangte man gleich auf die „Alterpromenade". Die Alster ist ein breiter Fluß, der in der Mitte von der Lombardsbrücke überspannt wird. Man kann auf ihm Bootsfahrten unternehmen. Schwäne gleiten auf dem Wasser dahin. Abends wird der Fluß herrlich beleuchtet, so daß man glaubt, in einem Märchenland zu sein.

Manchmal ergab es sich, daß die ganze Familie Dr. Martin einen Spaziergang auf der Uferstraße unternahm, d. h. der Senator, seine Frau und der Stiefsohn Alfred, 12 Jahre alt, Marie und ich. Ein solcher Ausflug verlief sehr steif und förmlich. Jede Unterhaltung unterblieb wegen des Todes des kleinen Sohnes. Ich gewöhnte mich jedoch in kurzer Zeit ein und bemühte mich, es der Dame recht zu machen. Es gelang mir eine Zeitlang, aber dann gab es Kummer. Die Frau des

Senators erkrankte schwer. – Sie litt qualvoll und war dadurch Stimmungen unterworfen, die es einem nicht leicht machten, den ganzen Tag um sie herum zu sein. Jeden 3. Sonntag hatte ich frei. Ich besuchte dann die Familie meiner Tante, und manchmal gingen wir in ein Konzert oder in einen der Gärten der Stadt.

Ein Dreivierteljahr etwa war ich in Hamburg, als ich bei meinen Verwandten den Neffen meines Onkels, Jens Abeling aus Keitum, einem Ort auf Sylt, einer Nachbarinsel von Föhr, kennenlernte. Er sah recht gut aus, und er arbeitete im Geschäft meines Onkels, einer Konfektions- und Maßschneiderei. Nach meinen Besuchen bei der Familie Abeling bot er sich jedesmal an, mich nach Hause zu bringen. Wir führten lange Gespräche, und nach einer Weile meinten wir, ineinander verliebt zu sein. Ich freute mich, ihn zu sehen, und er wartete immer auf mich, auch wenn ich mich bei einer Verabredung unbeabsichtigt verspätet hatte. So verging die Zeit, bis eines Tages etwas Aufregendes geschah: Die Tür ging auf, und mein Bruder Karl stand vor mir. Zuerst war ich zu Tode erschrocken; ich wähnte ihn in Amerika und statt dessen war er hier in meinem Zimmer! Aber dann erzählte er, daß er drüben Matrose geworden sei und daß nun sein Schiff in Hamburg vor Anker lag. Er habe Tante Marie aufgesucht und erfahren, daß ich auch in der Stadt sei, so wäre er jetzt gekommen, mich zu besuchen. Er nahm mich am Abend mit ins Thalia-Theater in St. Georg; es war das erste Mal, daß ich eine Theateraufführung erlebte. Ich war wie verzaubert. Man spielte „Die schöne Melusine", und die Musik summte noch lange danach in meinem Kopf.

Ich versuchte meinen Bruder zu überreden, unsere Eltern auf Föhr zu besuchen. Aber er sagte: „Das Schiff wird in zwei Tagen auslaufen." Die Zeit war also zu knapp. Wir suchten einen Fotografen auf und ließen von uns beiden ein Bild machen und sandten es heim.

Über den Besuch meines Bruders mußte ich noch lange Zeit nachdenken. Ich hoffte, Karl würde wiederkommen. Aber das geschah nicht mehr.

Meine Liebesangelegenheit ging unterdessen weiter. Es war

nur eine Freundschaft; trotzdem bildete ich mir ein, ich wäre verliebt. Jens war weiterhin nett zu mir. Eines Tages sagte er, daß er sich mit mir verloben wolle. Da traf die Nachricht ein, daß Mutter erkrankt sei und ich auf jeden Fall nach Hause kommen solle. Es war Juli, und es bedrückte mich zu wissen, daß ich nicht bis November in Hamburg bleiben konnte, wie es die Regel an und für sich verlangte.

Aber da ich mit der Dame des Hauses nicht sehr glücklich war, entschloß ich mich, wieder auf die Insel zurückzukehren, wenn ich auch denjenigen, den ich meinen Schatz nannte, eine Zeitlang nicht wiedersehen sollte. –

Einen Monat später schrieb Marie aus Hamburg, daß Frau Dr. Martin gestorben sei. Das neue Mädchen bekam 100 Mark und zwei schwarze Kleider für die Trauer, gleichgültig, ob sie traurig oder fröhlich war. Ich dachte enttäuscht daran, daß ich die ganze Mühe mit der Kranken gehabt hatte und daß nun die Neue alle Vergünstigungen, die eigentlich mir zustanden, erhalten hatte. Das erschien mir ungerecht. Andererseits sollte sich die Trennung von meinem Freund in Hamburg als für mich sehr aufschlußreich erweisen.

Ich war erst kurze Zeit zu Hause, als Onkel Abeling mir einen Brief schickte, dem er ein Schreiben von seinem Bruder, Jens' Vater, beigefügt hatte. Der teilte mir darin mit, sein Sohn sei mit einer Nachbarstochter vor einem Jahr verlobt gewesen, ich sollte nicht auf ihn hören; er hätte die Angewohnheit, sich immer dort zu verloben, wo er sich gerade aufhalte. Er wäre meiner nicht wert, er kenne ihn besser.

Ich nahm Jens' Bild und einige kleine Schmucksachen, die er mir geschenkt hatte, und sandte sie ihm und wünschte ihm Glück. Und das Beste war, ich fühlte keinen großen Kummer; aber muß hinzufügen, mein Stolz war verletzt. Das war meine erste Liebesgeschichte. –

Meine Freunde hatten sich gewundert, daß ich nicht auf die Aufmerksamkeiten eines Jungen eingegangen war, der mit mir zusammen konfirmiert worden war und der sich bemüht hatte, mich zu gewinnen. Er war ein sehr feiner Kerl und ich mochte ihn gern. Aber wie konnte ich ihm Hoffnungen machen? War ich nicht heimlich verlobt? Aber nachdem ich

Jens aus meinen Erinnerungen gestrichen hatte, fühlte ich mich frei und freute mich, gute Freunde um mich zu haben. Vater hatte nichts gegen meinen Umgang einzuwenden. Er war froh, daß ich Mutter gepflegt hatte, sie fühlte sich jetzt wieder besser. –

Außerdem fand er es gut, daß ich nicht mehr den „Versuchungen der großen Stadt" ausgesetzt war. Ich wußte nicht, was er meinte. Ich hatte nichts gesehen und erlebt, was mich hätte „in Versuchung bringen" können, sei es, weil die Verwandten mich nicht aus den Augen ließen, sei es, daß ich mich „verlobt" gefühlt hatte. So war es für mich leicht gewesen, aus der großen gottlosen Stadt so rein zurückzukehren, wie ich war, als ich meine Heimat verlassen hatte. – Ich war also nun wieder zu Hause! Mit der Zeit litt ich jedoch darunter, daß ich keine richtige Beschäftigung hatte. Aufs neue für Vater zu nähen, das mochte ich nicht mehr, und mich nur darüber zu freuen, wieder daheim zu sein, das genügte mir nicht.

Schließlich war es die Kapitänsfrau Madame Michelsen aus Wyk, die, ohne es zu ahnen, eine Entscheidung bei mir bewirkte.

Am Neujahrstag hatte sie uns aufgesucht und mich anschließend gebeten, doch wieder zu ihr zurückzukommen. Ich war unentschlossen. Am Ende aber versprach ich, daß ich ihr helfen würde, allerdings nicht ein ganzes Jahr lang, sondern nur bis zum Ende der Sommersaison.

Nachdem ich den Dienst bei ihr angetreten hatte, spürte ich jedoch dieselbe Verlassenheit wie früher, selbst das Vorlesen machte mir keinen Spaß mehr. Oft mußte ich an meinen Bruder Karl denken, wie er mit dem Schiff über den Atlantischen Ozean fuhr . . . und dann war plötzlich die Idee geboren: „Ich weiß, was ich will, ich gehe nach Amerika!" Und von jetzt ab schwankte ich nicht mehr, ich war sicher, daß ich es irgendwie schaffen würde.

Als ich Mutter meinen Entschluß mitteilte, sagte sie nur: „Wir wollen es mit Vater besprechen." Wie erstaunt war ich, als er keine Einwände zu haben schien und nur fragte: „Und woher willst du das Geld für die Überfahrt bekommen?"

Ich sandte einen Brief an Onkel John in Lake Charles. Voll Unruhe wartete ich auf Antwort. Der Onkel schrieb zurück, er werde mir das Geld für das Billett schicken.

Nachdem ich sicher war, daß meinen Plänen nichts mehr im Wege stand, erzählte ich Madame Michelsen von meinem Entschluß. Sie war erstaunt und konnte nicht verstehen, weshalb ich immer dann die „Wanderlust" bekam, wenn ich gerade bei ihr tätig war. Und sie versuchte, mich mit einem verlockenden Angebot auf die Probe zu stellen. „Luise," sagte sie, „wenn du immer bei mir bleibst, vermache ich dir 100 Dollar und ein Bett mit Daunendecke und Kissen und Betttüchern und vieles mehr!" Ich lachte und meinte frei heraus: „Oh nein, das kann ich nicht annehmen. Denken Sie nur, jedesmal, wenn Sie eine Erkältung oder Kopfschmerzen hätten, müßte ich herbeisehnen, daß Sie darüber sterben sollten, bloß damit ich das Geld, das Bett und das andere bekommen könnte!" Nachdem sie das gehört hatte, wandte sie sich von mir ab und ging zu Alltagsdingen über. Sie dachte sicherlich, es würde dann besser für mich sein, wenn ich ginge.

Nun war alles entschieden. Nach einer Weile kam das Billett, nicht das Geld. Onkel John hatte alle Abmachungen mit dem Norddeutschen Lloyd selbst getroffen. Die Schiffskarte galt für die Fahrt auf dem Dampfer „Nürnberg"[30] von Bremerhaven via New Orleans nach Galveston; Preis 65 Dollar; Abfahrt am 18. Oktober 1880. – Von Galveston hätte ich dann weiterzusegeln auf einem Schoner bis nach Lake Charles. Der Name des Schoners wäre „Mary Lynch" und der Mann meiner Kusine Josina, Jakob Hansen, würde mich auf der Fahrt mit dem Schoner begleiten. Das waren die Instruktionen, die ich erhielt.

War es Zufall? Zwei junge Männer von Wyk, Linus und Hermann Bendixen, und ein Mädchen, das ich näher kannte, Amanda Meisler, hatten ebenfalls vor, in diesem Jahr nach Lake Charles zu gehen, allerdings eine Woche später als ich. Es wäre ein leichtes gewesen, das Billett umzutauschen und mit ihnen gemeinsam zu fahren. Entweder wußte mein Vater nichts davon, oder er wollte es nicht anders regeln. Es blieb bei meinem Termin; ich würde allein fahren, und ich mußte mich nun auf mich selbst verlassen. Wenn ich gewußt hätte, was auf mich zukam, ich würde mein Unternehmen schwerer genommen haben. Aber „Unwissenheit ist Seligkeit!"

Die letzten Wochen daheim werde ich nie vergessen. Mutter war traurig, mich gehen lassen zu müssen, aber sie versuchte, fröhlich zu sein. Vater erzählte eine Menge Narrheiten, wie es auf einem Schiff zuginge (er selbst hatte nie eine größere Schiffsreise gemacht), und meine Schwestern Julia und Atlanta waren aufgeregt, weil Luise nach Amerika ging. Justus lief mit einem Stock im Garten umher und schlug alle Pflanzen. Ich weiß nicht, warum er das tat. Alle Angehörigen von jenen, die vorher von der Insel nach Lake Charles gegangen waren, trugen mir Grüße auf und gaben mir Botschaften mit. Kleine Gesellschaften zwischen den Mädchen wurden gegeben. Mein alter Lehrer kam in unser Haus, nahm mich in die Arme und sagte: „Lise, schreib mir einen Brief!"

Die Mutter von Harald, meinem „König" aus den Schultagen, gab mir einen ernsten Auftrag für ihn mit, den ich auszurichten versprach. Er ging auf das Gymnasium in Husum, und in dieser Stadt war auch mein Bruder Georg als Lehrling tätig. Ich hatte mich entschlossen, einen Tag bei ihm zu bleiben und bei dieser Gelegenheit auch Harald zu besuchen.

Dann kam der Tag, an dem ich die Heimat verlassen mußte. Die Nacht davor schlief ich keine Stunde. Auf einmal wurde mir klar, was es heißt, alle zu verlassen, die mir lieb und teuer waren. Wenn ich nicht gewußt hätte, daß am Ende meiner Reise meine Verwandten in Lake Charles auf mich warteten, all mein Mut wäre dahin gewesen. Am nächsten Morgen kam der Abschied. Ich kann nicht vergessen, wie Mutter am Fenster stand, die großen blauen Augen voller Tränen, tapfer lächelnd ... ich mußte ins Haus zurücklaufen, meine Arme um sie legen und sie wieder und wieder küssen.

Vater fuhr mit mir hinüber zum Festland – wie schon einmal. Als wir uns trennten, sagte er: „Min lütt Luschen (Mein kleines Luischen), sei ein gutes Mädchen, daß wir immer stolz auf dich sein können."

Einmal noch drehte ich mich um ... dann ging ich endgültig meinen Weg, meinen eigenen. –

III. Die Fahrt nach Amerika

Ich war guten Muts; denn bis Hamburg kannte ich die Strecke
ja schon. Ich fuhr nach Husum, um noch einmal meinen
Bruder sehen zu können. Georg wohnte dort bei seinem Chef.
Die Dame des Hauses war sehr entgegenkommend und zeigte
mir die Stadt. Dann hatte ich auch Gelegenheit, Harald zu
besuchen, ich mußte doch die Botschaft seiner Mutter loswer-
den. Sie lautete: „Harald, du bist immer noch ein Schuljunge,
und du kannst nur dann nach Hause kommen, wenn du es
unterläßt, dort mit Lene Hinch herumzulaufen." (Lene
Hinch[31] war ein junges kleines Mädchen. Immer wenn Harald
in den Ferien heimkehrte, traf es sich, daß auch Lene ihre
Schwester in Nieblum besuchte. Er mochte Lene sehr gern,
nur seine Mutter hatte etwas dagegen, deshalb diese unfreund-
liche Mahnung aus der Ferne.) Das gab ein fröhliches Geläch-
ter, und ich vergaß darüber eine Weile meine Angst vor dem,
was vor mir lag.

Von Husum aus ging es mit dem Zug nach Hamburg. Dort
erwarteten mich die Abelings auf dem Bahnhof. Sie erzählten
mir von ihrem Umzug in eine hübschere Gegend in der Nähe
von Onkels Geschäft. Von ihrer Wohnung hätten sie einen
Blick auf einen großen Marktplatz. Zu einem Besuch ihres
neuen Heims reichte die Zeit nicht, schon hieß es Abschied
nehmen, der Zug nach Bremen rollte in den Bahnhof ein, ich
bestieg ihn, und nachdem er sich in Bewegung gesetzt hatte,
war ich nun wirklich allein. Von jetzt ab war alles neu und
fremd für mich.

Die Fahrt von Hamburg nach Bremen dauert nur wenige
Stunden und schon bald war ich dort angelangt. In dem Brief,
den ich vom Norddeutschen Lloyd besaß, war für die „Auswanderer", die mit der „Nürnberg" fahren würden, die
Adresse eines Hotels oder Pension angegeben. Im Hotel traf
ich ziemlich viele Menschen an, aber ich war scheu und
vermied den Kontakt mit den Fremden. Beim Abendessen saß

ich neben einem netten jungen Mann, der mir erzählte, daß er nach New Orleans ginge. Sein Name war Nash, und wir plauderten ein bißchen. Nach dem Essen fragte er mich, ob wir nicht unseren letzten Tag in Europa feiern und in ein Theater gehen sollten.

Erschrocken wehrte ich ab, dankte ihm und sagte: „Nein, ich bin zu müde. Ich gehe gleich ins Bett." Es wurde wieder eine schlaflose Nacht. Am nächsten Morgen brachte uns ein Zug nach Bremerhaven, wo das Dampfschiff „Nürnberg" vor Anker lag.

Ich war bestürzt, als ich diese vielen Menschen erblickte, die alle auf das Schiff gingen. Und wie sonderbar einige von ihnen aussahen! Sie kamen aus allen Ländern Europas, sogar aus Rußland[32]. Das Gedränge war groß. Mr. Nash versuchte, in meiner Nähe zu bleiben, aber wir wurden getrennt, und es dauerte Tage, bis ich ihn an Bord wiedersah. Zwei junge Witwen, die ich im Hotel kennengelernt hatte, traf ich hier zufällig wieder, und wir blieben von jetzt ab zusammen.

Ich hatte keine Vorstellung davon, was es bedeutete, „Zwischendeck" zu reisen in jenen Tagen. An Bord hieß es, wir sollten die Treppe hinuntersteigen. Und als wir unten ankamen, was sahen wir da? Der große Schiffsraum war vollgestopft mit Holzgestellen auf kurzen Beinen[33]. Quergelegte Bretter ergaben eine Art Pritsche. Darauf lagen dünne Matratzen aus Stroh – sonst nichts. Das sollten unsere „Betten" sein! Reihe an Reihe standen sie, mit schmalen Gängen dazwischen. Man sollte eine Wolldecke mitbringen. Ich wußte nichts davon, hatte also keine. Unter jedem Bett entdeckte ich einen Kübel, und an der Treppe sah ich ein großes Faß, über dessen Zweck ich mir nicht im klaren war.

Hier mußten die Familien mit ihren Kindern und die alleinreisenden Frauen schlafen, nachdem sie für sich eine Koje oder ein „Bett" in Beschlag genommen hatten[34]. Ich dachte, ich würde diese Fahrt nicht überleben, so entsetzt war ich, und ich weinte bittere Tränen. Die beiden jungen Frauen waren genauso verwirrt wie ich, und wir gaben uns noch einmal die Hand darauf, daß wir uns nicht trennen lassen wollten.

Wir jagten in eine Ecke in der letzten Reihe, belegten die

Plätze mit unseren Handtaschen und saßen dort die ganze Nacht hindurch.

Es herrschte ein unbeschreibliches Durcheinander in diesem Teil des Schiffs, in dem ungefähr 200 Passagiere untergebracht waren. Später fanden wir heraus, daß insgesamt 960 Auswanderer an Bord waren. Wenn die Mannschaft dazugezählt wurde, hatten damit etwa 1000 Menschen die Fahrt über den Atlantik auf der „Nürnberg" angetreten. Einige Passagiere fuhren wohl erster und zweiter Klasse, die Mehrzahl dagegen fuhr „Zwischendeck".

Als wir die freie See erreicht hatten, bekamen wir eine Ahnung davon, welche Strapazen uns bevorstanden. Das Schiff fing an zu schaukeln, und die ersten Mitreisenden wurden seekrank. Sie erbrachen sich in die Kübel, die unter den „Betten" standen; jetzt erfuhr ich auch die Bedeutung des großen Fasses an der Treppe: Dorthinein wurden die Eimer entleert! Bald war das ganze Zwischendeck seekrank. Sterbenselend lagerten wir auf unseren harten Strohmatratzen, ohne auch nur eine Minute Schlaf zu finden.

Am nächsten Morgen beschlossen wir drei, etwas zu unternehmen. Obwohl wir uns sehr schwach fühlten, gingen wir an Deck. Ein kleines junges Mädchen sprach uns an und fragte: „Wo haben Sie geschlafen? Wir scheinen von derselben Art zu sein?" Wir antworteten: „Wir konnten gar nicht schlafen! Sollten wir nicht irgend etwas tun, daß wir nicht die ganze Reise in diesem Schmutz dort unten verbringen müssen?" Das Mädchen war ganz unserer Meinung und stellte sich nun vor. Sie hieß Christine Landau, kam aus Berlin und wollte nach New Orleans zu ihrer Mutter. Wir blickten umher, ob noch andere Leidensgenossinnen zu finden waren, die sich mit uns zusammentun wollten. Schließlich waren wir eine Gruppe von zehn Mädchen, wußten aber nicht, an wen wir uns wenden sollten. Da erblickten wir einen Mann mittleren Alters in Seemannsuniform. Er mußte wegen der goldenen Streifen an seiner Mütze etwas Besonderes sein. Christine Landau und Kati Hauschild sprachen für uns, denn es war jetzt nicht angebracht, daß wir alle zehn auf einmal redeten. Wir sagten ihm, daß wir einen Platz für uns allein zum Schlafen haben wollten, wir könnten auf keinen Fall weiter mit all diesen Familien in einem Raum wohnen. Der Mann hörte sich das an und pfiff durch die Zähne. Dann sagte er: „Dies ist meines Wissens das erste Mal, daß ein Ersuchen wie dieses gestellt wird. Ich will sehen, was sich machen läßt. Kommen Sie in einer Stunde wieder." Trotz unserer Erschöpfung versuchten wir, uns aufrecht zu halten, und nach einer Stunde fanden wir unseren Mann wieder. Er forderte uns auf, mit ihm zu kommen. „Sie können einen Platz für sich allein haben, aber es ist der schlechteste auf dem Schiff. Er liegt über der Schraube. Er wird ihnen nicht sehr gefallen, aber es ist der einzige Raum, der abgetrennt werden kann. Sie müssen allerdings noch mehr alleinreisende Damen finden."

Oh, wie froh und dankbar wir waren! Schon vor der Mittagsstunde hatten wir 34 Gleichgesinnte um uns geschart, und unser Betreuer sagte: „Nun werden wir diesen Platz mit Brettern vernageln und Ihnen für die Tür ein großes Vorhängeschloß geben."

Wir waren erleichtert, und die kommende Nacht verbrachten wir in unserem neuen Quartier. Nur Christine Landau konnte gelegentlich aufstehen, alle anderen waren zu schwach, sich zu bewegen. Ich konnte also nicht die Schiffsreise durch den Kanal verfolgen, versäumte wohl auch nicht viel, das Nebelhorn blies die ganze Nacht hindurch.

Aber allmählich fingen wir an, uns besser zu fühlen, und als das Schiff in Le Havre in Frankreich anlegte, waren wir schon wieder voller Unternehmungsgeist. Wir von der Original-Zehnergruppe hatten uns unterdessen fester zusammengeschlossen. Da machte uns einer der jüngeren Offiziere einen Vorschlag: Er hätte in der Stadt auf der Post etwas zu erledigen; wenn wir wollten, könnten wir mit ihm an Land gehen. Wir waren froh, für eine Weile vom Schiff herunterzukommen, und schlossen uns ihm an. Er ließ uns in einem Restaurant zurück und gab uns auf, hier auf ihn zu warten, bis er zurückkäme. Wir bestellten Kaffee. Man brachte ihn und dazu Cognac, um ihn damit zu mischen. Wir wehrten ab und forderten dagegen immer wieder „Milch" oder „Rahm". Endlich brachte man uns eine Kanne mit kondensierter Milch.

Auch das war neu für uns, aber wir probierten sie und tranken unseren Kaffee.

Es war uns gesagt worden, das Schiff würde um 11 Uhr wieder auslaufen. Unser Offizier war noch nicht zurückgekommen. Es war 9.30 Uhr, und so entschieden wir, einen Spaziergang zu machen, um uns ein bißchen die Stadt anzuschauen. Le Havre ist eine hügelige Stadt, winklig dazu; ich sah keine einzige gerade Straße. So gingen wir plaudernd dahin, und ehe wir uns versahen, hatten wir die Richtung verloren. Es schien so, als ob wir nicht auf den Hafen zugingen, sondern stattdessen uns von ihm entfernten. Wir wurden unruhig und wandten uns um Auskunft an Einheimische. In unserem Deutsch plapperten wir, daß wir zum Hafen wollten. Keiner der Angesprochenen verstand, was wir meinten. Die Leute schüttelten den Kopf und gingen weiter. Zuletzt blieb jemand stehen und fragte: „Sie sprechen Deutsch? Kann ich Ihnen helfen?" Er kam uns wie ein rettender Engel vor. Es war ein Jude. Er brachte uns eilig an den Kai, wo die „Nürnberg" lag, noch nicht fertig zum Ablegen. Sie lief statt um 11 Uhr erst um 3 Uhr nachmittags aus. Es war die schlimmste Aufregung, die ich in meinem Leben gehabt hatte. –

Nachdem wir Le Havre hinter uns gelassen hatten, sahen wir lange Zeit nicht anderes als Himmel und Wasser. Manchmal begegneten uns andere Schiffe, aber wir kamen ihnen niemals so nahe, daß wir sie hätten anrufen können. So verlief die Zeit ziemlich eintönig.

Wir zehn Mädchen fanden immer einen kleinen Fleck, wo wir unter uns sein konnten. Aber wir langweilten uns ziemlich. Plötzlich hörte ich eine Stimme hinter mir: „Ach, hier finde ich Sie also!" Ich wandte mich um, und Mr. Nash stand vor mir, mein Tischnachbar aus Bremerhaven. Ich stellte ihn den anderen Mädchen vor. Er fragte, ob er noch einen Freund mitbringen könnte. Er brachte nicht einen, er kam gleich mit drei jungen Männern, Mr. Julius Koch, Mr. Sachs und Mr. Herman. Mr. Koch fuhr jetzt zurück nach Galveston, nachdem er zu Besuch in Deutschland gewesen war. Er und Mr. Sachs sprachen Englisch. Da Mr. Koch dasselbe Reiseziel hatte wie ich, schloß ich mich ihm mehr an als den anderen. Alle waren nette junge Männer, und so bildeten wir bald einen richtigen Club; wir lasen, erzählten uns Geschichten, und manchmal sangen wir deutsche Lieder. So verging die Zeit von jetzt ab recht kurzweilig, wenn man von dem Elend der Leute im Zwischendeck absah, das wir gezwungenermaßen miterleben mußten. – Es war gut, einige Männer in unserer Gesellschaft zu haben. Man konnte jetzt Spaziergänge an Deck unternehmen, damit die vom langen Sitzen verkrampften Glieder wieder gelockert wurden. Aber man mußte bei diesen Ausflügen vorsichtig sein, damit man nicht auf die Füße der Leute trat, die sich auf den Planken gelagert hatten. Die Männer lotsten uns herum, wir konnten uns über die Reling lehnen, den Wellen zuschauen und die Fische und die Seemöven beobachten.

Am zweiten Tag nach unserer Abreise von Le Havre saß ich mit Christine Landau auf den Stufen zur Brücke, als der Erste Offizier herunterkam und uns beide ansprach. „Verzeihung, welche von Ihnen beiden ist von der Insel Föhr?" Ich sagte: „Ich bin aus Nieblum, Insel Föhr." „Dann sind wir Nachbarskinder. Mein Name ist Sieverts, und ich bin aus Keitum, Insel Sylt (das war dasselbe Dorf, aus dem Jens Abeling stammte); ist die Welt nicht klein?" Ich war zuerst ein bißchen enttäuscht. Er hatte „Nachbarskinder" gesagt, und ich hatte gedacht, er wäre vielleicht aus Nieblum und schon lange vor mir von zu Hause weggegangen, denn ich kannte ihn nicht. Aber schnell vergaß ich das wieder, denn er sagte: „Ich werde mich um euch Kinder kümmern. Nur bitte ich euch, auch zu tun, was ich euch sage, denn eine Zwischendeckreise ist eine schreckliche Sache." Wir erzählten ihm, auf welche Weise wir zu einem besonderen Schlafquartier gekommen waren. Die Lösung schien ihm zu gefallen. „Bleibt vor allem niemals an Deck, nachdem es dunkel geworden ist. Darauf muß ich bestehen." Wir freuten uns über seine Fürsorge. Er war wirklich ein liebenswürdiger Mann, ungefähr 55 Jahre alt. Er zeigte uns Fotos von seiner Frau und seinen Kindern, gab uns Bücher zum Lesen und eine Menge Obst als Ergänzung unserer Verpflegung[35]. Manchmal brachte uns jemand Eiskrem; wir wußten, wer sie uns schickte. Das Obst konnten wir mit der

Gruppe teilen, aber das Eis sollten wir selber essen. Die anderen staunten, und wir erzählten ihnen von unserer neuen Bekanntschaft. Immer öfter hielten wir uns bei der Treppe zur Brücke auf, denn Mr. Sieverts schien es gern zu haben, wenn er uns während seines Dienstes sehen konnte.

25 Tage lang waren wir wohl auf See und hatten nichts anderes gesehen als Himmel und Wasser. Da erfuhren wir, daß wir gegen 9 Uhr abends an Havanna (Insel Kuba) vorbeifahren würden. Das war eine gute Nachricht, aber zugleich auch schlimm für Christine und mich. Wir wollten so gerne endlich wieder Land sehen, den ersten Eindruck von unserem Reiseziel Amerika gewinnen, aber wir mußten ja nach Dunkelwerden in unserem Schiffsquartier verschwunden sein. Alle anderen konnten aufbleiben, wenn sie wollten, nur wir beiden Mädchen hatten unserem Offizier das Versprechen gegeben, seiner Anordnung zu folgen. Nach längerem Überlegen beschlossen wir, für einige Minuten an Deck zu gehen, uns hinter einem Boot zu verstecken und dann schnell wieder zu verschwinden.

Was für ein herrliches Erlebnis, die Lichter von Havanna durch das Dunkel zu uns herüberleuchten zu sehen!

Wir waren gerade auf dem Rückweg zu unserem Quartier, als Mr. Sieverts die Treppe heraufkam und von uns beinahe umgerannt worden wäre. „So, so. Oben wart ihr! Wart ihr schon öfter ungehorsam?" „Nein, nein! Wir wollten nur die Lichter so gerne sehen!" „Nun, ich war gekommen, euch aufzuwecken. Ich wollte nicht, daß ihr das versäumtet. – Gut, ich glaube euch. Ihr seid zwei feine Mädchen." Wenn wir das gewußt hätten, wären wir unter Deck geblieben; aber konnten wir erwarten, daß er an uns denken würde? –

Nach 27 Tagen Schiffsreise landeten wir in New Orleans, und die erste Person in der Neuen Welt, die wir sahen, war Christines Mutter, eine reizende kleine, rundliche Dame. Wie glücklich Mutter und Tochter waren, als sie sich in den Armen lagen! Christine und ich waren während der Fahrt gute Freundinnen geworden. Heimweh überkam mich, als ich die beiden sah, und ich sehnte mich nach meiner eigenen lieben Mutter zurück. Freundschaft, unter solchen ungewöhnlichen

Umständen geschlossen, sollte eigentlich dauerhaft sein können. Vielleicht wäre sie es auch gewesen, wenn wir beide am selben Ort geblieben wären. Frau Landau schlug mir vor, in New Orleans zu bleiben, aber natürlich ging das nicht. Mein Ziel war Lake Charles, und so trennten wir uns hier am Hafen. Wir schrieben uns noch ungefähr ein Jahr lang Briefe. Dann heiratete Christine einen Drogisten, Harald Geßler mit Namen, und hatte dann andere Interessen. Ich habe nie mehr etwas von ihr gehört.

Eine Zeitlang standen wir noch am Kai und warteten auf unser Gepäck. Auch Mr. Nash verabschiedete sich, er wurde von seinem Bruder abgeholt, und ich habe ihn nie wiedergesehen. Ein Steward trat an mich heran und überreichte mir eine kleine Flasche Himbeerlikör mit einem Gruß von Mr. Sieverts, dem 1. Offizier der „Nürnberg". In dem allgemeinen Aufbruchtrubel gelang es mir leider nicht mehr, ihn aufzusuchen und mich für seine Freundlichkeiten zu bedanken. Seine Flasche sollte sich während der weiteren Reise als großer Segen erweisen.

Nach einer Weile wurden wir, die wir nach Texas wollten, von den anderen getrennt und in einen Eisenbahnzug geleitet. Mit uns ging eine große Anzahl Menschen. Von unserer ursprünglichen Gruppe aber waren nur noch Miss Hauschild und ich, Mr. Sachs und Mr. Koch übriggeblieben. Es war ein Sonderzug nur für Einwanderer, in den wir uns setzten. Er mußte während der folgenden Fahrt sehr oft halten, um den regulären Zügen den Vorrang zu geben. Manchmal warteten wir irgendwo stundenlang, bis es endlich weiterging.

Schlimm war, daß man keine Maßnahmen getroffen hatte, uns zu verpflegen. An einigen Stationen, an denen wir hielten, gab es Kaffee und Kräcker (es waren die ersten, die ich probierte, und ich fand sie schrecklich trocken). Also versuchte jeder auf eigene Faust, sich zu versorgen; man schob und drängte am Verkaufsstand rücksichtslos, und ich wäre sicherlich vor Hunger umgekommen, wenn Mr. Koch sich nicht um mich gekümmert hätte. Drei Tage und Nächte kampierten wir in diesem Zug. In einer Nacht war es so kalt, daß wir Mädchen die Mäntel der Männer annehmen mußten, um uns damit zuzudecken. Selbstsüchtig? Ich glaube, wir waren es.

An einem Morgen kamen wir endlich in Houston/Texas an. Hier gab es zum ersten Mal eine Gelegenheit, etwas Warmes zu essen zu bekommen. Aber draußen regnete es in Strömen. Nur die Männer wagten es, den Waggon zu verlassen. Aber wir Mädchen wurden nicht vergessen. Unsere Begleiter brachten uns heißen Kaffee, Eier und warme Brötchen, und es schmeckte sehr gut.

Hier verließ uns nun auch Mr. Sachs, und von den Hunderten von Leuten auf dem Schiff waren nur noch wir drei übriggeblieben, die sich von der Reise her kannten.

Wir erreichten Galveston bei Nacht und gingen in das Commercial Hotel auf der Mechanic Street. Der Besitzer war ein Deutscher. Ist es ein Wunder, daß wir uns wie zu Hause fühlten? Wir beiden Mädchen bezogen ein Zimmer zusammen. Wie überrascht war ich, das Bett von einem Spitzenvorhang umhüllt zu sehen. „Ein Moskitonetz", wurde ich belehrt! Als ich im Bett lag, kam ich mir wie eine Prinzessin vor. In dieser Nacht schliefen wir wundervoll. Nach dem Frühstück am nächsten Tag brachten wir Miss Hauschild an den Zug, und nun waren wir nur noch zwei.

Mr. Koch kannte sich in Galveston aus. Er hatte hier schon mehrere Jahre gelebt und war nun nach dem Besuch seiner Familie in Deutschland wieder zurückgekehrt. Er hatte sich jetzt sehr flott gekleidet und wirkte sehr unternehmungslustig. Als erstes ging er an den Kai und fand heraus, daß die „Mary Lynch" noch nicht angekommen war.

Ich besaß die Anschrift einer alten Freundin meiner Eltern, die mit ihrer Familie auf der 1st. Avenue, 36th. Street wohnte, und von der ich wußte, daß ich dort sicherlich solange aufgenommen werden würde, bis Jakob Hansen, der Mann meiner Cousine Josina, mit dem Schoner eingetroffen war, um mich nach Lake Charles mitzunehmen.

So fuhren wir mit einer Straßenbahn, einem Wagen mit einem Maulesel davor, zu der erwähnten Adresse. Natürlich kannte ich die Leute nicht. Aber sie nahmen mich freundlich auf, und ich war froh, endlich zur Ruhe kommen zu können und in einer Wohnung zu leben.

Mr. Koch verließ uns, sagte aber, er werde nach dem Schoner Ausschau halten, und er werde am nächsten Tag wiederkommen, um mir Galveston zu zeigen. Er holte mich jeden Morgen ab und führte mich einige Stunden aus. Die alte Dame begann sich zu sorgen, und sie sagte zu mir: „Luise, Mr. Koch ist ein sehr netter Mann, aber Du mußt nicht denken, daß er dich heiraten wird. In diesem Land ist es üblich, daß junge Männer jungen Mädchen viel Aufmerksamkeit zeigen. Sie denken sich nichts dabei." Ich fand diesen Hinweis komisch, denn ich hatte nicht ans Heiraten gedacht. Wir waren Freunde, weiter nichts; und als solche gingen wir auch auseinander.

Der Schoner war angekommen und mit ihm mein Vetter. Das Schiff wurde entladen und man übernahm neue Fracht. Dann legten wir ab, und der letzte Abschnitt meiner Reise begann. – Aber wir kamen nicht weit, nur bis zu einer Sandbank vor der Küste, gerade so weit entfernt, daß wir von See aus ganz Galveston überblicken konnten. Hier lagen wir fest. In jenen Tagen hatten wir Niedrigwasser, und wir mußten warten, bis der Stand des Wassers so hoch war, daß es uns über die Sandbank tragen konnte.

Unser Schiff war nicht das einzige in dieser Zwangslage. Drei andere Schoner, die gleichfalls nach Lake Charles unterwegs waren, hatten neben uns geankert. Von der „George Lock" kam der Kapitän zu uns herüber, um uns einen Besuch abzustatten. Er stellte sich als Mr. Rollfing vor und brachte mir liebenswürdigerweise Äpfel und Bücher mit. Er war der erste fremde Mann, den ich auf amerikanischen Boden kennenlernte. Niemals hätte ich geglaubt, daß nach einigen Jahren der Name Rollfing auch mein Name sein würde.

Nach einigen Tagen hatte das Warten ein Ende, und unsere Schiffsreise wurde fortgesetzt. Wir fuhren den Calcasieu-River hinauf. Dabei kam ich aus dem Staunen nicht heraus. Noch niemals zuvor hatte ich solche riesigen Wälder gesehen, und wir segelten auf dem Fluß sogar mitten hindurch. Ich wußte nicht, daß seine Ufer sumpfig waren, und daß Fieber und Krankheit von ihm ausgingen. Jedenfalls dachte ich, die Landschaft sei wundervoll. Auf einmal verbreitete sich der Fluß.

Er mündete in den Lake Charles, und der Anblick, der sich mir bot, war lieblich.

Die Stadt war am Ufer des Sees gelegen und sah aus der Entfernung ganz idyllisch aus. Der Schoner wurde am Kai festgemacht, und mein Cousin und ich gingen geradewegs zu meiner Cousine Minas Haus.

Es war der 1. Dezember 1880. Verlassen hatte ich Deutschland am 18. Oktober. So hatte meine Reise 42 Tage gedauert. Aber was machte das schon! Ich hatte das Abenteuer einer Reise über den Ozean ganz allein geschafft und war, ohne Schaden erlitten zu haben, am Ziel meiner Wünsche angekommen; ich war in Amerika.

IV. In der Kolonistenstadt Lake Charles

Meine anfängliche Begeisterung über das neue Land wurde zum ersten Mal gedämpft, als ich den Ort aus der Nähe betrachtete. Lake Charles hatte vom See aus reizvoller ausgesehen, als es sich jetzt in Wirklichkeit darstellte.

Die Straßen waren sandig, die meisten Häuser klein und ohne Farbanstrich. Wohl gab es hier viele Bäume, aber ich vermißte die Straßenbahnwagen. In den Geschäften wurden alle Arten von Waren angeboten. In ein und demselben Laden konnte man sowohl einen Pflug, einen Hut als auch Lebensmittel einkaufen. Zu Hause oder wo auch immer ich gewesen war, wurden in einem Lebensmittelgeschäft nur Lebensmittel und in einem Kleidergeschäft nur Kleider verkauft. Wie man hier die Läden einrichtete, erschien mir sonderbar; aber die Stadt war noch jung, ich mußte mich umstellen[36].

Das Haus meiner Cousine lag direkt an der Ryanstraße, der Hauptstraße. Es war außen mit Farbe angestrichen, innen aber besaß es nur schlichte Kiefernwände und -türen. Vor dem Haus gab es keinen Baum in der Nähe. Ich war ziemlich enttäuscht, ich hatte mir alles anders vorgestellt.

Mina hatte Diedrich W. Jessen geheiratet, einen Mann, der aus Boldixum[37] auf der Insel Föhr stammte. Er war ein guter Schneider. Zu jener Zeit hatte er seine Werkstatt im eigenen Haus. Sie war recht groß, und daneben besaßen sie noch eine geräumige Küche und zwei Schlafzimmer. Eines davon gehörte den drei Kindern Johnnie, Dora und Georgie. Sie sprachen alle Plattdeutsch und nannten mich Tante oder „Auntie" (Tantchen). Ich fand im Hause auch meine liebe Tante Maria, Mutters Schwester, vor. Sie hatte hier bei ihrer Tochter Mina auf mich gewartet und war dazu extra von Lockport nach Lake Charles gekommen, um mich zu begrüßen. Lockport lag auf der anderen Seite des Sees. Dort war ihr Mann, Onkel John Jakobs, als Nachtwächter in einer Sägemühle angestellt. Ihre andere Tochter Josina sah ich in den nächsten Tagen auch wieder, meine Cousine, deren Mann, Jakob Hansen, mich nach Lake Charles gebracht hatte. Sie erzählte von ihren drei Kindern: John, Fred und Minna.

Alle Föhringer kamen, um mich zu sehen und fragten nach ihrer Verwandschaft in der Heimat. Jetzt konnte ich ihnen einige der Botschaften übermitteln, die mir aufgetragen worden waren, bevor ich Deutschland verließ. Die meisten Föhringer schienen geheiratet zu haben; aber es gab noch einige ledige Männer und zwei ledige Mädchen aus Nieblum. Ich hörte, daß die Brüder Bendixen und Amanda Meisler auch inzwischen eingetroffen seien, aber nicht in Lake Charles. Sie lebten bei ihren Verwandten in West Lake an der anderen Seite des Sees.

Es wurde von mir erwartet, daß ich bei Cousine Mina blieb und ihr in allem zur Hand ging. Sie wollte mir für meine Arbeit sechs Dollar im Monat geben. Ich schuldete Onkel John, ihrem Vater, 65 Dollar für die Schiffsreise, und ich rechnete mir aus, wie lange es wohl dauern würde, bis ich meiner Verpflichtungen ledig war.

Im ersten Monat mußte ich mir zuerst ein Paar Schuhe und dann auch einen Hut kaufen. Ich meinte anfangs, ohne ihn auskommen zu können; aber Mina meinte, die Anschaffung sei notwendig. So fügte ich mich. Ich hatte einen hübschen kleinen schwarzen Samtturban mit gestreiften Bändern von Föhr mitgebracht; der stand mir gut; Mina war jedoch der Ansicht, die jungen Mädchen hier trügen so etwas nicht. Sie ging mit mir in einen Laden, und wir kauften einen großen Hut, der auf der einen Seite hochgeschlagen war und eine riesige blaue Schleife besaß. Ich fand, ich sähe mit ihm unmöglich aus, aber ich trug das Ding. So war mein erstes Monatsgehalt schon dahingeschmolzen, und ich war ärgerlich. Ich beschloß, keine anderen Sachen mehr zu kaufen. (Später sah ich amerikanische Mädchen, welche einen ähnlichen Kopfputz trugen, wie ich ihn von Föhr her besaß.) —

Immer dann, wenn ich Cousine Mina entbehrlich war, mußte ich ihrem Mann in seinem Schneidergeschäft helfen. Ich nähte gern, aber meine Arbeit klappte nicht zu seiner Zufriedenheit, und ich schwitzte immer Angst, wenn er mir einen neuen Auftrag erteilt hatte. Ich wollte es beiden recht machen, und ich merkte, wie schwer das war.

Tante Maria war nach Lockport zurückgekehrt. Eines Tages beschloß ich, sie zu besuchen, um auf diese Weise auch Onkel John Jakobs wiederzusehen. Dazu mußte ich mit einer Fähre den See überqueren. Man beschrieb mir den anschließenden Weg: Ich müßte eine Weile dem Eisenbahngleis folgen, und nachdem ich einen Abzuggraben erreicht hätte, mich nach links wenden, da wäre dann ein Weg durch einen Kiefernwald, der mich direkt nach Lockport führen würde.

Ich fürchtete mich nicht und ging los. Auf der anderen Seite des Sees hatte ich gerade den angekündigten Abzuggraben passiert, als mir ein großer Neger entgegenkam. Ich war so erschrocken, daß ich mich hinsetzte. Aber der sagte nur „Guten Tag" und ging vorbei und tat mir nichts. Erleichtert stand ich auf und ging auf dem Pfad durch den Kiefernwald. Es kam mir so vor, als schritte ich durch eine Kirche, so schön und ruhig war es hier. Noch niemals war ich in einem solchen Wald gewesen! Auf den Nadeln zu gehen, gab einem das Gefühl, auf einem Teppich zu wandeln. Ich erreichte Lockport und fand meinen Onkel zu Hause vor. Da gab es eine Menge zu erzählen, und wir waren sehr glücklich.

In diesem Ort arbeitete eine größere Anzahl von Föhringern. Ungefähr sieben Paare waren verheiratet. Sie veranstalteten einen Tanzabend, zu dem sie jeden Bekannten einluden, den sie erreichen konnten. Durch meinen Besuch nahm ich auch daran teil. So traf ich hier die Brüder Bendixen wieder und Amanda Meisler. Der Tanz wurde in einem großen Speiserestaurant veranstaltet; die Musik bestand aus einem Geiger und einem Akkordeonspieler. Wir hatten viel Spaß, die meisten Gäste kamen von unserer Insel, und ich tanzte nach Herzenslust. Am nächsten Tag ging ich nach Hause zurück. Ein Bewohner aus Lockport hatte in Lake Charles etwas zu erledigen, so brauchte ich den Weg nicht allein zurückzulegen.

Weihnachten kam heran. Ein kleiner Tannenbaum wurde geputzt für die Kinder, und er erfüllte die Räume mit seinem lieblichen Duft. Ich war froh, bei Verwandten zu sein; denn die letzten Jahre hatte ich bei Fremden verbracht. Natürlich schweiften meine Gedanken in die Heimat, wo jetzt die Landschaft wohl mit Schnee bedeckt und der Teich vor unserem Haus sicher wieder zugefroren war. Hier dagegen grünte alles, und es war sehr warm. Ob ich mich eingewöhnen würde?

Cousine Mina hatte wohl meine Sorgen bemerkt und machte mich darum mit verschiedenen jungen Leuten bekannt; aber es waren Amerikaner, wir konnten uns nicht verständigen. So half mir das nicht viel.

Es schien so, als ob alle Geschäfte in Lake Charles von jungen Juden geführt wurden; dagegen gab es nur ein jüdisches Mädchen in der Stadt, sie war die Schwester einer dieser Kaufleute, ihr Name war Anna Rawitzki.

Ich hatte meinen Hut in „Kaufmann und Blocks Laden" gekauft, und dort hatte man deutsch mit mir gesprochen. Einige Zeit war vergangen, da erschien Mr. Block bei uns und fragte mich, ob ich am nächsten Sonntag mit ihm eine Kutschfahrt unternehmen wolle. Ich wußte nicht, wie ich mich verhalten sollte und verließ ihn für eine Weile, um Mina zu fragen. Die meinte, „buggy riding"[38] wäre das größte Vergnügen, das man hier hätte. Sie ging zu dem jungen Geschäftsmann und nahm in meinem Namen die Einladung an. Mr. Block war ungefähr 30 Jahre alt, ziemlich groß und Jude. Er sah jedoch gar nicht so aus, denn er hatte blondes Haar und blaue Augen.

Ich war ziemlich aufgeregt, bis der Sonntag kam. Als er eine Dose Bonbons mitbrachte, fand ich, daß die jungen Leute in Amerika wirklich sehr aufmerksam wären. Das waren die ersten Süßigkeiten, die ich bekam, aber es waren nicht die letzten. Wir fuhren etwas weiter weg; die Wege waren sehr schlecht, und wir wurden ziemlich durcheinandergeschüttelt, aber nichts machte mir mehr Spaß als das; denn ich war in Deutschland, was Vergnügungen anbelangte, nicht verwöhnt worden.

Die beiden anderen ledigen Mädchen aus Nieblum, Anna und Maria[39], wurden bald meine besten Freundinnen, konnten wir doch über jeden in unserem Heimatdorf miteinander sprechen.

Im Januar wurden wir zu einem Ball eingeladen. Er sollte in einem bisher leerstehenden Laden stattfinden, der in der folgenden Woche bezogen werden sollte. Es war üblich, ihn durch ein Fest einzuweihen, wenn alle Lampen in ihm angebracht waren. Ich hatte bis jetzt noch kein Englisch gelernt, Anna und Maria dagegen, die schon zwei Jahre hier waren, konnten es bereits etwas sprechen. Ich hatte zwei hübsche Kleider und fragte Mina, was ich anziehen sollte. Sie meinte: „Du mußt etwas Weißes anziehen!" Ich besaß nichts Derartiges, nur einen weiß-grün karierten Rock, hinten mit einer kleinen Schleppe. Ich wählte eine Bluse aus und legte noch ein rosa Halsband an. Gefühlsmäßig meinte ich, die Aufmachung stehe mir nicht, aber Mina meinte, ich sähe hübsch aus. Anna sah mich an, sagte aber nichts.

Als wir dann im Saal waren und uns hingesetzt hatten und ich bemerkte, daß keines von den Mädchen so aussah wie ich, war mir zum Heulen zumute. Ich wollte auf keinen Fall aufstehen und tanzen, nicht einmal mit Jimmy Lyons, einem Amerikaner, der den Ball veranstaltete. Ich war wütend auf Mina und auf mich und vor allem darauf, daß ich noch kein Englisch konnte. – Vom nächsten Tag an muß ich für Mina eine Plage gewesen sein, denn andauernd stellte ich Fragen, wie dies und jenes auf Englisch heiße. Ich hörte auch anderen Leuten zu, aber jeder, der Deutsch verstand, sprach Deutsch mit mir. –

Unterdessen hatte der Schwager meiner Freundin Anna, Heinrich Fricke, in der Hauptstraße ein großes zweistöckiges Haus gebaut, uns beinahe gegenüber. Unten waren ein Laden und eine Bäckerei eingerichtet, oben befand sich eine große Halle mit einer Bühne zum Gebrauch für Schulkinder. Es war das erste Gebäude dieser Art in Lake Charles. Dieses bedeutungsvolle Ereignis sollte am 1. März mit einem Fest besonderer Art gefeiert werden, mit einem Maskenball. Ein Wagen, auf dem maskierte Männer und eine Musikkapelle saßen, fuhr durch die Straßen und überbrachte die Einladungen. Sie fuhren an unserem Haus vorbei, mein Herz sank. Ich dachte, ich bekäme keine. aber nach einigen Minuten kehrten sie zurück, und Mina erhielt eine Karte und ich auch. (Annas Schwester

Christine war, bevor sie heiratete, bei Mina tätig gewesen. Seit dieser Zeit waren sie einander zugetan.)

Meine beiden Freundinnen und ich verabredeten uns, ganz gleiche Matrosenanzüge zu tragen, und da wir ungefähr die gleiche Größe hatten, würde es schwer sein, uns auseinanderzuhalten. Alle drei hatten wir eine Einladung, aber keine Begleitung. So entschieden wir, Mr. Fricke selbst zu bitten, uns hinzubringen und auch wieder nach Hause, wenn der Ball zu Ende war. Keine von uns war jemals auf einem Maskenball gewesen, und wir waren aufgeregt und glücklich zugleich.

Am selben Tage setzten bei Mina, die ein Baby erwartete, die Wehen ein. Ich war enttäuscht, dachte ich doch, ich müßte jetzt zu Hause bleiben. Aber Mrs. Reimers, eine Cousine von Diedrich Jessen, kam und versprach, die Besorgungen zu machen und bei Mina zu bleiben. Oh, wie froh war ich! Ich dachte nicht an Mina, ich dachte nur an mich und den Ball!

Wir waren etwa fertig loszugehen, als Martin Jessen, Diedrichs Bruder in der Tür erschien. Er war mit dem Schoner von Galveston aus zu einem Besuch gekommen. Ich kannte ihn nicht, aber er bot sich an, uns hinüberzubringen, sagte jedoch, daß er nicht tanzen könne. So hatten wir jemanden als Begleitung und brauchten nicht Herrn Fricke zu bitten.

Welche großartigen Kostüme gab es zu sehen! Einige waren extra in New Orleans für diesen Abend besorgt worden. Es war eine Pracht! Als ich maskiert war, hatte ich alle Partner zum Tanzen. Ich versäumte keinen Rundtanz, aber „Lanciers" und „Quadrille" sahen so schwierig aus, darum versuchte ich sie nicht. Anna und Maria taten es auch nicht, also sahen wir zu.

Um elf Uhr wurden die Masken abgenommen, und jeder sah, wer wir waren. Ein Teil der Männer hatte mich vorher aufgefordert und wußte nun, daß ich tanzen konnte. Aber noch konnte ich kein Wort Englisch sprechen. Mr. Gerdsen, Marias Bruder, fragte, ob er mich am Schluß nach Hause bringen dürfte. Ich sagte: „Es geht nicht, Mr. Fricke begleitet uns heim", und ich erzählte ihm, daß wir zuvor mit Mr. Martin Jessen hierhergekommen waren. Der hätte aber nichts über das Nachhausegehen gesagt, und ich würde gerne das tun, was recht sei. „Dann ist es richtig, daß ich dich nach

Hause bringe", sagte Mr. Gerdsen, und so war das geregelt. Ich hatte mit einem „Prinzen" zweimal getanzt, als ich maskiert war, und nun kam Mr. Reimers auf mich zu und stellte mir Mr. Eli vor. Mit ihm tanzte ich dann noch einmal, und er redete und redete, ich verstand kein Wort und antwortete nur manchmal „ja" und manchmal „nein". Als ich in der Frühe nach Hause gehen wollte, standen da alle drei mit ihren Hüten: Mr. Gerdsen, Mr. Jessen und Mr. Eli. Ich wußte, irgendetwas stimmte nicht, so nahm ich Mr. Gerdsens Arm und ging mit ihm fort.

Am Morgen war bei Jessens ein kleines Mädchen angekommen. Ich war froh, daß ich nicht zu Hause geblieben war, aber jetzt wollte ich gerne etwas tun.

Später kam Mr. Reimers und sah mich ganz streng an. „Was hast du gemacht, Louise?" „Ich weiß es nicht, was habe ich denn getan?" Dann erzählte er uns, Mr. Eli sei zu ihm gekommen und er hätte gesagt: „Das kleine deutsche Mädchen kann vielleicht nicht Englisch sprechen, aber sicherlich versteht sie gut zu kokettieren. Ich fragte sie, ob ich sie nach Hause bringen dürfte. Sie lächelte und sagte ‚Ja'. Aber als sie fertig war, aufzubrechen, ging sie schnell weg mit Mr. Gerdsen." Ich erzählte ihm, daß ich nichts verstanden hätte und deshalb vielleicht „Ja" am falschen Platz gesagt hätte. Als ich später Englisch sprechen konnte, lachten Mr. Eli und ich herzlich über diesen Zwischenfall.

Als der Sommer kam, wurde es sehr heiß. Oftmals litt ich jetzt unter Fieber. Ich war noch nie in meinem Leben krank gewesen, und ich wußte nicht, was ich machen sollte. Aber man riet mir: „Du mußt dich einfach an dieses Klima gewöhnen, jeder wird hier im ersten Jahr krank." Ich mußte viele Medikamente einnehmen, auch Chinin, dieses bittere Zeug. Ich brauchte jetzt unbedingt Sommerkleider, meine eigenen, die ich mitgebracht hatte, waren jetzt zu warm. Andererseits wollte ich auch Onkel John meine Schulden zurückzahlen. Der jedoch beruhigte mich. Ihm wäre alles recht, wie und wann ich die Sache regelte, aber mich bedrückte es.

Als ich ungefähr sechs Monate in Lake Charles war, ergab sich für mich eine Möglichkeit, mich zu verändern. Mina ging es jetzt wieder gut. Sie konnte wirklich ohne mich auskommen und die sechs Dollar (etwa 25 Mark) im Monat sparen. In unserer Straße, etwas weiter hinauf, lebte die Familie Gallagher. Mrs. Gallagher kam immer an unserem Haus vorbei und schien mich gut leiden zu können. Sie sagte Mina gegenüber einmal beiläufig, daß ich zu ihnen kommen sollte, wenn ich vorhätte, meine Stellung zu wechseln, sie würde mich wie ein Familienmitglied aufnehmen. Sie war eine schöne Frau, ihr Mann war Rechtsanwalt. Er hatte seine Schwiegermutter im Hause aufgenommen, Mrs. Landry, eine sehr lebhafte alte Dame, die in jüngeren Jahren Lehrerin gewesen war. Alle waren echte Franzosen aus New Orleans. – Ich dachte, das wäre die beste Gelegenheit für mich, Englisch zu lernen, denn sie alle konnten kein Wort Deutsch. – So ließ mich Mina auf mein Bitten gehen, und bald fühlte ich mich in der neuen Familie wie zu Hause.

Wir hatten einen großartigen Plan. Mrs. Landry wollte mir viele Wörter in Englisch sagen, und ich wollte dieselben auf Deutsch sprechen. Es konnte mir gar nicht schnell genug gehen mit unseren Lehrstunden.

Doch dann ging es plötzlich meiner Cousine Mina wieder nicht gut, und sie wünschte mich zurück, auch Tante Maria bat darum. Natürlich gab ich nach – schweren Herzens –, aber ich war ihnen noch verpflichtet, und meiner Tante gegenüber konnte ich nicht Nein sagen; ich liebte sie wie meine eigene Mutter. Onkel John hatte inzwischen ein kleines Haus unweit von dem seiner Tochter Josina gebaut und arbeitete nun in Mr. Platz' Mühle an dieser Seite des Sees. So lebten jetzt beide Familien zusammen an einem Ort, und ich war glücklich, Onkel und Tante besuchen zu können, wann immer ich mochte.

Im Herbst des zweiten Jahres in Lake Charles geriet ich bei einem dieser Besuche in einen Regen, bekam anschließend einen Husten und wurde sehr krank in ihrem Haus. Der Hausarzt Dr. Moss wurde gerufen; ich war dem Tode nahe. Ich hatte zwei Malaria-Anfälle, der dritte ist sehr gefährlich, aber ich bekam ihn nicht. Es dauerte lange, bis es mir wieder gut ging, und ich fragte mich, ob ich mich jemals an dieses Klima gewöhnen würde. Immer war der eine oder der andere aus unserer Familie krank. Fieber oder Malaria und Typhus gingen um, Namen, die ich früher nie gehört hatte.

Gegenüber Minas Haus auf der anderen Straßenseite lebte die Familie Platz in einem der schönsten Häuser von Lake Charles mit einem hübschen Garten und einem großen Landbesitz ringsum.

Mrs. Platz war eine der Föhringerinnen, die mit der ersten Gruppe damals unter Kapitän Goos' Führung von unserer Insel hierher gekommen waren. Sie hieß Agatha. Ihr Mann stammte vom Rhein und war ein Verwandter der Goos-Familie. Er war ein gut Teil älter als seine Frau, ein bekannter Mann. Als Teilhaber einer Holzhandelsgesellschaft hatte er viel zu tun. Beide besaßen eine kleine Tochter, Babette mit Namen, und ein Adoptivkind Inez. Es war eine glückliche Familie. Agatha besuchte uns oft. Meine Freundin Anna hatte bis zur Verheiratung ihrer Schwester mit Mr. Fricke im Haus der Familie Platz geholfen, war aber danach zu ihrer Schwester gezogen.

Cousine Mina meinte wieder einmal, es allein schaffen zu können. So wechselte ich diesmal zu Mrs. Platz hinüber und wurde dort wie ein lieber Freund behandelt. Natürlich hatte ich zu allen Nachbarn ein gutes Verhältnis; aber es war mir schon sehr unangenehm, so oft meinen Arbeitsplatz zu wechseln. Schuld daran war mein innere Verpflichtung, zu Mina zurückkehren zu müssen, wann immer es ihr gefiel, und zu gehen, wenn sie glaubte, ohne mich auskommen zu können.

Eines Sonntags erlebte ich die größte Überraschung mit ihr. Ich blickte aus dem Fenster, und wen sehe ich da die Straße heraufkommen? Jakob Hansen, Josinas Mann, und an seiner Seite Mr. Koch, mein Reisegefährte von der Überfahrt mit der „Nürnberg"! Ich konnte kaum meinen Augen trauen. Ich erzählte es Agatha und meinte: „Ist es nicht sonderbar, daß er mir seinen Besuch nicht vorher angekündigt hat?" Sie sagte: „Louisa, er schrieb dir eine Postkarte, Mina zeigte sie mir, verbrannte sie aber, weil sie dachte, er würde nicht kommen und du würdest darüber traurig sein. Ich versprach ihr, nichts zu sagen, darum laß mich da heraus." Nach einer Weile kam

Mina zu Mr. Platz' Haus herüber. „Rate Louisa, wer hier ist!"
„Ich weiß es nicht, ich kann nicht raten!" „Es ist Mr. Koch
von Galveston." „Oh, du machst dir einen Spaß mit mir, er
hätte mich sicherlich vorher benachrichtigt, wenn er mich
besuchen wollte." „Ich spaße durchaus nicht, er ist bei uns.
Kannst du nicht herüberkommen?" „Jetzt geht es nicht, aber
sicherlich etwas später."

An diesem Sonntag hatte die Familie Platz eine große
Gesellschaft zum Mittagessen. Die kleine Babette wurde
getauft, alle Verwandten waren erschienen, und ich hatte viel
zu tun. Danach lief ich hinüber und war natürlich glücklich,
Mr. Koch zu sehen. Seine erste Frage war: „Was hast du mit
deinen hübschen roten Wangen gemacht? Und hast du meine
Karte erhalten?" „Nein, ich bekam keine Karte, ich glaube
auch nicht, daß du mir eine geschickt hast!" „Sie muß dann
noch auf der Post liegen, und ich werde sie morgen holen; ich
hatte sie zu Händen von Mrs. Jessen adressiert." So fragte ich
jetzt Mina: „Hast du eine Karte bekommen?" Sie sagte:
„Nein", aber ihr Gesicht war schrecklich rot; da hatte ich
Mitleid mit ihr und stellte sie nicht bloß.

Mr. Koch war mit Jakob auf demselben Schoner gekommen;
er blieb ungefähr zwei Wochen, und dann fuhr er mit ihm
zurück nach Galveston. Wir hatten schöne Tage miteinander,
und natürlich unterhielten wir uns viel über unsere Reise von
Deutschland hierher. Ich fand, daß es sehr nett von ihm
gewesen war, mich zu besuchen.

In dieser Zeit war es auch, daß meine Schwester Maria von
Föhr nach Lake Charles kam. Agathas Schwester, Mrs.
Lanagan, hatte ihr das Geld zur Überfahrt geschickt. Maria
gewöhnte sich bald ein, das Klima machte ihr keine Schwierigkeiten. Aber Freundschaften zu schließen fiel ihr schwer,
im Gegensatz zu mir.

Unvergeßlich sind mir einige festliche Vergnügungen am
See. Da fand in Lockport ein Geburtstagsessen statt. Kapitän
Lockes Schwester, eine unverheiratete ältere Dame, hatte
zehn junge Männer aus Lake Charles eingeladen und aufgefordert, jeweils eine junge Dame mitzubringen, vielleicht die
eigene Freundin. Ich wußte, daß Mr. Block eingeladen war.

Agatha erzählte es mir und sagte: „Ich vermute, du wirst mit ihm hingehen." Mr. Block nahm mich oft bei solchen Anlässen mit, aber ich dachte, die Gesellschaft wäre so großartig, daß er ein echtes Lake-Charles-Mädchen wählen würde. Und ich wußte auch schon, wen – Miss Hannah Woodman, ein Mädchen, mit dem er manchmal ausging. – Aber schon bald kam der Briefträger mit einer Einladung für mich. Ich muß gestehen, daß ich mich sehr geschmeichelt fühlte, wußte ich doch, daß jedes Mädchen glücklich gewesen wäre, seine Begleiterin sein zu können. Wir fuhren in Kutschen dorthin. Der Weg war einige Meilen weit und holperig, aber wir kamen zur rechten Zeit an. Miss Knight und Mrs. Locke waren sehr liebenswürdig zu jedem, und als die Plätze zum Dinner angewiesen wurden, mußte ich den Ehrenplatz neben Kapitän Locke einnehmen. Anfangs war ich ein wenig schüchtern, dann aber sagte ich mir, ich müßte frisch und unterhaltsam sein und ging aus mir heraus. – Es war ein großartiges Essen. Als es Zeit zum Gehen war, nahm mich Miss Knight zur Seite und flüsterte mir zu: „Nicht so eilig, laß die anderen weggehen, bleib noch eine Minute." Dann kam sie mit einem Arm voll Blumen und gab sie mir, sie mochte mich wohl gern leiden. Es war ein herrlicher Tag, und es ist kein Wunder, daß dieses alles noch so klar in meiner Erinnerung ist.

Mein Geburtstag nahte. Ich konnte all meine Freundinnen einladen und alle kamen. Agatha richtete diese Party für mich aus und schenkte mir einen sehr schönen Ring.

An einem anderen Tag gab es abends eine Vorstellung im Opernhaus. Ich war in Begleitung von Mr. Block und lernte dabei auch seinen Bruder kennen, der zu Besuch gekommen war. Es wurde beschlossen, am nächsten Tag ein „Fischebraten" zu veranstalten, und ich wurde auch dazu eingeladen. Wir waren sechs Pärchen und fuhren in Kutschen den Weg flußabwärts. Dann versuchte ich zum ersten Mal, einen Fisch zu angeln, fing aber nicht einen. Andere hatten mehr Glück. Wir hatten einen Negerkoch dabei, er briet die Fische und wir aßen sie, alles übrige zum Picknick kam aus den Körben. Wir hatten viel Spaß, so daß ich auch dieses nicht vergessen habe.

Ich konnte jetzt schon leidlich gut englisch sprechen, und

ich fand, daß die jungen Amerikaner sehr liebenswürdig waren, sie lachten niemals über mich in meiner Gegenwart; daher mochte ich sie bald lieber als die deutschen Jungen. Ich glaube, daß ich in dieser Zeit wirklich gut aussah. Mrs. Platz hatte großes Interesse daran, daß ich hübsch gekleidet war, und einmal, als sie mit einer Gruppe von Freunden unser Tanzvergnügen besuchte, meinte sie am nächsten Morgen: „Louisa, du warst beinahe die Schönste auf dem Ball, es ist kein Wunder, daß du so viele Verehrer hast!" Ich wußte, Inez Richards war das hübscheste Mädchen in Lake Charles, und daß Agatha mich neben sie stellte, war absurd. Aber was mir zugute kam, war vielleicht dieses: Ich war beliebt.

Ich ließ mich damals fotografieren in einem neuen Kleid, dem einzigen, das ich je bei einer Schneiderin habe anfertigen lassen. Das Bild besitze ich noch.

Drei Jahre waren nach meiner Ankunft in Lake Charles vergangen. Ich hatte viel arbeiten müssen, war einige Male krank gewesen, hatte aber andererseits viele Freunde gefunden und schöne Tage verlebt. Auf einmal wendete sich das Blatt. Die Holzgesellschaft, von der Mr. Platz Anteile besaß, machte Konkurs, und er verlor all sein Geld. Für Agatha kamen jetzt Notzeiten. Ich versuchte, ihr Mut zu machen, aber zu allem Unglück gesellte sich Krankheit. Alle in der Familie hatten die Masern. Natürlich bekam ich sie auch. Ich lag so ernstlich darnieder, daß eine Zeitlang jemand in der Nacht an meinem Bett wachen mußte. Ich ahnte nicht einmal etwas davon. Als ich nach sechs Wochen aufstand und in den Spiegel schaute, erkannte ich mich nicht mehr. Meine Haare waren ganz kurz abgeschnitten, und mein Gesicht war schmal geworden, ich fand mich einfach häßlich. Ich war todunglücklich, und mir kamen die Tränen. Als ich gewogen wurde, stellte sich heraus, daß ich 33 Pfund abgenommen hatte, ich war nur noch Haut und Knochen. Dr. Moss sagte zu mir: „Du mußt versuchen, kräftiger zu werden, und vor allem, es wäre besser für dich, Lake Charles zu verlassen. Wenn du in diesem Herbst wieder krank wirst, weiß ich nicht, ob ich dir noch helfen kann. Ich rate dir, gehe nach Galveston!"

Was sollte ich tun? Ich hatte es zwar geschafft, Onkel Johns

Geld zurückzuzahlen, hatte aber für mich selbst nur ganz wenig sparen können. Jetzt dachte ich oft, daß es besser gewesen wäre, gar nicht nach Lake Charles zu kommen, sondern von Anfang an in Galveston zu bleiben. Vielleicht wäre ich nicht so oft krank gewesen.

Agatha und meine Cousine bedauerten mich in meiner Notlage, aber auch sie ermutigten mich wegzugehen. Galveston war der einzige Ort, den ich schon ein wenig kannte. Ich mußte einfach versuchen, dort irgendwo Fuß zu fassen. Aber an wen sollte ich mich wenden? Der Zufall kam mir zu Hilfe.

Wie ich schon erzählt hatte, war mir während meiner Fahrt auf dem Schoner der Kapitän eines anderen Schiffes begegnet, Kapitän Rollfing. Es hatte sich herausgestellt, daß seine Familie hier in Lake Charles Haus an Haus mit Mrs. Reimers wohnte, der Cousine von Diedrich Jessen. Auf diese Weise lernte ich auch seine Frau und seine Kinder kennen. Seine beiden kleinen Töchter starben innerhalb weniger Wochen. In demselben Jahr kam auch die schreckliche Nachricht, daß der Kapitän selbst bei einem Sturm in der Nähe von Galveston ertrunken war. Jeder von uns war betrübt über das Leid, das diese Frau zu tragen hatte. Da ihre Verwandten in Galveston wohnten, vermietete sie ihr kleines Haus und zog mit ihren beiden Söhnen William und Fred dorthin. Kurz entschlossen schrieb ich Mrs. Rollfing und fragte sie, ob sie mir helfen könne, in Galveston eine Stelle zu finden. Sie antwortete mir mit der Einladung zu kommen.

Alles schien sich in dieser Zeit in Lake Charles zu verändern. Diedrich Jessen hatte seine Farm verkauft, und Mina und die Kinder zogen nun aufs Land. Cousine Josinas Mann, Jakob Hansen, starb auf einer Seereise von Galveston auf dem Schiff. Meine Schwester Maria erkrankte an Typhus, und ich mußte sie pflegen helfen, bis es ihr wieder besser ging. Es fiel mir schwer, Tante Maria und Onkel John zu verlassen, aber ich fühlte, daß ich mich von Lake Charles lösen mußte.

Ich war jung, und Gott war in Galveston so wie überall auf der Welt. In dieser Gewißheit begab ich mich auf die Reise und hoffte das Beste.

V. Galveston – und eine schicksalhafte Begegnung

Als ich das erste Mal mit der Eisenbahn in Galveston eintraf, war es dunkel gewesen, und ich hatte deswegen nicht bemerkt, daß wir über eine Brücke fuhren. Ich wußte gar nicht, daß der Ort auf einer Insel lag[40].

Diesmal kam ich bei Tageslicht an. Ich hatte geschlafen und wachte gerade in dem Augenblick auf, als wir die Bucht überquerten. Ich war ein bißchen erschrocken und dachte: „Wohin in aller Welt geht's denn nun?" – Wenn ich das Gerüst aus Holzbalken gesehen hätte, über das wir fuhren, wäre ich bestürzt gewesen. Ich erblickte es später, und es sah sehr gefährlich aus, wenn schwere Züge darüberfuhren. Aber ich habe nie gehört, daß irgendein Unfall passiert wäre, also schien die Brücke wohl sicher zu sein.

Ich traf auf dem Bahnhof ein, und da ich nicht wußte, wie ich es anstellen sollte, um Mrs. Rollfing zu finden, gab ich einen meiner wenigen Dollar aus und fuhr großartig in einer Droschke. Für meine Reisetruhe mußte ich noch extra 50 Cents ausgeben, daß sie mitbefördert wurde.

Mrs. Rollfing begrüßte mich sehr freundlich und sagte mir, sie würde mich gleich am nächsten Tag zu Mrs. Beißner, einer ihrer Freundinnen, mitnehmen. Die wüßte einige Leute, die Mädchen für ihren Haushalt brauchten.

Als wir die Dame aufsuchten, sah sie mich an und sagte: „Geh zu keinem anderen, bevor du nicht bei meiner Tochter Ella nachgefragt hast! Sie hat jetzt ein Mädchen, eine Irin; aber Ella mag sie nicht; sie trinkt!"

Wir gingen also zu Mrs. Voelker (das war Ella); vom ersten Augenblick an war sie mir sympathisch. Sie hatte zwei kleine Kinder und war selber jung und hübsch dazu. Sie hatte kleine blonde Locken rund ums Gesicht, Grübchen in den Wangen und schöne blaue Augen. Während sie ihren kleinen Sohn anzog, sprach sie lauter Unsinn mit ihm, um ihn abzulenken, er wollte nicht stillhalten.

Ohne Zweifel mochte sie mich auch, denn sie meinte: „Wir sind gerade damit fertig geworden, unser Haus zu vergrößern. – Wir haben es zweistöckig gemacht. Da ist noch eine Menge Arbeit, bis alles wieder sauber ist. Wenn Sie noch zwei Wochen warten wollen, wird danach alles ordentlich sein. Ich werde das irische Mädchen entlassen, sie trinkt; und ich kann ihr nicht mehr die Kinder anvertrauen." Dann meinte sie, oben wären zwei nette Stuben nach hinten hinaus gelegen, wo die Mädchen schliefen. Als ich das hörte, muß ich wohl ein betrübtes Gesicht gemacht haben. „Was haben Sie?" „Oh, ich mag nicht gerne im rückwärtigen Hausteil schlafen. Können Sie mir nicht etwas anderes geben?" Sie lachte. „Sie haben Glück", und sie öffnete eine Tür zu einem kleinen Zimmer, geschmackvoll möbliert, mit einem Teppich und einem Einzelbett. Es gefiel mir. „Ich beabsichtigte, dieses Zimmer zu vermieten, es steht gerade leer, ich will es Ihnen geben. Ich mag Ihr Gesicht so gern, und ich habe das Gefühl, daß Sie lange bei uns bleiben werden. Was nun den Lohn anbetrifft: Ich werde Ihnen 10 Dollar im Monat geben, und wenn ich finde, daß Sie mehr verdienen, werde ich auf 12 erhöhen."

Somit war alles festgelegt, und ich sollte kommen, wenn alles fertig sei. Ich dachte, daß das irische Mädchen eigentlich schäbig behandelt würde, aber warum in aller Welt trank sie auch? – Weshalb allerdings jemand mein Gesicht leiden mochte, konnte ich nicht verstehen. Ich dachte, ich sähe schrecklich aus; aber das schien gar nicht so zu sein. Meine Haare waren noch nicht genügend nachgewachsen, und ich trug deshalb eine Art Perücke. Ich hatte sie mir selbst gemacht, und man wird lachen, wenn ich sie beschreibe. Zunächst: Alle Mädchen trugen damals Häubchen, so hatte ich auch einige. Weiterhin wollte ich natürlich viel Haar haben, um hübsch auszusehen. In meiner Not hatte ich mir also einen falschen Zopf zugelegt und diesen unter einem Häubchen angenäht. Die ganze Haarpracht sah etwas rötlich aus. Jeden Abend machte ich sie sorgfältig für den nächsten Tag zurecht und war darauf bedacht, nicht ohne sie gesehen zu werden. Es war ein Wunder, daß ich meine Umgebung täuschen konnte, wenigstens machte niemand eine Bemerkung.

Während der Übergangszeit, bis ich meine Stellung antreten konnte, half ich Mrs. Rollfing nach Kräften. Sie verdiente sich etwas Geld durch einfache Näharbeiten und durch Waschen für einige Kapitäne, und gab sich redlich Mühe, auf diese Weise für ihre beiden Jungen zu sorgen. Sie hatte ein kleines Haus von Mr. Beißner gemietet, der immer ein guter Freund ihres Mannes gewesen war, und schätzte sich jetzt glücklich, daß sie ihm eine Freude hatte machen können, indem sie mich der Familie empfohlen hatte. Sie konnte nur hoffen, daß ich meine Sache gut machte. – Dann war es soweit, und ich zog zu Voelkers. Ich hatte keine Furcht, nicht zurechtzukommen. Es gab zwar viel zu tun, aber das störte mich nicht, weil wir uns gut aufeinander einstellen konnten. Wenn die Menschen von Natur aus fröhlich und einander geistesverwandt sind, geht alles leichter voran. Das war in meinem neuen Aufgabenbereich so, und ich war darum glücklich.

Ich habe immer die Überzeugung gehabt, daß man seinem Schicksal nicht ausweichen kann. Wir werden diesen oder jenen Weg geführt, um ihm zu begegnen. (Dieselbe Überzeugung habe ich auch bei dem Gedanken an den Tod. Die Zeit unseres Ablebens ist festgesetzt; wir werden nicht einen Tag früher oder später sterben.) Gott hat alles geplant. So sehe ich auch die Ereignisse, von denen ich jetzt berichten werde.

Wenn ich am Sonntagnachmittag Zeit zum Ausgehen hatte, war es natürlich, daß ich Mrs. Rollfing besuchte. Wie konnte ich ahnen, daß ich in ihrem Haus mit meinem zukünftigen Mann zusammentreffen würde?

Es waren nur ein paar Wochen nach meiner Ankunft in Galveston vergangen, als ich einen jungen Herrn in ihrer Wohnung sah. Sie stellte ihn vor als ihren Neffen August Rollfing. Wir unterhielten uns ein bißchen in Deutsch, und nach kurzer Zeit verließ er uns wieder. Aber ich war von Anfang an überzeugt: Das war der netteste junge Mann, den ich je gesehen hatte! Ich dachte viel über ihn nach und wünschte, daß auch er mich leiden mochte und ich ihn wiedersehen könnte. Voller Hoffnung darauf machte ich meinen nächsten Besuch. Ich traf ihn ganz allein an, und da sagte er die sehr bemerkenswerten Worte: „Tante wollte, daß ich mit ihr und den Kindern zum Friedhof gehen sollte; aber ich dachte, Sie würden kommen, darum blieb ich hier!" Ich zeigte ihm nicht, wie erfreut ich darüber war, aber mein Herz klopfte. Wir machten einen Spaziergang an den Strand, und als ich nach Hause gehen mußte, brachte er mich bis an die Pforte. Er fragte mich sogar, ob ich, wenn er von einer netten Tanzveranstaltung erführe, mit ihm dorthingehen würde. Ich sagte: Ja, vorausgesetzt, ich könnte mich freimachen.

Mrs. Voelker hatte uns gesehen. „Wer war das, mit dem du kamst?" „Mr. August Rollfing, er ist ein Neffe von Mrs. Rollfing." „Ich glaube, es ist gut, wenn du dich an ihn hältst, er ist ein schrecklich netter Bursche." „Sie kennen ihn also?" „Ja, natürlich, er malte die Portraits meiner Schwestern. Ich werde sie dir zeigen, wenn wir die Mama besuchen." Ich freute mich, daß ich jetzt schon ein bißchen mehr über ihn wußte. Dann erzählte ich ihr von seinem Angebot. Sie meinte, wenn er mich bitten würde, irgend etwas gemeinsam zu unternehmen, sollte ich niemals „Nein" sagen. –

Nun, einige Zeit verstrich, und dann gingen wir zu unserem ersten gemeinsamen Vergnügen in der Artilleriehalle. Ich war fest überzeugt, daß er ein guter Tänzer sei; aber, als wir gemeinsam begannen, gelang uns nichts. Es war wie verhext, so daß ich dachte, er könne überhaupt nicht tanzen, – und er muß das gleiche von mir gedacht haben. Nach einer Weile hörten alle auf, so schien es also doch eher an der Musik gelegen zu haben und nicht an uns. Dann wurde ein Walzer gespielt. Mit dem kamen wir gut zurecht, und so tanzten wir den ganzen Abend zusammen. Das hatte einen guten Grund: Er kannte nur wenige Leute und ich überhaupt niemanden. Trotzdem gefiel es mir mit ihm allein viel besser als jemals in Lake Charles, wo ich Partner in großer Zahl gehabt hatte – es war so ganz anders. –

Der Silvesterabend kam, und Mrs. Voelker ging mit ihrem Mann und den Kindern in das Casino, wo es einen großen Weihnachtsbaum zu sehen gab.

Ich war mit Mr. Rollfing zum Tanz in der Turner-Hall verabredet. Gerade machte ich mich fertig, hatte aber noch nicht meine Perücke auf, als es klingelte. Ich trug sie damals

immer noch, obwohl mein Haar zu jener Zeit schon nachgewachsen war und es unter der Perücke warm war und gelegentlich unangenehm juckte. Nur wenn ich im Zimmer allein
war und ich alle Hausbewohner im Bett wußte, nahm ich sie
ab, betrachtete mich im Spiegel und fand, daß ich auch mit
meinem eigenen Haar begann, wieder richtig hübsch auszusehen. – Gut, ich ging an die Tür, und es war Mr. Rollfing! Er
war früher gekommen. Wie war ich verlegen! Ich vermutete,
er erkannte mich kaum wieder! Dann raffte ich meinen Mut
zusammen und erklärte ihm, wie alles gekommen war. Er
sagte nur: „Setze das Ding nie wieder auf! Du siehst – so wie
du bist – ganz reizend aus!" Und ich hatte mir Sorgen
gemacht, daß er mich ohne Perücke vielleicht nicht mochte.
Das war nun vorbei. – Was die anderen dachten, das kümmerte mich nicht! – Dieser Abend wurde für uns wunderschön.

Am nächsten Morgen verbrannte ich die falsche Haarpracht.
Ich brauchte sie nicht mehr. Allmählich begann ich, mir
wieder ähnlich zu werden. Ich begann aufzublühen und war
selig. Hatte ich nicht den schönsten „beau" der Welt? Mrs.
Voelker fuhr fort zu sagen: „Halte ihn fest, Louisa!" Ich wollte
es schon, aber noch fiel es mir schwer zu glauben, daß ich die
Glückliche sein könnte; es schien mir, als ob jedes Mädchen
wünschen würde, ihn zu bekommen. –

In dieser Zeit teilte mir meine Schwester Maria mit, daß sie
auch gerne von Lake Charles nach Galveston übersiedeln
wollte. Ich besorgte ihr eine Stellung im Hause nebenan.
Nachdem sie sich eingewöhnt hatte, erwartete sie von mir,
daß ich sonntags mit ihr ausginge. Das war ein verständlicher
Wunsch, trotzdem brachte er mir manche traurige Stunde.
Rollfing nahm keine Rücksicht auf sie, er wollte sie bei
unseren Verabredungen nicht mitnehmen, und so mußte ich
ihm deswegen oft absagen. In Wahrheit hätte ich mich viel
lieber mit ihm allein getroffen, aber Marie war meine Schwester; ich befand mich zwischen zwei Feuern. Wie oft wünschte
ich, sie möchte selbst einen Partner finden, aber sie verstand
es nicht, Freundschaften zu schließen, und ich war gezwungen, das Beste aus meiner Lage zu machen.

Mr. Rollfing wäre übrigens durchaus nicht der einzige Mann gewesen, mit dem ich hätte ausgehen können. Ich lernte noch zwei andere junge Herren im Hause von Mrs. Voelker kennen. Beide waren sehr ehrenwert und hätten wohl auch gerne Verabredungen mit mir getroffen, aber warum sollte ich darauf eingehen? War ich nicht vollkommen glücklich? Manchmal kam Rollfing, holte mich ab und gemeinsam gingen wir dann in das Haus seiner Tante. Ich hörte ihn deutsche Lieder singen, zu denen er sich auf der Gitarre begleitete. Er hatte eine schöne Tenorstimme, und ich freute mich darüber mehr als über alles auf der Welt. Wir gingen nie zu Picknicks oder auf Parties, wie ich es so oft in Lake Charles getan hatte; aber ich sehnte mich auch nicht danach. Ich war wirklich und wahrhaftig – verliebt.

Am Karfreitag fragte mich Rollfing: „Meinst du nicht, Louisa, daß wir immer miteinander glücklich sein könnten? Laß uns heiraten." Oh, wie war ich selig! Worauf ich im stillen gehofft hatte, war in Erfüllung gegangen – (Hier muß ich hinzusetzen, daß ich ja schon 25 Jahre alt war!) ... Ich hatte keine Furcht bei dem Gedanken, ob er für mich sorgen könnte – alles sah so leicht aus.

Als ich Mrs. Voelker die Neuigkeit erzählte, war sie froh und küßte mich. „Louisa, ich glaube kaum, daß zwei Menschen besser zusammenpassen können als ihr. Ich bin ganz sicher, ihr werdet gut miteinander auskommen und glücklich sein; aber dich werde ich verlieren; nicht sogleich, hoffe ich", und nach einer Pause hatte sie sich gefaßt und meinte: „Du mußt nun mit deiner Aussteuer beginnen, und ich werde dir dabei helfen."

Das erste, was ich tat, war, eine Nähmaschine zu kaufen, die gleiche wie Mrs. Voelker sie schon besaß. Ich hatte schon viele Näharbeiten für sie erledigt. Ich beherrschte jetzt das Zuschneiden und konnte alle Kleidungsstücke anfertigen.

Mrs. Voelker nahm ihr Versprechen mit der Hilfe zu meiner Aussteuer sehr ernst und schenkte mir vieles. Ich selbst fertigte Unterwäsche, Kissenbezüge, Bettzeug und anderes an, und als ich damit fertig war, packte ich alles in eine Kiste und stellte sie in das obere Stockwerk des Anbaus.

August, wie ich ihn von jetzt ab nannte, entschied sich, nach Austin zu gehen, um in der Hauptstadt von Texas eine passendere Arbeit zu finden. Er war darauf bedacht, mehr Geld zu verdienen, daß wir bald heiraten könnten. In Galveston war in seinem Beruf nicht viel zu machen. Er hing an seinen künstlerischen Neigungen und hoffte, dort mehr Aufträge zu bekommen. So fuhr er ab, und alles, was ich tun konnte, war, guten Mutes zu sein und auf seine Briefe zu warten.

Sie kamen regelmäßig. Er hatte mir vorher gesagt, daß er nicht gerne Briefe schreibe; darum war ich überrascht, so viele zu bekommen, und ich freute mich darüber.

Da geschah etwas, was mir einen Schrecken einjagte. Meine Augen! Ich konnte auf einmal kaum noch sehen! Hatte ich sie durch das viele Nähen zu sehr überanstrengt? Ich konsultierte Dr. Hall, einen engen Freund Mr. Voelkers. Der begann, meine Augen zu behandeln. Er sagte aber, er wüßte nicht, ob er sie heilen könnte; jedenfalls dürfte ich keine Arbeit mehr verrichten, ich müßte dunkle Brillengläser tragen und jeden Tag im Golf baden. Dreimal am Tag hatte ich Tropfen in die Augen zu geben, und dreimal in der Woche mußte ich zur Behandlung zu ihm gehen. Ich war zu Tode erschrocken. Zu allem Unglück fürchtete ich, die hohe Rechnung nicht bezahlen zu können, aber als ich ihn fragte, wieviel das kosten würde, antwortete er nur: „Es wird nicht mehr kosten als Sie bezahlen können." Ich hatte noch Schulden durch den Kauf meiner Nähmaschine, und ich ging in den Laden, um Mr. Dulitz zu sprechen. Ich schlug ihm vor, die Maschine zurückzunehmen; aber er wollte das nicht, sondern er meinte: „Sie können mir das Geld im nächsten Jahr bezahlen oder wann Sie wollen."

Natürlich war ich einverstanden. Mrs. Voelker war in dieser Situation ganz liebevoll zu mir. Sie engagierte ein anderes Mädchen für meine Arbeit und gab mir auf, die beiden Kinder jeden Tag zum Baden mitzunehmen. Das war alles, was ich zu tun hatte. Sie behandelte mich wie eine Freundin.

Nun – ich dachte, es wäre unfair gegenüber August, unter diesen veränderten Bedingungen unsere Verlobung aufrechtzuerhalten, und ich schrieb ihm, er solle sich ganz ungebunden fühlen. Seine Antwort: „Packe deinen Koffer und komme nach Austin. Wir werden gleich heiraten. Ich werde für dich sorgen!"

Alles das tat mir sehr gut. Ich fühlte, ich war nicht allein auf der Welt. – Meine Augen wurden nach und nach besser, und nach drei Monaten waren sie wieder gut. Mr. Hall berechnete mir nur 25 Dollar und fragte, ob das mehr sei, als ich bezahlen könne, oder ob ich dächte, es sei zuviel. Mrs. Voelker hatte mir weiterhin in jedem Monat 15 Dollar gegeben, als ob ich voll gearbeitet hätte. Mit meinem Verdienst ließ sich jetzt alles regeln. Ich bezahlte auch meine Nähmaschine, und nun war sie mein. Ich konnte wieder nähen und schneiderte bis nachts um 12 Uhr an meinen Sachen. August hatte herausgefunden, daß sich in Austin eine Arbeit, die seinen Wünschen entsprach, genauso wenig finden ließ wie in Galveston, und ich glaube, daß er sich nach Gemeinsamkeit sehnte, genauso wie ich.

Er kam im Oktober nach Galveston zurück, und wir beschlossen, am 22. November zu heiraten. Wir waren so glücklich miteinander und fühlten, daß wir gut vorankommen würden. Er nahm sich vor, hier weiter zu arbeiten, und ich hatte die Absicht, ihm nach Kräften dabei zu helfen. Warum sollten wir es nicht wagen zu heiraten? In jenen Tagen dachten die jungen Menschen anders als heute. Sie mußten nicht gleich alles am Anfang haben, und die Überlegung: „Wenn wir nicht miteinander auskommen, lassen wir uns eben scheiden!" war selten. Nicht alle denken heute so, aber viele. – Scheidung – das gab es in „unserem" Wörterbuch nicht. Wir beabsichtigten, zu heiraten und miteinander verheiratet zu bleiben. – Bis zu dieser Zeit hatte ich kaum etwas über Augusts Mutter erfahren. Ich wußte, daß sie in Galveston wohnte, ich hatte sie auch einmal gesehen, aber er sprach nicht von ihr, und ich fand heraus, daß er sie auch nicht besuchte.

Nachdem nun feststand, daß wir für immer zusammenbleiben wollten, bat ich ihn, mir aus seinem Leben zu erzählen. Hier folgt seine Geschichte, so wie ich sie von ihm hörte.

VI. Augusts Geschichte

August wurde am 28. 2. 1859 in Oberndorf an der Oste, in Deutschland, geboren. Der Name seines Vaters war Wilhelm Rollfing, seine Mutter hieß Wilhelmine, geb. Harvey. Sein Vater war Steuermann auf einem Dampfschiff, das von Hamburg nach New-Orleans fuhr. Daher sahen seine Frau und das Baby ihn nur selten. Der Vater hatte noch einen Bruder, der aber in Amerika lebte, und eine Schwester Lina, verh. Krat(z)-schmar , die mit ihrer Familie auch in Oberndorf wohnte.

Als August ein Jahr alt war, wollte der Vater Frau und Kind mit nach Amerika nehmen, um dort eine neue Heimat zu finden. Die Großeltern baten ihn jedoch, das Baby bei ihnen zu lassen. Er selbst sollte erst einmal sehen, wie „drüben" alles anlief. Seine Frau sei jung, und sie könne später kommen, um das Kind zu sich zu holen. – Das muß damals einfacher ausgesehen haben, als es sich in Wirklichkeit später ergab. Die beiden jungen Eheleute stimmten zu und gingen. Ihr Ziel war Galveston, wo August, der Bruder des Vaters, zu jener Zeit lebte.

Sie waren kaum drüben, als der Bürgerkrieg[41] ausbrach. Beide Brüder wurden eingezogen und mußten zur Armee. Augusts Vater, Wilhelm Rollfing, wurde Quartiermeister. Er starb während des Krieges; sein Bruder kam heil davon.

Augusts Mutter lebte zuerst in der Familie eines Obersts und ging mit dieser nach Ohio. Als der Krieg vorbei war, heiratete sie wieder, und zwar einen Mann aus Ohio, namens Fred Viehmann. Beide lebten lange dort und hatten vier Kinder: Willi, Nelli, Julia und Minnie. Mr. Viehmann war Zimmermann und Zisternenbauer. Ich weiß nicht, warum sie auch nach Galveston übersiedelten, aber sie taten es. –

August Rollfing erinnerte sich an das Baby seines verstorbenen Bruders und schickte manchmal etwas Geld nach Deutschland an seine Mutter.

Der alte Großvater starb, als August 6 Jahre alt war. Er hatte einen kleinen Schoner besessen und konnte auf diese Weise Handel treiben längs der Oste, einem Nebenfluß der Elbe. An den Ufern liegen viele Dörfer, und Oberndorf ist eines von ihnen. Dann aber stürzte er einmal so unglücklich, daß er seinen Rücken verletzte. Danach wurde er bettlägerig, zwei Jahre lang, bis zu seinem Tode. Nun hatte es die Großmutter schwer, allein durchzukommen. Ihr ganzer Unterhalt fiel aus. Einige Jahre lebten Großmutter und Enkel für sich, dann mußten sie zu der Tochter und ihrer Familie im selben Ort ziehen. Aber dort kümmerte man sich nicht um August, er war zu jung, um eine Hilfe zu sein, und seine Mutter in Amerika tat nichts, um ihm weiterzuhelfen; sie schrieb nie.

Ich weiß, daß die Familie Viehmann es schwer hatte in der Zeit, als sie nach Galveston kam. Es waren inzwischen noch zwei Kinder hinzugekommen, Louisa und Fred; es war eine große Familie! Aber die Mutter schien ihren Sohn August vergessen zu haben, und er mußte darunter leiden.

Als er etwas älter wurde, tat er alles, um ein wenig Geld zu verdienen: er machte Botendienste, war Kegeljunge und sang bei Hochzeiten und Beerdigungen. Er hatte eine schöne Stimme schon als kleiner Junge, und er sang im Kinderchor der Kirche. Daneben zeichnete er viel und beschäftigte sich mit Farben.

Als sein Onkel August aus Amerika nach Oberndorf kam, um die Heimat zu besuchen, wurde beschlossen, daß er das Malerhandwerk erlernen sollte. (Oft hat er mir erzählt: Ich wollte Schlosser, mußte aber Maler werden!) Der Onkel kehrte nach Galveston zurück, nachdem August mit 15 Jahren konfirmiert worden war, dem üblichen Alter bei Jungen. Darauf begann er seine Lehrzeit bei einem ortsansässigen Maler und Tapezierer. Er schlief noch zu Hause und war dafür dankbar, weil es ihm Gelegenheit bot, abends Entwürfe zu zeichnen und die verschiedenen Holzarten nachzuahmen, eine Arbeit, die man „masern" nannte. August hatte viel Interesse daran.

Drei Jahre vergingen. Er wurde größer und sah älter aus als er wirklich war, und er dachte, er habe alles gelernt, was ihn sein Meister lehren konnte. Er ärgerte sich, daß er hart arbeiten mußte – für nichts. Es gab keine Gelegenheit für ihn, etwas Geld zu verdienen, wie das vor seiner Lehrzeit möglich gewesen war. Er wollte seine Kleidung aufbessern. (Ich habe anfangs in diesem Bericht erwähnt, daß ein Junge, der in einem Handwerk ausgebildet wurde, volle 4 Jahre lernen mußte. Alles, was die Lehrlinge erhielten, waren Verpflegung und ein Platz zum Schlafen!) August war also, da ihm die Großmutter nichts geben konnte, was seine Kleidung anbetraf, auf sich allein angewiesen.

Da ereignete sich irgendetwas, was sein Temperament mit ihm durchgehen ließ (und davon hatte er eine Menge). Er nahm sein Kleiderbündel, seinen Konfirmationsschein und einen Dollar und lief davon. – Auf einem Flußschiff kam er nach Hamburg und versuchte dort, Arbeit zu finden. Wenn jemand gewußt hätte, daß er nur drei Jahre gelernt hatte, statt vier, kein Meister hätte ihn angenommen. Aber da er groß war, sah man darüber hinweg. Er wurde eingestellt, und nun bestand keine Gefahr mehr für ihn. Man sah, daß er tüchtig war.

In den nächsten Jahren arbeitete er in verschiedenen Städten. Im Winter gab es nicht soviel zu verdienen, es war kalt, und die Außenarbeiten fielen weg. Aber August verdroß es nicht. Wenn es im Ort einen Gesangverein gab, war er mit Sicherheit dort zu finden. Er hatte einen guten Tenor, war gebildet und sah gut aus; das war alles, was er brauchte, um als Mitglied willkommen zu sein. Manchmal hatte er auch das Glück, nette Familien kennenzulernen und von ihnen in ihre Wohnungen eingeladen zu werden. Er mochte Häuslichkeit und hatte selber doch nie ein richtiges Heim gehabt.

Er wanderte durch Deutschland, kam in die Schweiz und auch nach Frankreich. In Stuttgart besuchte er lange Zeit die Kunstschule und studierte dekorative Malerei und Portraitmalerei und hatte auch zwei liebe Freunde, einen Portraitisten und einen Bildhauer.

Dann ging er nach Lyon in Frankreich, studierte dort und arbeitete nebenbei, denn er brauchte Geld zum Leben. Die Bergwelt in der Schweiz machte einen unvergeßlichen Eindruck auf ihn. Immer wieder erzählte er später von ihr.

In der Zwischenzeit hatte sein Onkel August Rollfing in Amerika ein deutsches Mädchen geheiratet und war von Galveston nach Lake Charles gezogen. August Krat(z)schmar, der älteste Sohn seiner einzigen Schwester, war ihm von Oberndorf nach dorthin gefolgt und fand eine Anstellung in Frickes Laden. Später besuchte er Galveston und traf sich dort mit der Familie Viehmann. Mrs. Viehmann war durch ihre Heirat seine Tante. Waren es seine Erzählungen über Oberndorf, die sie nachdenklich machten? ... Ihr Mutterherz begann zu schlagen, und sie schrieb August, wie sehr sie sich nach ihrem erstgeborenen Sohn sehne usw. Sie konnte sehr liebevolle Briefe schreiben! August war damals fast 25 Jahre alt, und die Worte rührten ihn. Er beschloß, nach Amerika zu gehen und seine Mutter kennenzulernen.

Als er auf dem Schiff war, hatte er einen lebhaften Traum. Er sah Galveston vom Wasser aus. Er erblickte die Holzbrücke, die Häuser dahinter und dachte, so etwas gäbe es in Wahrheit nicht – er hatte auf seinen Reisen derartiges noch niemals gesehen. Doch als er mit dem Schiff ankam, erblickte er genau das Bild, wie er es im Traum gesehen hatte.

Mr. Viehmann und sein Sohn Willy holten ihn vom Boot ab. Willy war sieben Jahre jünger als August. Sie waren sehr freundlich zu ihm und brachten ihn zu ihrem Haus.

Und dann sah er seine Mutter ... Sie stand an der Pforte, und August war enttäuscht. Ihre ersten Worte waren: „Oh, mein Junge, wie bist du dünn!"

Das Haus war sehr klein und voll von Kindern. Da war keine Behaglichkeit, und ich weiß, August war im Laufe der Zeit an sie gewöhnt, er hatte immer schöne Zimmer gehabt und war mit netten Leuten zusammengekommen. Er versuchte, sich einzufügen, aber es wollte nicht gelingen. Wirkliche Liebe war für ihn nicht da, und der Unterschied in ihren Gewohnheiten war zu groß. So verließ er die Familie Viehmann nach einigen Monaten, nachdem seine Mutter zu ihm gesagt hatte, sie wolle keine Kostgänger haben. Das war der Grund, weshalb er in das Haus seiner Tante, Mrs. Rollfing, als Mieter einzog, und wo er sich nun wohlfühlte. Sie war eine angenehme Hauswirtin und sehr warmherzig zu ihm. August

sagte oft: „Tante war der einzige Mensch, der gut zu mir war!"
Ist es nicht seltsam, daß ich ihm dort begegnen sollte? Wenn
er im Haus seiner Mutter geblieben wäre, würde ich ihn nie
getroffen haben und hätte all dieses nicht schreiben können.

VII. Der große Brand in Galveston 1885

Der Termin unserer Hochzeit stand fest. – Mein Hochzeitskleid wollte ich mir bis dahin selber schneidern. August hatte
mir die Sachen dazu selbst ausgesucht und geschenkt: grauen
Kaschmirstoff mit Spitzenbesatz. Er sagte, es würde viel
Glück bringen, wenn er die Dinge persönlich für seinen Schatz
gekauft habe.

Ich kann mich nicht genau an den Tag erinnern, aber ich
meine, es müßte der 14. November 1885[42] gewesen sein. Bis
um 12 Uhr nachts war ich mit dem Kleid beschäftigt gewesen,
hatte es dann zusammengelegt und war nach oben in mein
Zimmer gegangen. Ich war kaum eingeschlafen, als das Feuerhorn blies. Ein Blick aus dem Fenster zeigte mir im Norden
einen großen Feuerschein am Himmel.

Alle Hausbewohner zogen sich an. Die Feuersbrunst wurde
größer und größer. Ein steifer Nordwind begann zu wehen und
blies Funken über die Dächer, und schon brannte ein Haus in
einer anderen Straße. Die Feuerwehr war hilflos. Aber noch
ahnte niemand, wie schlimm es ausgehen würde. Da fielen
Funken auf unser Nachbarhaus, und plötzlich waren auch wir
gefährdet. Mr. Voelker stand mit dem Gartenschlauch in der
Hand auf dem Dach, um es mit Wasser feucht zu halten.

Ich packte im Eßzimmer das Silber in die Waschkörbe. Mrs.
Reppren fragte: „Louise, soll ich dein Kleid in meinen Koffer
tun?" (Ich hatte es auf dem Tisch liegen lassen.) Ich sagte: „Ja,
tun Sie das bitte!" August kam herbeigelaufen, als er unser
Haus brennen sah. Er trug meine Nähmaschine und meine
Truhe hinaus und lud sie in den Wagen, mit dem Mr. Beißner
gekommen war, um die Familie seiner Tochter in Sicherheit
zu bringen. Das Haus brannte schon im oberen Stockwerk, als
ich plötzlich Mrs. Voelker vermißte. Ich wußte, daß die kleinen Kinder hinausgelaufen waren, aber sie hatte ich nicht
gesehen. War sie etwa ohnmächtig geworden? Ich war wie
wahnsinnig vor Schreck, lief durch das Haus, aber ich konnte

sie nicht finden. Nachdem ich zur Haustür hinausgerannt war, stürzte die Treppe hinter mir ein. Ein Mann rief: „Ihr Mantel brennt!" Er riß ihn mir herunter und zertrat die Flammen. Ich hatte gar nichts davon gemerkt und dachte mir, die Hitze, die ich verspürte, käme von der Nähe des Feuers. Mr. Voelker wanderte mit der Glaskugel, in der Orangenblüten im Wasser schwammen, herum. Er schien vollkommen betäubt zu sein und wußte nicht, was er tat.

August war zurückgekommen, und wir gingen zusammen in Bohles Wirtschaft. Dort tranken wir etwas heißen Punsch. Es war plötzlich so kalt geworden, nachdem wir uns vom Feuer entfernt hatten.

In dieser Nacht brannte halb Galveston ab, von der Bucht bis zum Golf, das ganze Ostende der Insel bis zur 19. Straße[43]. Hier und da stand noch vereinzelt ein Haus, der Rest waren Trümmer und Asche. Alle Leute, die dort gewohnt hatten, waren in dieser Nacht obdachlos geworden. Manche hatten ihre Koffer oder Möbelstücke in einen anderen Block getragen in der Hoffnung, dort wären sie geschützt. Dann mußten sie hilflos zusehen, wie sie auch dort verbrannten.

Es war wieder heller Morgen, als August und ich zu den alten Beißners kamen. Er ließ mich dort zurück und versprach: „Ich werde heute abend kommen und dich besuchen."

Ich forschte nach meiner Schwester Maria. Das Haus der Leute, bei denen sie wohnte, war auch zerstört. So waren wir schließlich alle bei Beißners vereint. Unsere Niedergeschlagenheit war groß, aber es hätte noch schlimmer kommen können. Kein Leben war verloren gegangen. (Auch Mrs. Voelker hatte sich in Sicherheit bringen können.) Erst allmählich wurde mir bewußt, daß ich meine ganze Aussteuer verloren hatte. Mir war nichts geblieben außer meiner Truhe mit den Kleidern darin.

Es stellte sich heraus, daß zwei von Mrs. Repprens Koffern auf einem Seitenweg verbrannt waren. Nur einer blieb verschont, und es war der, in dem mein Hochzeitskleid lag! Aber das konnte mich nicht trösten! Unter diesen schrecklichen Umständen wollte ich nicht am 22. November heiraten, und ich weinte bitterlich.

August war am Abend gekommen. Ich war so mutlos. Doch August wollte mit der Heirat nicht länger warten, und am Schluß ließ ich mich umstimmen. Aber ich bestand darauf, daß er mich in das Haus seiner Mutter mitnähme, damit ich mich mit seinen Verwandten anfreunden könnte. Er war damit einverstanden.

So lernte ich am nächsten Tage die Familie Viehmann kennen. Ich muß sagen, sie waren freundlich und entgegenkommend zu uns, nur alles erschien mir so ärmlich und ungepflegt, und das Haus wirkte so vollgestopft; ich konnte verstehen, daß August sich dort nicht hatte wohlfühlen können. Ich nahm mir jedoch vor, freundlich zu ihnen zu sein, und es gelang mir auch in Zukunft, mit ihnen Frieden zu halten.

Ich war jetzt froh, daß mein Kleid gerettet worden war, weil es ein Geschenk von meinem Schatz war. Mrs. Beißner sagte zwar sofort: „Gräme dich darum nicht, Louischen, ich werde dir ein weißes Kleid geben, wenn deines nicht mehr in Ordnung zu bringen ist." Aber ich wollte nur dieses und kein anderes; so machte ich es in dieser Woche fertig.

August hatte zwei Zimmer im nächsten Block gemietet und sie tapeziert. Wir stellten einige Möbelstücke hinein. Es war nicht viel, aber wir waren glücklich, diese beiden Räume überhaupt gefunden zu haben. Sie waren ja nach der Brandkatastrophe so knapp geworden! Die Hälfte der Stadt mußte nun auf einmal alle Einwohner aufnehmen.

Ich war froh, daß Maria nach meiner Heirat bei Mrs. Voelker bleiben konnte. Ich wußte, daß sie ein gutes Heim haben würde. Die jungen Voelkers beabsichtigten, sofort ein neues Haus zu bauen; bis zu dem Zeitpunkt, zu dem sie es beziehen konnten, wollten sie bei der Mutter wohnen. Ich hoffte, Maria würde dann so glücklich sein, wie ich mich stets gefühlt hatte; aber es kam nicht so.

Am Abend vor unserer Hochzeit gingen August und ich zu Viehmanns, um es ihnen zu erzählen. Darauf luden sie uns ein, mit ihnen außerhalb essen zu gehen, und wir nahmen dankbar an. Ich hatte Maria gebeten, aufzubleiben, auch wenn es spät werden sollte, um mir die Tür zu öffnen. Ich wußte von

Mrs. Voelker, wie streng ihr Vater, Mr. Beißner, darauf achtete, daß am Abend das Haus verschlossen war. Ich selbst besaß keinen Schlüssel. Es war 11 Uhr, als wir von unserem Besuch heimkehrten. Zu Hause war alles zu Bett gegangen. Maria zeigte sich nicht. August wollte rufen, aber ich sagte, er solle das nicht tun, Maria würde sicher gleich kommen. Schließlich meinte ich, er solle nach Hause gehen, und ich wartete allein.

Es war kalt, aber heller Mondschein. Maria ließ sich nicht blicken. Nun versuchte ich, in die Küche zu kommen, die außerhalb des Hauses in einem Anbau lag, und fand die Tür unverschlossen, welch Glück! Ich setzte mich in Großmutter Capers Lehnsessel mit den Kissen darin, wurde aber des Sitzens müde. Da legte ich die Kissen auf den Boden und versuchte, darauf zu schlafen. Jetzt kamen kleine Mäuse aus den Löchern und rannten über die Dielen. Als ich im Mondlicht unter ihnen auch eine dicke Ratte bemerkte, fuhr ich auf und ging zu meinem Stuhl zurück; aber ich schlief nicht.

Langsam wurde es hell. Ich machte das Feuer an und setzte Wasser zum Kochen auf den Herd. Dann hörte ich im Haus Mr. Beißner die Treppe herunterkommen. Er öffnete die Tür zur Küche. ,,Was in aller Welt machst du hier, Louisa? Wie kamst Du hier herein? Ich habe doch den Schlüssel!" Ich erzählte ihm, was geschehen war. Er brummte: ,,Glaubst du, ich hätte dich gescholten, wenn Rollfing ein Geräusch gemacht hätte, um mich zu wecken? Bin ich ein Rohling? Ich werde es deiner Schwester nicht vergessen, daß sie dich an deinem Polterabend so im Stich gelassen hat! Nun trinke Kaffee, und dann gehst du ins Bett! – Es gibt nicht in jeder Nacht ein Großfeuer; ich glaube – du hattest Angst vor mir . . ." und er murmelte weiter vor sich hin.

Ich folgte seinem Ratschlag, aber ich war zu aufgeregt, um lange schlafen zu können. War es nicht mein Hochzeitstag? Und waren nicht tausend Kleinigkeiten noch zu erledigen? Niemals in all den Jahren, die wir verheiratet waren, vergaßen wir diesen Tag und die Nacht davor. Natürlich war Maria traurig; sie war einfach eingeschlafen und konnte sich gar nicht vorstellen, welche Aufregung sie hervorgerufen hatte.

Es würde übrigens eine Doppelhochzeit geben. Mrs. Rollfing, Augusts Tante, beabsichtigte, am selben Tage Mr. Henry Meyers zu heiraten; gerade eine Stunde vor uns. Auf diese Weise verschwand eine Mrs. Rollfing und eine neue würde beginnen. –

Alle waren sehr lieb zu mir. Mrs. Voelker half mir beim Ankleiden. Sie gab mir den Perlenkragen von ihrem Hochzeitskleid und nähte ihn an meines. Mrs. Beißner steckte mir eine goldene Nadel mit einem kleinen Diamanten an, und Mr. Beißner sagte, er würde mit eine 10-Dollar-Goldmünze für einen Kuß geben. Man schenkte uns eine Uhr, einen kleinen Tisch, einen Schaukelstuhl und einige Schüsseln. Ich weiß, wenn nicht soviel in der Brandnacht verloren gegangen wäre, wir hätten eine Menge Hochzeitsgeschenke erhalten. – Mein Kleid stand mir sehr gut und auch die Haube, die ich mir dazu von Mrs. Kus hatte anfertigen lassen. Ich hatte mir einen wundervollen weißen Schal, ein Weihnachtsgeschenk von Mrs. Voelker, umgelegt, und im Arm trug ich Augusts weiße Chrysanthemen. Ich glaube, ich muß wirklich hübsch und sehr glücklich ausgesehen haben.

Um 8 Uhr erschien August und mit ihm sein Vetter August Kratschmar. Er und meine Schwester Maria sollten in Pastor Roehmers Haus unsere Trauzeugen sein.

Mrs. Voelker sagte: „Mr. Rollfing, Sie haben viel Glück, Louisa zu bekommen. Sie ist ein sehr liebes Mädchen, seien Sie immer gut zu ihr!" und Tränen standen in ihren Augen. „Natürlich werde ich gut zu ihr sein, liebe ich Louisa etwa nicht?" Mr. Beißner nahm sich den Kuß, aber ich sah kein Goldstück – fand es jedoch in meiner Geldbörse, als ich sie am nächsten Tage öffnete.

So gingen wir vier, von ihren Segenswünschen begleitet, zu Pastor Roehmer und wurden getraut. Wir nahmen die Broadway-Straßenbahn und fuhren mit ihr bis zur 41. Straße. Von dort gingen wir zu Viehmanns, um bei ihnen gemeinsam zu Abend zu essen. Alle waren froh; später wurde noch getanzt, und um 11 Uhr verließen August und ich ihr Haus.

Die beiden Zimmer, die wir gemietet hatten, befanden sich im oberen Stockwerk eines zweigeschossigen Hauses. Der

Eigentümer wohnte auf der anderen Straßenseite. Er hatte gesagt, der Eingang würde offen sein. Als wir ankamen, war er jedoch verschlossen. Wie wütend August da wurde! Er schlug so kräftig gegen die Tür, daß der Besitzer, Mr. Lacroix, es hörte. Er rief vom Fenster aus Entschuldigungen auf Französisch, und August antwortete auf Französisch; er kam aber dann herüber und öffnete das Haus. Ich war ein bißchen eingeschüchtert, weil August ein wildes Temperament gezeigt hatte, von dem ich vorher nichts wußte.

Das war unser Hochzeitstag, und ein neuer Lebensabschnitt begann nun für mich. Was würde er bringen?

VIII. Erste Ehejahre

Der nächste Tag war ein Sonntag, und mein junger Ehemann mußte um 7 Uhr früh zur Arbeit gehen. In einem Restaurant hatte er zu tapezieren. Das bedeutete, daß wir früh aufzustehen hatten; danach machte ich das erste Frühstück für uns. August war gutgelaunt, weil er gerade jetzt einen Auftrag hatte, und ging fröhlich fort. Es wurde ein langer Tag für mich; ich bereitete keine Mittagsmahlzeit vor, denn ich wußte, er würde in dem Restaurant essen. Seine Mutter und eine andere Dame besuchten mich; das half etwas, denn ich fühlte mich einsam. Um 5 Uhr nachmittags kam er nach Hause, und wir unternahmen einen Spaziergang in den niedergebrannten Stadtteil. Es sah überall gleich trostlos aus: Nichts außer Backsteinruinen, Asche und Drähten. Man konnte keine Straße von der anderen unterscheiden, man war ratlos, wo man sich befand. Wo hatten nur all die Menschen, die hier gewohnt hatten, Obdach gefunden? Der Anblick der Trümmer bedrückte uns. Wir gingen nach Hause, und während unseres ersten gemeinsamen Abendessens wurden wir wieder fröhlich. –

Bevor man unsere beiden Zimmer im oberen Stockwerk erreichte, mußte man einen großen Raum durchqueren, aus dem man gut vier hätte machen können. Er besaß fünf Fenster. Ich putzte sie blank und scheuerte den Boden. August freute sich darüber und sang vor Vergnügen, das klang gut in dem leeren Raum. Später stellte er darin seine Staffelei auf. Hier war von jetzt ab sein Atelier. Bald darauf begann er, auf einer etwa 1,80 × 1,20 m großen Leinwand eine „Meerjungfrau" zu malen. – Daran arbeitete er häufig sonntags und wann immer er Gelegenheit dazu hatte. Ich kann mir nicht vorstellen, daß jemand glücklicher sein konnte als wir in dieser Zeit. Man braucht so wenig, um zufrieden zu sein.

Ich hatte unsere Zimmer so hübsch wie möglich einzurichten versucht mit den wenigen Sachen, die wir besaßen.

Danach begann ich zu nähen, meistens für Mrs. Voelker und ihre Mutter. Ich hatte meine Maschine retten können, sie hatten ihre durch das Feuer verloren. Die Kinder brauchten Kleider, so daß ich immer etwas zu schneidern hatte und mich darin vervollkommnen konnte. –

Nach dem Brand konnten die Leute nicht gleich wieder aufbauen, es dauerte lange, sich mit der Versicherung zu einigen. August bekam darum nur wenige Aufträge, höchstens etwas zu malen oder zu tapezieren; anspruchsvolle Dekorationsarbeiten gab es nicht.

Dann hörten er und sein Cousin von einem Job am anderen Ende der Insel. Knochen sollten umgeladen werden; 1.50 Dollar war der Lohn für einen Tag! Einige Wochen lang gingen beide dorthin. Um 5.30 Uhr verließen sie das Haus, damit sie um 7 Uhr dort waren. Oh, wie ich sie haßte, diese Schinderei. Ich weinte oft und machte mir Vorwürfe, daß nur ich allein schuld daran sei, und wenn er nicht verheiratet wäre, er sich nicht mit solcher Arbeit plagen müßte. Doch August war immer fröhlich; er war zufrieden, etwas verdienen zu können.

Eines Tages kam ein Brief aus Houston, worin August aufgefordert wurde, eine Dekorationsarbeit zu übernehmen. Er nahm mich in den Arm und tanzte vor Freude mit mir durch das große Zimmer. Endlich brauchte er frühmorgens nicht mehr zum Knochenschaufeln zu gehen. Elf Tage arbeitete er in Houston. Während dieser Zeit ging ich jeden Tag zu Mrs. Voelker und nähte bei ihr. Sie hatten ein neues Haus gebaut und benötigten nun viele Dinge, um die Zimmer einzurichten. So verging die Zeit; ich verdiente 10 Dollar und brauchte nichts für Lebensmittel auszugeben, sondern nur noch das Fahrgeld. Als August nach Hause kam, zählten wir unsere Schätze: 85 Dollar! Am nächsten Tag kaufte er mir meinen Ring. –

Wenig später hatte er zusammen mit Mr. Buttenborg Malerarbeiten an drei neuen Häusern in der Market Street auszuführen. Es war heiß. Ich hatte versprochen, ihm das Essen mittags zu bringen. Beim Kochen passierte mir das Mißgeschick, meine Hand durch Dampf gefährlich zu verbrennen. Ich schaffte es, das Essen fertig zu kochen und lief die Straße hinunter, wo ich Mr. Buttenborg traf. Er sagte: „Ihr Schatz wartet auf Sie; ich wünschte, ich wäre Mr. Rollfing!" Ich antwortete ihm nicht, ich konnte nicht sprechen, mir war eher nach Weinen zumute. Als August mich so verzweifelt fand und den Grund entdeckte, steckte er meine Hand in ein Faß Leinsamenöl. Die Brandstelle bedeckte eine einzige große Blase. Mr. Voelker riet mir, zur Drogerie zu gehen. Als August nach Hause kam, sagte er: „Mr. Buttenborg dachte, du seiest ärgerlich, weil er einen Spaß machte, du hast ihm nicht geantwortet." Am nächsten Tag kam Augusts Mitarbeiter, um sich nach meinem Befinden zu erkundigen. –

Ich hatte schon einige Zeit bemerkt, daß meine Schwester Maria bei Voelkers nicht so zurechtkam wie ich in meiner Zeit bei ihnen. Sie mochte Kinder nicht besonders, und hinzu kam, daß die drei Kleinen sehr lebhaft waren. – Nun wurde Maria auch noch krank. Ich mußte sie mit nach Hause nehmen und hatte nun eine Person mehr zu versorgen.

Unerwartet erhielten wir Besuch. Mein Bruder Georg traf ein und blieb eine Woche. Irgendwie gingen seine und Augusts Ansichten auseinander. Ich war nicht so traurig, wie ich hätte sein sollen, als er fortging; aber ich empfand meines Mannes Meinung als richtig.

August gehörte zwei Gesangsvereinen an, der „Salamander"- und der „Mendelsohn"-Gesellschaft, die letztere war ein gemischter Chor. An zwei Abenden in der Woche hatte August Probe. Dann fühlte ich mich immer etwas verlassen. Er sang auch in der Lutherischen Kirche, aber von den Proben dort kam er früh nach Hause. Bis jetzt kannte ich noch keines der Mitglieder; sie waren alle wohlhabend; wir dagegen fingen gerade erst an und hatten Sorgen.

Eines Tages machte mir August ein weiteres Geschenk: einen blauseidenen Sonnenschirm und einen sehr feinen weißen Stoff sowie breiten Spitzenbesatz für ein neues Kleid. Als ich es angefertigt hatte, sahen wir beide aus wie „eine Million Dollar". August wollte mich immer hübsch angezogen sehen, und es machte ihm Vergnügen, mir besondere Sachen zu bringen.

In diesem Sommer wurden wir zu einer großen Gartenparty

in Wilkens Haus eingeladen. Ich zögerte hinzugehen; denn ich würde mit all den Damen zusammentreffen, und ich kannte keine von ihnen. Mrs. Voelker ermutigte mich und sagte: „Du bist ebenso gut und hübsch wie die anderen, und wenn du Mr. Rollfing allein gehen läßt, werden sie sich wundern, warum er dich nicht mitnahm. Dieses ist die erste Party seit eurer Heirat, auf der er dich vorzeigen kann, also mußt du hingehen." Ich erzählte ihr von meinem neuen Kleid: „Das ist für diesen Anlaß gerade das Richtige!"

August hatte keinen Augenblick daran gezweifelt, daß ich mitgehen würde, und als wir fertig waren zum Fortgehen, legte er eine goldene Kette mit einem kleinen runden Medaillon um meinen Hals. Ich weinte fast vor Freude, so glücklich war ich.

Es wurde eine herrliche Party. Der große Garten war von japanischen Laternen beleuchtet, die Erfrischungen wurden auf kleinen Tischen auf dem Rasen serviert. Ich wurde jedem vorgestellt, und da sich die Damen alle freundlich und natürlich gaben, fühlte ich mich bald sehr wohl. Das Tanzen fand im Haus statt, und ich hatte viele Partner, sogar Mr. Wilkens. Ich merkte, wie beliebt August in diesem Kreise war, und ich war stolz, daß er mein Mann war.

Es blieb die einzige private Party dieser Art. Aber gelegentlich wurde auch im „Gartenverein" gefeiert. Ich versuchte niemals mehr, zu Hause zu bleiben, wenn wir eingeladen wurden. Nur forderten wir keinen auf, uns zu besuchen, wir wollten nicht, daß man unsere zwei kleinen bescheidenen Räume sah, obwohl wir sehr glücklich in ihnen waren. Wir wußten: Eines Tages würden wir uns ein kleines Haus mieten und nach unseren Ideen einrichten.

Vierzehn Monate hatten wir in unserer ersten Wohnung verbracht, da sahen wir während eines Spazierganges ein kleines weißes Haus an der 32nd Street und dem Broadway und mieteten es sofort am nächsten Tag. Es besaß vorne eine kleine Veranda, ein großes Eßzimmer, ein Schlafzimmer, eine hübsche Küche und hinten noch eine geschlossene Vorhalle. Dann gab es da noch ein Dachstübchen. Umgeben war das Ganze von einem Gartenzaun. Die Miete betrug nur 10 Dollar im Monat. Verglichen mit unseren früheren zwei Zimmern erschien mir dieses Haus richtig groß.

Das Schlafzimmer richtete ich zuerst ein. Ich kaufte ein besonderes Bett, und zwar mit einem Baldachin, sowie einen Toilettentisch. Dann brachte ich cremefarbene Vorhänge an und raffte sie mit roten Bändern, passend zur Farbe des Betthimmels. Ich nähte rote Kopfkissenbezüge, dazu eine weiße Bettdecke. Der Fußboden blieb unbedeckt; er war weiß gestrichen, und so paßte im Zimmer alles wundervoll zusammen. Die Küche besaß einen Ofen, einen neuen Speiseschrank, einen Tisch und zwei Stühle. August brachte noch Regale an.

Das Wohnzimmer gab uns Probleme auf: wir hatten nichts hineinzustellen, und das Zimmer war groß. Da bot Mrs. Voelker uns ihre Wohnzimmermöbel an, die sie von ihren Eltern als Hochzeitsgeschenk bekommen hatte. Sie waren bei Beißners untergestellt gewesen, als sie ihr Haus vor dem Feuer umbauten, und sie konnten sie nun in ihrem neuen Haus nicht verwenden. Es war eine wundervolle Garnitur und hatte 800 Dollar gekostet. Mrs. Voelker wollte sie für 30 Dollar verkaufen und wünschte nur, mich weiterhin zum Nähen zu haben. Ich ergriff die Gelegenheit und bekam die Möbel gleich.

August half mir beim Bezahlen, und in zwei Wochen gehörten sie uns. Sie bestanden aus einem Sofa, zwei Armsesseln und vier geraden Stühlen. Dann kauften wir einen großen Teppich, Spitzenvorhänge und eine schöne Hängelampe mit farbigem Glas und mit Prismen rundherum. An der Rückseite des Raumes befand sich ein Fenster zur Küche hin. Dieses verkleidete ich mit einem Vorhang aus festem Tuch in Goldfarbe. August bemalte einen feinen weißen Stoff (etwa 1,50 × 1 m) mit Früchten, Blumen und Putten — eine sehr kunstvolle Arbeit. An ihrem oberen Rand befestigten wir eine Stange mit goldfarbenen Knöpfen an den Enden. Das Ganze hängten wir, mit Schnüren und Quasten versehen, in der Mitte des Vorhangs auf. In einer Zimmerecke brachten wir ein Regal für unsere Uhr an. Sie stellte eine kleine Kirche dar. Als Hintergrund erhielt sie einen dunkelblauen Läufer mit goldfarbenen Streifen. Der Stoff reichte bis zum Fußboden. Über

dem Sofa hing von jetzt ab die „Meerjungfrau" in einem
schwarzen Rahmen.

Über der Tür, die ins Schlafzimmer führte, brachten wir ein
Stilleben an – auf blauem Filz waren gelbe Blumen gemalt –
und befestigten es ebenfalls an einer Stange. Auf unseren
kleinen Tisch legte ich ein Deckchen und stellte einen Farn
darauf. Das Zimmer gefiel mir jetzt, die Wände ausgenommen. Sie waren weiß gestrichen gewesen, aber die Farbe blät-
terte ab. Ich konnte in dieser Zeit August nicht dazu überreden, sie zu übermalen. Er wollte, daß der Hauswirt, Mr.
Carville, das machte. Wir sprachen wohl immer mit ihm, aber
er kam nie, es sich anzusehen.

Das Bett, das wir vorher besaßen, stellten wir in die Dachkammer. Ich brachte kleine Vorhänge an den Fenstern an und
schrubbte den Fußboden sauber. So hatten wir gleich ein
Schlafzimmer für Maria, wenn sie zu uns kam. Ich werde nie
vergessen, wie glücklich wir waren, alles beisammen zu
haben. Wir fühlten uns so, als hätten wir den Himmel auf
Erden. Um von nun an immer alles ordentlich zu haben, nähte
ich niemals im Zimmer, nur in der Küche.

August mietete einen kleinen Laden in der Center Street. Er
arbeitete nicht an jedem Tag; er war stets sein eigener Herr, er
wollte unabhängig sein.

Sonntags gingen wir oft zu Viehmanns, nahmen einen Bra-
ten oder ähnliches mit, und ich bat dann seine Mutter, sich
auszuruhen. Ich bereitete das Mittagessen, und anschließend
machten die Mädchen und ich die Aufwäsche. Sie mochten es
gern, wenn wir kamen. Im Winter hatten wir kein anderes
Ziel. Im Sommer war es anders. Da gingen wir an den Strand,
um die Musik vor dem Strandhotel zu hören. Minnie und
Louise kamen auf dem Schulweg immer an unserem Haus
vorbei. Sie besuchten uns fast jeden Tag. Sie schauten sich
alles an und vermuteten, August und Louisa wären reich.
Dabei hatte alles gar nicht so viel gekostet. Nur ein wenig
Arbeit war notwendig gewesen, einige Ideen und Geschmack.

Bald kannte ich eine Reihe von Leuten. Ich schloß Freundschaften, und schließlich erhielt ich mehr Nähaufträge, als ich
schaffen konnte. Ich war wohl zu fleißig gewesen und hatte

auch zuviel vor der Maschine gesessen. Ich vermute, das war der Grund, weshalb unser erstes Baby einen Monat zu früh auf die Welt kam. Es wurde am 8. April 1888 geboren und lebte nur 17 Tage. Wir nannten den Jungen Peter August nach meinem Vater und nach August. Er war nicht größer als eine Puppe, und seine kleine Hand wollte in meiner liegen. Ich war sehr krank und konnte nicht schlafen. Der Arzt sagte, ich müßte den Kleinen alle zwei Stunden stillen, aber er war wirklich zu klein, und ich hatte keine Erfahrung; vielleicht hätte er gerettet werden können, wenn Mutter bei mir gewesen wäre, sie brachte meinen Bruder Justus in ähnlicher Situation durch.

Als das Baby starb, brach uns fast das Herz, wir hatten schon so lange auf Nachwuchs gehofft. Mrs. Voelker kam und streute weiße Rosenknospen über sein Kleidchen und legte eine in seine winzige Hand. Ich war zu krank, um zu seiner Beerdigung mitgehen zu können. Er wurde in einen winzig kleinen weißen Sarg gelegt und in einem Wagen zum Kirchhof gefahren. Nur August, seine Mutter und Maria folgten ihm. Die Kinder warteten alle an dem kleinen Grab. Als ich es das erste Mal besuchte, hatten sie seinen vollen Namen mit kleinen weißen Muscheln ausgelegt und Veilchen gepflanzt. Sie wuchsen gut, denn die Kinder kamen täglich und begossen sie. Der Friedhof lag nicht weit von ihrer Wohnung entfernt. August fertigte ein kleines Holzkreuz; das strich er weiß an und setzte den Namen und die Daten in Goldbuchstaben darauf. Nun hatten wir einen Platz, zu dem wir gehen konnten.

Es war unser erster Kummer. August versuchte, mich in jeder Weise zu trösten, und ich klammerte mich an ihn und liebte ihn mehr denn je.

Während des Sommers kam Cousine Josinas kleine Tochter Minna aus Lake Charles zu uns auf Besuch. Sie blieb zwei Monate. Ihre Mutter hatte wieder geheiratet und hieß nun Mrs. Cordsen. Ihr jetziger Mann hatte einen eigenen Schoner, und Minna und ich fuhren mit ihm nach Lake Charles. Das war mein erster Besuch dort nach meiner Heirat. Tante Maria und Onkel John traf ich gesund an. Aber nach ein paar Tagen bekam ich Heimweh und kehrte nach Hause zurück. Ich mochte August nicht allein lassen. Wie war er froh, als er heimkam, mich früher wiederzusehen als erwartet und das Abendessen auf dem Tisch vorzufinden.

Im nächsten Winter erlebten wir eine Überraschung. An einem Sonnabend saßen wir in der Küche und aßen Äpfel. Plötzlich klopfte es. August ging an die Tür und jemand fragte: „Wohnt hier Mr. Rollfing?" „Das bin ich selbst." „Ist Louisa zu Hause?" „Ja." Und er rief: „Louisa, jemand will dich sprechen." Als ich kam, kannte ich den Mann nicht. Der sah mich streng an. „Kennst du mich nicht, Lisi?" und dann sah ich es, es war mein Bruder Karl. Er kam mir nur kleiner vor, als ich ihn in Erinnerung hatte. Wir hießen ihn willkommen, und August war so nett wie er konnte. Er holte einen Kasten Bier, und ich machte Sandwiches, und wir erzählten und erzählten, bis es sehr spät wurde. Als August einmal draußen war, sagte er: „Schwester, du hast einen feinen Mann. Ich bin so froh darüber; und was für ein hübsches Heim du ihm geschaffen hast!" Alles sah wirklich ordentlich aus. Es war spät, als er fortging. Wir brachten ihn bis zu seinem Schiff. Er war dort Koch. Wir luden ihn für den nächsten Tag zum Essen um 5 Uhr bei uns ein. Wir hatten auch Maria dazu gebeten. Sie war ganz aufgeregt, als sie die Neuigkeiten hörte, und kam, um mir beim Kochen zu helfen. Aber wir warteten und warteten, Karl kam nicht. Am nächsten Tag gingen wir zum Schiff und hörten nur, daß er an Land gegangen sei. Ich war wegen Maria traurig; ich hatte ihn wenigstens kurze Zeit gesehen. Es erschien mir alles wie ein Traum. Er kam nie wieder.

Im nächsten Frühling erschien mein Bruder Justus in Galveston, er war damals 16 Jahre alt, sehr groß für sein Alter und ein kluger Junge. Er hatte Englischunterricht genommen und konnte sich ein wenig verständigen; wenn er auch nicht ganz richtig sprach, so war das, was er konnte, doch nützlich für ihn. Ich machte die Dachkammer für ihn gemütlich und sorgte für seine Kleidung und Wäsche. Er wurde von uns verpflegt, und August bot ihm an, ihm Arbeit zu geben, wenn er Maler werden wollte. Justus begann damit, und August bezahlte ihn gut. Später ließ meines Bruders Interesse wohl doch nach, so daß August von ihm meinte, er würde nie ein guter Maler werden; aber für kurze Zeit versuchte er es jedenfalls.

Am 28. Juli 1889 wurde unsere kleine Helen geboren, an einem Sonntagnachmittag, 15 Monate nachdem wir unseren kleinen Jungen verloren hatten. Sie war ein richtiger kleiner Butterball, so dick und rund, und wog 3,8 kg. Ich fand sie schön, aber August sah zu ihr hin und neckte mich: „Ich kann nicht finden, daß sie hübsch ist, ich sehe überhaupt keine Nase; kann sein, daß sie später eine bekommt!" Ich war böse mit ihm, sie war hübsch.

Diesmal ging alles gut, bald war ich wieder auf den Beinen und genoß es, sie zu baden, anzuziehen und zu füttern. Wir kauften einen schönen Kinderwagen mit einem kleinen blauen Sonnenschirm. Und wenn sie darin schlief – unter einem Moskitonetzchen –, sah sie aus wie ein kleiner dicker Engel, und wir freuten uns über jede Bewegung, die sie machte.

Als Justus das Baby am ersten Tag sah, weinte er vor Freude und berührte die kleine Hand und küßte sie. Bald ging es mir so gut, daß wir an einem Sonntag zur „Großmutter" gehen konnten, und wir fuhren los. August schob den Kinderwagen und ich warf gelegentlich einen Blick hinein. Wir waren wirklich sehr stolz. Die ganze Familie liebte Helen, wollte sie auf den Arm nehmen und sie verwöhnen. Als sie größer wurde und nicht mehr in dem Wagen schlafen konnte, kauften wir für sie ein hübsches Mahagonibett. Das paßte gerade noch in unser Schlafzimmer, aber es reichte jedenfalls einige Jahre für sie aus.

Als sie ein Jahr alt war, konnte sie schon laufen, und ich ging mit ihr auf dem Bürgersteig um die Ecke, wo ein kleines Mädchen mit Namen Eva wohnte. Helen mochte von Anfang an Gesellschaft und war ein richtiger kleiner Vagabund. Ich nahm sie im Kinderwagen zum Einkaufen mit, und wenn ich Äpfel oder Kartoffeln in einem Korb vor sie gestellt hatte, verteilte sie diese an die Kinder ringsum. Ich ließ sie das einmal machen und fand es drollig, danach aber tat ich die Waren doch lieber in eine Tasche. Helen hat diesen Charakterzug ihr Leben lang behalten, sie hat gerne Freunde um sich, und sie schenkt gern. Und noch etwas möchte ich erwähnen: August hielt sie auf dem Arm, ging mit ihr im Zimmer auf und ab und sang dabei. Sie sang auch, wenigstens machte sie so ein ähnliches Geräusch – und sie hat ihr ganzes Leben lang gesungen.

Jetzt tapezierte August von selbst unser Vorderzimmer; entweder hatte er es satt, immer wieder auf die alten weißen Wände zu sehen oder er dachte, sie wären für „Miss Nelly" (so nannten wir Helen, bis sie zur Schule ging) nicht hübsch genug.

Auf jeden Fall, das Zimmer wurde neu gemacht. Die Decke erhielt ein helles Blau mit kleinen silbernen Sternen darin. Der Mittelteil und die Eckflächen wurden besonders abgesetzt, wie es damals Mode war. Der obere Teil der Wände erhielt eine schwere Tapete in einem dunklen Blau mit etwas Gold. Daran schloß sich ein mittlerer Braunton an, der wie eine Vertäfelung wirkte, eingefaßt von schmalen goldfarbenen Zierleisten. Die Türen und die Fensterrahmen waren in hell-Eiche gemasert, und der Fußboden wurde gebeizt und lackiert. Ich glaube, man konnte in Galveston kein schöneres Zimmer finden. Alles, was wir besaßen, sah nun noch einmal so schön aus, – und wir beide waren glücklich darüber.

Ist es nicht sonderbar, daß die Menschen Dinge jahrelang aufschieben, die sie doch schon viel früher hätten machen sollen, um sich daran zu erfreuen? Ich glaube, jeder erinnert sich an ähnliche Beispiele.

Im September 1891 mußte August Dekorationsarbeiten in Houston ausführen. Er war deshalb nur an den Wochenenden zu Hause. Am Montagabend freute ich mich schon auf den Sonnabend. Ich glaube, ich war in dieser Hinsicht wohl ein wenig töricht. Aber es gab in dieser Zeit einen Grund: ich erwartete im Oktober wieder ein Baby. Maria arbeitete nicht, so blieb sie einige Monate bei uns. Auf diese Weise war ich mit Nelly nachts nicht allein, und August konnte ohne Sorge seiner Arbeit nachgehen. Ich versprach ihm immer, das Baby an einem Sonntag zu bekommen, dann würde er zu Hause sein.

Am Sonntag, dem 25. Oktober 1891, vormittags um 11 Uhr, kam der Junge an. Ich fühlte mich sehr schwach. Nie wieder habe ich solche Tropfen von kaltem Schweiß auf Augusts Gesicht gesehen wie damals, als er an meinem Bette saß. Er fürchtete, mich zu verlieren; aber ich kam mit dem Leben davon. Was war er stolz, einen Sohn bekommen zu haben! Als er am Mittwoch nach Houston zurückfuhr, wurde dieses Ereignis sicherlich gebührend gefeiert. Wir nannten den Kleinen August Otto, August nach seinem Papa und Otto, weil mir der Name so gefiel. Ich sagte, wie man ihn auch immer umdrehe, immer ergäbe es wieder Otto. Er war ein sehr niedlicher Junge, nicht so dick wie Nelly, er wog 3,2 kg, und August neckte mich: „Dieses Baby hat wenigstens eine kleine Nase!"

Ich mußte nun fleißig sein, nachdem ich kräftig genug war. Wenn ich ihn fütterte, wollte Nelly an seinen Sachen zerren. „Leg das weg, nimm mich doch auf!" wollte sie mir sagen. Armer kleiner Liebling! Sie spielte nun die zweite Geige. –

Mrs. Carville besuchte mich, als ich mich noch schwach fühlte, sie war niemals vorher gekommen und sah nun unser schönes Zimmer; es war schon vor einem Jahr gemacht, aber sie wußte es nicht. Es war spaßig, sie umherblicken zu sehen. „Aber Mrs. Rollfing, ist das ein schöner Raum. Ich muß mich ja meines eigenen Wohnzimmers schämen. Wann haben Sie denn das gemacht? Hat Mr. Rollfing die Arbeiten ausgeführt?" „Ja, er machte es vor einem Jahr für mich. Sie wollten ja nichts für uns tun, da haben wir uns selbst geholfen." Gut, sie ging nach Hause, und als der Kassierer am 1. November erschien, war die Miete um 1 Dollar erhöht. Ich fragte ihn, warum, und er sagte: „Dieses Zimmer ist mehr wert als Sie für das ganze Haus bezahlen!" Ich gab ihm das geforderte Geld und erzählte es August, als er kam. Der meinte: „Gut, bezahle es." Im nächsten Monat wiederholte sich dasselbe. Ich bezahlte wieder mit Aufschlag. Zur Weihnachtszeit hatte August seine Arbeit in Houston beendet. Oh, wie freuten wir uns auf dieses Weihnachtsfest!

Am Neujahrstag kam der Kassierer und forderte noch einen Dollar. August hatte mir aufgetragen, nicht darauf einzugehen, wir würden ein anderes Haus finden. So sahen wir uns nach einem neuen Heim um. Wir fanden eins und bestellten den Möbelwagen noch für den 1. Januar. Als Mrs. Carville uns ausziehen sah, kam sie herüber. „Mrs. Rollfing, was ist los?" „Oh, wir ziehen gerade um. Wir finden, Sie haben uns schäbig behandelt, als Sie die Miete erhöhten, nachdem wir Ihr Haus so hübsch eingerichtet hatten." Sie war sprachlos. –

August hatte dann noch eine besondere Idee. Er zeigte Nelly, wie man die Tapeten abriß und half ihr sogar dabei; dann goß er im Dachgeschoß Wasser auf den Fußboden, so daß die Zimmerdecke darunter ruiniert war. Ich konnte ihn kaum dafür tadeln. Wir hatten fünf Jahre hier gewohnt.

Unser neues Haus lag an der Kreuzung der 14ten Straße und der Avenue M und war viel größer. Es hatte unten vier Zimmer und einen Hausflur, eine große Veranda und zwei Zimmer oben. Dazu hatte es einen weiträumigen Garten mit Obst- und anderen Bäumen, und die Miete betrug nur 14 Dollar im Monat. Eine große Küche war angebaut, und August benutzte sie für seine Malerei. Wir kauften eine ganze Menge neuer Möbel, und nach und nach hatten wir alles wieder hübsch eingerichtet. Wir entschlossen uns, die beiden oberen Räume zu vermieten und statteten sie mit unseren alten Möbeln aus. Ein Zimmer mietete Herman Krahn, der Bruder von Mrs. Rollfing, und das andere bezog Mr. Fricke. Beide blieben bei uns, bis sie heirateten.

Ich hatte jetzt viel Arbeit, aber ich war jung, und ich freute mich, in einem hübschen Haus zu wohnen und geschmackvolle Sachen zu bekommen. August bemalte eine neue große Leinwand. Er stellte darauf drei Mönche dar, die neuen Wein im Klosterkeller probierten; es war ein gelungenes Werk. Das Seltsamste daran war, daß die drei Mönche genauso aussahen wie drei Männer in meiner Heimat, so als wären es ihre Portraits. Ich vermied es immer, das Bild anzusehen, um nicht an sie denken zu müssen.

August malte Mr. und Mrs. Beißners Portraits, und auch das von Mrs. Voelker. Alle waren sie gut gelungen. Leider hatte er nur wenig Gelegenheit, solche Aufträge zu bekommen, und wir konnten davon allein nicht leben. Daher begann er, alle

100

Arten der Malerei, des Tapezierens und des Dekorierens in seiner Werkstatt zu vereinen. Das hatte auch einen Nachteil: Manche Leute mochten ihm keine einfachen Arbeiten geben. Er war zu anspruchsvoll, er war ein Künstler. Nur, wenn etwas ganz besonders gut werden sollte, kam man zu ihm; aber wir richteten uns darauf ein, kamen gut voran und waren glücklich.

Unser kleiner August war 14 Monate alt und lief überall herum, als sich etwas Schreckliches ereignete. Ich kochte gerade das Abendessen, und er ging nach vorne, um mit den anderen Kindern zu spielen. Es waren erst fünf Minuten vergangen, als die Kinder riefen: „August ist verletzt, August blutet!" Da kam mein kleiner Junge herein, Blut lief ihm über sein Gesicht und auf sein Zeug, und er ließ eine Blutspur hinter sich. Ein kleiner Negerjunge hatte ihm irgendein altes schmiedeeisernes Teil an den Kopf geworfen, und das Eisen hatte die Schlagader getroffen. Mrs. Kühl half mir, das Blut zu stillen. In der Nähe wohnte ein alter Arzt, und wir schickten nach ihm. Er verband den Kleinen und sagte, es würde alles in Ordnung kommen, wir sollten das Kind ins Bett legen. Inzwischen waren die Männer nach Hause gekommen, und August war beinahe wild vor Sorge. Um 10 Uhr ging ich an das Bett, irgendetwas trieb mich in das Zimmer, und ich schrie auf. Das Moskitonetz und das ganze Bett waren voll Blut, und der Kleine lag wie tot. Es war aber nur eine Ohnmacht; glücklicherweise erreichten wir unseren richtigen Arzt, Dr. Sykes, sehr schnell. Er verband das Baby und brachte das Blut zum Stillstand, sagte uns aber, wir müßten den Jungen genauestens beobachten und ihn beim ersten Zeichen von Blut in sein Sprechzimmer bringen. Wir saßen die ganze Nacht bei ihm, und morgens um 9 Uhr sahen wir einen winzigen Fleck auf der Bandage. August und ich trugen ihn zu Dr. Sykes. Drei Ärzte bemühten sich um ihn. Sie operierten. August hat die Narbe sein Leben lang behalten. Mein Baby sah danach so bleich aus wie weißes Papier und war so schwach. Er verlor fast alles Blut aus seinem Körper. Es war schwer gewesen, unseren ersten kleinen Sohn hergeben zu müssen, und nun mußten wir fürchten, unseren zweiten auch noch zu verlieren. Wir taten alles Menschenmögliche, um ihn wieder zu Kräften zu bringen, und er lernte wieder laufen. Die ersten Schritte, die er machte, waren zu Mrs. Kühl. Und wie wurde er verwöhnt, von uns, von der Kühl-Familie und natürlich von Herman Krahn und Mr. Fricke. Ist es ein Wunder, daß Mrs. Kühl ihn immer „mein kleiner August" nannte? Er sah stets furchtbar blaß aus, und das bekümmerte uns mehr als alles andere, jedoch wurde er in einigen Monaten wieder munterer und kräftiger.

Es war im Mai 1893, als Mrs. Jakobs uns wissen ließ, daß sie und ihre Tochter Mamie heimfahren würden, um ihren Bruder in Wyk auf Föhr zu besuchen. Ich ging zu ihr und bat sie, einige kleine Geschenke für die Meinen, Vater, Mutter und meine Schwester Julia mitzunehmen. „Natürlich, Louisa, aber würde es nicht nett sein, wenn Du mit uns kommen könntest? Wie glücklich würde deine Mutter sein, dich und deine kleinen Kinder zu sehen."

Oh, nein, ich konnte sie nicht nach Hause begleiten. Aber ich war aufgeregt, wenn ich nur daran dachte, was sie gesagt hatte.

Als ich August davon erzählte, sah er, wie mich meine Gedanken forttrieben. Er fragte: „Möchtest du denn sehr gern mitfahren?" „Ja, ich würde es gerne, aber es ist unmöglich; ich bin froh, daß ich ihnen etwas schicken kann, das ist genug für mich." „Nun, ich bin noch nicht ganz sicher; du mußt bis morgen warten. Wenn ich den Opernhauskontrakt bekomme, sollst du fahren. Ich denke, es wird auch für August gut sein." Es war noch nicht Mittag, als er mit einem strahlenden Gesicht nach Hause kam und mir 40 Dollar überreichte. „Alles in Ordnung, ich habe den Auftrag bekommen, nun kannst du mit den Jakobs lossegeln!"

Mit einem kleinen Freudenschrei flog ich ihm um den Hals. Daß er so gut zu mir war! Aber so war August! Er hatte ein lebhaftes Temperament, und er ging gerne seinen eigenen Weg, aber niemals fiel es mir schwer, mich ihm anzupassen. Woran lag das? Ganz einfach: Ich liebte ihn.

Nun begannen für mich die Vorbereitungen zur Reise. Als erstes hieß es also, die Kleider der Kinder und meine eigenen zu überprüfen. Ich nähte eifrig und arbeitete fast Tag und

Nacht. Schließlich hatte ich für mich drei neue Kleider und für meine Kleinen eine Menge hübscher Sachen fertig. Dann verabredete ich mit Mrs. Kühl, daß sie während meiner Abwesenheit an jedem Sonnabend das Haus versorgte, saubermachte und die Wäsche erledigte. August kaufte für mich die Schiffskarte. Eine Woche vor dem Reisetermin buchte er meine Fahrt auf der „Nueces", einem Mallory-Schiff, das zwischen Galveston und New York verkehrte. Ich war fertig gerüstet.

Zwei Tage vor der Abreise kam Mrs. Jacobs zu uns und berichtete, sie warte noch auf eine Familie aus dem Bezirk Midland, es wären Verwandte von ihr, die auch in die Heimat wollten. Es sei unwahrscheinlich, daß sie zur rechten Abfahrtszeit schon da wären. Sie würde sich ihnen aber gerne anschließen; sie fühle sich sicherer, weil dann Mr. Ketels da sei und sich um sie alle kümmern werde. Das stieß meine ganzen Planungen um, denn die Schiffskarte war schon gekauft. Aber August bestand darauf, daß ich dann eben allein auf die Reise gehen sollte. Er hätte im Kontor der Reederei mit zwei Männern gesprochen, die auch mit dem Schiff führen. Sein Eindruck wäre, daß sie mir helfen würden, wenn ich ihre Unterstützung brauchte. Außerdem sei der zweite Ingenieur auf dem Schiff ein persönlicher Freund von ihm. – Ich habe mich immer nach August gerichtet; so entschied ich mich für die Alleinreise. –

Unser Gepäck hatte ich in einen Schrankkoffer verstaut, meine persönlichen Sachen, die ich brauchte, dagegen in einen kleineren Schiffskoffer. Am vorletzten Tag erhielt ich einen wunderschönen neuen als Geschenk, so daß ich alles wieder umpacken mußte. Dann bekam ich den ganzen Tag über viel Besuch. – Damit ich nicht die letzte Nacht auf dem Schiff zubringen mußte, hatte August einen Wagen für 5 Uhr früh bestellt, das Schiff lief um 6 Uhr aus.

Ich nehme an, daß ich mir in der letzten Woche etwas zuviel zugemutet hatte; als der Morgen der Abreise anrückte, war ich sterbenskrank und wurde von schweren Kopfschmerzen geplagt. Aber es blieb mir gar nichts anderes übrig, als mich anzuziehen und die Kinder reisefertig zu machen.

Wir waren zur rechten Zeit am Kai. Der Agent hatte August gesagt, die Kinder unter 5 Jahren hätten Freibilletts. Das war eine gute Nachricht. Wir glaubten ihm auch, als er versicherte, dieses gelte ebenso für die Fahrt von New York nach Bremen und Hamburg.

Es fiel uns nicht leicht, unseren Papa verlassen zu müssen. Aber Nelli hatte eine Puppe im Arm, und August besaß einen Zug, und ich war zu krank, um irgendeinen klaren Gedanken fassen zu können. Ehe wir uns versahen, waren wir schon weit vom Ufer entfernt, und die Seefahrt in die Heimat hatte begonnen.

IX. Die Reise nach Hause (1893)
und die Rückkehr

Es dauerte gar nicht lange, da fing das Schiff an zu schaukeln, ich wurde seekrank, und die Kinder ebenso. Nichts konnte sie trösten, nicht die Puppe und nicht der Zug. Ich mußte sie beide in meine Schlafkoje nehmen. Es ist schon schlimm, wenn zwei Kinder zur selben Zeit krank werden; aber wenn man sich selbst auch noch elend fühlt, ist es schrecklich.

Als sich die beiden endlich etwas erholt hatten, wollten sie unterhalten sein. Da gab es nur eines: Nicht verzweifeln!

Als wir an Deck kamen, sah ich dort eine andere Dame stehen mit zwei Kindern an der Seite, geradeso alt wie die meinen. Sie hatte ihr Gepäck nicht an Bord bekommen, und es fehlte ihr an sauberen Sachen für ihre Kleinen. Ich war so töricht, ihr reichlich zu leihen; es hätte auch genügt, ihr für jedes Kind nur das Nötigste zu geben. Ich sah jetzt auch die beiden Männer, die ich durch Augusts Bericht schon kannte. Den älteren mochte ich von Anfang an nicht. Er schien mir darauf aus zu sein, ein „Reiseabenteuer" zu suchen; ich traute ihm nicht recht. Der jüngere war mir dagegen sehr sympathisch. Er wollte noch einen Besuch daheim in Deutschland machen und danach das schönste Mädchen in Amerika heiraten. Er spielte stets mit den vier Kindern und paßte auf sie auf. So konnten wir zwei Mütter uns etwas ausruhen.

In Key West, Florida, machte es uns viel Vergnügen, den Eingeborenenkindern zuzuschauen, wie sie nach Münzen tauchten, die von den Schiffsreisenden ins Meer geworfen wurden. Das Wasser war hier so klar, daß man bis auf den Grund sehen konnte. Ich mußte Nelly kurz halten, sie hätte sonst mit Werfen nicht aufgehört. Natürlich prügelten sich die kleinen Taucher anschließend um das Geld. Für kurze Zeit gingen wir auch an Land. Aber es war brütend heiß, und das Hafenviertel starrte vor Schmutz, so daß wir froh waren, als wir uns wieder an Bord befanden.

Hier traf ich nun auch Augusts Freund, Mr. Edmundson, den Ingenieur. Er war sehr liebenswürdig und widmete uns viel Zeit. Wenn er jedoch mit mir Domino spielen wollte, kam Klein-August und fegte die Steine vom Brett. Er wußte ja nicht, was er tat, und wollte nur, daß man sich mit ihm beschäftigte. Wir mußten die Figuren wieder alle aufheben. Aber die Zeit verging darüber, und das war die Hauptsache.

Termingemäß kamen wir in New York an. Es war mir nicht möglich, mich von Mr. Edmundson zu verabschieden; das Gewimmel, das an Bord bei Ankunft des Schiffes in einem Hafen entsteht, verhinderte das. Dann stand ich mit den Kindern am Kai unter einem Schuppen und wartete; denn ich wußte, man würde uns abholen. Die beiden Männer aus Galveston hatten sich zu uns gesellt, und wir musterten aufmerksam das Hafentreiben. Ich staunte über die vielen großen Pferde. Solche großen Tiere hatte ich mein Lebtag noch nicht gesehen, und sie schienen überall zu sein.

Dann trat ein Pastor auf uns zu und begrüßte uns. Es war Pastor Petersen vom „Lutherischen Pilgerhaus", der von jetzt ab alles für mich regelte. Mein Schiff nach Bremen würde die „Auguste Victoria" sein; aber bis zur Abfahrt waren es noch fünf Tage. Meine Koffer wurden schon zum Schiff gebracht, wir aber wurden zu unserem Quartier geführt, dem „Heim der Lutheraner". Unser Zimmer war wunderschön, es standen da zwei Betten für mich und die Kinder, und das Essen war gut. Dann ging Pastor Petersen mit mir zur Agentur. Dort erhielt ich schlechte Nachrichten: Die Kinder hätten keine freie Schiffspassage, ich müßte für sie den halben Preis zahlen. Nur Babies, die noch gestillt werden mußten, reisten umsonst. In Galveston hatte man uns also falsch informiert. Es war ein Wunder, daß ich genügend Geld besaß, aber natürlich schrumpfte meine Reserve bis auf ein Nichts zusammen. Und August hatte gedacht, gut für uns gesorgt zu haben! So lautete mein erster Brief an meinem Mann:

„Bitte schicke gleich Geld nach Hause, ich bin bankrott!" Ich haßte es, ihm das schreiben zu müssen, aber was sollte ich anderes tun?

In den fünf Tagen des Wartens hatte ich Zeit, die ganze

Wäsche zu waschen. Ich riskierte es nicht, Spaziergänge zu machen; es kümmerte mich auch wenig, ob ich etwas von New York sah oder nicht – es war mir hier alles zu laut und zu lebhaft –, ich paßte nur auf meine Kinder auf.

Eines Tages ging ich mit August ein Stück auf dem Bürgersteig entlang, als ich plötzlich in Schrecken versetzt wurde: Klein-August hatte seinen Kopf durch die Stäbe eines Geländers gesteckt und bekam ihn nicht wieder heraus. Wie er es überhaupt geschafft hatte, ihn hindurchzubekommen, ohne sich zu verletzen, war mir ein Rätsel. Ein Gutes war dabei: Er schrie nicht, er kreischte nicht, er hielt ganz still. Ich drehte und wendete ihn, sprach ihm gut zu, konnte aber lange Zeit nicht den richtigen Winkel finden. Endlich hatte ich ihn herausgezogen, aber dann zitterte ich doch vor Aufregung, und fast bereute ich es, meinen Mann verlassen zu haben und allein für die Kinder verantwortlich zu sein.

Im Heim hörte ich, daß ich während meines Aufenthalts auf Föhr noch andere Freunde aus Lake Charles wiedersehen würde: Mr. und Mrs. Nick[44] Arfsten. Sie waren die Woche zuvor schon losgefahren; es sah so aus, als ob es meine Bestimmung wäre, immer alleine zu reisen. Aber es hat auch einen Vorteil: Man gewinnt Vertrauen zu sich selbst, und die Erfahrung zeigt, wohin man auch geht, es gibt überall Menschen, die sich auskennen und die einem weiterhelfen, weil das ihr Beruf ist.

Die „Auguste Victoria" war ein schönes Schiff, und die Unterbringung und Versorgung der Passagiere wurden sehr gut geregelt, sogar in der 3. Klasse. Ich bin niemals in die Nähe des ersten oder zweiten Klasse-Decks gekommen, aber soweit ich weiß, mußten sie großartig eingerichtet sein.

Ich hatte viel Freude an dieser Fahrt, wir wurden nicht wieder seekrank, die Verpflegung war zufriedenstellend, und viele nette Leute reisten mit uns. Es mag sein, daß sie alle mehr Geld hatten als ich, aber ich sagte keinem, daß ich beinahe „abgebrannt" war, und ich grämte mich auch nicht deswegen.

Irgendwann kam ich mit unserem Steward ins Gespräch und hörte Ansichten, die mich in Empörung versetzten. Er meinte, alle Damen, die allein auf eine solche Reise gingen, taugten nicht viel, und wenn ihre Männer wüßten, wie sie sich an Bord eines Schiffes benähmen, würden diese sie nicht zurückhaben wollen. Ich streite mich ungern; aber ich sagte ihm ganz entschieden, daß er unrecht habe; es wäre nicht immer möglich, daß beide Ehepartner gemeinsam eine solche Reise unternehmen könnten; aber die amerikanischen Männer seien großherzig genug, ein Opfer zu bringen und Frau und Kinder ziehen zu lasssen, wenn sie es gerne wollten. Mein Mann gehöre dazu! Darauf entgegnete mein Gesprächspartner: „Mag sein, daß Sie recht haben und daß Ihr Mann in der glücklichen Lage ist, Ihnen vertrauen zu können, aber es gibt nur wenige solcher Frauen! Ich habe Augen und kann sehen!"

Nach dieser Unterhaltung beobachtete ich genauer und sah einige Dinge, die mich nachdenklich machten. Der ältere Mann aus Texas beispielsweise hatte eine ständige Begleiterin, eine recht gut aussehende junge Dame, und ich dachte: Ist es nicht gut, daß seine Frau in Texas nicht weiß, wie er sich hier aufführt? Er hielt sich nie in meiner Nähe auf; der junge Mann hingegen trug August oft herum und war mir dadurch eine große Hilfe. Ich hatte immer Angst, der Kleine könnte durch eines der Löcher an der Schiffsseite[45] hindurchkriechen wollen. (Ich weiß nicht, welche Bedeutung diese Löcher haben, aber sie sind groß genug, daß ein Kind auf die Idee kommen könnte, hindurchzukrabbeln.) Der Gedanke daran jagte mir stets einen Schrecken ein. –

Ich hatte mit meinem Mann verabredet, daß ich, bevor ich nach Föhr fuhr, zuerst seine Verwandten in Oberndorf besuchen würde. So freute ich mich jetzt darauf, sie kennenzulernen und ihnen die Kinder zeigen zu können. –

Das Schiff ging in Bremerhaven an derselben Stelle vor Anker, an der ich vor 13 Jahren Deutschland verlassen hatte, ungewiß, ob ich es jemals wiedersehen würde. Ich mußte nun herausfinden, welches der beste Weg zu Augusts Heimatort war. Es wurde mir empfohlen, zuerst mit einem Pferdewagen von Bremerhaven bis Otterndorf zu fahren, dort in den Zug zu steigen, der uns bis Höftgrube bringen würde. Das letzte Stück bis Oberndorf könnte man von dort aus mit dem Bus[46] zurücklegen. Alle Namen klangen mir so vertraut, ich kannte sie aus Augusts Erzählungen, es kam mir beinahe so vor, als wäre ich früher schon einmal hier gewesen.

Es fand sich noch ein Passagier, der nach Otterndorf wollte, dem Bestimmungsort unseres Wagens; so sparten wir beide etwas Geld und erfreuten uns gemeinsam an der Fahrt. Es war schon beinahe Sommer. Überall blühte es so frisch auf den Wiesen; nach einer langen Seereise freut man sich am Grün der Bäume und des Grases umsomehr.

In Otterndorf bestiegen wir den Zug und fuhren mit ihm die kurze Strecke bis Höftgrube, um dort den Bus zu bekommen. Der wartet dort auf den Zug, um die Post nach Oberndorf zu bringen. Das wußte ich von August. Als wir in die Nähe von Oberndorf kamen, hielt ich nach einem Friedhof Ausschau. August hatte mir erzählt, daß er, wenn er diesen Weg am späten Abend entlanggegangen sei, immer laut vor sich hingesungen hätte, weil er sich ein bißchen fürchtete. Außerdem konnte ihn seine Großmutter schon von weitem hören und wußte dann, daß er bereits in der Nähe des Friedhofs war. – Dann suchte ich den Kirchturm und die beiden großen Lindenbäume, die gerade am Ortseingang stehen sollten. Es war alles genauso, wie August es mir beschrieben hatte. –

Der Bus hielt vor dem Haus seiner Tante, und nun sah ich die alte Großmutter, die unseren Papa aufgezogen hatte. Ich mußte ihr alles über ihren „lütten August" erzählen. Oh, wenn sie ihn doch hätte sehen können, wie groß und stattlich er geworden war! Sie war schon froh, daß sie wenigstens seine Kinder noch erleben konnte. Viele Dinge von früher schien sie vergessen zu haben; sie war schon über neunzig Jahre alt! Eine Cousine, namens Maria, war auch zu Hause. Sie hatte die sonderbarsten Wangen, die ich jemals gesehen hatte und war ein liebes Mädchen. Ihr Vater war gestorben und ihre Geschwister lebten in anderen Städten. So waren es hier nur die Großmutter, die Cousine und die Tante, die uns willkommen hießen. Später besuchten wir die anderen Verwandten im Ort, und alle waren erfreut, August Rollfings Frau und seine Kinder aus Amerika kennenzulernen.

An einem Tag fuhren Maria und ich mit dem Bus nach

Höftgrube, und wir wanderten dort in die Wälder[47], um „Bickbeeren", das sind kleine blaue Beeren, von denen mir August immer erzählt hatte, zu sammeln. Ich bat die Tante, uns einige „Bickbeerpfannkuchen" zu backen, – ich hatte es August versprechen müssen, sie zu probieren. Immer schwärmte er davon, sie wären „die großartigste Sache auf der Welt" – und wir bekamen unsere Pfannkuchen.

Dann hatte er mich beauftragt, in der Dorfkirche auf die Empore zu steigen und nachzusehen, ob dort noch der Name A. H. A. R. in der Bank eingekerbt sei. Ich fand ihn auch zwischen vielen anderen. Es war ein seltsames Gefühl, dort zu stehen und zu sitzen, wo er als kleiner Junge gewesen war, und ich wünschte, er wäre jetzt an meiner Seite. Aber niemals hatte er gesagt, daß er eine Reise hierher unternehmen möchte, – ausgenommen eine Fahrt in die Schweiz, – so daß er ein Wiedersehen mit diesem Ort wohl nicht vermißte.

Die Tage vergingen schnell, und ich hatte bald das Gefühl, daß ich Vater und Mutter nicht länger warten lassen konnte. Nach herzlichem Abschied fuhren wir mit dem Zug nach Hamburg. Ich erwartete, dort Onkel und Tante Abeling zu treffen. Aber nur der Onkel und die Cousine Mathilde waren am Bahnhof. „Wo ist die Tante?" fragte ich, „sie ist doch nicht etwa krank?" – Nein, sie war nicht krank, sie war zur ewigen Ruhe gegangen. Trauer erfüllte mein Herz, sie war immer gütig zu mir gewesen – und ich hatte sie geliebt. –

Wir gingen in die Wohnung der Abelings, die ich noch nicht kannte, weil bei meinem letzten Treffen mit ihnen die Zeit zu einem Besuch nicht ausgereicht hatte. Ich konnte die Tante hier nicht vermissen, da ich sie in dieser Umgebung nie gesehen hatte. Onkel Abeling war so lieb wie immer und machte viel Aufhebens um die Kinder. Wenn wir auf der Straße gingen, wollte er mit jedem an einer Hand „hopp" machen wie ein kleiner Junge. Meine beiden Cousinen waren verheiratet, nur Mathilde war beim Onkel geblieben. Wir wurden von beiden Cousinen zum Essen in ihre Wohnungen eingeladen. Ihre Männer gefielen mir. Onkel Abeling besaß noch den Brief, in dem ich ihm meine Reise nach Amerika geschildert hatte, und er bedauerte nur, daß beide Seiten beschrieben waren. Er würde ihn sonst eingerahmt haben.

Ich erlebte eine große Überraschung, als sie uns in den alten Teil der Stadt führten, in dem sie früher gewohnt hatten und den ich kannte aus der Zeit, als ich noch ein junges Mädchen war und bei ihnen eine Unterkunft fand. Ich wußte nicht, was ich sagen sollte. Alle engen Straßen und die alten Häuser waren verschwunden. Ein verheerendes Feuer, so hörte ich, hatte den Stadtteil zerstört, und anschließend wurde eine große Fläche gleich mit abgerissen. Neue breite Straßen waren entstanden, und moderne Häuser mit sanitären Anlagen wurden errichtet. Da war kein Stück mehr von der alten Stadt, wie ich sie noch gekannt hatte, erhalten geblieben. So war hier eine großartige Verbesserung gelungen, und sie konnte als Vorbild für manch andere Stadt dienen; aber es bedurfte eines großen Feuers, um damit zu beginnen. –

Diesmal konnte ich direkt von Hamburg nach Wyk fahren, und zwar auf dem Dampfer „Die Möwe". Das Schiff machte wöchentlich während der Sommermonate zwei Rundfahrten. So ersparte ich mir die ermüdende Reise durch Schleswig-Holstein und das Übersetzen auf der Fähre nach der Insel Föhr. Ich war froh darüber. Mein Onkel und meine Cousine begleiteten uns bis zum Schiff, und wir winkten den Verwandten am Ufer, solange wir sie sehen konnten. Es ist eine schöne Fahrt die Elbe entlang von Hamburg nach Cuxhaven, wo die Nordsee beginnt. Hübsche Sommerhäuschen und Villen mit Bäumen und Gärten ziehen sich an beiden Seiten entlang, und der Fluß ist gerade so breit, daß man einen guten Blick auf beide Ufer hat. Die Kinder waren aufgeregt vor Freude, und ich mußte sie dicht bei mir halten.

Ich sah eine alte Dame allein sitzen, und ich erkannte sie wieder als die Mutter eines Mädchens, mit dem ich befreundet gewesen war. Es stammte aus Goting. Ich ging zu ihr hinüber und fragte sie auf Plattdeutsch: „Wo geit et denn, Katrina?" Sie erkannte mich nicht, sondern dachte, ich sei ein Badegast. Ich lachte und erzählte ihr, daß ich „Lische Peter Sniders von Nieblum" sei. Das Gesicht, das sie machte, war unbeschreiblich. Sie war einige Wochen zu Besuch bei ihrer Tochter gewesen und hatte nicht gehört, daß ich nach Hause käme.

Später war sie stolz, daß sie die erste gewesen war, die mich gesehen, und sie erzählte es allen, wie ich sie begrüßt hätte und daß ich kein bißchen stolz gewesen wäre. Sie wußte nicht, wie wenig Geld in meiner Reisetasche war, und daß ich keinen Anlaß hatte, auf irgendetwas stolz zu sein.

Die Nordsee war ziemlich rauh, wie sie fast immer ist, aber wir wurden nicht seekrank. Wir kamen an Helgoland vorbei, einem sehr kleinen felsigen Eiland. Ich hatte es noch nie gesehen, aber August hatte dort einen ganzen Frühling lang in einem Hotel gearbeitet und mir viel davon berichtet; so schaute ich mit Interesse hinüber. Helgoland war ein bedeutender Sommer-Badeort. (Im Weltkrieg spielte die Insel eine wichtige Rolle.)

Nach wenigen Stunden Fahrt konnten wir die Umrisse von Föhr erkennen. Als wir auf den Hafen von Wyk zufuhren, füllten sich meine Augen mit Tränen, ich näherte mich meiner Heimat. Wen würde ich sehen? Im stillen hoffte ich, daß Mutter die erste wäre, um die ich meine Arme schlingen konnte. Darin wurde ich enttäuscht. Mutter war nicht gekommen, aber dafür sah ich Vater und Schwester Julia und meine Freundin Meta. Ich kann mit Worten nicht beschreiben, was ich fühlte. Man muß selber eine solche Reise machen, dann weiß man, wie bewegt in solchen Augenblicken das Herz ist.

Nelly wollte nicht hochgenommen werden. Sie tanzte nur herum; aber August schlang seine kleinen Arme um den Großvater. Julia und Meta hakten mich unter, und als wir den Holzsteg verließen, standen da vor uns: Mr. und Mrs. Arfsten, Mr. und Mrs. Ketels und Mrs. Jacob mit Tochter Mamie. Ich war überrascht und froh zugleich, sie zu sehen. Sie waren ein paar Tage vorher angekommen, hatten aber noch nicht ihre Koffer. Mrs. Jacobs erzählte mir später, einen Mann in der Reisegesellschaft zu haben, sei gar nicht so vorteilhaft; sie wünschte, mit mir gefahren zu sein. – Nun, ich war gut allein zurechtgekommen, und meine Koffer, die ich von Bremen aus vorausgeschickt hatte, waren, wie ich hörte, schon zu Hause angelangt. Vater ging mit uns in ein Restaurant und bestellte einige Erfrischungen. Doch dann konnte ich nicht länger warten. Ich wollte zu Mutter.

Meta besaß einen hübschen Wagen mit zwei Sitzbänken, ich weiß nicht, wie man ihn nannte; wir paßten alle bequem hinein und los ging's. Als wir in Nieblum einfuhren, fing Nelly plötzlich an zu singen: „Tra ra ra, bumpty ay, tra ra ra, bumpty ay!" Ich weiß nicht, wie sie darauf kam. Sie hatte diese Melodie in Galveston gehört, alle Kinder sangen sie dort auf der Straße. Nelly mußte sich jetzt daran erinnert haben. So kamen wir laut lachend in Nieblum an.

An der Tür stand meine Mutter. Ihre großen blauen Augen waren voll Tränen, sie konnte kein Wort sprechen. Wir lagen uns in den Armen und wußten, was wir nicht sagen konnten, nämlich, daß wir wunschlos glücklich waren. Wie liebte sie die Kinder! Sie konnte sich nicht satt sehen an ihnen. Ich vermute, es war schwer für sie, sich vorzustellen, daß dieses Luises Kinder waren, und sie sagte immer wieder: „Wie gut muß August sein, daß er Dich kommen ließ!" Es geschah damals nicht oft, daß jemand zurückkehrte, um die Verwandten zu besuchen. Ob ich etwa doch unter einem Glücksstern geboren bin? Ich habe so viele schöne Erlebnisse, an die ich mich erinnern kann, und ich bin Gott stets dafür dankbar gewesen. – Bei meinen Eltern fand ich einen Brief von August vor mit einer 10-Dollar-Note darin. Er hatte meine Nachricht aus New York, daß die Kinder doch Schiffskarten benötigten, erhalten und war böse auf die Agenten und traurig über meine Notlage. Er schrieb, ich wäre wohl kaum auf die Reise gegangen, wenn ich gewußt hätte, wie teuer sie werden würde. –

Nun, ich war erst einmal zu Hause angelangt, und es würde eine Möglichkeit geben, wieder zurückzukehren; wie, darüber wollte ich mir jetzt noch keine Sorgen machen. Ich hatte nur den Wunsch, glücklich zu sein und meine Eltern glücklich zu machen, jetzt, nachdem wir wieder zusammen waren.

Man kann alles verderben, wenn man mißmutig ist und Trübsal bläst; ich habe immer versucht, dagegen anzukämpfen und stattdessen fröhlich zu sein.

Das erste, was Julia und ich taten, war, alles Zeug zu waschen. Meine Schwester wunderte sich beim Plätten, wieviel wir davon brauchten. Nun, ich wollte, daß meine Kleinen immer hübsch aussahen.

Das Haus war innen ganz verändert, und es schien mir behaglicher als zuvor. Im Dachgeschoß hatte man ein Zimmer hübsch tapeziert; es standen zwei Doppelbetten an den Wänden, und hier würden Julia, ich und die Kinder schlafen. Im Erdgeschoß war das Nordzimmer vergrößert worden durch das Herausnehmen der Wandbetten (Alkoven), dann war da ein kleines Schlafzimmer, eng, aber lang genug für zwei Betten. Hier schliefen die Eltern. Das Zimmer daneben war Mutters Reich, von dort konnte sie in den kleinen Blumengarten hinaussehen. Unser Wohnzimmer war umgebaut und zu einem Laden verwandelt worden. Vater war jetzt zu alt, um ständig nähen zu können. Er hatte sich umgestellt und verkaufte Kleidung nach Mustern und machte nur noch gelegentlich Anzüge. Mit einem Fahrrad fuhr er über die Insel, auf dem Gepäckträger den Musterkoffer. Er war ein guter Geschäftsreisender, und jedermann kannte ihn und vertraute ihm.

Im Laden hatte er allerlei Manufakturwaren, Hüte, Kappen und Kurzwaren. Es sah dort sehr einladend aus, und wenn Kundschaft kam, wurde sie von Julia bedient. Gerne machte ich mir dann auch im Laden zu schaffen, und ich vermute, viele Leute kamen auch, um mich zu sehen.

Anfangs konnten sich meine Mutter und Nelly nicht verständigen. Mutter sprach Hochdeutsch, und Nelly sprach Englisch. Nelly steigerte ihre Stimme und wurde immer lauter. Schließlich kam sie zu mir gelaufen. „Mama, Großmutter kann nichts hören!" – Natürlich konnte ich aushelfen. Im übrigen ist es erstaunlich, wie schnell Kinder auffassen. August lernte gleich, Deutsch zu sprechen. Er war ja erst anderthalb Jahre alt und sprach noch nicht viel. Da er hier kein Wort Englisch hörte, vergaß er es bald.

Welch schöne Zeit brach jetzt an! Wir machten Spaziergänge ans Meer, spielten im Sand, suchten Muscheln und planschten im Wasser. Kein Tag verging, an dem nicht meine Mutter die Kinder an die Hand nahm und mit ihnen ins Dorf ging, um mit irgend jemandem zu plaudern. Das machte ihr großen Spaß; sie wollte nicht, daß ich mehr tat, als notwendig; und ich muß sagen, daß ich die wohlverdiente Ruhe genoß.

Ja, und ich war kaum zwei Tage zu Hause, als mein alter

Lehrer Kertelhein in der Tür stand. „Was denkt sich Lise eigentlich? Ist sie nicht gekommen, um mich wiederzusehen? Ich habe schon zwei Tage auf sie gewartet!" (Und ich hatte nicht einmal daran gedacht!) Er bat mich, ihn am nächsten Nachmittag mit den Kindern zu besuchen, und Julia solle auch dabei sein.

Seine Frau war gestorben, und er hatte darauf Metas Tante geheiratet. Wir gingen also hin. Mit welcher Freude pflückten die Kinder die Stachelbeeren in seinem Garten! Er stellte mir einige Fragen, Amerika betreffend, die ich nicht beantworten konnte, aber dafür konnte ich über andere Dinge erzählen, von denen er nichts wußte. Jedenfalls meinte er: „Lise, du hast deine Augen und Ohren offen gehabt und hast nicht nur so dahingelebt! Wie schön wäre es, wenn ich deinen Mann kennenlernen könnte!" Ich mußte ihn und seine Frau noch oft besuchen, und immer führten wir angeregte Gespräche. Seine Tochter Helene hatte Ewald Heims geheiratet, sie betrieben ein Lebensmittelgeschäft und wohnten in Nieblum.

So manches Mädchen, das ich gekannt hatte, war nach Amerika gegangen oder anderswohin; sie waren verstreut über die ganze Welt. Aber diejenigen, die daheim geblieben waren, freuten sich jetzt, mich wiederzusehen. Sie gaben kleine Gesellschaften, meinten jedoch: „Du mußt auch noch den Winter über hierbleiben, dann wird es erst richtig schön, im Sommer sind alle zu sehr mit der Ernte beschäftigt." –

Als ich Deutschland verlassen hatte, waren meine Schwestern Julia und Atlanta noch kleine Mädchen gewesen, jetzt waren sie erwachsen. Atlanta, die in Rendsburg lebte, kam für eine Woche zu uns herüber mit ihrem Mann Eduard Ambs. Er war Offizier in der Armee und sehr korrekt wie alle Offiziere in Deutschland. Aber ich fand ihn sehr nett. Er war ganz verliebt in Atlanta und sehr aufmerksam gegenüber Vater und Mutter. August schien sein Liebling zu sein. Er meinte, er sähe mir so ähnlich. Ich versprach den beiden, sie in Rendsburg auf der Rückreise zu besuchen.

Zu meinem Geburtstag hatte ich nur meine Freundin Meta erwartet, aber es kamen viel mehr Damen. Julia hatte sie alle zum Kaffee am Nachmittag eingeladen, sie wollte mich damit überraschen. Wie ich mich freute! Es war wundervoll, zu Hause zu sein und zu erzählen und zu erzählen. Aber nach einer gewissen Zeit ist alles gesagt, man hat alles gehört und man hat jeden gesehen – die Aufregung ist vorüber, und ist es auch nicht gerade Heimweh, die Gedanken gehen doch „nach Hause", zu denjenigen, die man zurückließ.

Eines Tages besuchten wir Tante Rosina in Borgsum, und wir wanderten zu der „Burg". Ich hatte Angst, Nelly hinunterrutschen zu lassen, aber Julia und ich, wir mußten es noch einmal probieren! Sicherlich lachte meine Tochter über uns. Im Haus zeigte ich ihr die kleinen Löcher im Fußboden, wo Mama mit Murmeln gespielt hatte, als sie ein kleines Mädchen war, und dann wollte Nelly auch spielen... aber wir hatten keine Murmeln. –

Vater mietete einige Male Metas Wagen, und wir fuhren mit ihm über die Insel, um einige von Mutters entfernten Verwandten zu besuchen. Ich hatte sie niemals vorher kennengelernt. –

Alle „Amerikaner" von Wyk kamen bei uns vorbei, die Arfstens, die Jacobs und die Ketels. Julia bat uns, doch etwas Englisch zu sprechen. Das taten wir sogleich, und ich wünschte, man hätte uns belauschen können! Wenn wir es auch nicht perfekt beherrschten, es machte nichts, es gab niemanden, der uns korrigieren konnte. Julia, Mutter und Vater hatten solch eine Freude daran, daß sie unsere Gäste einluden wiederzukommen, damit sie noch mehr davon hören konnten.

Später gingen wir selbst nach Wyk, um ihren Besuch zu erwidern, und ich beschloß, Madame Michelsen aufzusuchen. Ich wußte, daß sie noch an derselben Stelle wohnte, nahe am Strand. Sie war gar nicht so sehr gealtert, und sie erkannte mich sofort, als sie meine Stimme hörte. „Oh kleine Lise, Siggety, Siggety (ich sage, ich sage)!" Sie freute sich, meine Kinder zu sehen, und wir mußten auf dem Sofa Platz nehmen. Dann ließ sie Kaffee bringen, und wir aßen dazu von ihren besten Keksen. Ich kannte sie, diese kleinen Kuchen, sie wurden nur ganz besonders guten Freunden angeboten. Ist es nicht drollig, wie die Menschen Jahre hindurch dieselben

Gewohnheiten beibehalten; aber wenn sie gut sind – warum eigentlich nicht?

Ich mußte ihr vieles erzählen, und zum Schluß meinte sie: „Kleine Lise, du wolltest nicht bei mir bleiben und auf dein neues Bett warten. Ich weiß, daß du das jetzt alles selber hast, und du wirst auch die 100 Dollar haben, sonst wärst du nicht hier." Nelly zeigte, daß sie die alte Dame gerne mochte und erhielt eine Menge Kekse als Geschenk. Ich freute mich über unsere Begegnung, und bevor wir endgültig auf die Reise gingen, sagte ich ihr „Auf Wiedersehen". Sie lebte noch eine ganze Reihe von Jahren.

Wir gingen auch zu Mutters Cousinen in Wyk. Eine von ihnen hatte ein Bein verloren, sie war aber noch genauso heiter und freundlich, wie ich sie in Erinnerung hatte. –

Während des Monats August erschienen zwei alte Schulfreunde von mir in Nieblum, sie wollten ihre Eltern besuchen. Es waren Broder Friedrichs[48] und Harald Lorenzen[49]. Beide waren Pastoren. Ist der Name Harald nicht früher schon einmal erwähnt worden? Ja, es war „mein" König Harald aus meiner fröhlichen Schulzeit. Beide kamen gleich am nächsten Tag zu uns, nachdem sie vernommen hatten, daß ich heimgekehrt sei.

Wir gingen an den Strand und nannten uns beim Vornamen. Wir sprachen Plattdeutsch miteinander, und es war wie früher, obwohl ich nun Mrs. Rollfing hieß und sie Pastor Friedrichs und Pastor Lorenzen. Nein, wir waren nur Lise, Harald und Broder. So ging es hin und her: „Erinnerst du dich noch daran?" oder „Hast du das etwa vergessen?" Es war wirklich sehr vergnüglich, uns nach den vielen Jahren wiederzusehen und Gedanken auszutauschen. Harald sagte: „Ich habe Lene Hirsch[50] nicht geheiratet! Entsinnst du dich noch an die Botschaft, die du mir von meiner Mutter brachtest? Und daß ich nur ein Schuljunge sei?" –

Dann hörte ich beide predigen. Auf einmal erschienen sie mir richtig fremd. Hatten wir nicht eben noch soviel Spaß miteinander gehabt? Aber der Ernst und die Würde gehörten wohl zu ihrem Amt als Pfarrer. Ich wußte ja, daß sie auch ihre menschliche Seite hatten.

Vater hatte im Garten einen kleinen Apfelbaum herangezogen; zum ersten Male saßen Äpfel daran, elf Stück. Er hatte sie aus der Blüte wachsen sehen und jeden Morgen nach ihnen geschaut. Er wünschte, daß ich auf die Kinder achtete, die Äpfel sollten am Baum noch reifen. August konnte nicht heranreichen, also hatte ich nur auf Nelly aufzupassen. Aber eines Morgens lief sie vor mir hinaus. Sie pflückte alle ab und legte sie in einen Korb. Ich mußte es Vater sagen und war willens, Nelly mit einigen Klapsen zu strafen. Aber er sagte: „Schlage sie nicht, gib mir meine Mütze!" Er ging an den Strand und kam den ganzen Tag nicht nach Hause zurück. Ich machte mir Sorgen um ihn, aber Mutter und Julia meinten: „Laß ihn allein, er versucht, diese Enttäuschung zu verwinden, er wird bald wieder da sein." Er erwähnte den Vorfall niemals mehr, aber ich wußte, wie traurig er war.

August schrieb mir regelmäßig jede Woche; einmal schlug er mir vor, ich sollte auch noch den Winter in der Heimat verbringen. Ich hatte nicht die Absicht, das zu tun, denn der Winter würde gewiß sehr kalt sein. So schrieb ich ihm zurück, daß ich im Oktober von Föhr abreisen würde. Er möchte bitte alles tun, um mir das Geld rechtzeitig zu schicken, auch dann, wenn er etwas borgen müßte. Ich wollte vor Einbruch des Winters zurückgekehrt sein. Es war keine besondere Eile geboten, aber Briefe brauchten eine lange Zeit, und die Wochen vergingen schnell.

Als meine Freunde herausfanden, daß ich nun doch nicht den Winter über auf der Insel bleiben würde, planten sie eine Art Ball. Helene und Eduard Heims luden mich ein, mit ihnen hinzugehen. Ich nahm an und versprach zu kommen. Vater hörte davon und sagte entschieden: „Du kannst nicht hingehen. Das wäre ja noch schöner, du tanzt hier mit anderen Männern, und dein armer Mann ist ganz allein und arbeitet schwer für dich!" Ich entgegnete lachend: „Er würde sich gewiß keine Sorgen machen und würde mir nur zureden. Ich gehe mit den Heims!" Vater war wirklich zornig auf mich.

Wie es sein soll: Ich erhielt einen Brief von August, bevor das Tanzvergnügen stattfand. Er erzählte mir darin von einem Picknick, das vom Gesangverein in Dickinson veranstaltet worden sei, bei dem er und Mrs. George Werner den ersten Preis im Tanzen gewonnen hätten, eine hübsche Flurlampe. Und dann sprach er davon, wieviel Grad es in Galveston im Schatten gewesen seien.

Ich berichtete den Eltern davon und Vater meinte: ,,Ihr seid beide verrückt und wißt nicht, Euch zu benehmen!" – Ich ging zum Ball, und da ich Ehrengast war, hatte ich es gut: Alle wollten mit mir tanzen, aber schließlich wurde mir doch richtig schwindlig davon. Sie bewegten sich immer noch in derselben alten Art wie früher, immer rundherum wie eine Kaffeemühle. Daher bat ich sie, wenn sie mit mir tanzen wollten, zu versuchen, sich einige Takte auch mal in der Gegenrichtung zu drehen. Sie probierten es und fanden es gut. Ich wäre nicht überrascht, wenn sie diese Neuerung beibehalten hätten. –

Nun wurde das Wetter kälter und stürmischer, und mit dem Herbst kamen die Gewitterstürme. Ich fürchtete mich so, daß ich nachts nur mit Kleidern ins Bett ging. Ich hatte in den Jahren, in denen ich von zu Hause fort war, alles über die Stürme vergessen. Ich hatte nur den einen Wunsch, daß sich nichts ereignen möge, was mich daran hindern könnte, die Kinder sicher zu meinem Mann zurückzubringen. Die Verantwortung war fast zu groß.

Dann stellte ich mir in Gedanken den Tag vor, an dem ich Mutter würde verlassen müssen; ich wußte, daß es das letzte Mal gewesen war, daß wir uns hatten sehen können, und ich machte mir Sorgen, der Abschied werde ihr zu schwer fallen, sie war nicht mehr so kräftig.

Eines Tages bat sie Julia, auf die Kinder aufzupassen, sie wolle mit mir einen Spaziergang machen. Wir gingen zu den Dünen und setzten uns nieder. ,,Ich möchte gerne mit dir sprechen, Louisa.

Ich weiß, warum du in der letzten Zeit so still und nachdenklich bist. Du fürchtest, ich würde zusammenbrechen, wenn ihr alle uns verlaßt. Aber das werde ich nicht. Daß ihr uns besuchtet, ist mehr, als ich erwarten konnte, nachdem du vor 13 Jahren davongingst. Ich dachte damals, ich würde dich nie wiedersehen. – Nun aber merke ich, wie freudig du zu

August zurückgehst, daher weiß ich, daß du glücklich bist. Es wäre schwer zu ertragen, wenn du gehen müßtest und nicht wolltest. Darum sei fröhlich für den Rest der Zeit bei uns, so fröhlich wie du nur kannst!"

Wir kamen nach Hause, und ich fühlte mich getröstet. Dieses Gespräch habe ich nie vergessen können. War Mutters Haltung nicht bewundernswert und die Art, wie sie zu mir gesprochen hatte?

Wir folgten ihrem Wunsch, waren heiter und machten das Beste aus den letzten Tagen unseres Zusammenseins. Bald erhielt ich einen Brief von August, in dem er ankündigte, das Geld werde rechtzeitig eintreffen. Ich sollte meine Vorbereitungen beginnen, und er wäre sehr glücklich, daß wir kommen wollten. Er hatte im Ernst nicht daran gedacht, daß ich den Winter über in Deutschland bleiben würde. Er wollte nur nicht von sich aus unseren Besuch abkürzen, denn er würde uns nicht noch einmal gehen lassen.

Ich begann, über unsere Reisekleidung nachzudenken. Es würde November werden, bevor wir heimkehrten. Das bedeutete, daß wir während unserer Reise auf dem Meer mit Kälte zu rechnen hatten. Wir brauchten warme Sachen. Ich kaufte eine Jacke für mich bei Vater zum Einkaufspreis ein, nahm auch noch eine für Nelly, und für Klein-August schneiderte ich selbst eine Überjacke und eine Mütze. Dann nahm ich Verbindung mit der Dampfschiffahrtsgesellschaft auf.

Ich beabsichtigte, etwa Mitte Oktober von Hamburg nach New York zu fahren und bat um Information. Ich hatte noch genügend Zeit, und ich war gewiß, das Geld würde kommen, bevor ich mich entscheiden mußte.

In der Antwort der Reederei hieß es, die „Elbe"[51] würde am 18. Oktober auslaufen. Das Geld traf ein, und ich kaufte die Schiffskarten. Für die Kinder zahlte ich den halben Preis. – Plötzlich geschah etwas Unangenehmes: Die Cholera[52] war in Rußland ausgebrochen, und es bestand die Gefahr, daß die USA ihre Häfen für Schiffe, die aus Europa kamen, sperrten. Aber es ging besser, als wir erwartet hatten. Die Reederei teilte mir mit, daß die „Elbe" zum vorgesehenen Termin fahren würde. Allerdings müßten alle Passagiere vorher fünf

Tage in der Stadt Hannover in Quarantäne gehen und dort ihre Koffer desinfizieren lassen. Natürlich bedeutete das für uns, daß sich die Reisekosten erhöhten; aber ich war froh, fahren zu können und nicht verurteilt zu sein, den Winter auf der Insel zu verbringen. Es wurde schon kalt, und die Gewitterstürme erschreckten mich zu Tode. Einige Nächte vor unserer Abreise sahen wir zwei Windmühlen bis auf den Grund abbrennen. Julia hatte eine Stellung in Rendsburg angenommen, sie würde am 1. November außer Haus gehen. Damit Mutter danach nicht ohne Hilfe war, wurde mit einer Frau aus Nieblum vereinbart, daß sie zu ihr kommen solle, um Julias Arbeit zu übernehmen. So war alles geordnet. Ich wußte, daß es Mutter schwer fiel, uns gehen zu lassen, aber sie hielt sich tapfer. Vater lieh mir 100 Mark für den Fall, daß ich mehr Geld brauchen sollte. Aber ich sandte sie ihm schon von Hannover aus zurück. Ich benötigte sie nicht; trotzdem empfand ich seine Fürsorge lieb und anerkennenswert.

Als der Tag der Abreise kam, blieb Meta bei Mutter zu Hause. Ihr Mann, Jens Arfsten, fuhr uns nach Wyk, und Julia kehrte darauf mit ihm wieder zurück. Vater jedoch begleitete uns bis nach Rendsburg zu meiner Schwester Atlanta und ihrem Mann. Nach einigen Stunden Aufenthalt kehrte auch er wieder um.

Ich wußte, daß ich sie alle zum letzten Mal gesehen hatte. Vaters Worte, die er beim Abschied an mich richtete, waren: „Lise, mach dir keine Sorgen um Mutter. Ich werde mich um sie kümmern, so gut ich kann; ich habe vieles gutzumachen." Ich wußte, was er meinte, und war glücklich, daß er dieses sagte. Und er hielt Wort. Mutter war gut versorgt bis zu ihrem Ende[53].

Der Abschied von den Eltern war schwer gewesen; aber das Wissen, daß wir nun auf dem Wege zu unserem Papa waren, ließ uns den Schmerz allmählich überwinden.

Wir verbrachten noch zwei Tage bei Atlanta und Eduard. Es war lustig, meinen Schwager zu beobachten. Zu Hause scherzte und tollte er mit den Kindern, es machte ihm auch nichts aus, sich eine Schürze umzubinden und Atlanta zu helfen, wenn es not tat. Er war rührend besorgt. Aber sobald er in seiner Uniform steckte und auf der Straße ging, konnte man ihn nicht zum Lachen bringen. Alle paar Schritte trafen wir Soldaten, und er mußte dauernd wiedergrüßen. Ich freute mich über diese Neuheit. Am Hafen herrschte große Geschäftigkeit, aber auch Unordnung. Der Grund dafür war, daß man dabei war, einen Kanal nach Kiel auszubaggern[54].

Der schöne Aufenthalt war nur zu schnell beendet. Wir fuhren mit der Bahn nach Hamburg, wo der Zug eine halbe Stunde hielt. Onkel Abeling und Cousine Mathilde waren am Bahnhof und brachten mir schöne Nelken. Sie waren ganz überrascht, Nelly ein so niedliches Deutsch sprechen zu hören! Dann ging es weiter nach Hannover. Diese Fahrt war lieblich und abwechslungsreich. Das ganze Land war sorgfältig bebaut, alle paar Minuten sah man ein Dorf oder wir fuhren durch eine Stadt, alles sah sauber und liebevoll gepflegt aus. Hin und wieder fuhren wir durch Wälder. Schließlich waren wir in Hannover angelangt. Das Hotel, in dem wir uns aufzuhalten hatten, war der „Deutsche Hof". Ich erhielt ein nettes Zimmer mit zwei Betten im 2. Stock. Niemals vorher hatte ich solche hohen Betten gesehen und ich fragte lachend: „Wie soll man denn da hineinkommen?" Da zog das Zimmermädchen zwei kleine Trittleitern heraus. Natürlich gebrauchten wir sie. Aber wir benutzten nur ein Bett, ich fand es zu schön, es mir behaglich zu machen mit meinen beiden Babys, eines an jeder Seite.

Als wir am anderen Morgen zum Frühstück im Speiseraum erschienen, war er voll von Passagieren, dem Anschein nach alles sehr angenehme Leute, unter ihnen viele Amerikaner, die wie ich in der Heimat auf Besuch gewesen waren. Alle versuchten, die Zeit totzuschlagen, indem sie sich in der Stadt umsahen. Ich dagegen blieb im Hotel. Meine Kinder waren noch zu klein, um mit ihnen draußen herumzulaufen, aber es machte mir nichts aus. Dann lernte ich eine Dame aus Berlin mit einem kleinen Mädchen kennen. Wir beschlossen, gemeinsam einen Wagen zu mieten, um uns die interessantesten Plätze von Hannover anzusehen. Ich war überrascht, den Preis zu hören, er erschien mir so billig. Der Kutscher wußte genau, was für uns interessant sein konnte und erklärte uns alles während der Fahrt. Vieles habe ich vergessen. Die Kinder aber waren am meisten von der goldenen Königskutsche begeistert. August weinte, er wollte unbedingt in sie hineinklettern und durfte es doch nicht, es war verboten. Ich erinnere mich auch noch an den Marstall, wo die schönsten Pferde gehalten wurden. Es war damals noch nicht die Zeit der Automobile!

Dann mußte jeder von uns geimpft werden. Ich hatte Angst, daß die Impfstelle sich entzünden könnte. Darum nahm ich den Verband ab, desinfizierte die kleine Wunde mit Alkohol und umwickelte sie wieder. Mein Mann hatte mir erzählt, daß er fast den Arm verloren hätte, nachdem er geimpft worden war; so war ich sicher, daß er mein Handeln gebilligt hätte. Alles ging gut. Ich gab mir viel Mühe, die Beamten vom Desinfizieren meiner Koffer abzuhalten; es schien fast, als ob sie diese auslassen würden, aber am Ende erging es ihnen nicht besser als allen anderen auch.

Schließlich waren die fünf Tage um. Noch einmal fuhren wir die Strecke nach Hamburg zurück und bestiegen dann unser Schiff, die „Elbe". Die Unterkunft war gut, aber nicht annähernd so komfortabel wie die auf der „Auguste Victoria". Die „Elbe" war ein älteres Schiff, und es waren nicht so viele Passagiere darauf. (Einige Zeit nach unserer glücklichen Heimkehr hörte ich, daß dieses Schiff auf seiner nächsten Fahrt von Hamburg nach New York untergegangen war[55]. Viele Menschenleben waren zu beklagen. Ich bin sicher, daß ich einige der Opfer gekannt hatte. Wie dankbar durften wir sein, daß uns das Schicksal verschonte.)

Natürlich mußte ich seekrank werden, und dazu gesellte sich noch hohes Fieber. Der Arzt wollte mich in das Schiffshospital einweisen. Doch ich bat ihn, davon abzusehen, denn ich mochte nicht von meinen Kindern getrennt werden. So wurde ich nicht umquartiert und versuchte mein Bestes, wieder auf die Beine zu kommen. Der Doktor war sehr freundlich, und auch die Stewardeß kümmerte sich um uns. –

Sobald ich mich besser fühlte, ging ich an Deck, damit auch die Kinder an die frische Luft kamen, und sie waren artig und nicht zu waghalsig. Ich hatte mich vorsorglich in eine Wolldecke eingehüllt. Da sprach mich eine Dame an und sagte: „Ich rate Ihnen, hohe Schuhe anzuziehen. Der Zugwind hier oben könnte Ihren Füßen Schmerzen bringen. Die Poren sind vom Fieber noch offen!" Ich folgte ihrem Rat unmittelbar, aber der Schaden war schon da, wie sich später herausstellte, und ich mußte dafür leiden.

Wir kamen in New York zur vorgesehenen Zeit an und wurden von Pastor Petersen, unserem alten Freund aus dem „Lutherischen Pilgerhaus", erwartet. Der Empfang im Heim war überaus herzlich. „Hier ist unsere kleine Texaslady mit ihren reizenden Kindern!" hieß es. Es war wie ein Nachhausekommen. August war nun 2 Jahre alt. Sein Geburtstag war am 25. Oktober gewesen, als wir noch auf der „Elbe" fuhren. Glücklicherweise brauchten wir nur zwei Tage zu warten. Dann konnten wir auf dem uns schon vertrauten Schiff „Nueces" nach Galveston weiterreisen. Das war für uns sehr angenehm. Wir hatten dieselbe kleine Kabine wie vorher, und an Bord war wieder der Ingenieur Mr. Edmundson, Augusts Freund. Er schalt ein bißchen mit mir, daß ich ihm bei der Hinreise nach Deutschland nicht gesagt hatte, wo wir in New York Quartier nähmen. Er hätte damals viel Zeit gehabt und wäre auch gerne bereit gewesen, uns die Stadt zu zeigen. August hätte sich geärgert, als er von ihm hören mußte, daß wir nach der Ankunft im Hafen plötzlich nicht mehr zu sehen gewesen wären.

Auf dem letzten Abschnitt unserer Reise wurden wir nicht mehr seekrank, wir sprachen von nichts anderem als vom Heimkommen und vom Wiedersehen mit „Papa". Ab und zu fühlte ich einen Schmerz in beiden Fußknöcheln, aber ich machte mir keine Gedanken darum.

Am Sonnabendmorgen konnten wir Galveston vor uns liegen sehen. Wir putzten uns heraus mit unseren neuen Sachen, so gut wir nur konnten. Endlich legten wir an, und dann erblickten wir August und Herman Krahn. Beide schienen gerade jetzt etwas in die Augen bekommen zu haben, Staub oder anderes, sie wischten mit der Hand über das Gesicht. – Es dauerte Ewigkeiten, bis wir in Augusts Armen lagen, ... mir fehlen die Worte zu sagen, wie glücklich wir waren.

Die Männer fanden, daß wir alle wundervoll aussähen und daß die Kinder so gewachsen seien. Sie nun aber Deutsch sprechen zu hören, das erschien ihnen als das größte Wunder. Ich aber sah auf August und dachte, daß er in der Zwischenzeit viel größer geworden war, er hatte bestimmt auch zugenommen. Als ich ihm das sagte, meinte er schmunzelnd: „Du siehst, Mama, du warst nicht da, um mich zu ärgern."

Es stand ein Wagen da, und wir fuhren in großer Aufmachung nach Hause. In der Nacht zuvor hatte es geregnet, und alles sah so frisch, so sauber und gepflegt aus, wie sich Galveston immer nach einem Regenguß dem Betrachter darbietet.

Wir hatten soviel gesehen. (Es ist nur schade, daß beide Kinder damals so klein waren. So ist es schwer für sie, sich heute noch daran zu erinnern.) Wir waren also endlich zu Hause angelangt und konnten uns nun Zeit nehmen, unserem lieben Papa alles zu berichten. Wie schön zu hören, als er sagte: „Ihr habt mir alle gefehlt!"

Unser Glück nach unserer Rückkehr dauerte nicht länger als einen Tag, nämlich nur den Sonntag lang. Am Montagmorgen konnte ich nicht auf meinen Füßen stehen, die beiden Fußknöchel schmerzten. Wir ließen Dr. Fischer rufen. Er stellte fest: „Entzündlicher Rheumatismus." Er konnte wenig tun, um mir zu helfen; er vermochte mir auch nicht zu sagen, wie lange meine Erkrankung dauern würde, er gab mir nur Medikamente, das war alles.

Wenn sich je irgendeiner traurig und niedergeschlagen gefühlt hat, so war ich es jetzt, und wenn ich sage, August war enttäuscht, so ist das milde ausgedrückt. – Ich litt unter den schlimmsten Schmerzen, die man sich vorstellen kann. Schon wenn mich jemand nur berührte, hätte ich schreien können, selbst das Liegen auf einem Laken schien mir unerträglich. Ich war nahezu hilflos. An einigen Tagen war der Schmerz plötzlich weg, dann versuchte ich, alles Versäumte nachzuholen mit dem Erfolg, daß ich am nächsten Tag wieder einen Rückfall erlitt. Ich weiß nicht, was ich ohne die tatkräftige Unterstützung von Mrs. Kühl hätte anfangen sollen. Sie half mir und kümmerte sich um August. Der war schlecht gelaunt.

Bis nach Neujahr ließen mich meine Beschwerden nicht zur

Ruhe kommen. Dann gingen die Anfälle zurück, und wir hofften, sie möchten allmählich ganz verschwinden. Aber die Schmerzen kehrten wieder. Ich fand es zwecklos, den Arzt holen zu lassen. Als eines Tages mein Zustand ganz schlimm wurde, kam eine alte Negerin ins Haus. Die sagte: „Honey! Ich kann es nicht mehr ansehen, wie du leidest. Ich kann dir helfen, wenn du trinkst, was ich für dich herstellen werde." Ich war fast verrückt vor Schmerzen und bat: „Mache es zurecht, Tantchen, ich werde alles trinken, wenn es kein Gift ist!" Gut, die Alte braute es zusammen, es war schwarz, aber es half, und in kurzer Zeit war ich gesund! Keiner kann sich vorstellen, wie dankbar wir waren, und ich vergalt es der Negerin in reichlicher Weise. Es war ganz seltsam: Sobald mich die Schmerzen verließen, ging es mir so gut wie jedem anderen. Ich vergaß darum schnell, was vorher gewesen war.

Einige Wochen waren verstrichen, und wir bekamen eine Einladung zu einem „Domino-Ball". Wir waren bisher immer zu dieser Veranstaltung gegangen, es war ein großartiges Vergnügen. Jeder der teilnehmenden Herren und Damen hatte sich in derselben Farbe als Domino zu verkleiden. Diesmal waren weiße Dominokostüme und schwarze Masken vorgeschrieben. Niemand konnte den anderen erkennen. Ein Freund und Nachbar kam am Morgen zu uns. „Wie geht es dir?" fragte er. „Oh, ganz gut!" „Werdet ihr nicht auch zum Ball gehen, und meinst du, daß Mr. Rollfing uns mitnimmt?" Er kam gerade zur Tür herein, und natürlich wollte er hingehen, und ich dachte, ich könnte es auch wagen, darum machten wir uns daran, die Dominokostüme zu schneidern. Mrs. Ott, meine Freundin, erledigte die Nähmaschinenarbeiten; ich schonte meine Füße, denn ich würde sie mehr anstrengen als sonst; ich war vorsichtig geworden. August besorgte die Masken; Mrs. Kühl versprach, bei den Kindern zu bleiben. So machten wir uns voller Vorfreude auf den Weg.

Wir hatten viel Spaß. Alles ging gut. August erkundigte sich immer wieder besorgt: „Mama, wie benehmen sich deine Füße?" Ich lachte. „Keine Sorge, sie ärgern mich nicht!" Der letzte Tanz vor dem Bankett wurde gespielt, es war ein „Lanciers". Ich tanzte in der Reihe, als irgendjemand gegen meinen linken Fuß stieß. Da wurde mir plötzlich schwarz vor Augen. Ich wurde zwar nicht ohnmächtig, aber irgendwer brachte mich zu meinem Platz. Das beendete mein Tanzen. August dachte, wenn ich an der Tafel säße, würden die Schmerzen vergehen, und er trug mich mehr, als daß er mich führte, nach oben in den Bankettsaal. Aber ich konnte die Qualen im Fuß nicht länger aushalten, und als das Essen vorüber war, sagte ich August, daß ich nach Hause möchte. Er bestellte einen Wagen und brachte mich in unsere Wohnung und ins Bett. Ich nahm etwas von Mammys Medizin, und August fuhr wieder zu dem Fest zurück.

Es war vier Uhr früh, als er schließlich eintraf. Anfangs hatte ich gedacht, er werde gleich wiederkommen, aber das war vielleicht etwas zuviel verlangt. Er konnte mir ja in keiner Weise helfen, und so machte ich mir keine Gedanken. Ich bedauerte, daß ich auf das Fest gegangen war, es wäre besser gewesen, ich wäre bei den Kindern geblieben. Diesmal mußte ich ungefähr eine Woche lang im Bett liegen, aber es war der letzte Anfall, und ich hatte darauf nie mehr Schmerzen in meinen Füßen.

Ich fühlte mich wieder wohl und voller Lebenslust. Niemals, so meinte ich, könnte ich gutmachen, was August für mich geleistet hatte, und so tat ich alles, um ihn zu verwöhnen. Es bereitet einem Mann sicherlich kein Vergnügen, den ganzen Sommer lang allein zu sein, und von dem Augenblick an, wo die Frau heimkommt, sie monatelang krank zu sehen.

Ich glaubte allerdings nicht, daß er sich die ganze Zeit gelangweilt hatte. Dazu sah er einfach zu gut aus. Während meiner Abwesenheit hatte man in Galveston das „Kleine Theater" gegründet. August spielte darin eine wichtige Rolle. Ich kannte einige aus der Truppe, aber da gab es noch zwei hübsche Mädchen darunter, die ich vorher noch nicht gesehen hatte. Als ich denen begegnete, erschienen sie mir reichlich lebhaft, und sie benahmen sich so, als ob sie Augusts Freundinnen wären. Ich mochte sie nicht leiden; kann sein, wenn sie häßlich gewesen wären, würde ich mir weniger Gedanken gemacht haben. Ich vermute, ich war eifersüchtig. Aber sie verließen Galveston bald, und ich war froh darüber. Ich bin sicher, sie hatten vergnügliche Stunden während ihrer Proben gehabt. –

Dann wurde mir klar, daß es doch eigentlich ein ziemliches Wagnis gewesen war, einen jungen, gut aussehenden Ehemann den Versuchungen der Welt ausgesetzt zu haben, und wenn er manchmal sagte: „Ich werde euch nie wieder gehen lassen", so hatte ich jetzt meine eigenen Gedanken, und die waren: „Nein! Ich werde dich nie wieder allein lassen!"

Ein Mensch kann eben nicht alles haben. Ich war bei meinen Lieben in der Heimat gewesen, das bedeutete mir viel; – und dafür wollte ich dankbar sein.

X. Das Auf und Ab der neunziger Jahre (1893 – 1900)

Von nun an gab es längere Zeit keine Unannehmlichkeiten mehr, die ganze Familie war wohlauf, und wir kamen gut voran.

Nellie hatte bald ihr Deutsch vergessen, und beide Geschwister lernten wieder Englisch mit den anderen Jungen und Mädchen ihres Alters.

Als der Frühling nahte, begann ich für Klein-August eine Menge niedlicher Röcke und Hemden anzufertigen; natürlich mußte er auch Unterhosen und Unterröcke haben, viel zuviel Zeug bei heißem Wetter, aber das war nun einmal die Art, wie Kinder angezogen wurden. Ich hatte alles für den Sommer fertig und war froh.

Eines Tages lief er zu seiner geliebten Mrs. Kühl hinüber. Als er zurückkehrte, hatte er eine kleine Hose an, mit Knöpfen an seinem Hemd befestigt, – ein altes Paar, das unsere Nachbarin für ihn hervorgeholt hatte.

Was soll ich sagen? Ich konnte ihm nicht einen seiner Röcke anziehen! Er stimmte sofort ein großes Geheul an. „Ich will Hosen, ich bin ein Junge!" August fand ihn darin drollig, und natürlich wollte er auch, daß er wie ein Junge aussähe. So hatten sie gewonnen, und all mein Nähen hatte sich nur für Mrs. Viehmanns Sohn gelohnt, der noch ein bißchen jünger war und die Sachen jetzt geschenkt bekam. Vater hatte mir eine Menge schöner Stoffproben mitgegeben, gute wollene Ware, ungefähr je 70 cm, was für hübsche kleine Hosen reichte, und jeder war zufrieden – nur ich war es nicht; ich dachte, unser August wäre noch zu klein für sie. Ich glaube, er hat nie eine Bluse mit Spitzen getragen; nur an eine kann ich mich entsinnen, das war einige Jahre später. Damals hatte ich ihm einen kleinen blauen Anzug geschneidert; und mit der weißen Bluse dazu sah er darin so hübsch aus, daß wir von ihm und Nellie ein Foto machen ließen. Darauf schaut er drein, als ob ihm die ganze Welt gehöre.

Ein paar Jahre hatten wir nun unseren Wohnsitz an der 14. und der Ave. M gehabt, als der Eigentümer das Haus seiner Tochter übergab. Natürlich mußten wir ausziehen. Herman Krahn und Mr. Fricke waren immer noch unsere Untermieter, und sie beabsichtigten, mit uns zu gehen und weiter bei uns zu wohnen, wenn wir ein passendes Heim gefunden hätten. Das freute uns. Wir entschieden uns für ein fast neues Haus an der 7. Straße und der Mechanic Street, ein sehr gut aussehendes Anwesen mit vier großen Zimmern und einer Halle unten und zwei schönen Räumen im Obergeschoß. Ich mußte einige Möbel dazukaufen, machte alles nett zurecht, und so hatten wir wieder einmal einen neuen Wohnsitz.

Im nächsten Jahr heirateten die beiden. Danach richtete ich unser Haus ein wenig anders ein und gab die freigewordenen Zimmer an vier Studenten ab. Da wir so nahe bei der Medizinischen Hochschule lagen, war es leicht, sie zu bekommen. Durch das Vermieten wohnten wir selbst beinahe umsonst. Die jungen Leute mochten unsere Kinder gerne und fühlten sich wie zu Hause. August war froh, das junge Volk um sich zu haben und war nicht so töricht, eifersüchtig zu sein, wie das gelegentlich manche Männer sind. Während der Semesterferien hatten zwei von ihnen zuerst August einen Brief geschrieben, aber er trug mir auf, ihnen zu antworten. Und von da ab schrieben sie an mich, bis sie zurückkehrten.

Ich mußte mich daran gewöhnen, alle Arten von Knochen und auch Schädel zu sehen, sie lagen in den Zimmern herum; nun, es war nicht so schlimm, bis ich eines Morgens einen ganzen Arm vorfand – natürlich Knochen – mit präparierten Fingernägeln, er lag auf dem Tisch. – Das ging mir zu weit, und ich forderte die Leute auf, ihn wegzutun. Am Tag darauf war er immer noch da. Ich wurde wütend und sagte ihnen, ich möchte meine Zimmer wiederhaben. Das hatte den gewünschten Erfolg. Am nächsten Morgen sah ich einen kleinen Koffer und keine Knochen mehr. Ich wußte, wo sie waren, verzichtete aber darauf, es nachzuprüfen.

Mit der Familie Larsen, die in demselben Block wie wir wohnten, verband uns eine enge Freundschaft über all die Jahre hin, bis heute noch. Eines Tages erwischten August und

Archie[56] eine Büchse Ölfarbe und einige Pinsel, und bald prangten Streifen an allen Zäunen im Block. Keiner schätzte ihre „künstlerische" Arbeit, aber eine lange Zeit blieb es so. – Wir wohnten dicht beim Strand, und Larsens hatten ein Badehaus, so ging beinahe jeden Abend jemand von uns zum Baden. –

In dieser Zeit war es, daß Nellie eingeschult wurde. Als man sie dort nach ihrem Namen fragte, antwortete sie: Helen Rollfing. So werde ich hier von jetzt ab unser kleines Mädchen auch Helen nennen.

Einmal wurden Ella Larsen und sie in die Stadt geschickt, um Knöpfe zu kaufen. Da kamen sie an einer Show „lebender Bilder" vorbei, in der eine „Schwebende Jungfrau" zu sehen war. Nebenbei – die Requisiten für diese Show hatte August angefertigt; da gab es sehr viele Täuschungseffekte mit Spiegeln zu bestaunen und manches mehr. Ich vermute, unsere Kinder konnten der Versuchung nicht widerstehen hineinzugehen. So behaupteten sie, als sie zurückkehrten, daß Helens Tasche ein Loch gehabt hätte und daß das Geld verloren gegangen sei. Sie konnten ihre Geschichte nicht aufrecht erhalten, aber wir vergaben ihnen. Diese beiden Mädchen waren sehr gute Freundinnen, und Gott weiß, wie sie auf diesen Schlich gekommen waren. Einige Jahre später mußte ich hören, daß sie gelegentlich die Schule geschwänzt hätten; ich wollte es anfangs gar nicht glauben; aber es stimmte – und so kam es heraus: Eines Nachmittags hatte ich Freunde zu Gast. Da sprachen wir unter anderem über unsere Kinder, und ich sagte: „Über eines bin ich mir ganz sicher, meine Kinder würden niemals die Schule schwänzen, dazu lieben sie den Unterricht zu sehr!" Helen war damals schon ein großes Mädchen, und sie lachte. „Mama, das würde ich an deiner Stelle nicht so laut sagen." „Warum nicht?" „Oh, weil Ella Larsen und ich das mehr als einmal gemacht haben."

Ich war sprachlos und nahm mir vor, in Zukunft darüber nicht mehr so sicher zu sein, was meine Kinder tun oder nicht tun würden. Eltern erwarten von ihren Kindern immer, daß sie das tun, was sie von ihnen wünschen; sie vergessen dabei, daß die ihre eigene Meinung haben. Alles, was wir tun können, ist, sie zu belehren und zu führen, und das Schwerste von allem ist, dabei selbst ein gutes Vorbild zu sein.

Eines Tages wurde der kleine August krank, er bekam Scharlach. Um Helen davor zu bewahren, ließen wir sie bei Ella wohnen, und sie ging auch von dort aus in die Schule. Aber sie hatte sich schon angesteckt. Nachdem die Geschwister wieder gesund waren, nahm August sie mit zur Stadt mit dem Erfolg, daß er am nächsten Tag auch ins Bett mußte. Es traf ihn so schwer, daß er ganz und gar die Stimme verlor. Jedes Wort, das er sagen wollte, mußte er aufschreiben. Ich pflegte sie alle und steckte mich nicht an, ich scheine dagegen tatsächlich gefeit zu sein. Ich war darüber sehr glücklich, denn ich erwartete in einigen Monaten wieder ein Baby; in dieser Situation an Scharlach zu erkranken, wäre für mich nicht gut gewesen.

Während des Winters[57] fror die Bucht ganz zu, was vorher noch nie geschehen war; eine Schneewehe gerade in der Gegend unseres Hauses gab uns die herrliche Gelegenheit, einen großen Schneemann zu bauen, und August freute sich genauso darüber wie die Kinder. Ich hatte vorher in Galveston noch niemals einen Schneemann gesehen und später auch nicht. Es war ein sehr strenger Winter.

Dann trat etwas ein, was uns wieder zum Umziehen zwang. Der Eigentümer unseres Hauses war ein alter Junggeselle[58], als wir es mieteten. Ein Jahr darauf verheiratete er sich. Er und seine Frau hatten Zimmer in der Stadt bewohnt, nun beschlossen sie, daß sie in ihr eigenes Haus übersiedeln wollten. Ich vermute, die Frau sah, wie gut wir mit unseren Studenten zurechtkamen, und sie dachte wohl, das würde ihr auch gelingen. Ich konnte es ihr nicht verübeln. Ihrem Mann war es sehr unangenehm, mir ihre Absicht mitzuteilen, und er versprach, einiges zu übernehmen, was ich verkaufen wolle, ja, er verzichtete sogar für einen Monat auf unsere Miete, damit wir genügend Zeit hatten, ein anderes Haus zu finden.

Ich überließ ihm Mobiliar und Dinge wie Vorhänge, Gardinen und Matratzen in den Zimmern oben – und die Studenten dazu. Ich war froh, Ballast abgestoßen zu haben, denn ich wünschte mir jetzt ein kleineres Haus wegen des zu erwartenden Babys, und ich wollte auch von all diesen jungen Leuten wegkommen – sie waren mir jetzt einfach zuviel. Sie versprachen, bei den Nelsons zu bleiben, waren aber traurig, uns gehen zu sehen, und ich glaubte es ihnen, denn sie erzählten mir oft, sie hätten bei mir das Gefühl gehabt, als wenn ihre ältere Schwester für sie sorgte.

So ging ich also auf Wohnungssuche. Schließlich fand ich etwas, das uns gefiel, an der Avenue N und der 22. Straße. Es war ein kleines Haus mit einer hübschen Veranda, vier Zimmern und einer alten Küche auf der Rückseite. Die Tapeten waren in schlechtem Zustand, aber August versprach, alle Räume zu tapezieren, und so mietete ich. Er renovierte die Zimmer aber nur in seinen freien Stunden, so sah es eine Zeitlang bei uns etwas unordentlich aus.

Es waren erst zwei Wochen seit unserem Umzug vergangen, als es klingelte. Wer sollte das wohl sein? Ich öffnete und war wirklich überrascht. Da standen meine vier Studenten! Nach der Begrüßung erzählten sie mir ihren Kummer. „Wir können nicht bei den Nelsons bleiben. Alle Schweden aus der Stadt kommen abends, wenn wir studieren wollen, trinken Bier, unterhalten sich laut und singen sogar. Wollen Sie nicht nach dem Ostende zurückkommen?" Ich lachte und sagte: „Es kann so schlimm nicht sein! Sie kannten bis jetzt eben nur uns, vielleicht haben wir Sie auch ein bißchen zu sehr verwöhnt; aber zurückkehren werde ich nicht. Es wird für Sie das beste sein, sich umzustellen." „Nein. Wenn wir nicht bei Ihnen wohnen können, wollen wir Mrs. Tolex fragen, ob sie nicht für uns Platz hat." Mrs. Tolex hatte ein sehr großes Haus, voll von Studenten, und wahrhaftig, irgendwie gelang es ihr, die armen Jungen unterzubringen.

Wir fingen an, uns in der neuen Gegend einzuleben. Helen begann, die Schule in der Avenue P zu besuchen, sie war nur drei Straßen weit entfernt – und die ersten Freundschaften mit den Mädchen in der Nachbarschaft wurden angeknüpft.

Meine Zimmer waren nun alle tapeziert und eingerichtet bis auf die Küche. August hatte viel zu tun, aber an einem Sonntagmorgen, es war der 14. März, überredete ich ihn, nun auch die Küche in Angriff zu nehmen; ein bißchen zu spät, denn an diesem Tag wurde mir übel. Ich hatte als Mahlzeit eine Ente gebraten, der Geruch verschlimmerte meinen Zustand nur noch; trotzdem machten wir unsere Arbeit weiter, und am Abend hatten wir alles in schönster Ordnung. Am Montag, dem 15. März 1898, früh um 6 Uhr, wurde mein Baby geboren, ein zierliches kleines Mädchen, es wog nur 5 Pfund. Es wollte nicht warten, bis seine Zeit gekommen war, aber es war gesund. Wir nannten es „Atlanta Anna", Atlanta nach meiner Schwester und Anna nach Augusts Großmutter. Als Mrs. Scheele vorbeikam und ihre Tochter Klara mitbrachte, ein sehr großes Baby, war ich ganz niedergeschlagen, meins war so klein, aber ich zeigte nicht, was ich fühlte. Nach zwei Wochen verließ mich meine Pflegerin, und ich versuchte, allein fertig zu werden.

Bald darauf sorgte Klein-August für neue Aufregung. Er hatte die Angewohnheit, Helen auf dem Weg zur Schule zu begleiten, dann drehte er um und kehrte nach Hause zurück. An einem Morgen war ich so sehr mit dem Baden und Füttern des Babys beschäftigt gewesen, daß ich August darüber ganz vergessen hatte. Ich schaute nach der Uhr: Schon elf . . . Wo blieb der Junge? Ich lief aus dem Haus bis an die Straßenecke, aber er war nirgendwo zu erblicken. Einige Nachbarn sagten, sie hätten ihn zur Stadt gehen sehen, andere meinten: „Nein, er war auf dem Wege zum Strand." Ich wußte nicht, wo ich ihn suchen sollte, und ich zitterte am ganzen Körper vor Aufregung, dem Kind könne etwas passiert sein; ich war wirklich noch sehr schwach.

Ich konnte unseren Vater nicht erreichen, so verständigte ich meinen Bruder[59] in der Stadt, und der kam mit einem Wagen, den Jungen zu suchen. Ich hielt es im Hause nicht aus; ich bat eine Nachbarin, auf mein Baby zu achten, und ging die Tremont-Straße hinunter zum Strand. Einige Blöcke weiter sah ich August kommen, schlendernd und sorglos pfeifend. Meine Knie gaben nach, und ich setzte mich auf den Bordstein. Als er mich sah, lachte er: „Mama, das sieht komisch aus, wie du da sitzt! Warum bist du gekommen?" „Oh, August, du hast mir einen Schrecken eingejagt!" „Warum hast du dir Sorgen gemacht? Die Zimmerleute erlaubten mir nicht,

an dem Telefonmast hochzuklettern, und ich tat es nicht!"
„Laß uns nach Hause gehen." Das taten wir, aber ich mußte
mich ins Bett legen und war noch eine Woche lang wirklich
krank; August war traurig.

Als es mir wieder besser ging, konnte ich die Kinder dabei
beobachten, wie sie „Mama" spielten. In unserem kleinen
Zimmer stand eine Couch. Darauf lag Helen als „Mama" mit
ihrer Puppe, und ein kleines Mädchen aus der Nachbarschaft
schien die Pflegerin darzustellen. August war der Arzt. Ich
hörte ihn gerade sagen: „Sie können aufstehen, Sie sind überhaupt nicht mehr krank. Good bye!" „Warten Sie", sagte
Helen, „Schwester, geben Sie mir meine Börse!" Sie bekam die
Börse und gab dem Arzt 5 Cents, und dann stand sie auf. Sie
wußten nicht, daß ich zugehört hatte. Ich ging fort und wunderte mich darüber, wie gut Kinder doch beobachten können.
Ich bin sicher, sie denken mehr über alles nach, als wir uns
vorstellen. Wie wichtig ist es darum, ihnen in all unseren
Handlungen ein gutes Beispiel zu geben!

Atlanta war sechs Wochen alt, als wir Fred Cordsen[60] erwarteten. Am Sonntag wollte er mit seinem Schoner kommen.
Wir fuhren mit der Straßenbahn, so weit wir konnten, und
gingen dann das letzte Stück bis zum Kai. Ich setzte mich mit
meinem Baby auf den Bahnsteig, und August schaute unterdessen über das Wasser nach dem Schoner. Ich bemerkte, daß
einige Schritte von mir entfernt ein Zug stand. Die Lokomotive am anderen Ende pfiff plötzlich, zog an, und die Wagen
stießen aneinander. Ich erschrak so heftig, daß ich aufsprang
und wieder hinfiel. August eilte herbei, hob mich und das
Baby auf und setzte mich etwas weiter weg von den Gleisen in
die Mitte des Bahnsteigs. Natürlich war meine Angst albern
gewesen, der Zug konnte nicht weiter zurückstoßen, er befand
sich am Ende des Gleises, aber der Vorgang nahm mich doch
so mit, daß ich meine Pflegerin für eine Woche wiederhaben
mußte. Ich war noch nicht kräftig genug, um eine Aufregung
ertragen zu können! Helen erwies sich als eine große Hilfe für
mich. Sie liebte ihre kleine Schwester und wollte immer auf
sie aufpassen. Sie fuhr sie in dem Kinderwagen aus, in dem sie
selbst gelegen hatte, als sie ein Baby war.

Am Neujahrstag hatte der Concordia-Gesangverein ein Austernessen arrangiert. Ich wollte der Kinder wegen darauf verzichten, hatte aber nichts dagegen, daß August allein hinging. Ich entschloß mich statt dessen, Mrs. Wilson, eine Freundin aus der Heimat, zu besuchen und meinte, es würde mir Freude machen. Ich fuhr mit der Straßenbahn zu ihr; wir tranken Kaffee und aßen Weihnachtskuchen, so wie zu Hause. – Helen wollte nicht zulangen, das war ungewöhnlich, sie schien mir auch nicht gut auszusehen, ich vermutete, sie hätte Fieber. So zog ich den Kindern ihre Jacken an und ließ sie ihre Mützen aufsetzen und fuhr mit ihnen geradewegs wieder nach Hause. Ich legte Helen ins Bett, heizte das ganze Haus und tat, was ich für richtig hielt. Helens Fieber stieg so hoch, daß ich Dr. Sykes herbeirief. Der befürchtete, es könnte eine Lungenentzündung werden und war so nett, mir zu zeigen, wie man kleine Flanellappen schneidet und Senfpflaster macht. Ich fertigte zwei Umschläge an, wickelte den einen rund um ihren Oberkörper und befestigte ihn vorne, der andere dampfte auf dem Ofen. Das ganze Haus war erleuchtet. Als August kam und die vielen Lichter sah, rannte er so schnell er konnte. „Was ist los?" Ich erzählte es ihm. Da setzte er sich hin, nahm seinen Kopf in beide Hände und weinte fast. „Da singe ich und habe mein Vergnügen, und zu Hause liegt mein kleines Mädchen und ist krank. Oh, wie konnte ich, – wie konnte ich das tun?" Ich sagte ihm, er solle sich keine Vorwürfe machen; ich war sicher, er wäre nicht weggegangen, hätte er geahnt, daß sie krank werden würde. Er konnte ihr jetzt nicht helfen, und ich wollte lieber alles selbst tun. Ich kam fünf Tage lang nicht aus meinen Kleidern heraus und schlief ganz wenig. Aber ich merkte es kaum. Die arme kleine Helen war schwerkrank. Ich hatte alle Hände voll zu tun mit dem Baby, den beiden Augusts und der Kranken, aber wir bekamen Helen durch. –

Atlanta war sechs Monate alt, da übernahm mein Bruder Justus in der Poststraße eine Gastwirtschaft, ein achtbares Geschäft, zu dem im Obergeschoß eine Wohnung mit fünf schönen Räumen gehörte. Justus und August malten mir aus, wie vorteilhaft es wäre, wenn wir dort zusammen wohnen würden; Justus würde sich bei uns einmieten, und unser Unternehmen würde dem Platz Ansehen geben. Wie gewöhnlich gab ich nach, und wir zogen also wieder um.

Als ich einwilligte, wußte ich nicht, wieviel Arbeit auf mich zukommen würde. Ich hatte in dieser Hinsicht keine Erfahrung und vergaß, daß es für eine kleine Frau genug ist, für einen Mann und drei Kinder zu sorgen und nebenbei zu nähen. Aber von nun an war für mich folgendes zu tun: Ich hatte meinen Bruder und seinen Kellner zu verpflegen. Gegen zehn Uhr mußte ich in einem Kessel, etwa so groß wie ein Waschtopf, Suppe oder „fish chowder"[61] zubereitet haben. Dann hieß es, Helen und August zur Schule zu schicken und Atlanta zu versorgen; um ein Uhr mußte das Mittagessen fertig sein. In der Zwischenzeit waren von mir zwar die Zimmer in Ordnung gebracht worden, aber noch wartete das Geschirr auf mich. Nach dem Mittagessen hatte ich zuerst stundenlang mit dem Abwaschen zu tun, anschließend mußte die Küche aufgeräumt werden. Danach war es Zeit, sich über das Abendessen Gedanken zu machen. Wenn Helen sich nicht Atlantas angenommen hätte, ich weiß nicht, ob ich zurechtgekommen wäre.

Berge von Flickwäsche türmten sich auf. Ich kam nicht dazu zu nähen. Raffte ich mich jedoch einmal auf und setzte ich mich an die Maschine, so fielen mir vor Erschöpfung die Augen zu. Noch hielt ich durch. Aber es war nicht einmal die Arbeit, die mich an den Rand der Verzweiflung brachte, es war etwas anderes. August ging in der Regel nach dem Abendessen hinunter, um meinem Bruder zu helfen und die Gäste zu unterhalten. Manchmal saß ich auf der Treppe und horchte, sie hatten sicherlich Spaß beim Erzählen. August gewöhnte sich zwar nicht das Trinken an, aber er blieb abends niemals bei mir und den Kindern – warum sollte er auch? Die Kleinen gingen ins Bett, und ich war zu müde, um länger aufzubleiben.

Das muß um die Zeit des Spanischen Krieges[61] gewesen sein; wie lange er dauerte, ist mir entfallen, nur eines weiß ich, daß ich damals am Ende meiner Kräfte war. Da kündigte sich Besuch an. Der Houston-Sängerbund wollte nach Galveston kommen, um sich mit den Concordia-Sängern zu treffen. Und das war meine Rettung.

Mr. Juenger, ein alter Freund von August, kam die Treppe herauf, um mir guten Tag zu sagen. Wir hatten uns einige Zeit unterhalten, da wurde sein Benehmen etwas merkwürdig, und er ging wieder hinunter in die Wirtschaft. Nach einigen Minuten kam August die Treppe heraufgestürzt und sah mich ganz sonderbar an. „Bist du krank, Louisa?" „Krank, nein, nur so müde!" „Das hört auf, du sollst das Kochen nicht mehr machen!" „In Ordnung", war alles, was ich darauf sagte. Nach einer Weile kam mein Bruder, er weinte wirklich und rief: „Da muß erst ein Fremder kommen, um uns die Augen zu öffnen. Das verzeihe ich mir nie!"

So erfuhr ich denn, daß Mr. Juenger August gefragt hatte: „Was hast du mit deiner Frau gemacht? Ich fürchte, du wirst sie nicht mehr lange haben."

Sie waren vollkommen blind gewesen, und ich war eine alberne, kleine Närrin, daß ich mich nicht beklagt hatte. Sie wollten mich gar nicht schlecht behandeln, sie waren nur gedankenlos gewesen. Am nächsten Tag wurde ein Koch eingestellt, und ich begann ein neues Leben; ich konnte mich endlich meiner Familie widmen und fing wieder an zu nähen. – Ich hatte Mr. Juenger schon immer gerne gemocht. Von nun an wurden wir richtige Freunde und blieben es bis zu seinem Tode.

Justus' Gaststätte hatte einen guten Ruf, angesehene Leute förderten meinen Bruder; aber es war Krieg – die Zeiten waren hart – und so verdiente er nicht genügend, um einen Gewinn herauszuwirtschaften zu können. Rechtzeitig entschloß er sich, das Geschäft abzugeben, ... und ich war froh darüber. Er sagte, er wolle bei uns bleiben und sich nach einer anderen Arbeit umsehen. So gingen wir auf die Suche nach einem passenden Haus – wieder einmal.

Wir fanden eines. Es war sehr hübsch anzusehen, es war zweistöckig, und die Miete war derart preisgünstig, daß ich es zuerst gar nicht glauben wollte. Unten befand sich ein Wohnzimmer, ein Eßzimmer, eine Diele und eine Küche. Im oberen Stockwerk waren zwei große Schlafzimmer und ein kleineres, das würde mein Bruder bekommen. Schön war die Haustür (sie erschien mir wunderbar zum Anbringen von Vorhängen geeignet), und auch die Treppe gefiel mir, an ihrem unteren Ende befand sich ein Pfosten für eine Lampe. August kaufte mir einen reizenden Treppenläufer und Portieren für den Durchgang zwischen Wohn- und Eßzimmer. Die Diele und die Küche wurden mit Linoleum ausgelegt. Ich besaß gute Läufer für alle Zimmer und hübsche Gardinen für alle Fenster. Selbst die Kellerfenster bekamen kleine Vorhänge; so sah alles frisch und sauber aus, und August hatte viel Freude daran.

Ich machte mir nur Sorge, wenn ich daran dachte, wieviel Zerstreuung er in der Zeit gehabt hatte, als wir noch im Gasthaus wohnten. Würde er sie nicht vermissen und sich vielleicht an den Abenden in unserem Haus einsam fühlen? Hatte ich törichterweise mein eigenes Leben ruiniert? Es war wohl möglich. Aber meine Befürchtung traf nicht zu, unsere Bindung war zu gut. Und nachdem wir alles eingerichtet hatten, widmete er sich wieder seiner Musik, er nahm seine Zither vor und spielte und sang wie vordem. – Ich habe Gott für seinen Segen gedankt. –

Als wir meinten, daß nun alles hübsch sei, luden wir an einem Sonntag Großmutter und Großvater Viehmann zum Mittagessen ein. Ich sah sie kommen. Sie schauten nach der Hausnummer und Minnie schüttelte den Kopf, das konnte hier nicht richtig sein, hier lebten „reiche Leute". Ich öffnete die Tür. „Kommt rein! Und freut Euch mit uns!" Ich vermute, es erschien ihnen alles zu wohlhabend, aber August und ich liebten hübsche Sachen, und ich gab auch acht auf das, was wir besaßen. Wenn irgend etwas alt oder schäbig wurde, überarbeiteten wir das Stück und machten es wieder wie neu. August war geschickt darin, und ich war es auch, und wir hatten Freude daran, in dieser Art zu leben. Ich glaube nicht, daß unsere Kinder deswegen etwas entbehren mußten. Im Gegenteil, ich versuchte, sie so gut zu erziehen, wie ich meinte, daß es für sie richtig wäre.

Nun mag man sagen: „Endlich sind sie seßhaft geworden, endlich!", und ich hätte auch nichts mehr zu erzählen. Es war ja nun alles wunderschön. – Abwarten! Ich bin noch nicht zu Ende.

Seltsame Dinge passierten. – Wenn ich abends im Haus

allein war und ich die Ruhe hatte, etwas zu nähen oder zu lesen, wurde ich plötzlich unruhig. Die Kinder schliefen oben, meine Nähmaschine stand im Eßzimmer, aber wenn ich mich unten hinsetzte, vermochte ich nichts zu tun, immer war mir so, als ob jemand über meine Schulter blickte, aber wenn ich mich umsah, war da nichts. Ich ging nach oben und legte mich ins Bett. Dann dachte ich: „Oh, was bin ich nervös, wie kann man nur so albern sein!" und sprach mit keinem darüber. Wir waren niemals abergläubisch gewesen. Meine Furcht wurde jedoch so schlimm, daß ich an den Abenden, wenn August in den Gesangverein ging, meine Kinder nahm und irgendeinen Nachbarn aufsuchte. Um zehn Uhr kehrte ich nach Hause zurück, August kam selten später. Wenn wir beide zusammen waren, merkten wir nichts. Meine alte Freundin, Mrs. Ott, hatte Mr. Garth geheiratet, und sie wohnten hinter uns an der nächsten Straße. Eines Abends besuchte ich sie. Nach einer Weile sahen wir unerwartet Licht in unserem Eßzimmer. Wir gingen beide hinüber und fanden dort August vor. Der rief uns aufgeregt entgegen: „Was ist hier los, Louisa? Ich bin froh, daß du kommst. Ich war allein, und war es auch wieder nicht, irgendetwas kroch da um mich herum, ich wollte gerade wieder hinausgehen." Da erzählte ich ihm, was ich bemerkt hatte und warum ich immer das Haus verlassen hatte, wenn er nicht da war.

Als das unheimliche Gefühl fortbestand, gaben wir auf. Wir wollten unseren Frieden wiederhaben. Nachdem wir den Umzug eingeleitet hatten, erzählte man uns, daß es keiner in diesem Haus lange aushielt; darum also war die Miete so niedrig gewesen. Ich war schrecklich enttäuscht. Alles war von uns so hübsch eingerichtet worden, und ich hatte das immer wieder neue Einrichten und Saubermachen so satt! Man mag lachen über die Vorstellung, ein Haus könnte „heimgesucht" sein; aber wie kommt es, daß wir beide dasselbe spürten? Und niemals zuvor war uns Ähnliches begegnet und später auch nicht! Schade. Der schönste Platz, den wir jemals bewohnten – es war ein Spukhaus!

Unser neues Heim lag an der Ecke der Ave. O 1/2 und der 18th Street, ganz nahe am Strand. Es war kleiner als das

vorige, aber auch zweistöckig. Ursprünglich war es ein Drei-
zimmer-Haus gewesen. Dann hatte man es aufgestockt, und
so bestand oben dieselbe Einteilung noch einmal. Zur Straße
hin war eine Veranda vorgebaut, für jedes Geschoß eine, und
eine Treppe führte außen ins obere Stockwerk. Auf der Rückseite des Hauses befand sich noch eine andere Stiege, aber die
war offen, und wenn es regnete, konnte man auf ihr schnell
naß werden, das war nicht so schön. Ich richtete unten das
Wohnzimmer ein, das Eßzimmer und die Küche, oben lagen
die drei Schlafzimmer, eines für uns, eines für die Kinder und
das dritte hielten wir für den Fall bereit, daß meine Schwester
Mary kommen würde, um einige Zeit bei uns zu bleiben, was
sie oft tat, wenn sie ihre Arbeitsstelle wechselte. Mein Bruder
war nicht mit uns umgezogen. Zum Einrichten konnte ich die
vor kurzem erst angeschafften Sachen gut verwenden, nur
nicht meine neuen Portieren und auch nicht den hübschen
Treppenläufer. Ich packte sie in einen Koffer.

August kaufte ein Klavier, das wir von nun an monatlich
abbezahlten. Wir mußten es durch ein Fenster hereinbringen,
die Zimmer waren alle etwas klein, aber wenn man sechs
davon hat, kann man alles ordentlich und hübsch einrichten.

Dann schafften wir uns noch einen schönen großen Hund
an. Wir nannten ihn „Dewey". Bald hatten wir ihn sehr gern,
und er war uns ein guter Beschützer.

Wir waren fertig eingerichtet. In jenen Tagen sagte man mir
nach, eine gute Hausfrau zu sein, und ich muß zugeben, daß es
mir Freude machte, hübsche Dinge um mich herum zu haben.

Sorgen verursachten mir damals nur gelegentlich die Kinder. Als ich sie eines Sonntags zum Essen rief, fehlte mein
Junge. Wir aßen ohne ihn; als er aber nach 3 Uhr immer noch
nicht da war, wurden wir unruhig und begannen, nach ihm zu
suchen, natürlich zuerst am Strand. Ich ging nach Osten,
August nach Westen, wir befürchteten das Schlimmste. Ich
eilte, so weit ich konnte, und kehrte schließlich ergebnislos
nach Hause zurück. Gegenüber unserer Straße befand sich ein
leerstehender Block – auf dem Bürgersteig davor sah ich eine
Menge Jungen und Mädchen versammelt. Ich konnte nicht
mehr rennen, meine Füße trugen mich kaum noch; ich

dachte, daß mein Kleiner entweder verletzt oder ertrunken sein müßte. Schließlich ging ich ins Haus, ohne eine Frage gestellt zu haben. Ich fand August mit ihm im Schlafzimmer. Er wusch ihn und zog ihn an, um mit uns auszugehen.

Danach erfuhr ich, daß er und der kleine Sohn der Familie Smith an den Strand gelaufen waren, ohne uns etwas davon zu sagen. Sie gingen und gingen, bis sie müde waren; sie schienen ganz vergessen zu haben, daß sie die weite Entfernung auch wieder zurück mußten. Ein Stück des Weges konnten sie auf einem Wagen mitfahren, aber den größten Teil der Strecke mußten sie gehen.

Die Jungen und Mädchen auf der Straße warteten vergebens darauf, anhören zu können, wie August geschlagen wurde. Er bekam sein Mittagessen, und wir nahmen ihn mit an den Strand. Eine Weile brachte ich es fertig, nichts zu sagen, aber plötzlich fing ich doch an, schrecklich zu weinen. Unser Junge war betroffen. Mich in Tränen zu sehen – um seinetwillen, das war die schlimmste Strafe, die ihn treffen konnte. Ich erinnere mich nicht, daß sein Vater jemals die Hand gegen eines der Kinder erhob – es war nicht nötig.

Eines Tages meinte ich, Helen hätte eine Bestrafung nötig und befahl ihr, nach oben zu gehen, sich auszuziehen und sich ins Bett zu legen und dort zu bleiben. Zur Abendbrotzeit hatte ich Mitleid mit ihr, und ich dachte, es sei nicht recht, sie hungern zu lassen. Ich machte einen Teller mit Essen zurecht und brachte ihn ihr.

Zu meiner Überraschung fühlte sich Helen überhaupt nicht bestraft. Ich hatte nicht an die Bücher und Zeitschriften gedacht. Helen hatte gelesen, Papierpuppen ausgeschnitten, und nun lachte sie mich an: „Das war nett von dir, Mama, du kannst mich wieder bestrafen!"

Dies alles geschah im Sommer 1900. Am 1. September bezahlten wir die letzte Rate für unser Klavier und beabsichtigten, einen Lehrer für Helen zu nehmen. Wenn wir geahnt hätten, was die Zukunft für uns bereit hielt, wir hätten keine Freude an all den Dingen gehabt, über die wir so glücklich waren.

Aber wir wußten es nicht.

XI. Nacht über Galveston – Der Sturm
(8. September 1900)[63]

Während der Nacht von Freitag auf Sonnabend, den 8. September, war heftiger Wind aufgekommen, und man sprach von einem Sturm im Golf. Aber niemand war deswegen mehr beunruhigt als sonst bei ähnlichen Berichten.

Alle Leute gingen am Morgen ihrer Arbeit nach wie an jedem Sonnabend. August malte zu dieser Zeit gerade am „Trust-Building" in der Stadt und war mit seiner Arbeit dort fast fertig. Er verließ wie gewöhnlich um 7.30 Uhr das Haus, um sich um sein Geschäft zu kümmern.

Um 9 Uhr goß es in Strömen. Treibholz kam die Straßen herunter, und der Wind wurde von Minute zu Minute heftiger. Eine Zeitlang wateten sogar Damen durch das Wasser und fanden das ganz spaßig. Die Kinder freuten sich, sammelten Treibholz und andere Gegenstände, die an ihnen vorbeischwammen. Sie gingen in die Nähe des Strandes und brachten die Nachricht, daß die Badehäuser in Stücke zerbrochen seien. Plötzlich war es kein Spaß mehr. Menschen begannen, ihre Häuser zu räumen und stadteinwärts zu ziehen, um dort sichere Plätze zu suchen. –

Ich schickte Klein-August mit der Straßenbahn in die Stadt; er sollte den Vater bitten zu kommen, um uns von hier wegzubringen; das Wasser trat schon über die Türschwelle. Der Junge kehrte zurück (die Straßenbahnen fuhren noch). „Papa sagt, du mußt nicht bei Trost sein, er wird zum Mittagessen da sein."

Das Wasser stieg in der Wohnung immer weiter an, und wir begannen, uns zu ängstigen. Ich sah weitere Nachbarn forteilen, und die Zeit verging so langsam, bis August endlich erschien – es war nach 12 Uhr –, und er war erstaunt, daß er kein Mittagessen vorfand. Ich hatte nicht im entferntesten ans Kochen gedacht, so waren wir beide wütend. Er sagte, ich solle mit den Kindern nach oben gehen, er wolle noch einmal in die

Stadt, um seine Leute auszubezahlen, anschließend käme er zurück.

Das war mehr, als ich ertragen konnte. Ich stampfte mit dem Fuß auf und sagte etwas Schreckliches: Wenn er nicht sofort losginge und einen Wagen besorge, der uns wegbringen könne, wir aber in der Zwischenzeit ertränken, so wäre das seine Schuld, und er werde nie mehr Ruhe finden. Niemals zuvor und auch später nicht war ich so böse wie in jenem Augenblick.

Ich glaube, ich hatte August Furcht eingejagt, denn er stürzte fort und tat, was ich von ihm wollte. Endlich gegen 1 Uhr kam ein kleiner Pferdewagen mit einem Neger als Kutscher, das war alles, was er in einem Mietstall bei Malloys hatte bekommen können.

Schuhe und Zeug für uns alle hatte ich in einen Packkorb verstaut; aber wir fanden im Wagen keinen Platz mehr für ihn; so mußte ich alles zurücklassen. Nur die drei Kinder und ich sowie der Kutscher paßten hinein, und dann fuhren wir in Richtung Westen, um Großmutters Haus zu erreichen. Ich hatte August gesagt, daß wir zu ihr fahren würden, denn dort wären wir gewiß in Sicherheit[64] . . .

Es war eine fürchterliche Fahrt. Wir kamen nur ganz langsam voran; die Stromleitungen waren vom Sturm niedergerissen worden, das war für uns gefährlich. Ich muß es dem Fahrer hoch anrechnen, daß er den Wagen so vorsichtig lenkte, wie er nur konnte.

Der Regen war eiskalt und schnitt in unsere Gesichter wie Glassplitter; die kleine Lanta schrie während des ganzen Weges. Ich drückte ihr Köpfchen fest an meine Brust, damit sie nicht zu schlimm verletzt wurde. August und Helen weinten nicht, sie sagten kein Wort.

Wir kamen bis zur 40th Street und Ave. H. – gerade einen Block von Großmutters Haus entfernt. Hier stand das Wasser so hoch, daß wir im Wagen mitten drin saßen, das Pferd war bis zum Nacken untergetaucht. Wir versuchten, zur 40. Straße abzubiegen, da schrien einige: „Geht nicht! Ihr könnt nicht durchkommen! Da ist ein tiefes Loch!"

So drehten wir um. „Wohin soll ich nun fahren?" fragte

mich der Kutscher. „Ich weiß nicht, wohin in der Welt soll ich mit den Kindern gehen?" Dann dachte ich an Julia und Jim, Augusts Schwester und ihren Mann. Sie wohnten in der 36. Straße am Broadway in einem zweistöckigen Haus. Ich entschloß mich, sie aufzusuchen: vielleicht konnten sie uns aufnehmen.

Als Julia die Tür öffnete und uns in den durchnäßten Kleidern, halb ertrunkenen Ratten gleich, erblickte, schrie sie: „Mein Gott, Louisa, was ist los?" Ich berichtete mit wenigen Worten, wie es im Ostende der Stadt aussah und daß wir vergeblich versucht hätten, nach Westen zu den Großeltern durchzukommen. Sie war froh, daß sie uns aufnehmen konnte. Jim war zu Hause.

In meiner Tasche entdeckte ich noch einen Dollar, den gab ich dem Kutscher und dankte ihm für sein vorsichtiges Fahren. Ich nahm ihm das Versprechen ab, bei Mr. Malloy eine Nachricht an meinen Mann zu hinterlassen, damit er wußte, wo er uns finden konnte. Ich war ganz sicher, daß August dorthin gehen würde, aber er tat es nicht.

Julia und Jim schienen vollkommen ahnungslos über die Zustände unserer Stadt zu sein. Als ich ihnen jedoch erzählte, was ich alles auf dem Weg gesehen hatte, waren auch sie beunruhigt. Wir erhielten trockene Kleider und brachten die nassen Sachen und die Schuhe hinaus in das Waschhaus.

Dann halfen wir mit, Plättbretter und Tischplatten außen über die Fenster und Türen zu nageln und alles so gut wie möglich abzusichern. Eine Nachbarin mit ihren beiden Kindern kam und bat darum, noch aufgenommen zu werden. Mit ihnen waren wir nun zehn Personen im Haus.

Der Sturm wurde noch heftiger, das Wasser kroch unter der Tür herein, und bald stieg es höher und höher. Alle Zimmer waren von uns verschlossen worden, und wir hockten auf den Treppenstufen, so hoch wie möglich. Einen Krug mit Wasser hatten wir bei uns und eine Eisenbahnlaterne, so saßen wir nicht ganz im Dunkeln.

Dann wurde der Sturm zum Orkan. Wir hörten, wie in den oberen Räumen zuerst die Fensterläden und dann die Fenster zerbrachen. Der Lärm in den Zimmern war unbeschreiblich.

145

Es hörte sich an, als ob die Räume mit tausend kleinen Teufeln angefüllt wären, die durcheinanderschrien und pfiffen.

In den unteren Räumen fingen die Möbel an zu rutschen, sogar das Klavier; sie glitten von der einen Seite auf die andere und dann wieder zurück.

Das Wasser stieg nun über die Türen des Erdgeschosses, – über 7 Fuß (2,10 m) stand es schon im Hause. Wenn es weiter klettern würde, hatten wir keine Chance zu entkommen.

Wir beteten alle. August, Helen, Fay[65] und die anderen Kinder sagten: „Laßt uns noch einmal beten. Es kann sein, daß Gott nun Zeit hat, uns zu hören."

Julia weinte und bat Jim, sie sollten gemeinsam versuchen, auf irgendeine Weise aus dem Haus herauszukommen, um über die Straße nach „Reyders-place" zu gelangen. Es war ein Gedanke der Verzweiflung, und Jim wehrte ab. Unmöglich, das Wasser würde dort sicherlich noch höher stehen als bei uns. So verwarfen sie diesen Plan. Ich glaube, Julia ließ deswegen davon ab, weil ich mit unseren Kindern da war, und natürlich kam für mich gar nichts anderes in Betracht, als zu bleiben und zu hoffen.

Auf einmal krachte es! Der Küchenanbau brach ab und hinterließ ein großes Loch in der Wand. Das war nun nicht mehr wesentlich, – das Haus war sowieso voll Wasser.

Etwas später wurde es an zwei Seiten von den Backsteinpfeilern gehoben und hing von da ab schief.

Ich glaube, es war ungefähr 12 Uhr nachts, als wir bemerkten, daß das Wasser fiel, – mehr und mehr konnten wir die Türen wieder auftauchen sehen, – es war kaum zu glauben, wie schnell es ablief. Da wußten wir, daß das Schlimmste vorüber war. Wir konnten aufatmen.

Aber wo war unser lieber Vater? Während dieser schrecklichen Stunden hatte ich überhaupt nicht daran gedacht, daß er etwa in großer Gefahr oder vielleicht gar tot sein könnte. Ich hatte mich wohl mit dem Gedanken abgefunden, daß die Kinder und ich ertrinken könnten, aber er? Nein! August war so groß und kräftig und hatte nur auf sich selbst aufzupassen, bei ihm würde alles gutgehen.

Um 4 Uhr früh klopfte es an der Haustür, und als wir öffneten, standen da August und hinter ihm sein Bruder Fred[66]. August sah mich und die Kinder, rief „Gott sei Dank!" und fiel geradewegs auf die Treppenstufen und lag dort eine Zeitlang bewegungslos. Er war mehr tot als lebendig.

Als er später von seinen Erfahrungen und Erlebnissen in dieser Nacht berichtete, hatten wir das Gefühl, als ob wir beschützt worden wären. Es war so unwirklich, was wir zu hören bekamen.

Nachdem August uns den Wagen geschickt hatte, ging er in sein Geschäft und wartete, daß seine Leute kämen, um sich ihr Geld auszahlen zu lassen. Keiner der 18 Männer, die bei ihm arbeiteten, ließ sich blicken. Eine Weile beobachtete er das Unwetter, das sich zusammenbraute. Er sah, wie Blechdächer von den Häusern losgerissen wurden, sich zusammenrollten und durch die Luft geschleudert wurden. Bretter und Glassplitter flogen überall umher. August sicherte seinen Laden und nahm sich vor, uns auf dem Wege zu seiner Mutter zu folgen.

Wäre er zu Malloys gegangen – was ich von ihm annahm –, hätte er erfahren können, wo wir uns aufhielten. Er aber schlug sich durch bis zu den Wasserwerken in der 30. Straße. Dort packte ihn der Sturm, wirbelte ihn umher wie ein Stück Papier, erst durch das Wasser und dann über einen Fußweg, wo er liegen blieb. August warf die Arme um einen Telefonmast und klammerte sich an ihm fest. Als der Orkan einmal ausruhte, kroch August zu dem Gebäude, wo man ihn einließ. Es war voll von Menschen, die hier Sicherheit suchten. Aber bald darauf wurde es gefährlich, dort zu bleiben. Der Orkan hatte den großen Schornstein ins Wanken gebracht. Da fürchteten sie allesamt, von ihm erschlagen zu werden, liefen hinaus ins Freie, und wieder war jeder auf sich allein gestellt.

August tat sich mit zwei großen Negern zusammen, und sie flüchteten in ein Lebensmittelgeschäft. Nach kurzer Zeit mußten sie diesen Ort wieder verlassen und stellten sich dann in einem offenen Haus unter. Sie erlebten, wie ein mächtiger Balken herabstürzte und einen Mann im Wasser erschlug. Die drei liefen weiter, dann sahen sie ein Licht in einem Laden. Sie klopften an; aber man wollte sie nicht hereinlassen; sie ließen sich nicht abweisen, und schließlich öffnete man ihnen die Tür. Das Wasser hatte innen die Höhe der Ladentheke erreicht. Alle Leute standen darauf, etwa 80 an der Zahl, Männer, Frauen, Kinder. August kletterte auch noch hinauf und nahm einen kleinen Jungen auf die Schulter. Lange Zeit standen sie so, eng aneinandergedrängt. Auf einmal rief jemand: „Das Wasser fällt! Seht nach der Tür!" Und wahrhaftig! Es fiel – es fiel schnell, genauso wie wir es in Julias Haus beobachtet hatten. Der Geschäftsinhaber holte eine große Kruke Brandy hervor und gab allen einen Schluck, Männern und Frauen gleichermaßen. Sie brauchten ihn, dessen bin ich sicher. –

Danach versuchte August, das Haus seiner Mutter zu erreichen; er war davon überzeugt, uns dort zu finden. Aber wie dahin gelangen? Häuser und Zäune lagen quer über die Straßen, der Erdboden war voll tiefer Löcher und dazu kam die Dunkelheit! August stolperte und fiel wieder und immer wieder, machte ein paar Schritte und stürzte erneut hin.

Es war drei Uhr, als er das kleine Haus erblickte – ohne Zaun oder etwas Ähnliches. Es war das einzige Anwesen in der Nachbarschaft, das heilgeblieben war, alle anderen waren stark beschädigt oder ganz zerstört, einige waren vom Orkan sogar ein paar Blöcke weiter in Richtung Bucht getrieben worden – über die Bahnanlagen hinweg. (Sie wurden später wieder zurücktransportiert.)

Aber das Schlimmste stand ihm noch bevor. Er fragte seine Mutter: „Wo sind Louisa und die Kinder?" Sie antwortete: „Ich weiß es nicht, mein Junge, sie waren nicht hier." „Wir mußten vor dem Wasser fliehen. Ich schickte sie zu euch, heute um 1 Uhr, in einem Wagen." „Keiner konnte um 1 Uhr hierhergelangen. Warte, August, bis es Tag wird!" „Nein, ich gehe jetzt! Oh, wo können sie nur sein? Vielleicht bei Maria oder bei Julia? Ich muß sie finden." Fred sagte: „Ich gehe mit dir!" und gemeinsam machten sie sich auf die Suche trotz Sturm und Regen.

Sie kamen an dem Haus vorbei, wo Mary eine Stellung als Hausgehilfin angenommen hatte; niemand war darin; und dann gelangten sie endlich zu Julia, wo August uns um 4 Uhr früh vorfand. – Wir waren wieder zusammen, alles andere war unwichtig. Wenn ich mir vorstelle, ich hätte ihn mit all diesem Ungemach kämpfen sehen müssen, ich wäre vor Angst gestorben oder hätte den Verstand verloren.

Und dieses waren bis jetzt nur unsere eigenen Erlebnisse! Noch wußten wir nichts von dem Entsetzlichen und Grauenvollen, das sich in dieser Nacht in Galveston abgespielt hatte! Nachdem alles erzählt war, versuchten wir, Kaffee zu kochen, eine schwere Aufgabe, denn jeder Gegenstand war naß. Als es uns endlich gelungen war, konnten wir die Brühe nicht trinken, sie war salzig. Alles Wasser in den Zisternen war durch Meersalz ungenießbar geworden.

Langsam begann es, Tag zu werden, und das wahre Ausmaß der Sturmkatastrophe begann sich abzuzeichnen. Julias Haus war ein vollkommenes Wrack, und es erschien uns lebensgefährlich, darin noch zu bleiben. Das Waschhaus war verschwunden, ebenso die Küche – unsere Kleider und Schuhe sahen wir niemals wieder. So hatten wir nichts außer den Sachen, die wir von Julia bekommen hatten.

Auf der anderen Straßenseite stand ein Haus, das nicht so stark in Mitleidenschaft gezogen worden war, es stand leer – so nahm Julia fürs erste Besitz von ihm.

Nach einer kleinen Atempause ging August wieder los. Er konnte keine Ruhe finden, bevor er nicht wußte, wie es bei uns zu Hause aussah. Er sagte: „Wenn ich einen trockenen Fleck zum Hinlegen finde, werde ich nicht gleich zurückkommen. Regt euch also nicht auf!" –

Später berichtete er uns, was er erlebt hatte: Es war nicht allzu schwer gewesen, bis zur Tremont-Straße vorzustoßen. Als er aber auf ihr bis in die Höhe der Ave. N gelangte, kam er nicht mehr weiter. Hier türmte sich eine Barrikade, so groß wie ein zweistöckiges Haus, anscheinend endlos gegen Osten und Westen. Haus stapelte sich auf Haus, in tausend Stücke zerborsten, dazwischen Möbelstücke, Nähmaschinen, Klaviere, tote Katzen und Hunde. Und was lag darunter? Noch wußte keiner, wie viele Menschen von den Häusern begraben worden waren, noch war das ein verschlossenes Buch. –

Auf einem Umweg gelangte er zuletzt doch in die Gegend, wo wir einmal gewohnt hatten. Was er dort fand? Nichts! Absolut nichts! Der Boden war so rein von allem, als wäre er gefegt worden, nicht das kleinste Stück Holz lag herum. Ganze Häuserblöcke waren verschwunden, stattdessen gab es nur diesen riesengroßen schrecklichen Trümmerhaufen.

So suchte August also vergeblich nach einem trockenen Fleck, auf dem er sich hätte ausruhen können, und nach einigen Stunden stand er wieder vor uns, beladen mit Lebensmitteln, einem Brot und einem großen Schinken, mehr hatte er nicht tragen können. Nun war also klar: Wir besaßen kein Heim mehr, in das wir zurückkehren konnten; aber dort bleiben, wo wir jetzt waren, das ging auch nicht.

So verließen wir Julia und machten uns auf den Weg zu Großmutter Viehmann. Nach Augusts Erzählungen sollte deren Haus ja noch ein Dach besitzen.

Es war mühsam, dorthin zu gelangen, sogar bei Tageslicht. Alle Straßen waren versperrt durch Trümmer von Häusern und durch niedergerissene Zäune oder waren schwer begehbar geworden durch tiefe Löcher, die voll Wasser standen. Am Rande eines dieser Krater glitt der kleine August aus und fiel hinein – Nahrungsmittel rollten hinterher; Papa gelang es, ihn herauszuziehen; wie leicht hätte der Junge ertrinken können.

Die Sonne schien jetzt wundervoll! Der Wind hatte sich gelegt. Tote Hunde, Katzen und Hühner lagen überall umher, aber wir sahen keine toten Menschen auf unserem Wege.

Das Haus von Augusts Mutter war wirklich das einzige in der ganzen Gegend, das die Katastrophe überstanden hatte, und ganz sicher verdankte es seine Haltbarkeit der fachmännischen Arbeit von Großvater Viehmann, der es wirklich fest gebaut hatte, wenn es auch von außen nicht gerade hübsch aussah.

Man kann sich allerdings kaum eine Vorstellung machen von dem Schmutz, der im Innern anzutreffen war. Das Wasser hatte hoch in den Zimmern gestanden und alles durchweicht. Als es fiel, war die ganze Einrichtung mit Schlamm bedeckt. Das Bettzeug und die Polstermöbel hatten sich voll Wasser gesogen. Nun sollten sie trocknen und begannen bald fürchterlich muffig zu riechen. Wir trugen alles nach draußen in die Sonne. Wie gerne hätten wir das Bettzeug gewaschen, aber es gab nicht genügend Wasser, so mußten wir den Geruch aushalten. Wir schrubbten die Wände und den Boden so gut es ging, aber ohne Wasser – was sollten wir da ausrichten! Dann mußte ich an meinen eigenen schönen Haushalt denken, und zu wissen, daß wir kein einziges Stück mehr davon besaßen, nichts an Kleidung für meine Kinder, das machte mich todunglücklich, und ich weinte bitterlich.

Da schalt mich die Großmutter und sagte: „Wir sollten froh sein, daß wir alle leben!" Ich sah ein, daß sie recht hatte, aber trotzdem war der Gedanke schwer zu ertragen, nicht zu wissen, wie es weitergehen konnte.

Was wir Erwachsenen anhatten, daran habe ich keine Erinnerung mehr, ich weiß nur noch, daß der kleine August einen Anzug besaß und Lanta ein langes rotes Kleid trug. Das machte ich kürzer, damit konnte sie laufen.

August kaufte Lebensmittel in der Stadt. Wir versteckten sie in der Dachkammer, so konnte sie keiner finden. Als er das erste Mal von einem Einkauf zurückkehrte, berichtete er, es wären wenigstens hundert Menschen in der Nacht ertrunken. Das klang schrecklich, und wir konnten es kaum glauben. Am Abend kaufte er eine kleine handgedruckte Zeitung, die brachte schon eine längere Liste von Leuten, die umgekommen waren; einige liebe Freunde waren darunter. Am anderen Tag hieß es, daß mehrere tausend Menschen vermißt würden; ihre Anzahl stieg mit jeder neuen Meldung. Die genaue Zahl der Opfer wurde niemals bekannt.

Die Brücke zum Festland war zerstört, eine telegraphische Verbindung bestand nicht mehr; wir waren von der Außenwelt abgeschnitten.

Groß war die Zahl derer, welche die Insel wegen der Gefahr einer Epidemie verlassen wollten; aber das war tagelang nicht möglich.

Das Wichtigste war im Augenblick, die Toten zu beseitigen. Zunächst versuchte man, einige zu begraben, das erwies sich bald als undurchführbar. August wurde niemals gezwungen, bei diesem traurigen Werk zu helfen, da er sich der Gemeinde auch in anderer Weise nützlich machen konnte. Fred und Willie[67] dagegen wurden dazu eingeteilt.

Ich hatte eine Zeitlang vermeiden können, in die Stadt zu gehen. Dann aber mußte es sein. Ich brauchte unbedingt ein Paar leichte Schuhe, hatte ich doch immer noch die geliehenen von Julia an, und die waren so groß, daß ich sie mit Lappen ausstopfen mußte, wenn sie mir nicht von den Füßen fallen sollten.

Es war sehr heiß – heißer als in den Septembermonaten der vergangenen Jahre – und ich hatte Großmutter Viehmanns Sonnenhut aufgesetzt. Ein großer Lastwagen wollte an mir vorbeifahren, und als ich mich umdrehte, um ihm aus dem Wege zu gehen, sah ich ein Bein und einen Arm unter der Plane heraushängen. Da wußte ich, daß er mit Leichen beladen war. August hatte mir erzählt, daß sie zum Golf gebracht und auf Schiffe geladen würden. Man versenkte die Toten draußen im Meer. Das schien die einzige Möglichkeit zu sein, die Verstorbenen zu beseitigen, um die Lebenden vor der Gefahr einer Seuche, die bei der Hitze besonders groß war, zu schützen[68].

Aber die Maßnahmen halfen nichts. Die Körper wurden vom Meer wieder an Land gespült in einem entsetzlichen Zustand. Nun blieb nichts anderes mehr übrig, als die Leichen zu verbrennen. Überall am Strand wurden Feuer entfacht zu diesem Zweck, und sie brannten Tag und Nacht.

Sehr wenige der Toten konnten überhaupt identifiziert werden. Am Ende zeigte sich, daß ganze Familien in dieser einen Nacht ausgelöscht worden waren[69]. In einigen Fällen hatte sich der Vater allein noch retten können, in anderen war es nur die Mutter, die noch am Leben blieb, und dann gab es Schicksale, bei denen die Eltern umkamen und nur die kleinen Kinder wie durch ein Wunder verschont blieben.

Als ich dieses alles hörte, klagte und jammerte ich nicht mehr darüber, daß wir unseren ganzen Besitz verloren hatten. Ich dachte damals und oft noch später an einen Vers aus dem Gedicht „Die Glocke" von Schiller (wir hatten das Werk in der Schule auswendig gelernt):

Einen Blick
nach dem Grabe
seiner Habe
sendet noch der Mensch zurück.

Ein süßer Trost ist ihm geblieben:
Er zählt die Häupter seiner Lieben
und sieh! Ihm fehlt kein teures Haupt.

Ja, wir konnten glücklich sein! Wir hatten niemanden verloren in unserer Familie. Nur wenige Leute konnten das von sich sagen. Gott war gut zu uns gewesen!

Eines Abends hatten wir uns alle zur Ruhe gelegt. Die Matratze war auf den Boden gelegt worden, und August und die Kinder lagen auf ihr hingestreckt – alle mit dem Kopf zur Mitte, und ich hatte mich noch irgendwie dazwischengedrückt. Aber ich war nicht müde. Da entschloß ich mich, wieder aufzustehen und nach Hause zu schreiben, an Vater und Mutter, um ihnen die schrecklichen Nachrichten zu übermitteln, aber auch, daß wir alle am Leben geblieben waren. – Es wurde ein sehr langer Brief, und ich las ihn auch nicht noch einmal durch, ich schloß ihn, und am Morgen sandte August ihn ab. So war ich dieses von der Seele los. Bald hatte ich den Brief vergessen, später jedoch sollte ich noch einmal daran erinnert werden[70].

Die Aufräumungsarbeiten auf der Insel gingen nur langsam voran. Was vor allem sollte mit der Mauer von Trümmern rund um das Ostende der Stadt geschehen? Es hätte Wochen gedauert, diesen Berg, der so hoch war wie ein zweistöckiges Haus, fortzuräumen. Daher gab man es auf, noch weiter nach Leichen zu suchen und verbrannte alles, Abschnitt für Abschnitt. Oh, wie viele Menschen mögen auf diese Weise zu Asche geworden sein, ohne daß ihre Freunde und Verwandten etwas davon wußten. Aber es gab keine andere Möglichkeit, – die Furcht vor einer Epidemie war zu groß. –

Der Bürgermeister und die Ratsherren setzten sich deshalb dafür ein, daß möglichst viele Frauen mit ihren Kindern die Insel verließen. Die Eisenbahn zwischen Houston und Texas City war repariert worden, und Lastkähne konnten die Flüchtenden über die Bucht von Galveston bringen. Ein großer Teil der Einwohner folgte dem Aufruf, denn man hatte freien Transport in jeden Teil der USA, in den man reisen wollte[71].

Meine Verwandten in Lake Charles, Mina und Diedrich Jessen, telegraphierten gleich, nachdem Telegramme wieder befördert wurden, und sandten sogar eine Anweisung auf 25 Dollar. Sie forderten uns alle auf zu kommen.

Nachdem wir zehn Tage lang bei der Großmutter Unterschlupf gefunden hatten, hielten wir es für das beste, wenn ich mit den Kindern eine Zeitlang aufs Festland ginge. Arme Großmutter! Ich wußte, daß sie das Gewimmel im Hause und die bedrückenden Umstände in dieser Beengtheit leid hatte; es würde ohne uns für sie leichter sein, wieder Ordnung zu schaffen.

August war inzwischen schrecklich fleißig. Er konnte gar nicht so viele Leute anstellen, wie er hätte brauchen können[72]. Es ging vor allem um das Einsetzen von Oberlichtern und Fensterscheiben in beschädigten Häusern und großen Gebäuden; es hatte glücklicherweise in der Zwischenzeit noch nicht geregnet. Wenn wir fortgingen, konnte er in seinem Laden schlafen und zum Essen in ein Restaurant gehen. Er würde mehr Zeit für sich erübrigen und seine Gesundheit schonen können.

So bereitete ich alles für die Reise vor. Ich kaufte in der Stadt für jeden von uns ein Paar Schuhe, Helen und Lanta bekamen ein neues Kleid, August erhielt ein paar Hosen und ein Hemd, einen Gürtel und ein Halstuch, und ich erwarb eine neue Bluse. Die Kinder brauchten keine Hüte. Aber ich mußte einen haben!

Ich ging in einen Westend-Laden, er gehörte einer Jüdin, und ich fragte nach Hüten. Ja, sie habe welche. Ich suchte einen grauen Filzhut aus mit einem kleinen schwarzen Seidenband, das mit zwei kleinen Schnallen befestigt war, er sah recht gut aus. Ich fragte nach einem Spiegel. – Die Frau schaute mich zuerst ganz entgeistert an, dann rollte sie die Augen und schlug die Hände über dem Kopf zusammen: „Einen Spiegel! Wer sorgt sich jetzt um einen Spiegel!" „Ich! – Glauben Sie, ich kaufe mir einen Hut für einen Dollar, ohne zu wissen, ob er mir auch steht? Ich werde dieses Stück den ganzen Winter über tragen!" Kopfschüttelnd erfüllte sie mir meinen Wunsch, ich probierte auf und nahm den Hut. Aber sicherlich hielt sie mich für verrückt.

Bevor ich nun mein Reisekleid beschreibe, das ich mir anfertigte, muß ich noch etwas zu erzählen nachholen. Ich habe früher schon erwähnt, daß wir in unserem letzten Haus auch einen Hund besaßen mit dem Namen Dewey. Als wir vor dem Hochwasser flüchteten, ließen wir ihn und unseren Kanarienvogel im oberen Stockwerk zurück. Wir wußten nichts von ihnen. Ungefähr drei Tage nach dem Sturm traf August einen Mann, den er als Eisenwarenhändler kannte – er wohnte in der Avenue L. Der sprach ihn an und sagte: „Rollfing, da steht ein Koffer mit dem Namen Ihrer Frau darauf in den Trümmern vor unserem Haus, und ein Hund ist dabei – er lebt; aber er ist in einem fürchterlichen Zustand, er will nicht fressen und nicht trinken." „Oh, das ist Dewey!" rief August und lief los. Der Hund erkannte ihn wieder, war aber so schwach, daß er nicht stehen und nicht gehen konnte. Die Frau erzählte, der Koffer sei geschlossen, aber nicht verriegelt gewesen. Sie hätte ihn geöffnet und den Inhalt auf den Brettern ringsum zum Trocknen ausgebreitet. Ich hatte alle unsere Wintersachen, Mäntel und Kleider, die wir im Sommer nicht anzogen, dort hineingepackt, auch unsere neuen Portieren. Eine Gruppe von Negern, erklärte die Frau, sei vorbeigekommen und jeder hätte sich etwas gegrapscht, bevor sie von ihr daran gehindert worden seien. Augusts Winteranzüge, Röcke und Überröcke waren weg, meine Sachen noch vorhanden.

August mußte auf seinen Armen Dewey in die Stadt tragen. Er nahm ihn mit in ein Restaurant und bestellte dort für ihn ein großes Steak. Es ist ein Wunder, daß er nicht starb, nachdem er tagelang gehungert hatte. Dann kamen sie heim. Jeder von uns weinte, als wir Dewey in diesem elenden Zustand wiedersahen, aber ihn zu berühren, wagten wir nicht. Der Arme hatte die Räude. – Wir machten ihm ein warmes Bad und gaben ihm Medikamente. Als ich mit den Kindern Galveston verließ, blieb er bei August. Nach unserer Rückkehr sah er wieder gut aus.

Den Koffer mit dem Rest seines ehemaligen Inhalts schafften wir zur Großmutter. Da hatte ich also den Rock wieder, den ich so gerne getragen hatte, er war schwarz und rot, – und meine Portieren. Sie schimmerten jetzt in allen Farben, denn sie hatten sich in nassem Zustand verfärbt und meinen Rock gleich dazu. Nun war dessen richtige Farbe nicht mehr zu bestimmen; aber ich konnte ihn für meine Reise nach Lake Charles sehr gut gebrauchen.

Der Spiegel in Großmutters Schlafzimmer war fleckig und beinahe blind geworden, ich konnte mich in ihm nicht begutachten. Ich fragte also die Mama: „Sehe ich mit dem Rock ordentlich aus?" „Ja, mein Kind, du siehst hübsch aus." Ich war zufrieden.

Der Koffer sollte uns auf unserer Reise begleiten. Er enthielt einen Ballen Hausleinen und einen Ballen roten Baumwollstoff; von beiden wollte ich Kleider nähen; es war ja nichts in den Läden zu bekommen, sie waren alle noch geschlossen.

Ich erinnere mich nicht mehr, wie wir eigentlich in den Lastkahn hineingekommen sind, der uns über die Bucht ans Festland bringen sollte; aber ich weiß noch, wie mir zumute war, als wir endlich auf ihm drauf waren. Eine Brettereinzäunung war rundherum genagelt, und wir standen darin, lauter Frauen und Kinder, eng aneinander gepreßt wie das liebe Vieh in einem Pferch.

Bevor wir ablegten, bat ich August noch inständig, möglichst viel Whisky zu trinken. Er lächelte und versprach mir fröhlich, es zu tun. Mein Wunsch klingt seltsam, aber in dieser Zeit gingen in Galveston so viele Krankheiten um, z. B. Fieber und Ruhr, verursacht durch die Hitze und durch schlechtes Wasser; Desinfektionsmittel waren nur ungenügend vorhanden, und die Ärzte und Schwestern schafften die Arbeit kaum, so daß derjenige, welcher sich Whisky beschaffen konnte und ihn regelmäßig wie eine Medizin einnahm, eine größere Chance hatte, nicht krank zu werden, als andere.

XII. Flucht und Rückkehr – Neubeginn

In Houston wurden wir alle zur Turner Hall gebracht und dort registriert. Als die Dame, welche die Aufsicht hatte, meinen Namen las, sagte sie: „Oh, Sie sind Mrs. Rollfing?" „Yes!" „Dann werde ich Sie sofort mit jemanden zu Mrs. Juenger schicken. Sie hat sich Ihretwegen Sorgen gemacht. Sie können Ihre Kinder hier lassen, wir werden gut auf sie aufpassen!"

Man brachte mich zu Juengers Haus, wo ich Mrs. Juenger zum ersten Male kennenlernte. Sie stellte Fragen über Fragen nach August und nach den Kindern und wollte alles über die Verhältnisse in Galveston wissen. Dann erschien ihr Mann. Er begrüßte mich und setzte sich zu uns. Bald jedoch kleidete er sich um und ging mit mir zurück nach der Turner Hall, wo für jeden von uns Essen bereitstand. Doch Mr. Juenger winkte ab. „Oh, nein, wir wollen irgendwohin gehen, wo wir ungestört miteinander reden können." Wir nahmen die Kinder in die Mitte und gingen in ein hübsches Restaurant, ich glaube, es war Sauters, wo wir ein großartiges Abendessen erhielten, an einem gesonderten Tisch. Er war so glücklich, daß wir alle gerettet waren und schlug vor, daß wir bei ihnen in Houston bleiben sollten. Ich dankte ihm dafür, sagte aber, daß ich auf dem Wege nach Lake Charles sei, wo wir von unseren Verwandten erwartet würden.

Als es ungefähr Abfahrtzeit war, kaufte er noch Tüten mit Obst für die Kinder und steckte noch eine 5-Dollar-Note in Augusts Tasche. Ich merkte es jedoch erst im Zug, und da lag Houston schon weit hinter uns.

In Lake Charles angekommen, gingen wir zum Haus der Jessens, und alle waren zu Tränen gerührt, als sie uns sahen. Die Kinder waren von der Reise ermüdet und wurden ins Bett gebracht. Als ich danach durch das Zimmer ging, begann Mina plötzlich zu lachen. „Was ist denn so spaßig?" fragte ich. Mir war wirklich nicht nach Lachen zumute, ich hatte das Gefühl, daß ich niemals mehr froh sein könnte. Sie stand auf, schob mich vor den großen Spiegel und drehte mich um. „Sieh hin, Louisa!" Kein Wunder, daß sie lachte! Es war mein Rock! Es war damals Mode, den Rock ziemlich lang zu tragen mit einer kleinen gefältelten Schleppe hinten, etwa 6-7 Zoll (15 cm) lang. Und da mein Rock zum Ausgehen gedacht war, hatte ich ihn mir der Mode entsprechend so angefertigt. Aber was war geschehen? Nach der vollkommenen Durchnässung im Koffer war er durch das anschließende Trocknen so weit eingelaufen, daß meine kleine Schleppe jetzt wie ein niedliches Schwänzchen herunterhing. Da mußte auch ich lachen! Und so war ich also durch Houston gegangen und hatte mich darin im Restaurant gezeigt, immer mit dem Schwänzchen hinten! Es wäre besser gewesen, sich nicht so sehr auf Großmutters Geschmack zu verlassen. Gleich am nächsten Morgen wollte ich es in Ordnung bringen.

Am nächsten Tag kamen die anderen Verwandten, um uns zu sehen und alle Einzelheiten über die Sturmkatastrophe zu hören. Es war sehr ermüdend, die traurige Geschichte immer wiederholen zu müssen. Die Kinder dagegen waren glücklich über den Trubel, der ihretwegen geschah. Aber noch hatten sie nichts anzuziehen.

Nachdem wir zur Ruhe gekommen waren, überlegten wir gemeinsam, wie ich mich am besten nützlich machen könnte. Mina Jessen unterhielt ein Lebensmittelgeschäft. Über dem Laden befanden sich drei Schlafzimmer und ein Bad. Neben dem Haus war noch ein kleineres mit Wohnzimmer, Eßzimmer und Küche. Während Mina, ihre Tochter, vor allem im Laden tätig war, sammelte ihr Sohn John die Bestellungen und belieferte die Kunden. Minas zweite Tochter Georgie besorgte das Haus und kümmerte sich um das Essen, ihre Schwester Dora[73] hingegen half dem Vater in dessen Schneiderei in der Stadt.

Ich übernahm von jetzt ab die Arbeit oben im Haus und die Sorge für meine Kinder. Helen mochte gern im Laden sein und war begeistert, wenn sie ein Faß Äpfel blankreiben und sie ausstellen durfte. So war alles gut organisiert, und es blieb mir sogar Zeit, wieder zu nähen. Ich fertigte Unterwäsche für uns alle aus dem Ballen Hausleinen, den ich mitgebracht hatte, und Kleider für meine Mädchen und Hemden für August, einen Morgenmantel für mich und eine Bluse – alles aus dem roten Baumwollstoff. Es ermüdete mich mit der Zeit, immer auf Rot zu sehen (es war kein richtiges Rot, eher kastanienrot mit kleinen weißen Mustern darin). Da hatte ich eine Idee. Ich fragte die Jessens-Mädchen: „Findet ihr nicht, daß dieses ein hübsches Muster ist?" „Ja, das stimmt!" „Möchtet ihr eine Bluse davon haben?" „Ja, gerne!" „All right, ihr kauft mir einen anderen Stoff, und ich gebe euch diesen!" Sie waren einverstanden. Auf diese Weise kam ich im Endergebnis zu verschiedenartigen Blusen, und August erhielt einige gestreifte Hemden. Ich war ganz stolz auf meinen herrlichen Einfall.

Die Einladungen von Freunden und Bekannten häuften sich, und nachdem ich eine Woche fleißig genäht hatte, nahm ich die Angebote an, vorausgesetzt, daß man mich nebenbei nähen ließ und die anderen die Knopflöcher oder ähnliches übernahmen. Das klappte gut, und nach kurzer Zeit hatten meine Kinder und ich wieder Kleidungsstücke zum Wechseln.

Jetzt machte mir das Waschen wieder richtig Spaß! Die Wäscheleine zeigte allmählich, daß wir wieder etwas zum Anziehen besaßen; jede Woche wurde die Leine länger. Da hingen jetzt Kleider, Unterröcke, Unterwäsche und Hemden und Hosen. Oh, ich fing an, mich wieder menschlich zu fühlen!

Nur quälte mich innerlich stets die Sorge: Wird August gesund bleiben und es aushalten können, ohne daß sich jemand um ihn kümmert? Auf seinen Postkarten versicherte er mir jedoch, daß es ihm gut gehe und daß er fleißig sei. Ich mußte mich zufrieden geben, solange, bis sich eine Gelegenheit fand, in Galveston einige Zimmer zu mieten.

Unser Kleidervorrat wenigstens vergrößerte sich von Tag zu Tag. Dann arbeitete ich alte Hüte für meine Mädchen um und überzog sie mit Kreppapier. Sie sahen ganz reizend aus und kosteten nichts. Nach einigen Tagen wurden sie zur Marotte bei den jungen Mädchen in Lake Charles! Alle trugen sie Kreppapierhüte auf dem Kirchgang, einige davon aufgeputzt mit phantastischen Papierblüten in allen erdenklichen Formen und Farben!

Ich erhielt auch Geschenke: Bettbezüge und einige Kleider, die ich für den Winter umzuändern gedachte. Maria Jessen[74] überließ mir 10 Yards (fast 10 m) Barchentstoff, großgemustert, Lavendelblüten auf weißem Untergrund, für ein Kleid, wie sie meinte. Ich beabsichtigte nicht, mir daraus etwas Ähnliches zu schneidern, aber es war natürlich lieb von ihr gedacht; mag sein, daß sie den Stoff selbst nicht leiden mochte . . . Ich tat alle Geschenke in eine Kiste, um sie mit nach Hause nehmen zu können. Nach einem Monat schrieb uns August, wir sollten nach Galveston zurückkehren, wir könnten jetzt Zimmer bekommen. Was waren wir glücklich! – Bloß, ich konnte mir nicht im geringsten vorstellen, wie er das zuwege gebracht haben sollte. Nun – wir würden es erfahren. –

An einem Sonntagnachmittag kamen wir zu Hause an. Ein wohlgefälliger Ausdruck erschien auf Augusts Gesicht, als er uns so hübsch angezogen wiedersah, so gar nicht zu vergleichen mit unserem Aussehen, als wir ihn vor einem Monat verließen. Wir schlenderten nebeneinander her, unterhielten uns, und es schien mir, daß wir beim Gehen an kein bestimmtes Ziel gebunden waren.

Endlich fragte ich ihn geradeheraus, wo denn nun unsere Zimmer seien. Er machte ein ziemlich einfältiges Gesicht: „Wir werden in der Werkstatt unterkommen in dieser Nacht, und morgen hast du den ganzen Tag Zeit, um dich nach einer Wohnung umzusehen. Ich bin immer so beschäftigt gewesen, daß ich nicht zum Suchen gekommen bin; aber das Alleinsein konnte ich einfach nicht länger aushalten.“

Ich hatte Mitleid mit ihm und sagte: „Gut, August, aber worauf sollen wir denn schlafen?“ Da begann sein Gesicht zu leuchten: „Ich habe ein gutes Feldbett gekauft, eine Matratze und eine Daunensteppdecke dazu. Und was das Kochen anbelangt, es ist vorgesorgt: Ich besitze ein Benzinöfchen und einige Schüsseln und Töpfe. Natürlich“, so fuhr er fort, „sollten wir morgen ganz früh aufstehen, denn bevor die Leute kommen, müssen wir alles wieder weggeräumt haben.“

Wir gingen also in die Werkstatt und richteten uns notdürftig ein, und dann führte uns August zum Abendessen in ein Restaurant. Als ich am nächsten Morgen das Frühstück zurechtmachte, war ich verdutzt; denn ich fand 2 Teller, 2 Tassen, 2 Messer, Gabel und Löffel – immer zwei von jeder Sorte. „August, was soll das bedeuten?" „Nun, wir brauchten doch einige Teller, nicht wahr? Ich habe sie im Racket Store[75] besorgt." – „Aber wir sind doch nicht zwei, wir sind fünf!" Da schaute er ganz betroffen: „Ich muß die Kinder vergessen haben. Ich werde das sofort in Ordnung bringen und noch einiges mehr holen." Und er rannte los, so schnell er konnte. Ich mußte lachen; mag sein, daß er nur seine Köchin wiederhaben wollte, vielleicht waren ihm auch alle Knöpfe von den Sachen abgerissen, oder ihm fehlte sonst etwas, wie auch immer: mich hatte er jedenfalls nicht vergessen.

Jetzt, einen Monat nach der Sturmkatastrophe in Galveston auf Zimmersuche zu gehen, war sehr mühevoll. Immer noch machte es große Schwierigkeiten, sich in der zerstörten Stadt überhaupt zurechtzufinden. Es regnete viel; die Häuser zu reparieren, dauerte sehr lange, und alles, was getan wurde, war mehr oder weniger nur provisorisch. Es blieb uns nichts anderes übrig, als weiterhin in der Werkstatt zu kampieren; die Kinder lebten beinahe nur noch auf der Straße.

Am zehnten Tag nach unserer Rückkehr auf die Insel kam ein Mann in den Laden, den ich kannte. Der sagte, er habe gehört, daß zwei Räume über einem Lebensmittelladen zu vermieten seien, und zwar in der 37. Straße bei Mr. Dirks. „Aber gehen Sie am besten gleich hin; Sie wissen ja, Zimmer sind knapp!" Ich war ganz aufgeregt und eilte sofort die Tremontstraße hinunter, um August zu verständigen, damit er sich die Wohnung ansähe. Er hatte sich vor kurzem eine kleine Gig gekauft, einen einspännigen, zweirädrigen Wagen, gebraucht natürlich, und dazu die zierliche Stute „Rosa". Jetzt konnte er damit schneller an seine Arbeitsplätze gelangen. Ich fand das Pferd mit dem Wagen auf der Tremontstraße an einen Pfosten gebunden, und da kam mir auch schon August entgegen. Ich erzählte ihm von dem Tip mit den Zimmern. „All right, Mama, nimm schnell ‚Rosa' und den Wagen und miete die Zimmer. – Der Preis spielt keine Rolle." Er half mir auf den Sitz und . . . ging davon. –

Nun muß man wissen, daß ich niemals zuvor in einer Gig gesessen hatte und in meinem Leben auch noch niemals ein Pferd gelenkt hatte. Aber wenn August sagte: „Steig ein!", dann stieg ich ein. Alles, was ich über das Kutschieren wußte, war, daß man an den Zügeln zur linken oder zur rechten Seite zu ziehen hatte. Ich war zu Tode erschrocken, als der Wagen rollte. Rosa wählte zu meinem Glück eine gemächliche Gangart. Nach dem Regen standen viele Pfützen auf den Straßen, doch „Rosa" ging um sie herum, und endlich erreichten wir das Haus an der N und der 37. Straße. Mr. Dirks, ich kannte ihn recht gut, wollte mir helfen, mit Pferd und Wagen unter das Schuppendach zu kommen, und griff ins Zaumzeug. Da passierte es! – Rosa stand plötzlich auf den Hinterbeinen, und der kleine Wagen kippte rückwärts. Aber ich hielt fest und schrie: „Ich schaffe es allein! Lassen Sie los! Ich nehme die Zimmer, morgen früh werden wir einziehen!" und drehte um.

Ich hatte weder die Zimmer gesehen, noch wußte ich den Preis. Ich wollte nur heil nach Hause kommen. Rosa zottelte zurück zur Stadt, und in der Tremontstraße band ich sie erleichtert wieder an dem Pfosten fest.

Das war meine erste und letzte Fahrt mit einer Gig. August hatte mir nicht gesagt, daß Rosa sich ungern am Kopf berühren ließ. Von dieser Eigenart abgesehen, war sie ein freundliches Tier, die Kinder mochten sie gern. –

Am nächsten Morgen waren wir gerüstet, mit unserer Habe umzuziehen, das waren: ein Koffer, eine Kiste, die wir von Lake Charles mitgebracht hatten, ein zweiflammiger Benzinkocher, ein Karton mit Geschirr, ein Feldbett, eine Matratze und ein Hund – unser Dewey.

Nun, jedes Ding hat zwei Seiten: Die angenehmste Seite unseres wenigen Hausrats war: Der Kutscher wollte nur 50 Cents haben. Für die beiden Zimmer bezahlten wir 10 Dollar im Monat. Fensterläden gab es im ganzen Haus noch nicht. Insofern fühlte man sich niemals unbeobachtet. Da kamen mir meine beiden Portieren sehr gelegen. Ich halbierte sie, und bei Dunkelheit befestigte ich sie vor den vier unteren Fensterscheiben. Es fehlte uns noch ein Schrank. Als Ersatz schlugen wir einige Nägel in die Wände, um unsere Kleider daran aufzuhängen (niemals zuvor hatten wir uns ähnlich beholfen müssen). Eine Freundin, Mrs. Scheele, gab mir einen kleinen runden Tisch und einen Kasten für mein Geschirr, das half wenigstens etwas. Wenn wir aßen, standen wir rund um den Tisch herum. – Legten wir uns zur Ruhe, benutzte August das Feldbett, und die Kinder und ich schliefen auf der Matratze am Boden. Es war eine ganz neue Lebensweise, und es war schwer, sich daran zu gewöhnen. Aber wir waren glücklich, ein Dach über dem Kopf zu haben; jedenfalls war es hier angenehmer zu wohnen als in der Werkstatt.

Die Lebensmittel kauften wir bei Mr. Dirks unten im Laden ein. Das Geschäft ging schlecht. Es gab kaum Nachbarn in der Gegend, aber es sah so aus, als ob man bald einige Häuser reparieren wollte, und Mr. Dirks hoffte, daß es dann einige hungrige Leute mehr geben würde.

Nachdem wir unsere zweite Monatsmiete gezahlt hatten, erhöhte der Besitzer des Hauses den Betrag um 10 Dollar, das war gemein. Mr. Dirks konnte mittlerweile einen Laden am Ostende der Stadt mieten, und er schlug uns vor, mitzuziehen. Wir aber hofften, Ende des Monats für uns ein eigenes Haus zu finden. Wir hatten Glück. Am Ersten zogen wir in die 35. Straße zwischen der Ave. M und N 1/2.

Diesmal kostete der Umzug schon 75 Cents. Nun hatten wir ein großes Heim, aber nichts hineinzustellen. – Viele Familien, die wir kannten, waren von der Insel weggezogen, und wir überlegten immer noch, ob wir nicht dasselbe tun sollten.

Am Ende entschieden wir uns doch zu bleiben. August schreckte vor neuen Abenteuern zurück.

Um Weihnachten schafften wir uns einige neue Sachen an: Zwei Eisenbetten mit Federrahmen, Matratzen, Kissen, Wolldecken und sogar Zierbezüge; dann einen neuen Ofen, zwei Schaukelstühle und einen Geldschrank. Einer der Maler schenkte mir einen hübschen grünen Vorleger zum Fest.

Ich kaufte mir eine braune Mantelgarnitur und ließ eine Nähmaschine kommen. Weitere Anschaffungen waren ein

Plättbrett, Plätteisen, einige Waschzuber, ein Korb, ein Waschkessel, ein Waschbrett, Wäscheleinen und Wäscheklammern. – Nun war ich glücklich und kam mir reich vor. Ich konnte meine Wäsche wieder waschen, plätten und auch wieder nähen.

Ich sah mir meine Kiste aus Lake Charles an, stellte sie auf die schmale Seite und beschloß, . . . einen Schrank daraus zu machen. August half mir, indem er den Deckel zersägte und zwei Einlegebretter daraus machte. Innen klebte ich die Wände mit hübscher Tapete aus. So hatte ich einen Schrank mit drei Fächern und konnte nun die Wäschestücke getrennt hineinlegen. Jetzt war mir auch der Stoff nützlich, den mir Maria Jessen für ein Kleid gegeben hatte.

Ich besaß 10 Yards (fast 10 m) davon. Ich umkleidete die ganze Kiste mit dem Tuch, dicht gefältet. Dann nagelte ich drei Leisten in der Form eines Dreiecks an den oberen Rand und drapierte Stoff darüber. Die Ecken erhielten als Zierde Rosetten. Dann ging ich in den Racket Store und besorgte mir einen Spiegel; 50 Cents kostete er; den hängte ich in die Mitte des Gebildes über der Kiste. Nun besaß ich den schönsten Schrank, den ich je gesehen hatte. Jahre später fand ich etwas Ähnliches in Zeitschriften beschrieben. Als ich August die Abbildung zeigte, lachte er und nannte die Erfindung alt, weil ich schon im Jahre 1900 auf diese Idee gekommen war.

August erfüllte sich auch einen Wunsch. Er bestellte sich einen neuen Wagen, vierrädrig und mit einem Wagendeck versehen, einen „dray". Er fertigte extra eine Sitzbank mit einer Rückenlehne an für August und Helen. Atlanta saß mit mir unter dem Verdeck, und so fuhren wir am Sonntag richtig herrschaftlich aus.

Eines Tages war ich mit August im Wagen zur Stadt unterwegs; da beklagte er sich darüber, daß er immer so viel Zeit verlöre, wenn er vom Geschäft zum Mittagessen nach Hause käme. Er wünschte sich, wir hätten eine Wohnung näher zur Stadtmitte. Wir kamen eben an einem kleinen Haus vorbei auf der 26. Straße und der Ave. H mit dem Schild „For Rent" (zu vermieten). Ich zeigte darauf und meinte: „Da ist eines!" Er sah hin, sagte aber kein Wort. Als er abends nach Hause

zurückkehrte, sprach er: „Mama, morgen ziehen wir um."
„Umziehen? Wohin?" „In das kleine Haus, auf das du mich
aufmerksam machtest. Ich habe es gemietet. Es ist schrecklich schmutzig, aber ich nahm drei Männer zum Arbeiten mit;
sie streichen drei Zimmer für dich an. Morgen früh wird alles
trocken sein. Die Wohnung wird uns helfen, Zeit zu sparen.
Nur für das Pferd ist kein Platz da, ich werde es in einen
Mietstall bringen." Ich seufzte. Das war alles.

„Umziehen", das Wort sagt nur die Hälfte ... In der Hauptsache bedeutete es für mich, Fenster zu putzen und anderer
Leute Dreck wegschrubben zu müssen, und wenn dann alles
sauber war, hieß es aufs neue: Umziehen! Woandershin!

Wir packten also am nächsten Morgen wieder unsere
Sachen – nun waren wir aber schon „reich"; jetzt kostete der
Umzug zwei Dollar!

Ich brachte die Wohnung in Ordnung und freute mich, in
der Stadt zu sein, da bekamen wir unerwartet Ärger. Unser
Hund Dewey war der Anlaß. Wir wohnten schon etwas über
einen Monat an diesem Ort, als der Hausbesitzer Einspruch
dagegen erhob, daß Hunde über den Platz liefen. „Gut, mein
Herr", sagten wir, „wenn Sie unseren Hund nicht haben
wollen, werden Sie auf uns auch verzichten müssen!"

Wir mieteten ein Haus an der Center-Straße gegenüber dem
Waisenhaus. Es hatte nur den einen Nachteil, daß es zu weit
vom Stall entfernt lag. So beschlossen wir, uns einen eigenen
Schuppen für Pferd und Wagen zu bauen. Wir zahlten 30
Dollar für das Holz, und bald war der Bau fertig. –

In den Zimmern hielten wir von jetzt ab wieder auf Ordnung. Wir schlugen keine Nägel mehr in die Wand, um unsere
Sachen daran aufzuhängen, stattdessen befestigten wir ein
breites Bord an der Wand, mit einer Stange darunter. Daran
hängten wir jetzt unsere Kleider auf, und um sie zu verdecken,
brachte ich am Brett einen Vorhang an aus bedrucktem Baumwollstoff. Für die Schuhe wurde ein niedriges Regal aufgestellt. Nun sah alles hübsch und adrett aus.

Nach und nach vervollständigten wir unsere Einrichtung
durch neue Möbel wie einen Eßtisch mit sechs Stühlen, einen
Bücherschrank mit kombiniertem Schreibpult und einen rei-

zenden chinesischen Porzellanschrank für das echte chinesische Teeservice, auf das ich immer so stolz war, und mit der Zeit hatte ich den Eindruck, wieder einen richtigen Haushalt zu führen.

Helen und August gingen auf die Ave. K-Schule, die man inzwischen instandgesetzt hatte. Die meisten Schulen und Kirchen waren durch den Sturm beschädigt worden und mußten entweder ausgebessert oder neu errichtet werden. -

Im Februar fuhr August nach New Orleans zum Karneval (Mardi Gras). Es war weniger das Vergnügen, das ihn reizte, als die Möglichkeit, Festwagen und ihre phantastischen Dekorationen zu sehen und zu studieren, denn immer, wenn in Galveston etwas Ähnliches geplant war, wurde August regelmäßig hinzugezogen. Er freute sich über diese Reise, aber es verging kein Tag, an dem er nicht irgendein Lebenszeichen sandte als Beweis, daß er an mich und die Kinder dachte. Als er nach Hause kam, hatte er für jeden von uns ein hübsches Geschenk mitgebracht. Ich kann mich nicht genau erinnern, was August erhielt, aber wahrscheinlich war es eine „Choo-Choo"-Eisenbahn, das einzige, was er sich immer wünschte.

Eines Tages sah ich einen Zettel „For Rent" an einem kleinen, erhöht gebauten Landhaus an der Ave. M 1/2, ein Anwesen, das ich immer bewundert hatte, wenn ich meine Freundin, Mrs. Eicholt, besuchte. Vorn befand sich eine Veranda, dann besaß es einen Hausflur, eine hintere Diele, vier Zimmer, Küche, Vorratskammer und einen Stall. Im Untergeschoß des Hauses boten sich Möglichkeiten, dort etwas zu lagern. Die Mauern waren weiß verputzt und das Holzwerk lackiert, und es hatte viele große Fenster.

Diesmal war ich diejenige, welche die Frage nach einem Umzug stellte, und August willigte ein. Es sah so aus, als ob wir an diesem Ort für einige Jahre zur Ruhe kämen. Wir wurden gute Freunde der Familie des Besitzers, „den Wolfers" und ihrem Sohn. Zum ersten Male nach dem Sturm fühlten wir uns wieder zu Hause.

Im Jahre 1901 fuhr meine Schwester Mary nach Föhr.

So konnte sie unserer lieben Mutter während ihrer letzten Krankheit beistehen. Mutter starb am 2. Januar 1902[76]. Vater behielt noch eine Zeitlang sein Geschäft. Er und Mary besuchten meine Schwester Julia und ihren Mann Klaus Sievers in Rendsburg und auch unsere Verwandtschaft in Kopenhagen. Dann verbrachte Mary noch einige Wochen bei Atlanta und Eduard Ambs in Hildesheim, und im Oktober 1902 kehrte sie nach Galveston zurück.

Vater verkaufte später sein altes Haus[77] auf Föhr und zog zu Julia und Klaus nach Rendsburg, ließ aber die Verbindung zu den alten Freunden auf der Insel und den Verwandten nicht abreißen. Klaus starb im Jahre 1912. Nach seinem Tode siedelten Vater und Julia nach Hildesheim über und wohnten dort in derselben Straße wie Atlanta und deren Familie[78]. Vater hat bis zu seinem Ende bei Julia ein gutes Zuhause gehabt. Er starb am 2. Mai 1917. Zwei Tage nur hat er im Bett gelegen, bevor er für immer davonging; am 11. Mai wäre er 87 Jahre alt geworden. Julia löste den Haushalt auf und wurde danach Haushälterin bei einem wohlhabenden alten Herrn in Hameln. Dort starb sie am 9. März 1920.

So lebt heute nur noch meine Schwester Atlanta mit ihrem Mann und ihren Kindern in Deutschland, ein Schicksal, das viele Familien trifft, deren Kinder das Heimatland verließen[79].

Während des Sommers unternahmen wir alle eine Segelbootfahrt in der Bucht mit einer Gesellschaft, der August seit einigen Jahren angehörte, den „Sons of Hermon". Ich hatte damals viele gute Freundinnen. Eine von ihnen war Mrs. Goerlich. Auf dem Schiff trafen wir Mrs. Beißner, und sie schlug uns beiden vor, doch Mitglieder der „Lutheran Ladies Aid Society" (Lutherische Damen-Hilfs-Organisation) zu werden, deren Präsidentin sie war. Wir stimmten zu und reichten unser Gesuch zur nächsten Versammlung ein. Man nahm uns erfreut auf. Regelmäßig einmal im Monat gingen wir von nun an zu den Treffen. Auf der Wahlversammlung für die Ämter unseres Vereins wählte man mich zur Sekretärin. Die Arbeit gefiel mir, und es schien, als ob die Mitglieder mich auch mochten, denn ich wurde in den folgenden 15 Jahren immer wiedergewählt. Während dieser Zeit hatten wir fünf verschiedene Präsidentinnen und Schatzmeisterinnen, aber ich war und blieb die einzige Sekretärin.

In den Jahren des Ersten Weltkrieges beschlossen wir, unsere Treffen zukünftig in englischer Sprache abzuhalten und unsere Vereinsverfassung und die Statuten ins Englische zu übertragen. Ich nahm die Übersetzung vor, und Mr. Springer nahm sie an und druckte sie ohne eine Änderung. Die Mitglieder fanden das Ergebnis gut, und sie zeigten mir ihre Anerkennung, indem sie mir eine Kamee-Anstecknadel schenkten.

Es war in mehr als einer Hinsicht richtig, unsere Zusammenkünfte in Englisch abzuhalten. Die jüngere Generation kann die deutsche Sprache weder lesen noch schreiben, zum anderen erforderte es damals die Rücksicht gegenüber unserem neuen Heimatland, daß wir uns in Kriegszeiten seiner Sprache bedienten. Die Organisation war zu dieser Zeit 85 Mitglieder stark, und sie hat bewundernswerte Arbeit geleistet bei der Unterstützung von Armen und Bedürftigen.

Nach 15jähriger Tätigkeit als Sekretärin dachte ich, es wäre nun Zeit, mein Amt abzugeben, um jemand anderem die damit verbundene Ehre und Verantwortung zukommen zu lassen. Man war endlich damit einverstanden, und meine Freundin Mrs. Brunkenhofer wurde meine Nachfolgerin. Man gab mir eine große Party, beschenkte mich mit einem wunderschönen Teeservice und machte mich zum Ehrenmitglied. Ich zähle diese Jahre zu den glücklichsten meines Lebens.

August verhielt sich meiner Vereinsarbeit gegenüber sehr verständnisvoll und lieb. Wieviel Zeit ich auch dafür opferte und wie oft ich auch unterwegs war, er hatte keine Einwände.

Natürlich blieb ich am Vereinsleben interessiert, auch nach Aufgabe meines Postens. Das blieb so, solange wir in Galveston wohnten, und auch als wir später nach Houston übersiedelten, vergaß man niemals, mich zu besonderen festlichen Ereignissen einzuladen. Und ich kam, wenn es irgendwie möglich war, um mit den Freunden wieder zusammenzusein.

In unserer Familie verlief alles zu unserer Zufriedenheit. Helen und August entwickelten sich gut, und Atlanta war jetzt auch in dem Alter, die Schule zu beginnen. Es war ein sonderbares Gefühl für mich, mein jüngstes Kind frühmorgens aus dem Haus gehen zu sehen. Es fehlte mir so.

August hatte wieder ein Klavier gekauft, und eine junge Dame namens Griffith gab Helen darin Unterricht. Weil sie schon damals eine liebliche und reine Stimme besaß, erhielt sie auch einige Stunden bei einem Gesangslehrer.

Helen gehörte einem Klub an, einer Gruppe von kleinen Mädchen, der „White Rosebud Society" (Weiße Rosenknospe-Gesellschaft). Mrs. Hoecker war die Leiterin. Manchmal veranstalteten sie einen kleinen Bazar. Das Geld, das sie dabei einnahmen, verwendeten sie dazu, armen Menschen eine Freude zu machen. Besonders gern gingen sie in das „Home for Homeless Children" (Heim für heimatlose Kinder). An einem Sonntagnachmittag hatten sie eine Vorführung im Waisenhaus uns gegenüber. Ich war eingeladen, und welche Überraschung für mich! Helen sang das „Ave Maria" von Mascagni. Die Meinung der Zuhörer war, Helen würde sicher eine Primadonna werden. Nun, das ist nicht in Erfüllung gegangen, aber – Jahre später – wurde sie eine gute Solistin und eine erfolgreiche Gesangslehrerin. – Ich habe viele glückliche Stunden erlebt, wenn ich Helen und ihrem Vater zuhörte. Fast jeden Tag nach dem Essen sagte August: „Helen, komm, laß uns dieses Lied oder das Duett noch einmal singen, du weißt schon!" Und natürlich mochte Helen das lieber tun, als mir beim Geschirrabtrocknen zu helfen. Ich konnte es nicht beurteilen, ob ihr Singen so wundervoll war; aber für mich war es einfach schön.

Im Frühling waren Mina und Diedrich Jessen von Lake Charles bei uns zu Gast. Er war ein schwerkranker Mann; aber er hoffte, daß es ihm wieder besser gehen würde, wenn er nur jeden Tag am Meer sein könnte. Er kam nicht ein einziges Mal bis an den Strand, er war zu schwach und verfiel schnell; aber wir versuchten, es ihm bei uns so angenehm wie möglich zu machen.

An seinem letzten Abend fühlte er sich besser, er setzte sich hoch und bat August und Helen, ihm doch Lieder vorzusingen. Sie taten es, und er war so glücklich darüber. Am nächsten Morgen verschlechterte sich sein Zustand plötzlich, und wir riefen den Arzt. Mina fragte ihn, ob Diedrich die Reise mit dem Zug nach Lake Charles durchstehen könnte. Der Doktor sagte: „Ja, ich kann ihm dazu verhelfen." Er sprach gerade mit August an der Tür, als Mina rief: „Oh, Louisa, komm schnell!" Zwei Minuten später war er tot. –

Einige Nachbarn meinten, wir seien herzlos gewesen, weil wir gesungen und gespielt hätten, während ein Mensch dem Tode schon so nahe war. Nachdem ich ihnen erzählt hatte, daß wir dem Schwerkranken mit unseren Liedern einen Wunsch erfüllt hatten, schämten sie sich.

August fuhr abends mit Mina nach Lake Charles. In ihrem Haus und beim Begräbnis traf er zum ersten Mal mit meinen Freunden und Verwandten zusammen, die er vorher noch nicht gesehen hatte. Sie alle waren sehr gespannt, „Louisas Mann" kennenzulernen. Später hörte ich, daß er allen sehr gefallen hatte. Ich fand es gut, daß August Mina begleitete, sicherlich konnte er sie ein wenig trösten.

Ostern 1904 (?) wurde Helen konfirmiert, und einige Wochen später starb Mr. Wolfer, unser Hauswirt. Das brachte für uns wieder eine Veränderung. Alle seine Töchter waren verheiratet und besaßen ihre eigenen Häuser. Mrs. Wolfer hatte nur noch den kranken Sohn bei sich in ihrem großen Haus. Sie wollte vermieten und danach in unserem leben, Tür an Tür mit ihrem Sohn. Ich verstand ihre Überlegungen und machte ihr auch keine Vorwürfe; aber es gelang mir einfach nicht, einen anderen passenden Platz für uns zu finden. Eines Tages sagte sie: „Und wie ist es mit dem alten Haus an der Center Straße? Es steht leer. Aber ich weiß schon, Sie wollen es deshalb nicht nehmen, weil Sie meinen, es wäre zu schmutzig." „Geben Sie mir den Schlüssel, ich werde hinübergehen!"

Als ich die Tür öffnete, sah ich, daß es Möglichkeiten gab, es drinnen wohnlich zu machen, und wir würden in der Nähe unserer Freunde und Nachbarn bleiben können. So mietete ich und zog sofort um.

Im Jahre 1902 war im Süden der Insel mit dem Bau des „Seawall"[80] begonnen worden, einem gewaltigen Seedeich, von dem man annahm, daß er in der Lage wäre, die Insel vor den Flutwellen des Golfes zu schützen. Es war sehr interessant, die Bauarbeiten zu beobachten, die Tag und Nacht andauerten, wochentags und auch sonntags.

Baumstämme, 30 Fuß (9,15 m) lang, wurden eng nebeneinander in den Boden gerammt, so dicht wie Streichhölzer in einer Schachtel; woher sie gebracht wurden, kann ich nicht sagen. Eisenbahnladung auf Eisenbahnladung mächtiger Felsbrocken aus Granit wurden am Meeresstrand abgeworfen. Ein hölzernes Gerüst wurde oben auf die Pfeiler gezimmert, und dorthinein wurde ein Gemisch von Zement und zerkleinertem Felsgestein geschüttet. Nachdem es erhärtet war, wurde das Gerüst wieder Abschnitt für Abschnitt abgerissen. Der Baulärm war fürchterlich, aber der Vorgang selbst war derart fesselnd, daß die Menschen stehenblieben und stundenlang zusahen. Sonntags waren sogar viele Leute vom Festland unter den Zuschauern.

Es dauerte Jahre, diesen Deich zu errichten. Dann mußte der Boden im Süden der Stadt auf 17 Fuß (5,18 m) erhöht werden, nach Norden hin abfallend, in der ganzen Länge des Broadways, und darüber hinaus bis zur Stadtgrenze im Westen und auch in Richtung Bucht, soweit die Stadt sich ausdehnte. Ein tiefer Kanal wurde um den Süden der Stadt gezogen innerhalb des „Seawall", einige Blöcke von ihm entfernt, damit Baggerschiffe in ihn hineinfahren konnten mit dem Schlamm, den sie im Golf ausgehoben hatten. Rohre wurden ausgelegt (zwei oder drei Fuß im Durchmesser [60 oder 90 cm]) und durch sie hindurch wurde der Schlamm aus dem Schiffsinnern auf jeweils einen kleinen Abschnitt der Stadt gepumpt und ausgebreitet. –

Alle Häuser mußten auf das neue Niveau gehoben werden, ebenso die Ställe, die Zäune und das, was die Leute nach der Auffüllung wieder zu gebrauchen wünschten. Dann wurden Plattformen ausgelegt, auf denen man von Haus zu Haus gehen konnte. Das Aufschütten dauerte lange Zeit, denn eine Schiffsladung allein hinterließ nur wenig Sand, das ganze Wasser floß in den Kanal wieder zurück. Alle Bäume und Sträucher wurden abgeholzt, und nachdem ein bestimmter Abschnitt als fertig galt, war es anfangs scheußlich, dort durch den Sand zu laufen.

Auch die großen Schulen aus Backstein und die Kirchen erhielten eine neue Bodenhöhe; aber es wurde alles vollendet.

Natürlich bekam dabei der Verputz dieser Bauten Risse und fiel herab; mit den Reparaturen mußte jedoch gewartet werden, es fehlte das Geld dafür.

Hausbesitzer hatten jetzt viele Sorgen. Das Haus, in dem wir lebten, war alt, und als es angehoben wurde, bröckelte der Putz herunter, da sah es ziemlich schäbig aus. Aber Wolfers ließen es so. Sie hatten noch mehrere andere Häuser, deren Wiederherstellung wichtiger war. –

Tausende hatten aus Verzweiflung nach dem Sturm die Stadt verlassen; nur manche kehrten wieder zurück. Houston konnte seine Einwohnerschaft wegen Galvestons Mißgeschick vergrößern. Die zurückgebliebene Bevölkerung zeigte jedoch einen bewundernswerten Mut und gab die Hoffnung nicht auf, daß Galveston sich von diesem Schlag erholen würde, um danach schöner zu sein als je zuvor.

XIII. Helens und Augusts Jugendjahre

Helen verließ die Schule, nachdem sie die neunte Klasse auf der Ball High School beendet hatte. Viele der jungen Leute gingen damals ab, fast alle unsere Freunde. Helen, und danach August und Atlanta, taten das auch; in späteren Jahren bedauerten wir, daß wir sie nicht hatten weitergehen lassen; aber ich hoffe, sie haben es uns vergeben. Wir wußten es damals nicht besser. –

Während der Umbauzeit in Galveston wurde Helens Geburtstag mit einer Wassermelonenparty gefeiert, zu welcher sie eine Menge Freunde, Jungen und Mädchen, eingeladen hatte. Einige der Jungen sah ich zum ersten Mal, obwohl ich ihre Namen schon gehört hatte. Einer von ihnen war Ethelo Flake. Mir fielen seine wunderschönen weißen Zähne auf und sein angenehmes Lächeln. In der vorderen Veranda hatten wir auf einige Gestelle lange Bretter gelegt. Darauf waren die Melonen angerichtet. Ich freute mich, auf diese Weise die ganze Unordnung außerhalb des Hauses zu haben. Man sang, tanzte und amüsierte sich. Helen liebte Parties, ganz im Gegensatz zu ihrem Bruder August, der sich in seiner Jugend daraus überhaupt nichts machte und immer eine Entschuldigung wußte, um wegbleiben zu können.

Ab und zu erhielten wir am Sonntag Besuch aus Houston. Da erschienen dann – gewöhnlich gemeinsam – Daisy Clemow, Henry Juenger und Hugo Kreiter. Mit Helen zusammen waren sie eine talentierte Singgruppe. Sie sangen Soli, Duette und Quartette, und auch der Vater hatte gelegentlich seinen Part dabei. Als wir noch direkt an der Centerstraße wohnten, blieben oftmals Leute vor unserem Haus stehen und hörten zu.

An einem Sonntagnachmittag sangen sie wieder, und da klopfte jemand an die Tür. Als ich öffnete, stand Mr. Dulitz vor mir, der Besitzer eines Klaviergeschäfts in Galveston. Er wußte nicht, daß in diesem Haus die Rollfings wohnten und war nun überrascht, mich zu sehen, denn wir beide kannten uns recht gut. Er sagte: „Entschuldigen Sie bitte, aber ich mußte einfach herausfinden, bei wem so wundervoll gesungen wird."

Er forderte Helen auf, doch einmal in sein Geschäft zu kommen und sich die Notenblätter auszusuchen, die sie mochte, es würde ihm eine Ehre sein, sie ihr als Geschenk überreichen zu können. Helen hat von ihrem Vater niemals die Erlaubnis erhalten, auf dieses gutgemeinte Angebot einzugehen. „Ich kann deine Noten selbst bezahlen", sagte August.

Das Lied, das ich am meisten liebte, hieß: „Sing me to sleep and let me rest. In all the world I like you best". Es war damals neu, aber es blieb viele Jahre sehr populär.

Helen hatte verschiedene Freunde mit guten Stimmen, die kamen gern in unser Haus und verlebten nette Stunden mit Singen. August und ich freuten uns darüber, aber wenn es spät wurde, mußten sie gehen. Das war ihnen bekannt, und es gab deswegen auch keinen Ärger. –

Dann zogen wir doch wieder um, diesmal in ein neues kleines Haus an der 2006 O 1/2, in denselben Block, in dem Mrs. Seibel wohnte, eine Freundin, die wir schon seit Jahren kannten.

August baute sich hier in seiner freien Zeit ein Boot. Das Schiff war 26 Fuß (8 m) lang und hatte eine kleine Kabine, in der acht Personen sitzen konnten, dazu besaß es einen 5-PS-Motor. Unser Sohn war groß genug, um dem Vater helfen zu können, und er tat es mit großer Begeisterung. Als die Arbeit fortschritt, fragte ich: „Wie willst du das Boot nennen? Helen, Atlanta oder Louisa?" „Don't worry! (Mach dir keine Sorgen!)." „Ich mache mir keine Sorgen, ich möchte nur den Namen wissen." „Don't worry", sagte er wieder, und ich ging verdrießlich weg. Als das Boot fertig war und er anfing, den Namen zu malen, beobachtete ich ihn. Es war kein H, A oder L, das er malte. Er begann mit einem . . . D, und schließlich stand da: „Don't worry". Und er lachte mich an. „Ich habe es dir jedesmal gesagt, als du mich fragtest."

Der Kanal bestand noch. August hatte also keinen langen Weg, als er das Boot dorthin schleppte. Am Fuß der Centerstraße fand der „Stapellauf" statt. Als das Schiff im Wasser lag, waren wir neugierig, ob es auch wirklich fahren würde. Nur er und sein Sohn saßen drin und ... ab gingen sie, so schön, wie man es sich nur wünschen konnte. Sie brachten es zum Kai, um es dort festzumachen. Wir waren wirklich stolz auf unseren Papa, daß er es so gut nach Plan hatte bauen können. Es war ja schließlich kein Haus, das er fertigstellte – nein, es war ein Boot, und darin gibt es keine gerade Linie! –

Wir unternahmen mit dem Boot manch schöne Fahrt in der Bucht, und Vater und Sohn benutzten es bei ihren Jagdausflügen. Natürlich war ich mehr oder weniger in Sorge; aber die beiden kamen immer gesund und glücklich zurück. August behielt das Schiff einige Jahre, dann verkaufte er es. Ich glaube nicht, daß er dabei etwas verdiente. Der Spaß, einmal ein Boot selber gebaut zu haben, das ihm zu Jagd und Fischfang diente, war ihm wohl das Wichtigste gewesen.

Als man in Houston einmal Karneval feierte, wurden Helen und ihre Freundin Lillibert von Mrs. Juenger dazu eingeladen. August gab die Erlaubnis. Als Helen zum Gehen fertig war und einen „tam-o-shanter" (eine Art Baskenmütze) trug, sah er sie an und bestand darauf, daß sie ihren neuen hübschen Hut aufsetzen solle. Wir sagten ihm beide, der würde auf dem Karneval Schaden nehmen. „Gut, sie kann auch zu Hause bleiben." Helen setzte also ihren Hut auf und ging los. Der Frieden war gewahrt. Irgendwie hatte sie es aber verstanden, auch ihre Mütze versteckt mitzunehmen. Nach dem Mittagessen bei Juengers gingen die Jungen und Mädchen in die Stadt. Helen ließ ihren neuen Hut zurück und setzte ihre Mütze auf, nahm sich aber vor, des Hutes wegen noch einmal zurückzukehren. Unglücklicherweise kam sie vor Abfahrt des Zuges nicht noch einmal in die Nähe der Juengerschen Wohnung. Er blieb also dort liegen.

Als sie zu Hause klingelte, öffnete ihr der Vater die Tür – und erwischte sie mit der Mütze. Wir bekamen beide eine Standpauke zu hören, ich erhielt noch eine schlimmere als Helen, weil ich sie ermutigt hätte, ungehorsam zu sein. – Aber ich hatte gedacht, Augusts Meinung sei wirklich unüberlegt, und wir wären im Recht. Nun, die Aufregung verflog auch wieder. Ich weiß nicht mehr, in welcher Weise Helen bestraft wurde, aber daß in dieser Hinsicht etwas geschah, dessen bin ich sicher.

Davon abgesehen, war August den Kindern stets ein guter Vater, sorgte sich um sie, wie man es selten findet. Nur wollte er immer wieder zeigen, daß er der Chef sei und daß mir leider gelegentlich die Vernunft fehle. Es war seine Art, zuerst immer „Nein" zu sagen, später wurde daraus meistens ein freundliches „Ja". Schließlich hatte ich herausgefunden, daß ich am besten mit ihm zurechtkam, wenn ich die Geduld hatte, ein Weilchen zu warten. Ohne Streit miteinander auszukommen, bedeutete mir alles.

Den Kanal in der Nähe unseres Hauses habe ich schon einmal erwähnt. Auf der anderen Seite des Wasserlaufes, am Ende der Tremontstraße lag die Rollschuhbahn. Die war etwas ganz Neues für Galveston, und alle jungen Leute versuchten sich auf Rollschuhen. Helen, August und sogar Atlanta bekamen die Erlaubnis, dort hinzugehen. Helen wurde eine der besten Läuferinnen, sie gewann Preise, wie Eintrittskartenhefte und ähnliches. Normalerweise erreichten wir von uns aus die Bahn über die Kanalbrücke. Wollte jedoch ein Bagger unter ihr hindurch, wurde die Zugbrücke geöffnet, und ein Hinübergehen war unmöglich.

In dieser Zeit kam meine Cousine Mina zu uns zu einem fünfwöchigen Besuch, dem ersten, nachdem ihr Mann Diedrich bei uns gestorben war. Wir beide hatten immer Freude daran, die Kinder auf der Bahn zu beobachten; ihre Bewegungen waren so graziös. Ich vermochte selbst wohl eiszulaufen, aber wie Helen auf den schwerfälligen Rollschuhen so anmutig wirken konnte, das blieb mir ein Geheimnis. August kümmerte sich um das alles nicht, hätte er aber die Prellungen gesehen, die sich Helen manchmal holte, sie hätte nie wieder auf die Bahn gehen dürfen. Sie jedoch machte sich nichts aus den blauen Flecken.

Es war geplant, daß Helen mit Mina nach Lake Charles fahren sollte. Ich hatte ihr schon einige hübsche Kleider geschneidert, da wurden unsere Pläne umgestoßen.

Helen lief an einem Nachmittag Rollschuh und bekam den

Auftrag, um 6 Uhr abends wieder zu Hause zu sein. Sie erschien aber erst gegen 7 Uhr und nannte dafür folgenden Grund: „Die Brücke war hochgezogen, und ich mußte die Straßenbahn in der 33. Straße nehmen; wir hatten aber viele Aufenthalte, usw."

Nun, Augusts Antwort war nur: „Du fährst mir nicht nach Lake Charles!" Ich war so traurig und Mina auch, aber zu streiten war zwecklos . . . und Helen wäre lieber gestorben, als deswegen zu weinen oder zu bitten. So mußte Mina allein zurückfahren.

Helen nahm nun an einem kaufmännischen Kursus teil bei Draughons'. Dort traf sie auch Olga, Mrs. Seibels Tochter. Es schien so, als ob diese bessere Fortschritte machte als Helen. An einem Sonnabendnachmittag kam Olga zu uns und erzählte, Helen sei nicht in der Schule gewesen, sondern wäre mit anderen Mädchen zur Rollschuhbahn gegangen. Natürlich war August wütend, aber er wartete, bis Helen nach Hause kam. Sie stritt es nicht ab, meinte jedoch, es sei wirklich nur dieses eine Mal gewesen. Aber August glaubte ihr nicht, und selbst ich war nicht sicher, ob sie die Wahrheit sagte. Sie mußte bei Draughons' aufhören und bis zu ihrem Abschluß bei einer Privatlehrerin Stunden nehmen, bei Miss Stapp, wenn ich mich recht erinnere. Erst einige Jahre später erfuhr ich zufällig, daß Helen doch die Wahrheit gesagt hatte. Das kam so: Helen war schon verheiratet und lebte in Houston. Einige ihrer Jungen brauchten neue Anzüge. Helen wußte, daß der Kleine von Mrs. Barnes, die neben uns wohnte, einen Anzug trug, wie sie ihn für ihre Kinder auch gern gehabt hätte. Sie bat mich also, hinüberzugehen, nach dem Schnittmuster zu fragen und danach einen ähnlichen anzufertigen.

Ich suchte Mrs. Barnes auf, und dabei sprachen wir auch über die Zeit, in der sie selbst und Helen als junge Mädchen noch zu Draughons' gingen. Da meinte sie: „Oh, wie ich diese Olga Ahlers hasse, sie ist eine Katze! Entsinnen sie sich, Mrs. Rollfing, an den Tag, als wir zur Rollschuhbahn gingen? Wir planten das Schwänzen alle gemeinsam, aber Olga hatte wohl kalte Füße bekommen, jedenfalls ging sie in die Schule und verpetzte uns dort. Das werde ich ihr niemals vergessen, niemals!" Ich fragte darauf: „Mrs. Barnes, war es wirklich nur das einzige Mal?" „Ja, wir taten es nur einmal, aus Spaß!" Das zu hören, war für mich wichtig. Ich wußte nun, daß Helen die Wahrheit gesagt hatte, und ich brannte darauf, es August mitzuteilen, wenn er nach Hause käme.

Er ärgerte sich, als er hörte, daß er Helen zu Unrecht mißtraut hatte; denn er liebte sie zärtlich. Es würde mich wundern, wenn er ihr nicht nachträglich noch irgendeine Freude gemacht hätte, um sein Gewissen zu erleichtern. – Aber ich bin auch sicher, daß er Helen gegenüber niemals offen sein Bedauern über das damals Vorgefallene ausgedrückt hat. So war er nun einmal.

Der kleine August wurde eingeladen, einen Monat lang Gus Juenger in Houston zu besuchen. Ich fertigte ihm neue Hemden und Hosen an und besorgte ihm einen neuen Handkoffer. Er fuhr los, und wir meinten, daß er und sein Freund viel Spaß miteinander haben würden.

Am nächsten Sonntag ging die ganze Familie in den Menard-Park, es spielte dort eine Musikkapelle. Als ich umherblickte, fiel mir ein kleiner Junge auf, der nach jemandem Ausschau zu halten schien. „Helen", sagte ich, „ist das nicht August?" „Sicher, das ist er!" Sie rannte hinüber und brachte ihn zu uns. „Was machst du denn hier, August? Ich dachte, du wärst in Houston?" Er lehnte sich an mich und meinte: „Mama, wenn du mich nicht haben willst, kann ich wieder zurückfahren." „Natürlich will ich dich haben, mein Liebling, aber sag, was ist geschehen?" „Albert fuhr nach Galveston, und da bin ich mitgefahren, ich wollte nach Hause." Da wußte ich, daß er Heimweh gehabt hatte, er war nicht einmal eine ganze Woche dort geblieben.

Am „Labour Day" (Tag der Arbeit – 1. Montag im September) besuchte uns Mrs. Juenger und erzählte uns, wie es dazu gekommen war. Sie hatten alle am Eßtisch gesessen, da sagte Albert: „Ich habe vor, diesen Nachmittag nach Galveston zu fahren." August stand vom Tisch auf, lief nach oben und kam in ein paar Minuten mit seinem Koffer herunter. „Was ist los, August? Wohin gehst du?" „Ich will nach Hause und fahre mit Albert." Und sie konnten kein anderes Wort mehr aus ihm herausbringen; ihn überfiel Heimweh, als er nur den Namen „Galveston" hörte.

Später kam Gus Juenger zu uns, und sie hatten gemeinsam eine schöne Zeit. Sie gingen baden und fischen, und er, Gus, wurde nicht heimwehkrank. – Ich liebte August darum umsomehr. Ich fühlte, daß er uns brauchte, um glücklich zu sein.

Ich glaube, es war derselbe „Tag der Arbeit", als unsere Bekannten aus Lake Charles erschienen und darum baten, Helen möge doch mit ihnen kommen und für eine längere Zeit bei ihnen bleiben. Diesmal willigte August ein.

Zu dieser Zeit war Ethelo Flake ihr ständiger Begleiter. Jeden Sonntag kam er mit ihr nach dem Kirchgang zu uns zum gemeinsamen Mittagessen. Seine Schwestern, Lotti, Naomi und Ray, waren ihre besten Freundinnen, und Mrs. Flake betreute gelegentlich die Mädchenrunde. Die ganze Familie mochte Helen gut leiden. Ich wußte, sie war bei den Flakes in guter Gesellschaft, und August hatte anscheinend ebenfalls nichts einzuwenden. Allerdings sagte er auch oft, wenn Ethelo mit Helen irgendwohin gehen wollte: „Nein, Helen kann nicht." Dann machte Ethelo eine gute Miene dazu.

Helen fuhr also wirklich nach Lake Charles. Beim Abschied neckte ich sie: „Mach es nicht wie dein Bruder August und komme nicht gleich wieder in einer Woche zurück!" Sie lachte: „Keine Sorge, Mama, ich werde kein Heimweh haben!" Ethelo gab ihr ein schönes Paar Rollschuhe mit; sie sollte eigene besitzen, damit sie richtig damit glänzen konnte, denn auch Lake Charles besaß eine Rollschuhbahn.

Alle Freunde und Verwandten waren nett zu ihr, und sie lernte auch einige junge Leute von der dortigen Bank kennen. Man arrangierte Picknicks flußabwärts, es gab eine Menge Unterhaltung. Natürlich lief Helen auch Rollschuh, und nach kurzer Zeit gehörte ihr die Bahn allein, und die anderen schauten zu. Als sie anhielt, kam der Leiter auf sie zu und fragte sie, ob sie nicht Ausbilderin auf dem Platz werden wolle. Das war wirklich ein Kompliment. Sie schrieb begeisterte Briefe über all den Spaß, den sie hatte und erwähnte auch die vielen Verabredungen. Ich dachte, sie würde noch länger als einen Monat bleiben.

Es waren genau vier Wochen um, da läutete die Türglocke, und vor mir standen Ethelo und Helen. „Ich bin meinen Monat geblieben, nicht wahr, Mama? Aber ich hatte auch Heimweh!" Sie mußte den ersten Zug genommen haben, der an diesem Tag fuhr, aber ich glaubte nicht so recht daran, daß die Sehnsucht nach uns sie zurückgeführt hatte, ich spürte, daß Ethelo der Hauptgrund war. Nun, es machte mir nichts aus, ich war froh, mein Mädchen wieder zu Hause zu haben. Mina schrieb, sie könne nicht verstehen, wie jemand, der so beliebt wäre wie Helen, so schnell wieder weg wollte, wo sie doch soviel Spaß und eine solche Menge Verabredungen noch hätte haben können.

August war konfirmiert worden. Er besuchte die Ball High School, die er wie Helen mit der neunten Klasse beendete. Er war immer ein sehr ruhiger Junge. Niemals kam es zu Streit mit den anderen. Daher war ich erschrocken, als er eines Tages mit all seinen Büchern nach Hause kam und erzählte, er sei suspendiert worden. „Ich habe mich geprügelt und Mr. Hopkins sagte, ich sei suspendiert, ich solle meine Bücher holen und nach Hause gehen."

Der Vater hatte ihn immer ermahnt, entgegenkommend zu sein und keinen Streit zu suchen. Aber er hatte ihm auch gesagt, wenn ihn jemand beleidige, solle er kämpfen, und er hatte ihm gezeigt, wie man das anstellte und wie man sich verteidigen könne.

Es schien nun so gewesen zu sein, daß ihn einer der Jungen vom Bordstein gestoßen und zu Boden geworfen hatte. Darauf war August auf ihn losgegangen und hatte sich mit ihm geschlagen, mitten auf dem Schulhof. Das war gegen die Regeln; August wurde in das Büro gerufen, verwiesen und nach Hause geschickt. Als der Vater nach Hause kam und wir ihm den Vorfall schilderten, sagte er: „Das macht nichts, ich werde dich morgen in die Schule zurückbringen und mit Mr. Hopkins sprechen."

Das tat er dann auch. Es wurde eine lange Unterredung, und August erklärte, daß er selbst seinem Sohn gezeigt hätte, wie man sich wehren könne, wenn es notwendig sei. Mr. Hopkins lachte und sagte: „Ich konnte es kaum glauben, daß August den Streit angefangen haben sollte, er ist ein solch ruhiger Junge; aber wir müssen uns nach den Schulgesetzen richten."

Dieses war das einzige Mal, an das ich mich erinnern kann, daß unser August grob wurde; aber um die Wahrheit zu sagen, ich war sogar stolz auf ihn, daß er Mut gezeigt und sich zu wehren gewußt hatte.

Lotti Flake, Ethelos älteste Schwester, hatte geheiratet und wohnte nun in Beaumont[81]. Nach einigen Monaten schlug sie Ethelo vor, auch dorthin zu kommen. Er würde dort eine besser bezahlte Stellung erhalten können als diejenige, welche er in dem Büro der Santa Fe-Eisenbahngesellschaft in Galveston hatte. So zog er in den Ort seiner Schwester. Lotti kam einige Tage später zu uns und lud Helen ein, sie zu besuchen. August verweigerte ganz entschieden die Zustimmung.

An seinem ersten Zahltag erschien Ethelo bei uns und fragte erneut, ob Helen nicht doch zu Lotti nach Beaumont fahren dürfe. Dieselbe Antwort: „Nein, Helen darf nicht." Da fragte mich Ethelo, wann er mit Mr. Rollfing ein Gespräch führen könne. Ich schlug vor, er solle zum Mittagessen kommen, da würde er ihn sehen. Ethelo erschien und sagte: „Mr. Rollfing, Sie sagen ‚Nein‘, und jeder muß sich damit zufrieden geben. Was würden Sie sagen, wenn Helen verheiratet wäre?" „Oh, das ist ein Unterschied. Wenn Helen erst geheiratet hat, braucht sie mich nicht mehr zu fragen!" Da sprangen die beiden jungen Leute auf und riefen: „Würdest du uns heiraten lassen?" „Ja, ich habe immer erwartet, daß es dazu kommen würde, ich hätte sonst Ethelo nicht so oft in unserem Haus ein- und ausgehen lassen."

Bevor ich meine Gedanken sammeln konnte, hatten die zwei ihre Hüte ergriffen und waren fortgeeilt. Keiner hatte etwas gegessen. „August, bist du von Sinnen? Weißt du nicht, daß sie noch heute heiraten werden?" „Natürlich werden sie das nicht. Ich gehe an die Arbeit!" (Er war im Garten-Verein tätig.) – „Nein, das tust du nicht. Du mußt dich anziehen und abwarten, was kommt." Ich vermute, er war selbst nicht so ganz sicher, was geschehen würde, jedenfalls tat er, was ich ihm gesagt hatte; das Pferd und der Wagen standen bereit. –

Es war nicht ganz 3 Uhr, da riefen mich die Nachbarn

gegenüber an das Telefon. Es war Helen. „Mama, wir sind verheiratet, mach dir keine Sorgen, ich werde gleich schreiben." „Wo seid ihr denn?"

„Auf dem Schiff. Es läuft um 3 Uhr aus – nach Beaumont."

Ich hängte den Hörer auf und rannte nach Hause. Mit ein paar Worten verständigte ich August. Wir sprangen in den Wagen, und alles, was ich tun konnte, war, das Pferd anzutreiben: „Get up, Jack, get up! Mach schnell, Jack, mach schnell!"

Wir schafften es. Das Schiff war noch da, und Helen und Ethelo auf ihm. Alle Flakes waren erschienen, sehr erfreut, eine neue Schwester bekommen zu haben. August grinste breit und war in sehr guter Stimmung. Ich hatte für dies alles kein Verständnis. Ich fühlte mich verletzt und betrogen, aber ich zeigte es nicht; ich versuchte, mich zu beherrschen.

Es war etwa 1 Uhr, als sie das Haus verließen, und in der anschließenden Zeit hatten sie Heiratslizenz und den Ring[82] besorgt, die Zeugen zusammengetrommelt und sich vom Friedensrichter trauen lassen, dann waren sie zu den Flakes gegangen und standen nun um 3 Uhr am Kai.

Ich weiß nicht, wie es so schnell in die „Tribune" kommen konnte. Aber da stand es schwarz auf weiß, – ein hübscher kleiner Artikel: „Gleich nach der Feier fuhren sie nach Beaumont, – ihrem zukünftigen Heimatort."

Sie beschrieben nicht die Kleidung der Braut. Sie hätte so lauten müssen: Grauer Rock, weiße Bluse und . . . ein Matrosenhut! . . .

XIV. Helen und ihre Kinder

Die Flakes und wir besaßen einen großen Bekanntenkreis. So wurde Helens Hochzeit ein Tagesereignis, das vielen Leuten Gelegenheit gab, darüber zu reden. Am nächsten Tag besuchten mich einige Freunde. Kamen sie nun, um mich zu bemitleiden oder um zu gratulieren? Ich wußte es nicht. Ich spielte auf jeden Fall meine Rolle, so gut ich konnte. Ich wollte nicht, daß mich jemand bedauerte – aber in meinem Herzen dachte ich anders –, ich war verletzt und unendlich traurig darüber, daß meine Helen einfach so davongelaufen war aus ihrem Elternhaus. Das Paar hätte bei uns eine kleine, schöne und würdige Hochzeitsfeier ausgerichtet bekommen können, es gab überhaupt keinen Grund, uns so vor den Kopf zu stoßen, nach Augusts Einwilligung, – aber ich glaube, die beiden wußten gar nicht, was sie mir angetan hatten.

Sobald es möglich war, sandte ich Helen ihre Kleider und die paar Kleinigkeiten, die ihr sonst noch gehörten – Krimskrams. Sie besaß nicht die geringste Aussteuer, aber ich begann nun, für sie zu nähen und ihr laufend wichtige Dinge zu senden; das Schicken von Paketen hörte nicht auf.

Wie gut, daß Helen wenigstens Lotti hatte, die ihr helfen konnte. Sie selbst mußte ja erst lernen, einen Haushalt zu führen. Ich hatte mich niemals allzuviel bemüht, Helen darin anzuleiten. Ich fühlte mich kräftig genug, alles allein zu machen und sagte mir: „Sie ist noch so jung, wenn sie einmal heiratet, werde ich ihr das, was ich kann, in ein paar Monaten beibringen. Sie begreift schnell." Wir hatten auch gedacht, daß sie nach dem Abschluß ihres kaufmännischen Kurses sich nach einer Stellung umsehen würde; aber Helen hatte unsere Pläne über den Haufen geworfen.

Sie mußte nun auch selber kochen. Als die jungen Eheleute uns nach einem Monat zum ersten Mal übers Wochenende besuchten, fragte ich Ethelo, ob er nicht an Magenverstimmung leide. Er antwortete: „Nein, du bist eine gute Köchin,

und Mama ist es auch, aber Helen übertrifft euch beide."
Darüber brauchte also nicht mehr gesprochen zu werden.

Während sie in Beaumont lebten, mußten wir unsere Wohnung aufgeben. Wir zogen wieder einmal um. Diesmal war es August, der für uns ein passendes Haus entdeckt hatte, in der Ave. M 1/2 2616. Es gefiel mir auch, nur die Nachbarschaft behagte mir nicht so recht. Niemals hätte ich gedacht, daß wir dort 17 Jahre lang wohnen würden.

Wir besaßen zu jener Zeit zwei Kühe, ein Pferd, einen „surrey", d. i. eine leichte, vierrädrige Kutsche, und einen gewöhnlichen Wagen, dazu unsere Möbel, und die ganzen Dinge, wie Leitern, Gerüste, Malerkittel u. a. m., die August zu seinem Beruf benötigte. Wir brauchten einen Tag, bis wir alles am neuen Ort hatten, und der Transport kostete 15 Dollar - kein Umzug mehr für 2 oder 3 Dollar wie in früheren Zeiten!

Im Souterrain konnte August jetzt seinen Laden einrichten; den in der Stadt gaben wir auf. Es war ganz praktisch, alles an einem Platz zu haben. Bald trennten wir uns auch von den Kühen, denn es war nicht sehr hygienisch, sie im Untergeschoß zu halten. Außerdem ersparte ich mir eine Menge Arbeit.

In den Ferien half August seinem Vater im Geschäft und lernte dabei eine Menge im Malen und Tapezieren. Sie kamen gut miteinander aus, und der Vater war immer sehr freigiebig, wenn er dem Sohn die erwiesene Hilfe bezahlte. Eins stand jedoch fest: Er wollte nicht, daß August Maler werde; aber er fand, es sei nützlich, etwas von diesem Handwerk zu wissen.

Später wurde unser Sohn Briefbote bei der „Galveston Tribune", und sie mochten ihn dort gern. Eines Tages kam August ganz aufgeregt nach Hause und erzählte mir, er hätte den Jungen dabei angetroffen, wie er einen schweren Packen Papier oder ähnliches getragen habe. „Ich wußte gar nicht, daß er so hart arbeiten muß. Das hört auf!"

August belegte einen kaufmännischen Kursus bei derselben Lehrerin, bei der auch Helen ihren Abschluß gemacht hatte. Er durchlief ihn in kürzerer Zeit als seine Schwester und bekam auch gleich eine Stellung bei der kleinen Baumwollfirma „Coate Bros.". Anfangs erhielt er 25 Dollar im Monat; er blieb dort mehrere Jahre, und allmählich erhöhte sich sein Gehalt bis auf 100 Dollar. Im Sommer hatte er bei voller Bezahlung drei Monate Ferien. Einen Teil davon verbrachte er bei uns, indem er seinem Vater im Geschäft half, den anderen verlebte er in Dickinson mit einer Gruppe von Freunden, wo sie zelteten und Paddelboot fuhren.

Nach sieben Monaten in Beaumont kehrten Helen und Ethelo wieder nach Galveston zurück, um hier zu wohnen. Ich war sehr glücklich darüber.

Am 15. März 1911 feierte Atlanta ihren 13. Geburtstag. Es war ein Sonntag, und sie hatte eine kleine Gesellschaft eingeladen. An demselben Tag wurde unser erster Enkel geboren, und Atlanta meinte, es sei so lieb von Helen, gerade an ihrem Geburtstag ein Baby zu bekommen, so könnten sie ihren Geburtstag immer zusammen feiern. Es war ein sehr hübscher Junge und wog 7 Pfund. Ich konnte es noch gar nicht glauben, daß unser kleines Mädchen schon Mutter sein sollte. Es erschien mir wie ein Wunder. Helen war ja noch so jung. Aber es ging ihr gut, und sie war rührend besorgt um das Baby. August machte sein Bestes aus seiner neuen Rolle, schließlich war er jetzt Großvater. Der Junge wurde Ethelo Morey getauft, aber wir nannten ihn immer nur E. M.

Als er ungefähr ein Jahr alt war, wurde im Queens-Theater ein Schönheitswettbewerb für Babies veranstaltet, und Ethelo Morey erhielt den ersten Preis – einen schönen Kinderwagen. Sein Bild wurde sogar im Kino gezeigt, und natürlich waren wir sehr stolz, wenn wir ihn „im großen Stil" ausfuhren. Wir hatten das Gefühl, als ob es unser eigenes Baby sei, und wir vergötterten es, wie das so viele Großeltern tun. Helen kam mit ihm fast jeden Tag zu uns, und wir nähten fleißig und machten hübsche Kleider für ihn. Sonntags waren sie bei uns zum Mittagessen. Ethelo J., unser Schwiegersohn, E. J., wie wir ihn nannten, entwickelte sich zu einem leidenschaftlichen Angler. Er brachte manchen großen Fisch nach Hause, und dann aßen wir natürlich Fisch am Montag. Helen ging regelmäßig zum Singen in einige große Chöre, nur in der Lutherischen Kirche hat sie nie gesungen.

So verging die Zeit. Wir waren gesund, ich fühlte mich zwar nicht sehr kräftig, aber meistens doch in der Lage, meine Arbeit zu machen. August hatte genügend Aufträge, Helen war nun verheiratet, und Atlanta ging zur Schule.

Nachdem Atlanta konfirmiert worden war und die neunte Klasse beendet hatte, blieb sie im Hause. Ihr Bruder wollte nicht, daß sie arbeiten solle, so ging sie auch zu keinem kaufmännischen Kursus. „Ich werde für sie die Musikstunden bezahlen", meinte er. „Sie kann auch Tanzunterricht nehmen; vielleicht will sie bei Mrs. Wittig lernen, wie man feine Handarbeiten anfertigt; sie mag sich auswählen, was sie gern möchte; und du, Mama", sagte er, „solltest sie nähen lehren und kochen und alles, was du kannst. Atlanta wird dir dafür im Haus helfen, das ist genug." Es war sehr angenehm, sie bei uns zu haben, und als sie 16 Jahre alt war, konnte sie die schönsten Kuchen backen und kochen so gut wie ich. Gemeinsam hielten wir das Haus so sauber und so hübsch wie möglich, und was den Garten betraf, so machte sich Atlanta auch dort nützlich und besorgte die Blumen. Bei ihr brauchte ich mir keine Sorgen zu machen, daß sie von Hauswirtschaft nichts wußte, wenn sie einmal heiraten sollte; ich hoffte nur immer, sie werde sich damit Zeit lassen. Niemals kam ich darüber hinweg, daß Helen alles allein lernen mußte.

Ich hatte Atlanta gesagt, daß sie nicht mit einem Jungen ausgehen dürfe, ehe sie nicht 16 Jahre alt sei, und sie war damit einverstanden. Da rief eines Tages der Sohn ihres Musiklehrers Sidney Love bei uns an und bat darum, sie zu einem Vortrag in die Cathedrale[83] mitnehmen zu können . . . Am Abend –, und sie war noch nicht 16! Ich sagte ihr: „Nein, du kannst nicht, und du weißt es!" Ich sah zwar keinen rechten Grund, ihr den Wunsch abzuschlagen, aber ich hatte mich entschieden, an unserer Abmachung festzuhalten. – Sie waren beide enttäuscht.

Später rief ich Atlanta zu mir. „Lanta, ich möchte dir etwas sagen, was dir nicht recht gefallen wird: Schau dir die netten jungen Mädchen an, die du von der Lutherischen Kirche her kennst, so manche von ihnen hat kaum jemals eine Verabredung gehabt; so mußt du nicht verdrießlich sein, wenn noch ein ganzes Jahr vergeht, bevor ein Junge dich fragt, ob du nicht mit ihm irgendwohin gehen möchtest." „Ein ganzes Jahr? Oh Mama, dann verdirbst du mir die einzige Chance, die ich jemals hatte!" Und sie schluchzte vor sich hin. „Ach, es braucht ja nicht ein ganzes Jahr zu sein, vielleicht sind es nur 11 Monate!" tröstete ich sie.

Schließlich hatte sie ihren 16. Geburtstag, es war ein Sonnabend. Am Sonntagmorgen ging sie in die Sonntagsschule. Sie kam ganz aufgeregt nach Hause. „So, ich brauchte nicht ein ganzes Jahr oder elf Monate zu warten, bevor mich jemand aufforderte, mit ihm auszugehen. Ich bin zum Ball-High-School-Picknick eingeladen, und zwar von George Leroux." Ich lachte. „Wer ist George Leroux?" „Er ist ein hübscher Junge aus meiner Sonntagsschulklasse." „Wer geht sonst noch mit?" „Oh, eine große Gruppe von der Ball-High-School und aus meinem Sonntagsschulunterricht." „Ich denke, es wird gut sein, euch ein bißchen zu bemuttern." Es gefiel ihr nicht so recht, aber am Ende entschieden wir, daß Mrs. Larsen und ich die Anstandsdamen sein würden, da Irving Larsen auch an der Party teilnahm. Ich bin sicher, die jungen Leute waren ganz dankbar für unsere Begleitung, so hatten sie wenigstens jemanden, zu dem sie kommen konnten, wenn sie hungrig waren. Auf jeden Fall wurde es ein schöner Tag, und wir kamen mit einer Menge Erdbeeren nach Hause zurück.

Am 3. 12. 1912 kam ein weiterer kleiner Enkel bei E. J. und Helen an. Sie nannten ihn Burton Rollfing Flake. Er hatte eine Menge sehr dunkler Haare und war ein genauso drolliges Baby wie seinerzeit E. M. – Helen hatte jetzt statt eines Kleinkindes zwei zu versorgen, schaffte es aber gut und war wohlauf. Ich dachte oft über die Zeit nach, als ich so alt war wie sie und noch keine Verantwortung zu tragen hatte, und dann wunderte ich mich, wie gut sie ihre Aufgaben meisterte. Ich half ihr beim Nähen und freute mich immer, für die Babies etwas anfertigen zu können.

Im Jahre 1914 zogen Helen und E. J. mit ihren beiden kleinen Jungen nach Dallas, wo er eine bessere Stellung bei der Eisenbahn erhielt, als er sie in Houston gehabt hatte.

Atlanta besuchte sie im Sommer des nächsten Jahres und

verlebte bei ihnen viele schöne Tage. Die Tochter von Helens Türnachbarin, Miss Adrienne Chapman, beabsichtigte zu heiraten. Sie sollte eine „rainbow wedding", eine „Regenbogenhochzeit"[84], bekommen, und es war geplant, Atlanta an allen Festlichkeiten teilnehmen zu lassen. Helen wollte ihr gerne bei der Kleidung helfen und auch bei den Geschenken. Ich freute mich zu hören, daß Atlanta dieses Ereignis miterleben könnte. August wünschte dagegen, daß sie nach Hause käme, und ich mußte meine ganze Überredungskunst aufbieten, um wenigstens zu erreichen, daß sie noch etwas länger in Dallas bleiben durfte. Trotzdem war es ungewiß, ob sie zur Hochzeit noch dort sein würde. So mußte sie die Ehre, Brautjungfer zu sein, ablehnen. Am Ende ergab es sich, daß sie an der Hochzeit doch teilnahm, denn es geschah etwas, was niemand hatte voraussehen können.

Am 17. August 1915 tobte wieder ein furchtbarer Sturm, vom Golf kommend, über Galveston, und jeder hielt den Atem an, ob der Deich die Probe bestehen würde. Wir verließen unser Haus (dieses Mal ging August mit uns) und eilten zu einem Platz in der Stadt, von dem wir annahmen, daß er sicherer war, zu einem großen Backsteingebäude, in dem sonst der „Deutsche Gesellschaftsverein" seine Treffen und Festlichkeiten abhielt. Nur ganz wenige Familien suchten hier Zuflucht. Oben befand sich ein Restaurant, so daß wir annehmen konnten, hier im Notfall etwas zu essen zu bekommen.

Der Sturm dauerte viel länger als damals im Jahre 1900. Aber er forderte diesmal nicht so viele Todesopfer. Den Schrecken dieser Nacht erhöhten noch drei Brände, die in unmittelbarer Nachbarschaft von uns ausbrachen; aber sie verlöschten von selbst durch den furchtbaren Platzregen. Man hatte den Eindruck, als ob sich alle Elemente zusammengetan hätten, um Galveston aufs neue zu zerstören. Wie gut, daß wir Atlanta bei Helen in Sicherheit wußten! Dann hatte sich der Orkan gelegt. Das Wasser war weit in die Stadt gedrungen, schien aber nicht so schnell in die Bucht zurückzulaufen wie damals im Jahre 1900. Die meisten Geschäfte waren wieder zerstört. Plünderung war an der Tagesordnung.

Am Nachmittag beschlossen Vater und Sohn, die Lage selber zu erkunden, und sie wateten hinaus in unsere Wohngegend. Sie berichteten, das Haus sei kaum beschädigt, und meinten, ich könne kommen. So ging ich barfuß los, hob meine Kleider an und gelangte nach Hause.

Der Deich hatte seine schwere Probe bestanden und Galveston beschützt. Aber ein Fehler in der Konstruktion war augenscheinlich. Der Seawall-Boulevard mußte erneuert werden, jedoch erhielt er danach ein ganz anderes Profil. Dadurch sollte erreicht werden, daß in Zukunft bei einer möglichen Katastrophe das Wasser des Golfes wieder zurücklaufen konnte, anstatt auf die Insel vorzudringen und die Bay aufzufüllen. Es war eine teure Lehre! Der Sturm und das Salz des Meeres hatten die Vegetation wieder einmal zerstört, und es ist ein Wunder, daß man heute ein solch schönes Galveston vorfindet.

Atlanta war nun ohnehin gezwungen, länger in Dallas zu bleiben, als ursprünglich vorgesehen.

Sobald der Besuch der Insel wieder gestattet war, kam Ethelo Flake mit seinem Sohn E. Morey an einem Sonntag, um uns und seine Eltern wiederzusehen und um sich einen Eindruck von den Schäden in der Stadt zu verschaffen. Ein Schiff hatte sie von Texas City aus herübergebracht, denn der neue Verbindungsdamm war in der Mitte zerstört, so daß kein Verkehr über ihn möglich war. Als sie wieder heimfuhren, begleiteten wir sie auf ihrer Fahrt zum Festland. Auf der Rückreise kam ein furchtbarer Sturm auf. Wir waren viele Menschen an Bord des Schiffes, und wir liefen Gefahr zu kentern, – aber wir kamen schließlich unversehrt in Galveston an.

Als Ethelo in Dallas eintraf, war Helen inzwischen zum dritten Male Mutter geworden. Wieder hatte sie einen Sohn geboren. Ethelo machte sich Vorwürfe, daß er an diesem Tag nicht an Helens Seite gewesen war, aber sie hatten das Baby nicht so früh erwartet. Die Nachbarn hatten geholfen, der Arzt war pünktlich zur Stelle, und alles ging gut. Für Atlanta bedeutete dieses Ereignis eine frühe Erfahrung, – aber ich bin überzeugt, sie war eine große Hilfe für Helen. Der Junge wurde am 29. August 1915 geboren und Adrian Estes Flake genannt, Adrian nach Mrs. Adrienne Chapman und Estes nach Dr. Estes. Nach ein paar Wochen kam Atlanta nach Hause. Sie wußte eine Menge zu erzählen über die Hochzeit und das Baby, und wir hatten auch zu berichten – über den Sturm.

Kurze Zeit nach der Rückkehr Atlantas von Dallas wurde sie von Fred Rollfing gefragt, ob sie nicht bei der Postal Telegraph Co. arbeiten möchte. Das Gehalt betrug allerdings nur 25 Dollar im Monat. Sie entschloß sich, auf den Vorschlag einzugehen und arbeitete dort lange Zeit. Sie hatte viele Freunde und war beliebt. Manchmal begleitete ich sie in ihr Büro und konnte mich selbst davon überzeugen, daß sie es gut hatte.

Helen und E. J. wohnten 17 Monate in Dallas, dann kam die ganze Familie nach Galveston zurück, und wir lebten alle zusammen in unserem Haus, ein Jahr lang. Da gab es viel Arbeit. Helen und ich hatten auf einmal drei Männer zu versorgen (Atlanta ging ja weiter in das Telegraphenamt), dann waren da noch drei Kinder zu hüten – niemals zuvor hatte ich eine so große Familie zu betreuen.

Ich nehme an, daß ich mir ein bißchen zuviel zugemutet hatte. Jedenfalls wurde ich eines Morgens krank und konnte mich anschließend nicht erinnern, daß der Doktor dagewesen sei. Als ich zu mir kam, hatte ich einen Eisbeutel auf dem Kopf, und alle standen um mein Bett. Helen sagte, ich hätte ganz verworrenes Zeug geredet und dieselben Dinge immer wiederholt, da hätten sie Dr. Peters geholt. Der verordnete mir nur viel Ruhe, nichts als Ruhe. Lange Zeit war ich krank, und ich wurde sehr schwach. Aber Helen sorgte für mich. Ich weiß nicht, was ich ohne sie hätte anfangen sollen. Nachdem es mir wieder besser ging, mieteten sich Helen und E. J. ein Haus und führten dort wieder ihren eigenen Haushalt, kamen aber wie vordem mit ihren Kindern regelmäßig zu uns.

Unsere Enkelkinder entwickelten sich zu unserer aller Zufriedenheit. Der kleine Adrian sah so niedlich aus, daß die Leute sagten: „Er ist zu schön für einen Jungen, er müßte ein Mädchen sein!" Und als er ein bißchen älter wurde und die Bemerkung hörte, sagte er nur: „Das weiß ich."

Mit seinen beiden Brüdern hatte der Großvater ein Erlebnis besonderer Art. Das war noch in der Zeit, als sie bei uns zu Hause wohnten. An einem Sonnabend hatte August Ethelo Morey und Burton zum Haarschneiden mitgenommen. Er war von Helen genau informiert worden, wie sie die Frisuren der Kinder haben wollte. August beobachtete den Barbier, während er E. M. die Haare schnitt und gab ihm danach Anweisungen, wie er sich bei Burtons Haaren verhalten sollte. Dann begann er, sich in eine Zeitung zu vertiefen. Als er wieder aufsah, war es schon zu spät, der Friseur hatte Burton schon alle seine schönen Locken abgeschnitten. Ich glaube, der Mann mußte sich einiges anhören, denn August war wütend, und er wußte auch nicht, was er machen sollte. Er ging mit den Jungen in einen Laden und kaufte ihnen Anzüge, Schuhe und anderes, aber das brachte Burtons Locken auch nicht wieder zurück. Schließlich kam er mit den beiden nach Hause.

Als ich Burton erblickte, war ich entsetzt. „Oh, ich mag gar nicht daran denken, was Helen sagen wird", rief ich. „Ich werde die Kinder gleich ins Bett bringen und das Mosquitonetz herunterziehen. Kann sein, daß sie es heute abend nicht mehr bemerkt." Als Helen kam, rief ich: „Die Jungen schlafen schon; geh nicht hinein, du weckst sie nur auf." „Ich denke, ich kann ihnen noch einen Gute-Nacht-Kuß geben." Dann stieß sie nur einen Schrei aus. „Oh, ihr habt mein Baby verschandelt. Ihr habt es mit Absicht getan!" und sie weinte, als ob ihr Herz brechen wollte. E. J. versuchte, es ihr zu erklären und sie zu beruhigen, aber nichts konnte helfen. August sagte kein Wort, außer: „Helen, es tut mir leid." – Zuletzt wurde ich böse und sagte ihr: „Seine Haare werden wieder wachsen, es ist ja nicht seine Nase. – Papa grämt sich genug darüber. Er hat alles getan, um es wieder gutzumachen. Er hat ihnen neue Schuhe gekauft und neue Anzüge . . ." „Ich will nichts davon haben, was er gekauft hat, ich will die Locken meines Babys." – Nun, die Zeit heilte ihren Schmerz. Burtons Locken kamen wieder, schöner als je zuvor. –

Es schien so, als ob Helen und Ethelo immer noch nicht endgültig seßhaft geworden waren. E. J. traf einen Freund in

Houston, Paul Roemer, der in einer Brauerei arbeitete, und er hörte von ihm, daß in dessen Betrieb eine Buchhalterstelle frei sei. Man bezahlte dort mehr als bei der Eisenbahn. Ethelo nahm an und zog mit seiner Familie von Galveston nach Houston, wo sie seitdem wohnen. Wir vermißten sie sehr, aber wenn der Wechsel ihrem Glück diente, wollten wir zufrieden sein.

Danach hatten wir am Wochenende oft Besuch, und während der Ferien waren die Jungen glücklich, zu Großvater und Großmutter zu kommen. Wir taten alles, um sie froh zu machen, ich in meiner Art und August in seiner. Es war nicht schwer, sie zufriedenzustellen. Großvater hatte eine Werkbank und alle notwendigen Handwerkzeuge. E. M. bastelte einmal mit unendlicher Geduld ein Schiff, da nähte ich ihm die Segel dazu, und als es fertig war, nahm er es mit zur Schule und wurde wegen seiner Arbeit sehr gelobt. Dann kam die Zeit, daß man Papierdrachen steigen ließ. Später hatten sie die Idee, Flugzeuge zu bauen, oder sie beschäftigten sich einfach mit Murmelspielen.

Meistens hielten sie sich dabei im Untergeschoß auf. Dabei verstand es Burton, in kürzester Zeit schmutziger zu werden, als ich es je bei einem anderen Kind gesehen habe. Er war sauber gekleidet hinuntergegangen, und ein paar Minuten später konnte er vollkommen durchnäßt und schmutzig zurückkommen. Er mußte dann im Badezimmer verschwinden und sich umziehen. Das passierte drei- bis viermal täglich und machte mir sehr viel Arbeit. Als ich ihm sagte, er solle vorsichtiger sein, versprach er: „Großmutter, du möchtest doch nicht, daß ich schmutzig bin, nicht? Ich mag so gerne sauber sein!" Nun, ich stand es durch, beneidete aber Helen nicht um ihre Mühe, die sie mit dem Jungen haben mußte, wenn er selbst wieder zu Hause war.

Die größte Anziehungskraft jedoch übte immer wieder der Strand aus. Burton wollte überhaupt am liebsten nur angeln oder baden gehen. So mußte Großmutter immer mitziehen, denn niemals hätte ich es gewagt, sie sich selbst zu überlassen. Einige Stunden saß ich dann in der heißen Sonne, anschließend eilte ich mit den Kindern nach Hause, um Essen zu kochen. Ich muß wirklich sagen, daß ich ein Opfer brachte, wenn ich mit ihnen ging; denn ich konnte die Hitze nicht gut ertragen; aber die Jungen waren so glücklich. Dabei mußte ich aufpassen, sie anschließend nicht alle gleichzeitig zum Essen zu haben. In dem Fall ging es meistens ziemlich geräuschvoll zu. So ließ ich sie zu verschiedenen Zeiten essen. Das ging besser, denn jeder weiß, daß Brüder sich nicht immer vertragen.

In einem Jahr hatte Burton in der Schule viel versäumt, und er besuchte darum während der großen Ferien die Sommerschule in Galveston. Eines Nachmittags war ich bei einem Einkauf in einem Laden, da sah ich Burton durch die Allee kommen. Ich wartete. „Warum kommst du aus dieser Richtung, Burton?" „Ich werde dir etwas zeigen, Großmutter", und er hob eine lange Planke auf, die schräg gegen einen Zaun gelehnt war. Da lagen drei Kätzchen und vor ihnen zerbröckeltes Butterbrot, ein Apfel und ein kleiner Bonbon. „Aber Burton, das ist doch dein Frühstück!"

„Die kleinen Dinger müssen doch etwas zu essen haben, meinst du nicht auch? Die alte Katzenmutter ist fortgerannt und hat sie verlassen. Kann ich sie nicht mit nach Hause nehmen?" Ich war dagegen und sagte: „Ich werde ihnen Milch geben, es kann sein, daß ihre Mutter wiederkommt, vielleicht sucht sie gerade einen schönen Platz für ihre Kinder." Als Burton am nächsten Tag nachsah, waren sie alle weg, und ich war darüber froh.

Burton hatte wirklich ein gutes Herz, besonders für verletzte Tiere, und später trug er jedes aufgefundene hilflose Tier nach Hause zu Helen, um es von ihr verarzten und pflegen zu lassen.

Später dachte Helen ernsthaft daran, mehr aus ihrer Stimme zu machen. Sie lernte Mrs. John Wesley Graham kennen, eine hervorragende Gesangs- und Musiklehrerin. Die ermutigte Helen sehr und veranlaßte sie, dem „First Methodist Choir" beizutreten. Es dauerte nicht lange, bis Helen eine gute Kontraaltistin wurde. Nebenbei war sie noch Mrs. Grahams Sekretärin. Ihre ganze Zeit war in Anspruch genommen von ihrer Musik und ihrem Gesang. Sie wurde Mitglied des bezahlten

Quartetts der Methodistischen Kirche. Sie war darüber hinaus die erste Sängerin über KPRC Radio, der Radiostation in Houston, und wurde der populärste Kontraalt in dieser Stadt.

Sie bereitete sich mit Gesangsunterricht auf ihr künftiges Ziel vor. Ich glaube, Helen arbeitete acht Jahre lang darauf hin und hatte wenig Interesse an etwas anderem, außer ihrer Familie und ihrer Musik. Dann lehrte sie schließlich selbst Gesang und Klavier und war hiermit sehr erfolgreich. Sie hatte eine Klasse mit begabten Schülern, und wenn sie ihre Vorführungen veranstaltete, konnten wir mit Recht auf unsere Tochter stolz sein. E. J. war ein rücksichtsvoller Ehemann und war immer bereit mitzugehen, wenn sie Verpflichtungen hatte. Ich denke, er freute sich über ihre Erfolge genauso wie wir.

Ganz überraschend machte mir August einmal eine große Freude. Das war zu der Zeit, als Amerika noch nicht in den Weltkrieg eingetreten war.

Der Gesangverein, in dem August nach wie vor Mitglied war, veranstaltete in jedem Jahr ein „Sängerfest". August nahm immer daran teil, aber niemals waren die Damen dazu eingeladen worden. Diesmal sollte das Treffen in San Antonio stattfinden. Ich hatte schon immer den Wunsch, diese Stadt und den Teil des Landes, in dem sie liegt, kennenzulernen. Da beschloß August, mich mitzunehmen. Er sagte den anderen: „Meine Frau soll diesmal mit mir fahren; ich bin überzeugt, daß eure Frauen sich freuen würden, wenn sie es auch könnten. Es war recht selbstsüchtig von uns, daß wir sie bisher immer ausgeschlossen haben."

Seine Überlegung fand offene Ohren, und das Resultat war, daß 18 Damen mit auf die Reise gingen. – Ich brauchte unbedingt ein neues Kleid. Darum nähte ich mir mit Helens Hilfe ein hellgraues Crêpe de Chine-Kleid mit einem reizenden Spitzenkragen; es stand mir sehr gut; das wollte ich während der Konzerte tragen.

Die Reise war ein Erlebnis. Niemals habe ich mich so über eine Landschaft gefreut, wie ich sie hier sah. Solch eine hügelig-bewaldete Gegend hatte ich noch nie gesehen, sie war so anders als die des Küstenlandes.

In St. Antonio wurden wir, die Galveston-Abordnung, im

St.-Antony-Hotel untergebracht. Solange die Männer ihre Proben hatten, machten wir Damen Rundfahrten in Bussen, danach hatten wir wieder gemeinsam schöne Stunden. Höhepunkte der Tage waren die Konzerte. Die 300 - 400 Männerstimmen klangen überwältigend. Ich finde, solch ein großer Männerchor ist bei Gesangsdarbietungen das Beste, was es gibt. Ich mag ihn mehr als alles andere.

Dieses war die erste Fahrt, die August und ich zusammen unternahmen. Es schien mir, als ob wir auf einer verspäteten Hochzeitsreise waren, so lieb und aufmerksam war er zu mir.

Es wurde gleich entschieden: „Wir werden von jetzt ab die Damen immer mitnehmen!" Aber der Krieg[85] vereitelte diesen Entschluß. Und so blieb es bei diesem ersten und einzigen Mal. –

XV. Die Geschwister August und Atlanta
finden ihren Weg

Atlanta arbeitete immer noch bei der Postal Telegraph Co. in Galveston. Die Kassiererin beabsichtigte zu heiraten, und ihre in Frage kommende Nachfolgerin wollte diesen Posten nicht haben. So bereitete sich Atlanta darauf vor, ihn zu übernehmen, und ließ sich von ihrem Bruder August in Buchführung unterrichten. Sie nahm das sehr ernst, traf kaum Verabredungen und erarbeitete sich das Wissen, das für diesen Posten notwendig war. Aber als es soweit war, daß die Kassiererin heiratete, durchkreuzte das andere Mädchen Atlantas Pläne und übernahm selbst die Stellung. Das ärgerte Atlanta sehr und sie beschloß zu kündigen. Ich war schon immer der Meinung gewesen, daß sie dort ihre Zeit vergeudete. Fred Rollfing kümmerte sich jedoch wie ein Vater um sie, und so hatte sie sich wohl an ihre Arbeit gewöhnt. Aber manchmal wenden sich die Dinge zum Guten, und so geschah es auch hier.

Gerade zu dieser Zeit ergab es sich, daß E. J. Flake in Houston einen Gehilfen für die Buchführung brauchte. Er bot Atlanta die Stelle in der Brauerei an mit einem Gehalt von 90 Dollar. Atlanta war froh, diese Chance zu bekommen und fing sofort an. Sie wohnte bei Helen in Pension und kam alle zwei Wochen am Sonnabend zu uns auf Besuch. Am Montag früh fuhr sie mit der Bahn wieder zurück. Die Arbeit gefiel ihr sehr, und sie fand nun selbst, daß sie zu lange für nur 25 Dollar bei der Postal Telegraph Co. gearbeitet hatte. Wir vermißten sie sehr, es war jetzt so still im Haus.

Nur unser Sohn August war noch bei uns. So ergibt sich an dieser Stelle die Gelegenheit, um von seinem Werdegang zu berichten.

Seit seiner Jugend hatte er an einem Musikinstrument besonderen Gefallen gefunden: Er spielte Kornett. Als er elf Jahre alt war, hatte er zu Weihnachten von uns ein hübsches silbernes Instrument geschenkt bekommen, und er erhielt längere Zeit Unterricht.

Niemals werde ich die fürchterlichen Töne vergessen, die aus dem Untergeschoß kamen, als er zu üben begann; aber nach und nach verbesserte er sein Können. Dann geriet er an einen Lehrer, der nicht so gut mit ihm arbeitete, und August verlor die Lust am Üben, bis er sagte: „Ich möchte keine Stunden mehr haben." Das beendete seine Studien, und das Futteral fand einen schönen Ruheplatz auf dem Kleiderschrank und wurde nur entstaubt, wenn das Haus gründlich saubergemacht wurde.

Er arbeitete noch bei „Coate Bros.", der Baumwollfirma, als eines Morgens ein Mr. Moon bei uns vorbeikam, um das Geld für den Bezug der „Tribune" zu kassieren. Der kannte August von der Zeit her, als er noch Botenjunge bei der „Tribune" war, und er wußte auch, daß August Kornett spielte. Er fragte mich: „Wie kommt August mit seiner Musik weiter?" „Oh, August hat das schon lange aufgegeben. Mr. Rollfing sagte mir, ich sollte das Horn verkaufen." „Kann ich es sehen?" „Ja", und ich holte es vom Kleiderschrank herunter. „Wieviel wollen Sie dafür haben?" „Zehn Dollar in bar." „Ich werde es am nächsten Monatsersten kaufen; aber fragen Sie lieber August zuerst, er könnte seine Meinung ändern und es behalten wollen." – Ich ließ den Kasten offen, und als August zum Mittagessen nach Hause kam, sah er ihn und fragte: „Was macht mein Kornett hier?" „Oh, Mr. Moon möchte es für 10 Dollar kaufen, vorausgesetzt, daß Du nicht darauf spielen willst." „Verkaufe es noch nicht, Mama, ich möchte sehen, ob ich noch richtig darauf spielen kann." Danach übte er jede freie Minute, in der er zu Hause war, und nach kurzer Zeit sagte er mir, er begänne wieder zu spielen, denn er wüßte nun genug, um auch ohne Lehrer weiterzukommen. Wir freuten uns sehr, daß er für seine Musikliebhaberei wieder Interesse zeigte.

Einige Monate später, er war gerade beim Üben, klopfte jemand an die Tür und erkundigte sich, wer da wohl auf dem Horn spielte. Es war der Leiter der ILO-Band (International Labour Organisation-Band), und er fragte August, ob er nicht zu ihnen kommen wolle, er könne sich dort vervollkommnen. Die Band bestand aus meist älteren Männern, meist Hafenarbeitern; sie waren nicht so ganz nach Augusts Geschmack, aber er spielte mit ihnen eine Zeitlang, und er begann, sein Instrument wirklich gut zu beherrschen.

Später trat August bei den Freimaurern ein und wurde schließlich „shriner"[86]. Nach kurzer Zeit wurde er in „The El Mina Shrine Band" aufgenommen, was für ihn der Höhepunkt seines Ehrgeizes war, und wir beide, Papa und ich, waren sehr stolz, als wir ihn in seiner farbenprächtigen Uniform paradieren sahen.

In all diesen Jahren war August so lieb und gut zu uns und machte uns keine Sorgen. Ich wußte, es gab nichts, was er nicht gerne für uns getan hätte. Niemals werde ich vergessen, wie er sich stets bemühte, uns keinen Kummer zu bereiten.

Dann war August eine Zeitlang ohne feste Anstellung; Coate Bros., seine Firma, hatte ihr Geschäft in Galveston geschlossen. Doch immer konnte er irgendwie Geld verdienen, z. B. spielte er Horn bei der Strandmusikkapelle, Mr. Conway Shaw war der Kapellmeister; dann hatte er einen Sekretärsposten bei der „Young Men Progressive League" und zeitweise eine Buchhalterstelle im „Sam Templin Drug Store", auch spielte er für den „Gesellschaftsverein". Alle diese Tätigkeiten machten ihm zwar Spaß, aber er hatte eben keine richtige Stellung.

Der Krieg dauerte an, und für unseren Vater war es schwer, Aufträge zu bekommen. Wenn er welche erhielt, half ihm der Sohn dabei, so kamen wir ganz gut zurecht, indem einer dem anderen beisprang.

Einige Zeit war er sogar Nacht-Ingenieur bei der Houston Ice and Brewing Co. in Galveston. Eigentlich verstand er gar nichts von den Dingen, aber er kam ohne Pannen davon.

Bald danach bot ihm Mr. Schneider einen Posten in der neueröffneten Geschäftsstelle der Baumwollfirma Wm. Schneider & Co. in Houston an. August setzte seinen Betrieb davon in Kenntnis. Da versprachen sie ihm eine Gehaltserhöhung und alles Mögliche, wenn er nur bei ihnen bleiben würde. Aber August nahm den Platz in Houston an; er war froh, wieder in seine alte Branche zu kommen; er hatte jedoch gezeigt, daß er auch fähig war, etwas anderes zu machen.

Seit dem Eintritt der USA in den Krieg waren in Galveston überall Marinesoldaten zu sehen, und die Bürger der Stadt bemühten sich, sie fühlen zu lassen, daß sie daheim wären, und die Mädchen verabredeten sich mit ihnen. Die Kirchen setzten sich stark für die Rote-Kreuz-Arbeit ein, ihre Mitglieder nähten und strickten. Ich selbst habe niemals gestrickt, nahm aber große Bündel von Nähereien mit nach Hause, um auch meinen Beitrag zum Hilfsdienst zu leisten.

Atlanta kam von Houston nach Hause. Auf einem Tanzvergnügen begegnete sie einigen Marinesoldaten. Sie sagte anschließend zu mir: „Mama, ich habe einen Matrosen kennengelernt, Mr. Rosenberg, und ich sagte ihm, er könne mich anrufen." „Das ist gut!" Nachdem ich ihn jedoch gesehen hatte, neckte ich sie: „War das der Beste, den du finden konntest?" „Nein, er war so häßlich, ich dachte, keiner würde sich um ihn kümmern, darum soll er manchmal kommen und mich besuchen." Er hatte ein rotes Gesicht voller Sommersprossen und sandfarbenes Haar, ganz das Gegenteil von Atlanta, aber er war ein gutmütiger Junge, und er verehrte Atlanta sehr. Wenn er es einrichten konnte, fuhr er nach Houston, um sie bei Helen zu besuchen; manchmal kam er auch zu uns, um zu plaudern.

Im Oktober lernte Atlanta auf einer Tanzveranstaltung drei andere Marinesoldaten kennen: Demmon, Bronson und Hollinger. Sie hatten Spaß miteinander, mehr war es bei Atlanta nicht; aber einem war es wohl ernst, nämlich Demmon, wie sich später herausstellte.

Zu Weihnachten kamen Atlanta, Carrie Zwernerman und Helen mit ihren Jungen nach Galveston, um hier die Ferien bis Neujahr zu verbringen. Dabei traf Atlanta Demmon wieder, und ich glaube, das war schicksalhaft, denn es schien, daß sie sich von nun an um keinen anderen mehr kümmerte. Helen, Lanta und Carrie hatten schöne Tage, um die Kinder kümmerten wir uns. Am letzten Tag hatte man sich noch einmal am Strand verabredet, Helen spielte dort die Gastgeberin, und sie hatten geplant, um 7 Uhr heimzukommen.

Ich machte den Kindern ihr Abendbrot, doch die jungen Leute kamen nicht, und ich fürchtete, daß sie den Zug verpassen würden.

E. Morey konnte länger aufbleiben, ich wollte ihn mit in die Loge nehmen, um ihm den Freimaurer-Christbaum zu zeigen. So wurde ich ungeduldig. – Endlich erschienen sie. Atlanta und Carrie in Begleitung von fremden Marinern; Helen kam allein. Nachdem sie mir die jungen Männer vorgestellt hatte, sagte sie: „So, Mama, nun schimpfe; ich weiß, du erwartest, ich müßte mich wegen des Zuspätkommens entschuldigen, aber diesmal war Lanta daran schuld, ich konnte sie wirklich nicht nach Hause bekommen."

Ich weiß, ich war nicht sehr freundlich, und es war mir auch gleich, was diese beiden Jünglinge von mir dachten, ich war einfach böse. Allerdings konnte ich nicht übersehen, wie nett und verständnisvoll sich Mr. Demmon benahm, und mein Herz wurde auf dem Wege zur Bahn ein wenig milder gestimmt.

Die beiden Schwestern und die Freundin fuhren um 8 Uhr ab nach Houston, und E. M., ich und Mr. Demmon standen allein auf dem Bahnsteig; der andere junge Mann war wie der Blitz verschwunden, ich vermute, er hatte genug von mir, und ich konnte es ihm nicht verdenken. Wir gingen langsam zum Logenhaus, und ich kam nicht darauf, ihn zu fragen, ob er mit uns gehen wolle. Stattdessen fragte ich ihn, was er nun unternehmen würde. „Ich gehe zurück ins Lager, ich muß noch den Brief an meine Mutter beenden. Ich habe ihr soviel zu erzählen. Oh, wie ich wünschte, Miss Atlanta wäre noch hier!" Ich begann, mich vor mir selbst zu schämen und sagte zu ihm: „Mr. Demmon, ich freue mich, daß ich Sie kennengelernt habe, ich danke Ihnen."

Da lachte er vergnügt: „Ich glaube, Sie meinen es auch so. Aber ich weiß, Sie waren zuerst anderer Meinung." So ließ er E. M. und mich zurück und ging, um den Brief an seine Mutter zu Ende zu schreiben. Ich weiß, daß es wahr ist, was er gesagt hatte, denn später, als uns seine Mutter besuchte, erzählte sie mir von diesem Tag – auch wie ich anfangs so böse gewesen war; alles stand in dem Brief.

Atlanta kam im Januar zu uns. Die Brauerei hatte das Personal verringert. Das Mädchen war darüber froh; denn jetzt konnte sie Harold Demmon öfter sehen. Die anderen beiden, Mr. Bronson, sein Kojennachbar, und Mr. Hollinger, sein Freund von Portland her, kamen oft vorbei, aber Harold war der Favorit. –

Der Krieg war zu Ende; der Waffenstillstand unterzeichnet, und viele Soldaten versuchten, entlassen zu werden. Auch Harold hatte sein Gesuch eingereicht, um wieder nach Portland zurückgehen zu können; aber als seine Papiere ankamen, war er nicht sehr glücklich – er wäre lieber noch länger in Galveston geblieben. –

Am Abend bevor Harold morgens abreisen mußte, wurde ich von Atlanta gefragt, ob sie nicht bis nach Houston mitfahren dürfe, um erst dort Harold zu verabschieden. – Der Vater hielt sich zu dieser Zeit wegen eines Auftrags in Houston auf, ich war allein, nur Atlantas Bruder war zu Hause. Ich meinte, ich könnte es nicht erlauben, da ich wußte, wie genau August in diesen Dingen war. Mir war klar, daß Atlanta mehr von ihrem Freund hielt als von jedem anderen Bekannten, den sie jemals gehabt hatte, andererseits hatte er jedoch noch keine Andeutung mir gegenüber gemacht, wie er zu Atlanta stände. Da kam August herein, und ich erzählte ihm, worum seine Schwester gebeten hatte. Er sagte: „Gut, Mutter, ich werde die Verantwortung übernehmen, wenn du es nicht möchtest. Papa ist ohnehin in Houston bei Helen; sie werden dich anrufen, sobald die beiden angekommen sind."

So holte Harold am nächsten Morgen Atlanta ab, und sie fuhren gemeinsam nach Houston. Ich weiß, wie dankbar sie August waren. Sie verbrachten den Tag zusammen, und dann kam Atlanta wieder heim. Ich war überzeugt, daß sie den Jungen von ganzem Herzen liebte, und ich betete, daß er ihr treu sein möchte. Atlanta aber bat ich, daß sie nicht ihr ganzes Herz an ihn verlieren möge, da sie ihn doch erst so kurze Zeit kenne. Alles, was sie entgegnete, war: „Mama, du hast kein Vertrauen, er wird wiederkommen!"

Dann wollte die Brauerei in Houston Atlanta wieder einstellen. Mr. Thomas, der Kassierer, wünschte sie als seine Gehilfin, und man bot ihr ein Gehalt von 100 Dollar an. Dies schien ihr verlockend, und sie griff zu. Es gefiel ihr in ihrer neuen Stellung sehr gut, und Mr. Thomas war auch sehr liebenswürdig zu ihr. Sie wurde zu Angelfahrten, Picknicks und anderen Ausflügen eingeladen. Etwa alle zwei Wochen kam sie nach Hause, um ihr Wochenende bei uns zu verleben. Atlanta sparte ihr Geld und kaufte eine Menge hübscher Sachen für ihre Aussteuertruhe, und ich war fleißig dabei, für sie zu nähen, und hatte meine Freude daran.

Im April 1919 erhielten wir einen Brief von Harold Demmon, einige Wochen nach seiner Rückkehr nach Portland, in dem er uns mitteilte, daß seine Mutter eine Freundin in Beaumont besuchen wolle und sich freuen würde, mit uns allen bekannt zu werden.

Ich lud sie ein zu kommen und schrieb ihr, daß sie ganz herzlich willkommen sei. Drollig war es, daß auf ihrer Fahrkarte Beaumont gar nicht erwähnt wurde, sondern nur Houston und Galveston. So kam sie also im Mai in Houston an. Sie verlebte einige Tage bei Helen, bevor sie mit Atlanta zu uns kam, um eine Woche zu bleiben. August und ich waren froh, sie kennenzulernen. Sie war jung, erst 42 Jahre alt, sah hübsch aus und sehr gepflegt. Ihr ganzes Sinnen war nur auf Harold ausgerichtet, ihren einzigen Sohn.

Sie erzählte mir ihre Lebensgeschichte, und wir schlossen uns sehr aneinander an. August meinte, sie sei eine sehr nette Dame und tat alles, um ihr den Aufenthalt angenehm zu machen.

Ich gab ihr eine Party und lud mehrere Freundinnen ein, damit sie diese kennenlernte, und jeder mochte sie gern. Atlanta kam zu der kleinen Gesellschaft nach Hause und half mir. Danach waren die Tage nicht lang genug, um den vielen Einladungen nachzukommen, die ausgesprochen wurden. Diese Woche war zu kurz, denn unser Gast wünschte sich, soviel Zeit wie möglich mit Atlanta und Helen zu verbringen. Sie sagte zu mir: „Harold erwartet einen langen Brief von mir, ich schicke ihm jedoch nur diese Karte: ‚Dein Mädchen ist 100prozentig in Ordnung!'"

Ich war glücklich, daß sie Atlanta so gerne hatte und daß

ihre einzige Hoffnung war, daß nichts dazwischen kommen möge und sie heirateten. Wir wußten, wenn der Tag einmal kommen würde, daß Atlanta mit einer guten, liebevollen Schwiegermutter zusammenleben würde. –

Harold hatte in der Zwischenzeit ein Haus gekauft, und in seiner Freizeit arbeitete er hart daran, rundherum alles zu verschönern. Nachdem Mrs. Demmon wieder zu Hause eingetroffen war, schrieben sie und Harold an Atlanta, und daraus entstand ein lebhafter Briefwechsel. Noch wußten wir von keiner Verlobung. Ich war in gewisser Weise ganz froh darüber, denn der Gedanke, daß mein kleines Mädchen so weit fortgehen sollte, war schwer zu ertragen.

Das Jahr verging und nichts ereignete sich, außer daß sich die beiden Briefe schrieben. Atlanta war fröhlich, sie verabredete sich mit ihren anderen Freunden, die sie schon hatte, ehe die Mariner in Erscheinung traten, und ich dachte, daß sie am Ende einen anderen finden würde und wir sie in der Nähe behalten könnten.

Atlanta kaufte weiter für ihre „Hamsterkiste" ein. Sie würde eine hübsche Aussteuer haben, wenn sie diese einmal gebrauchte.

Ich glaube, es war im Mai, ich besuchte gerade Helen für ein paar Tage, als mir ein Ferngespräch gemeldet wurde. August sprach am anderen Ende und war ganz aufgeregt. Er habe einen Brief von Harold erhalten, und er möchte, daß ich sofort nach Hause käme, dann könnten wir ihn gemeinsam beantworten. Er sagte: „Mama, du kannst Montag mit August zurückfahren, aber du mußt jetzt unbedingt kommen."

In dem Brief bat Harold in aller Form um die Hand unserer Tochter Atlanta, und als Heiratstermin schlug er den 10. August vor. Das war der Schluß, und natürlich konnten wir nichts dagegen einwenden, und wir schrieben ihm einen lieben Brief. Ich fuhr mit August zurück, um meinen Besuch bei Helen fortzusetzen.

Atlanta gab ihren Posten am 1. Juli auf und begründete ihren Schritt damit, daß sie im August heiraten werde. Mr. Hamilton, der Chef der Brauerei, sprach ernsthaft mit ihr und fragte sie, ob sie auch ganz sicher sei, daß sie sich einem guten

Manne schenkte, und dann bat er darum, ihn kennenlernen zu können, wenn er käme. Der Chef machte ihr ein Hochzeitsgeschenk von 100 Dollar. – Atlanta war glücklich.

Nun gingen Helen und sie ernstlich daran einzukaufen. Helen hatte ebensoviel Vergnügen daran wie Atlanta. Bevor sie abreiste, gab ihr Helen eine Party, zu der auch ich eingeladen wurde.

Das Fest war wunderschön, wie Helens Geselligkeiten immer waren, und Atlanta erhielt eine Menge schöner Hochzeitsgeschenke. Helen überraschte ihre Schwester mit einem hübschen Sommerkleid. Dann kam Atlanta nach Hause.

Eines Tages brachte uns der Eilbote ein kleines Päckchen. Atlanta und Vivian Schadt flogen die Treppe hinunter, und ich kam auch dazu. Wir erwarteten, es würde ein Ring sein, und wirklich – es war ein entzückender kleiner Diamant-Verlobungsring. Ich sehe noch, wie Atlantas Augen strahlten, als sie den Ring über ihren Finger streifte. Es war schade, daß sie es selbst machen mußte, aber das war nun einmal nicht zu ändern.

Der letzte Monat war voller Vorbereitungen. Unterwäsche und Bettwäsche waren fertig geworden, aber noch hieß es, einige Kleider zu nähen und dann vor allem das Hochzeitskleid. Atlanta bestand darauf, daß ich es machen sollte. Es war aus weißem Atlas, und sie bestickte es selbst, es wurde sehr hübsch.

Mrs. Demmon schickte ihr eine schöne Garnitur und einen seidenen Kimono, eine Kappe, Perlen, eine Schachtel mit selbstgefertigten Taschentüchern und einen sehr liebevollen Brief an uns beide; sie war so glücklich, daß Atlanta nun wirklich ihre Schwiegertochter wurde.

Vivian Schadt wurde die Brautjungfer; sie gab eine große Gesellschaft im Hause ihrer Schwägerin und lud dazu Mr. Thomas und Helen ein – sie kamen dazu von Houston herüber – es war wirklich großartig.

Dann gab Mrs. Goodman eine weitere Party, sie war die frühere Annie Butler. Weiterhin veranstaltete die Sonntagsschule ein großes „Küchenfest" in Mrs. Deubners Haus; das war eine vollkommene Überraschung. Atlanta erhielt wunderschöne Geschenke, und sie war erstaunt, daß ihre Freunde soviel für sie taten; aber es machte uns alle glücklich. Dann gab es noch andere Veranstaltungen, Heufahrten, Picknicks am Strand u. a. m. Der einzige Kummer war, daß sie alles ohne Harold erleben mußte.

Einige Tage vor dem 10. August entschloß sie sich, ihren Freundinnen ihre Aussteuer zu zeigen. Sie legte alles in den zwei Schlafzimmern aus; man meinte, in einem Laden zu sein, alles war da – ihr Brautkleid ausgenommen, das war im Schrank eingeschlossen, und den Schlüssel konnte man nicht finden.

Alle waren entzückt von den Sachen und erklärten, es sei die geschmackvollste Aussteuer, die sie jemals gesehen hätten. Sie war wirklich einzigartig, weil Atlanta die Blusen und die anderen Dinge selbst entwarf, – manchmal war es gar nicht so einfach, ihre Ideen zu verwirklichen, aber die Endergebnisse waren hübsch – und wir waren stolz darauf. Während ihre Freunde noch anwesend waren, erhielt sie ein Telegramm, daß Harold um 9 Uhr in Houston eintreffen würde. Sie fuhr sogleich mit der Bahn los, um ihren Verlobten abzuholen und ihn dort wiederzusehen, wo er sie verlassen hatte. – Diesmal hatten wir keine Sorgen bei ihrem Fortgehen.

Atlanta nahm ihren Bräutigam am nächsten Morgen in das Geschäft mit, um ihn vorzustellen. Am Tag darauf erzählte mir Harold, Mr. Hamilton habe sehr ernst mit ihm gesprochen und ihm erklärt, daß der beste Mann kaum gut genug sei, um Miss Rollfing zur Frau zu bekommen. Und dann sagte Harold zu mir: „Ich weiß, daß ich mit Atlanta ein besonderes Mädchen heirate, ich werde versuchen, mich ihrer würdig zu erweisen, wie ich es Mr. Hamilton versprochen habe."

Am 9. August wurde Atlanta im Logenhaus in den Eastern Star[87] eingeführt, und da Harold auch Freimaurer war, konnte er dabeisein. Er begegnete auf diese Weise einer Reihe von Leuten, die er sonst nie kennengelernt hätte. Atlanta sah zauberhaft aus in ihrem rosafarbenen Organdykleid!

Dann trafen Helen und Mrs. Vickers ein. Welch eine Entlastung für mich; sie übernahmen die ganze Dekoration und die anderen Vorbereitungen für die Hochzeit. Ich allein hätte es niemals schaffen können, was da auf mich zukam. Alle Gäste mußten beköstigt werden, und schon das hielt mich in Atem. Mrs. Fred Rollfing half mir, Kuchen und Torten zu backen, und auch das Eis gelang gut.

Am Hochzeitstag erschienen die Thomas- und Zwerneman-Familien. Sie waren von Houston herübergekommen. Auch E. J. und August (jun.) trafen rechtzeitig ein; die Jungen waren bereits da. Wir hatten nur die nächsten Freunde eingeladen, aber das Haus war gedrängt voll.

Pastor Albert traute Atlanta und Harold. August war der Brautführer, Vivian die Brautjungfer. Adrian und die kleine Carol Thomas trugen einen Korb mit Rosenblütenblättern und verstreuten sie. Helen und Mrs. Vickers sangen mit Begleitung während der Feier.

Zu Hause kümmerte sich Dorothy Deubner um die Punsch-bowle. Ich war überall und nirgends, es war beinahe zuviel zu gleicher Zeit zu besorgen; aber August gab seine Tochter fort, und es war eine wundervolle Hochzeit. –

Atlanta erhielt noch viele schöne Hochzeitsgeschenke, sie wurden alle in dem einen Schlafzimmer ausgebreitet. Hier geschah es dann auch, daß mich Harold einen Augenblick beiseite nahm. Dann sagte er: „Ich wollte, daß ihr alle meine Mutter kennenlerntet. Vielleicht ist es euch nun nicht so schwer ums Herz, wenn Atlanta mit mir geht. Ich weiß, sie gibt viel auf für mich. Aber ich verspreche es, ich werde gut zu ihr sein." Diese Worte bedeuteten mir sehr viel. Ich erwiderte darauf, daß ich ihm ein Geständnis machen müsse. „Ich kenne jeden deiner Briefe, die du an Atlanta geschrieben hast. Ich wußte so wenig von dir, und ich mußte ergründen, wie du bist und ob wir dir unser Mädchen anvertrauen könnten. – Nun sind wir sicher, – du wirst ein rücksichtsvoller junger Mann sein!" Er nahm mich in die Arme: „Oh, wie froh ich bin, daß du mich erkannt hast und mich magst!"

Nach den Erfrischungen verschwanden die jungen Eheleute, und einige von uns brachten sie zum Bahnhof, um sie zu verabschieden. Atlanta sah reizend aus in ihrem blauen Serge-Kostüm, und ich erinnere mich noch an das Bild, wie beide auf den Stufen des Pullmanwagens stehen, lachend und winkend.

Dann gingen wir nach Hause zurück, und Helen und Papa und Mrs. Vickers unterhielten die Gäste bis zu später Stunde. – Es war eine anstrengende Aufgabe, das Haus wieder in seinen normalen Zustand zurückzuverwandeln, aber die Arbeit ließ mir wenigstens keine Zeit zum Weinen.

Harold und Lanta verbrachten die Nacht in Houston im Brazos Hotel, ließen am nächsten Tag von sich noch ein Foto machen im Hochzeitsstaat, nahmen anschließend bei Zwernemans das Mittagessen ein und fuhren noch am selben Abend Richtung Portland.

Nach all dem Wirbel um die Hochzeit lag nun das Haus in vollkommener Ruhe. In der Nacht wachte ich auf und dachte daran, wie der Zug Tag und Nacht durchfuhr, einen Tag nach dem anderen, und mein Kind immer weiter entführte, und ich erschrak bei dem Gedanken, daß ich es nie wiedersehen könnte, und ich begann zu weinen.

August empfand anders. Er sagte: „Mama, ich bin wirklich froh, daß Lanta verheiratet ist und wir nun wieder ganz allein sind. Vielleicht wird mir nun etwas mehr Aufmerksamkeit geschenkt. Ich bin seit ungefähr dreißig Jahren vernachlässigt worden, seit wir die Kinder haben. Das war in Ordnung, denn die Kinder brauchten dich, aber nun komme ich wieder an die erste Stelle." – Was soll man dazu sagen? Ich bin gewiß, er wurde niemals vernachlässigt, aber so sind die Männer.

Das junge Paar unterbrach die Reise in Los Angeles für einige Tage. Als sie in Portland ankamen, empfing sie dort Mrs. Demmon mit offenen Armen und hieß sie willkommen. Wie gut, daß sie sich alle schon vorher kennengelernt hatten und sich mochten! Wir waren alle sicher, daß Atlanta froh sein würde, „Mutter Demmon" bei sich zu haben, wenn Harold unterwegs war. Es fiel Lanta schwer, ihn so wenig zu sehen, und später sagte sie zu mir: „Wir konnten uns kaum kennenlernen." Er besaß nicht viele Verwandte, nur einen Onkel, eine Tante und einen Vetter, aber sie alle mochten Atlanta von Beginn an, wie sie mir später erzählten.

Dann trafen die ersten Briefe von ihr ein. Sie beschrieb darin ausführlich ihre Reise und was sie alles gesehen hatten und berichtete, wie schön Portland sei. Dann erzählte sie von ihren Erfahrungen mit dem Einkochen. Das war ganz neu für sie, sie mußte es erst von Mrs. Demmon lernen. Wir unten im Süden hatten keine Vorstellung davon, wie fleißig die Damen oben im Norden sind. Aber Atlanta schien bald Übung darin zu bekommen, und es machte ihr Freude. Mrs. Demmon fotografierte gern und schickte uns immer einige Bilder, aber Atlanta schrieb nicht so oft, wie wir erwarteten. Ich machte mir Sorgen deswegen und dachte, sie wäre vielleicht nicht glücklich. – Aber das war es nicht, sie hatte einfach Heimweh und mochte es nicht sagen. Ich denke heute, der Hauptanlaß war, daß Harold sich zu wenig bei ihr zu Hause aufhielt, sie mußte sich erst daran gewöhnen; alles war so fremd und anders dort als in ihrer Heimat. Nur gut, daß seine Mutter da war und daß sie Atlanta so lieb hatte.

Am 23. Juni 1921 kam eine kleine Tochter an: Edith Louisa Demmon. Sie wurde nach ihren beiden Großmüttern genannt, Edith und Louisa. Ich glaube, das war genau das, was Atlanta brauchte, um vollkommen glücklich zu sein, und Harold war stolz auf seine kleine Tochter. Es machte ihm nichts aus, daß es kein Junge war. Wie froh war ich zu wissen, daß Mrs. Demmon sich um mein kleines Mädchen kümmerte, bestimmt war sie freundlich und lieb, so daß wir beruhigt sein konnten.

Während Atlanta im Krankenhaus lag, machten Anny May und ihre Mutter[88] eine Reise. Dabei kamen sie auch nach Portland, wo sie im Haus der Demmons herzlich aufgenommen wurden. Sie besuchten Atlanta, während sie noch im Bett lag, machten Fotos von ihr, und als sie zurückkehrten, erhielt ich sie. Es war wundervoll, all die Neuigkeiten von jemandem zu hören, der sie und ihr Baby wirklich gesehen hatte, der ihr Haus beschreiben konnte und vieles mehr. Wir wurden niemals müde beim Zuhören. Ich machte mir in Gedanken ein Bild von der Gegend und Lantas Haus, aber als ich es später selbst sah, erwiesen sich alle meine Vorstellungen als falsch.

Eine andere Besucherin in der Zeit, als Lanta im Krankenhaus lag, war Anne Jacobsen aus Lake Charles. Sie sowohl wie die Wimhursts konnten nicht genug betonen, wie lieb und reizend Mrs. Demmon zu Atlanta war und wie gut sie sich verstanden. Wenn sie vorher nur gelegentlich Bilder von sich schickten, so sandten sie jetzt alle paar Wochen einige an uns, damit wir sehen konnten, wie das Baby wuchs. Ich habe sie alle noch, und eines Tages wird Atlanta froh sein, sie zu bekommen, denn ich bezweifle, ob sie alle aufbewahrt hat.

Ich fertigte für die Kleine ein hübsches rosaseidenes Jäckchen und eine kleine Mütze. Später, als sie etwas älter war, sandte ich ihr vier kleine Garnituren und Harold schrieb: „Sie hat eine davon an, und die anderen hält sie im Arm und will sich nicht davon trennen."

Ende November 1922 wartete ich auf einen Brief von Lanta, aber August ging immer vor mir zum Briefkasten. Er schien unter diesem oder jenem Vorwand in der Nähe des Hauses bleiben zu wollen, um auf den Briefträger aufzupassen, aber ich dachte mir nichts dabei. Er war eines Morgens unten im Keller, als ich ein Telegramm von Harold erhielt: „Norma Dale kam an diesem Morgen um 6 Uhr zur Welt. Atlanta geht es gut. Harold." Ich wußte nicht, was ich davon halten sollte. Wer war Norma Dale? Dann dämmerte es bei mir, und ich stammelte: „August, ich glaube, Atlanta hat noch ein Mädchen bekommen, sieh hier das Telegramm!" „Hurra", jauchzte er, „ich bin so froh, darauf habe ich jeden Tag gewartet." Dann eilte er zu einer Schublade und zog einige Briefe von Helen heraus. Atlanta hatte ihr geschrieben, daß sie in den nächsten Tagen ins Krankenhaus gehen würde, um ihr Baby zu bekommen. „Aber sag nichts zu Mama."

Helen hatte daraufhin August benachrichtigt. Beinahe eine Woche verstrich ohne eine weitere Nachricht von Atlanta. Verschiedene Briefe gingen hin und her zwischen Helen und August, und sie waren in Sorge, daß irgendetwas nicht in Ordnung gegangen sein könnte. Darum hatte August, so erklärte er mir jetzt, die Post abfangen wollen, damit er, falls etwas nicht gut ausginge, die Nachricht zunächst einmal hätte an sich nehmen können.

Norma Dale wurde am 26. November 1922 geboren. Mrs. Demmon schrieb uns einen lieben ausführlichen Brief und berichtete, wie sie uns hätte überraschen sollen. Wir wußten, Lanta war in den besten Händen. Sie berichtete, das Baby wäre wie eine niedliche kleine Puppe, und sie seien alle so stolz, daß es Atlanta so gut ginge, und sie bat, wir sollten uns keine Sorgen machen.

Von nun an war es für Atlanta unmöglich, sich einsam oder gar heimwehkrank zu fühlen. Sie hatte alle Hände voll zu tun; Mutter Demmon half ihr nur beim Nähen und bei der Betreuung der Kinder, die sie liebevoll verwöhnte.

Als Norma ein Jahr alt war, plante Atlanta, im Sommer zu Besuch nach Galveston zu kommen. Ich wurde gerade zu dieser Zeit wieder von Schmerzen in meinen Fußknöcheln geplagt, und manchmal konnte ich nicht eine Minute lang auf den Füßen stehen. Ich schrieb ihr davon, aber anstatt deswegen von ihrem Vorhaben Abstand zu nehmen, wollte sie nun gerade kommen, und sie schrieb, wann wir sie in Galveston erwarten sollten.

Ich erinnere mich noch gut: Als August zum Bahnhof ging, mußte er mich im Bett zurücklassen, und ich konnte nicht allein aufstehen, um mich anzuziehen. Dann kam Anna May und fragte: „Kann ich irgendetwas für dich tun?" „Ja, vielleicht kannst du mir beim Anziehen helfen, ich möchte gerne in einem Sessel sitzen, wenn sie kommen." So zog sie mich an, es war kalt, und sie machte Feuer im Küchenofen, dann kochte sie Kaffee und deckte den Tisch (nie werde ich ihre Freundlichkeit vergessen).

Dann kam die ganze Gesellschaft hereingestürzt. Helen war auch dabei, und oh, wie freute ich mich, Atlanta wiederzusehen. Sie sah blendend aus! Die kleine Edith stand still vor mir, und nachdem sie mich eine lange Zeit betrachtet hatte, packte sie ihre Puppe in meinen Schoß und gab sie mir. Lanta sagte: „Edith mag dich leiden, wenn sie dir ihre Puppe gibt. Niemand darf sie sonst anfassen!" August hielt dafür die kleine Norma in seinen Armen; ich vermute, sie mochte ihn.

Am nächsten Sonntag ging Atlanta mit Mary Viehman zur Kirche. Niemand erkannte sie wieder. Sie war rundlicher geworden, und sie war eine schöne Erscheinung. Zuletzt ging George Wolfer an ihr vorbei. Das war zuviel für sie, und sie sprach ihn an: „George Wolfer, kennst du mich eigentlich nicht mehr, oder willst du nicht mit mir sprechen, ich bin

Lanta!" Dann gab es eine große Aufregung und alle scharten sich um sie und begrüßten sie. Sie bedachte nicht, daß sie sich in den wenigen Jahren sehr verändert hatte, und außerdem hatte niemand erwartet, sie hier in Galveston zu sehen.

Das einzige Hindernis für mich, unendlich glücklich zu sein, waren meine Füße. Am Morgen fühlte ich mich immer etwas besser, wir machten Pläne für den Nachmittag, aber gegen zwölf Uhr war ich wieder gezwungen, ins Bett zu gehen.

Atlanta tat alles für mich, was sie nur konnte, aber sie mußte ihre Pläne ändern. Sie war gezwungen, sich mit Freundinnen zu verabreden anstatt mit mir, wenn sie vorhatte, an den Strand oder anderswohin zu gehen.

Eines Tages sagte sie: „Mama, ich werde mit den Kindern nach Houston fahren, dann kannst du dich ausruhen, und wenn ich zurückkomme, wirst du dich besser fühlen." So fuhr sie nach Houston auf Besuch, aber als sie zurückkehrte, war nichts besser geworden.

Eines Abends machte ich den Versuch, mit der kleinen Norma rund um den Block zu gehen; ich dachte, ich könnte es wagen, aber als ich in der Avenue N war, mußte ich mich auf den Bordstein setzen, bis jemand kam, der mich nach Hause bringen konnte. Ich hatte meine Not mit Norma; sie wollte weglaufen, das konnte ich natürlich auf keinen Fall zulassen, so hielt ich sie umklammert, und sie schrie in den höchsten Tönen. Niemals mehr habe ich versucht, sie mitzunehmen.

August dagegen genoß den Besuch. Er war stolz, die Mädchen mit in die Stadt zu nehmen und sich mit ihnen zu zeigen. Er hatte immer soviel mit Helens Jungen angestellt, aber mit Lantas zwei Mädchen war das eine ganz andere Sache, und sie liebten Großvater. Er ging mit ihnen in den Laden, kaufte ihnen Eiskrem oder verwöhnte sie auf andere Weise.

Arme Großmutter! Niemals konnte ich etwas Ähnliches tun, und es brach mir fast das Herz. Niemals hatte ich gedacht, so hilflos zu sein, wenn Atlanta nach Hause kommen würde.

Ich kann mich nicht erinnern, wie lange sie bei uns war, aber die Zeit kam, daß sie uns verlassen mußte. „Nächstes Mal, wenn ich euch besuche, wirst du wohlauf sein, Mama,

dieses wird alles vorübergehen, und ich kann dann wiederkommen!" Es war so schwer für mich, sie gehen zu sehen,
aber ich erinnerte mich, wie tapfer meine eigene Mutter
gewesen war und gelobte, mir an ihr ein Beispiel zu nehmen.

Nicht lange nach Atlantas Rückkehr nach Portland schrieb
mir Edith (wie ich Mrs. Demmon nannte; sie nannte mich
Louisa) einen langen Brief. Sie sagte darin: „Harold und
Atlanta kommen so gut miteinander zurecht, und sie haben
nun ihre eigene kleine Familie, so daß ich glaube, noch zu jung
zu sein, um mein ganzes Leben mit ihnen gemeinsam zu
verbringen. Ich hatte schon immer vor, mich selbständig zu
machen, sobald Harold mich nicht mehr brauchte. Nun hat
sich alles so zum besten gewandt; er hat ein solch liebes
Mädchen gewonnen, und sie sind glücklich. Ich habe solange
gewartet, bis Atlanta ihre Reise in die Heimat hinter sich
gebracht hatte, um Euch noch eine Zeitlang zu besuchen. Das
ist nun geschehen. Und jetzt will ich mich selbständig
machen. Ich werde ein eigenes kleines Geschäft eröffnen,
einen Stickereiladen in Montevilla, einem Vorort von Portland. Es liegt nicht aus der Welt, und sonntags werde ich bei
den Kindern sein können. Ich weiß, mein Unternehmen kann
erfolgreich sein."

Sie führte ihren Plan aus, und Atlanta half ihr, das kleine
Appartement einzurichten, das zu dem Laden gehörte; es
wurde eine neue Maschine für Hohlsaumstich gekauft, und
dann konnte es losgehen. Edith schrieb mit begeisterte Briefe,
bekam jeden Tag neue Kunden und war sehr fleißig. Die
Sonntage verbrachte sie bei ihrer Familie, und es schien, als ob
sie sehr zufrieden sei.

Nach ein paar Monaten begann sie jedoch zu kränkeln. Der
Arzt empfahl ihr, in ein Krankenhaus zu gehen, wo sie später
an Magenkrebs operiert wurde; sie blieb lange Zeit dort, und
Tag und Nacht mußten Schwestern bei ihr wachen. Harold
konnte unmöglich zu Hause bleiben, Lanta versuchte, sie mit
den Babies jeden Tag zu besuchen, daß Großmutter sie sehen
konnte, aber sie verfiel so schnell, daß Lanta es nicht über das
Herz bringen konnte, die Kinder zu der Kranken mitzunehmen. Sie traf Anordnungen, die es ermöglichten, die Kleinen

zu Hause zu lassen, und von da ab machte sie die Besuche nur noch allein. Das Krankenhaus war ziemlich weit entfernt, der Weg dorthin nahm ihr viel Zeit, aber sie schaffte es.

Bald nach der Operation war es klar, daß Edith nicht wieder gesund würde. Obwohl sie so krank war, erlaubten die Ärzte, sie nach Hause zu nehmen unter die Obhut einer ausgebildeten Pflegerin. Sie wollte es so. Aber schließlich kam das Ende; die Kinder wünschten es ihr, um sie von ihren Schmerzen zu erlösen.

Als wir die traurige Nachricht erhielten, waren wir tief erschüttert. Daß ein so liebevoller, freundlicher und junger Mensch derartig hatte leiden müssen! Jeder, der sie kennengelernt hatte, empfand dasselbe. Sie war eine feine und edle Frau, und sie wird nie vergessen werden. Edith war erst 47 Jahre alt, als sie starb.

Sie hatte immer gehofft, daß ich eines Tages nach Portland kommen würde, um selbst das Land kennen zu lernen, in dem unser kleines Mädchen seine Heimat gefunden hatte. Niemand konnte ahnen, daß Edith nicht mehr dort sein würde, wenn die Zeit dazu käme. Aber Gottes Wege sind nicht immer so, wie wir sie planen, und er weiß es am besten.

An dieser Stelle kann ich für eine Weile die Beschreibung von Atlantas Familienleben unterbrechen, und dafür werde ich mich meinem Sohn August zuwenden, um zu erzählen, was ihm in der Zwischenzeit begegnete. Wie ich schon am Eingang dieses Kapitels erwähnte, arbeitete er nach dem Krieg in der Baumwollfirma Wm. Schneider & Co. in Houston im Jahre 1920. Das Geschäft ging nicht so gut, ein Angestellter mußte entlassen werden, und da August unverheiratet war, gab er seinen Posten auf, um dem verheirateten Mann den Arbeitsplatz zu erhalten.

Glücklicherweise hatte er gerade zu dieser Zeit ein Angebot erhalten, Bürovorsteher bei der „Tampa Interocean Steamship Co." in Galveston zu werden. Er arbeitete dort ein Jahr, und wir waren glücklich, ihn jeden Tag sehen zu können. Dann bot sich ihm die Gelegenheit für eine noch bessere Stellung.

Wm. Schneider & Co. eröffneten ein Zweiggeschäft in Dallas und wollten, daß August die Leitung dort übernahm.

August sagte zu, und wir waren stolz wegen dieser Auszeichnung und der Aufstiegsmöglichkeiten; aber wir wußten, daß wir ihn sehr vermissen würden. Es war so wundervoll gewesen, ihn zu Hause zu haben. August verhielt sich sehr rücksichtsvoll. Jeden Tag schickte er mir einen kleinen gekritzelten Zettel aus seinem Geschäft, und am Sonntagmorgen kam regelmäßig ein Eilbrief. Niemals wurde ich enttäuscht.

An einem Sonntagnachmittag gab es in der Cathedral Hall[89] einen Vortrag über „Erziehungsprobleme". Mary Viehmann und ich gingen hin, und danach wurde ich sehr nachdenklich. Ich sah ein, was ich manchmal als Mutter hätte besser machen können. Mary hingegen sagte: „Nun, was hast du daraus gelernt? Nichts!" „Oh doch", sagte ich, „ich werde August darüber einen Brief schreiben." Das machte ich und bekam auch gleich eine Antwort. Er schrieb: „Kein Wunder, Mama, du möchtest uns jetzt alle mit Deinen neuen Methoden beglücken, aber denke an uns arme Kinder, was für ein Leben wir gehabt hätten; und dann, denk an den Erfolg Deiner Erziehung, es scheint mir, Du kannst zufrieden sein." – Ich dachte darüber nach und fand, daß er recht hatte, wir hatten drei sehr liebe Kinder aufgezogen.

Während des Sommers hatten wir Besuch über das Wochenende. August hatte uns von einer jungen Dame berichtet, Miss Ethel Watters, und daß er, sie und ihre Schwester, Mrs. Middlebrook von Alpine, das Wochenende in Galveston verbringen und bei uns unterkommen möchten. Natürlich konnten sie das, wir waren froh, sie kennenzulernen. Dieses war das erste Mal, daß ich meine zukünftige Schwiegertochter sah.

Ich schaute sie mir an, und ich mochte gleich ihre hübschen Augen, ihre ausgeprägte Stirn und alles an ihr, und August ging es ebenso. Laura, ihre verheiratete Schwester, war so fröhlich. Es schien, als ob sich beide freuten, bei uns zu sein. Aber die Zeit war so kurz, da sie doch die meiste Zeit am Strand verbrachten, weswegen sie ja nach Galveston gekommen waren, aber wir freuten uns, sie ein bißchen kennengelernt zu haben. August hatte immer Freundinnen gehabt, deshalb wußten wir nicht, ob Ethel nur eine Freundin war oder er mehr für sie empfand; jedenfalls meinten wir, daß sie ein feines Mädchen sei und waren glücklich, sie in unserem Haus zu Besuch gehabt zu haben.

August war 18 Monate in Dallas. Dann wurde die Filiale geschlossen, und er kam zurück nach Galveston. Eine Zeitlang konnte er danach keine Arbeit finden. So fuhr er nach Houston, um seine Schwester Helen zu besuchen. Dort fand er in der Zeitung eine Anzeige, die ihn interessierte. Er bewarb sich daraufhin bei Mr. Washburn im County Auditor's Office (im Bezirks-Rechnungsprüfungsamt) im Verwaltungsgebäude in Houston. (Er erhielt diese Stelle im Jahre 1924, und ich möchte hier betonen, daß er bis heute, 1937, mehrmals befördert worden ist und noch im County Auditor Washburn's Office tätig ist. Ich bin froh, daß meine Kinder auf Dauer gut untergekommen sind. So ist eine Last von meiner Seele genommen.)

Im Juli 1924 ging August nach Dallas, und dort heirateten Ethel und August am 5. Juli. Wir bedauerten es sehr, daß wir nicht an ihrer Hochzeit teilnehmen konnten, aber Laura und ziemlich viele Freunde aus Galveston waren dort.

Später kamen sie nach Galveston, um uns zu besuchen, und wir verstanden uns gut. Ich erhielt einen Brief von Laura, der Schwester Ethels. Sie sagte darin, wie sehr sie unseren Sohn schätze und daß sie überzeugt sei, daß die beiden glücklich werden würden.

Ethel mußte noch für einige Wochen nach Dallas zurückkehren, ihrer Stellung wegen, dann kam sie nach Houston. Kurze Zeit darauf kauften sich die beiden ein Haus in dieser Stadt, 1409 Harvard Straße, auf der Höhe. August zeichnete ein Bild davon und beschrieb es. Wir konnten es kaum erwarten, bis sie uns einluden, zu kommen und es uns anzusehen.

Ethel hatte in Dallas eine Wohnung gehabt, zusammen mit zwei anderen Mädchen. Sie besaß ein eigenes Schlafzimmer, Eßzimmer und eine Kücheneinrichtung. Daher war alles schon eingerichtet, als wir kamen. Wir waren glücklich und überrascht, wie schön alles aussah. Und wie vernünftig sie waren, gleich ein eigenes Haus am Beginn ihrer Ehe zu erwerben!

Wir fuhren nach Hause und beteten, Gott möge mit ihnen

sein und sie segnen. Wir hatten Ethel in unser Herz geschlossen wie eine eigene Tochter, und wir hofften, sie würde gleiches für uns empfinden. Wir wußten, daß Ethels Eltern gestorben waren, und ich hoffte, diesen Platz so gut wie möglich ausfüllen zu können, und daß sie es zulassen würde. Es war ein Trost für uns zu wissen, daß ihre einzige Schwester August freundschaftlich zugetan war und nicht auf seine Familie herabsah, das hätte uns wehgetan.

Es ist doch seltsam, daß sich zwei Menschen zufällig in einer fremden Stadt begegnen, nachdem sie vorher viele andere junge Leute kennengelernt haben – und dann beschließen, den Rest des Lebens gemeinsam zu gehen.

Auf die gleiche Art und Weise waren August und ich uns damals in Galveston begegnet, und wir haben viele glückliche Jahre zusammen verlebt. Wir freuten uns, daß August Ethel in Dallas gefunden hatte, ein lieberes und netteres Mädchen hätte er sich nicht wünschen können.

Die beiden gaben sich viel Mühe, den Garten um ihr Haus hübsch zu gestalten. Es dauerte nicht lange, da konnte Ethel eine Halbtagsstellung in Augusts Büro bekommen. Wenn sie ihr Abendbrot gegessen hatten, machten sie gemeinsam die Hausarbeit, wuschen ab, putzten oder arbeiteten draußen, immer in Harmonie.

Nach einer gewissen Zeit arbeitete auch Ethel ganztägig, und so waren beide 24 Stunden am Tag zusammen. Das geht manchmal nicht gut, einer fällt dem anderen gelegentlich auf die Nerven, aber bei August und Ethel traf das nicht zu. Sie kamen immer gut miteinander aus. Sie waren von Anfang an auf dem richtigen Weg.

XVI. Louisa Christina Rollfings Fahrt
zu Atlanta in Portland (Oregon)

Ende Juni 1925 erhielten wir einen Brief von Harold und
Lanta. Zufällig war Helen zu Besuch bei uns. Die beiden
schrieben, wie schwer sie es seit Ediths Tod hätten und wie
nötig sie meine Hilfe brauchten. Sie fragten an, ob Papa mich
wohl fahren lassen würde, wenn sie meine Reise nach Portland und wieder zurück bezahlten. Wir sprachen gemeinsam
darüber, und August sagte: „Ja, du kannst fahren, wenn sie dir
eine Fahrkarte schicken, ich glaube nur nicht daran. Atlanta
versprach mir schon vor langer Zeit, mir einige Oregon-Hop-
fenpflanzen zu schicken, um gutes Bier zu machen, aber sie
hat es bis heute nicht getan." So fühlte er sich ganz sicher, als
er „Ja" sagte. Da sagte Helen: „Aber Papa, sie könnten sie
trotzdem schicken, und dann kannst du dein Wort nicht
zurücknehmen, dann mußt du es Mama erlauben!" „Oh, ich
werde Wort halten; wenn die Fahrkarte kommt, kann Mama
reisen."

So schrieb ich den Kindern, was er gesagt hatte. Es dauerte
nicht lange, da rief jemand vom Bahnhofsbüro an: „Mrs.
Rollfing, erwarten Sie eine Fahrkarte nach Portland, Oregon?"
„Ja. Nein. Oder vielmehr: Ich weiß nicht." „Gut, hier ist eine.
Würden Sie diese bitte am Schalter abholen?" Harold und
Atlanta hatten 98 Dollar von ihren Ersparnissen genommen
und telegraphisch eine Karte für mich bestellt und erwarteten,
daß ich sofort käme.

Jetzt aber plante August, Galveston auch zu verlassen und
nach Kalifornien zu gehen, weil er dachte, dort bessere Möglichkeiten zu haben, sein Talent nutzen zu können. Wir
hatten schon oft darüber geredet, daß er in einer großen Stadt
vielleicht eher vorankommen würde, es war immer ein harter
Existenzkampf in Galveston gewesen.

August sagte, solange die Kinder in unserer Nähe gewesen
seien, hätte er diese Idee nicht verwirklichen wollen, aber

217

jetzt, nachdem alle verheiratet und wir ganz allein seien, möchte er es versuchen. Wie gewöhnlich überredete er mich, das zu tun, was er sich vorgenommen hatte.

Wir mußten unsere Möbel verkaufen und behielten nur das, was wir unbedingt brauchten. Ich hatte wirklich Glück dabei: Ich setzte Inserate in die Zeitung mit der Aufzählung der Sachen, die zum Verkauf standen, und im Handumdrehen war ich sie los. Wenn es nur nicht so traurig gewesen wäre, alle die lieben alten Sachen von anderen Leuten übernommen zu sehen! August hatte eine Arbeit vor, die ihn einige Wochen beschäftigen würde, so beschloß er, selbst noch in dem Haus zu bleiben, und ich machte ihm alles gemütlich. Er behielt einen Benzinkocher zum Kochen und eine Schlafzimmereinrichtung. Die Bilder, die Wäsche, Kleider und Bettzeug packten wir in Kisten, ebenso alles Übrige, das auf diese Weise verstaut werden konnte. Unser Plan war, die Sachen bei Mary Viehmann zu lagern, bis wir wußten, wie es in Kalifornien angehen würde, um sie uns dann schicken zu lassen.

Dieser Plan ging nicht in Erfüllung. Aber die Vorbereitungen nahmen viel Zeit in Anspruch, und ich mußte Atlanta um Geduld bitten. Natürlich brauchte ich neben der Fahrkarte noch Taschengeld, aber August weigerte sich, mir etwas zu geben. Er sagte: „Ich gebe dir kein Geld, damit du von mir weggehen kannst; es liegt alles sicher auf der Bank." So wußte ich nicht, was ich machen sollte. August und Helen waren so lieb und baten mich, nicht ärgerlich zu sein; sie würden mir geben, was ich brauchte, und sie taten es. Ich machte mir deswegen keinen Kummer, denn sie verdienten beide gut, und es sollte meine erste große Reise mit der Eisenbahn werden.

Ich hatte keine Ahnung, was man zu solch einer Fahrt über diese große Entfernung hinweg alles benötigte, ich hatte noch nie das Innere eines Pullmanwagens gesehen. So holte ich mir Rat von einigen Freundinnen. Ich packte alles ein, was sie mir sagten, und fand nachher heraus, daß ich mit weniger als der Hälfte hätte auskommen können.

Mein Sohn August kam von Houston herüber und schlief bei Will Lawes, denn in unserem Haus hatten wir nur noch ein Bett behalten.

Ich schaffte es nicht mehr, mich von meinen Freundinnen zu verabschieden, ich war bis zur letzten Minute beschäftigt gewesen. Am nächsten Morgen kamen August und Will, und die Lobensteins, sie wollten mich zum Bahnhof bringen. Ich war überrascht, dort weitere Freunde anzutreffen, es war sehr früh am Morgen. Will überreichte mir eine 5-Pfunddose Bonbons, „um mich süß zu machen." Jemand meinte: „Sie braucht das nicht, sie ist schon süß!" War das nicht nett? August fuhr nicht mit mir das Stück bis Houston gemeinsam, er blieb einen Tag in Galveston, damit der Vater nicht gleich so allein war.

Als ich in Houston eintraf, wurde ich dort von Ethel, Helen, meiner Schwester Mary und den Jungen erwartet. Wir nahmen der Kürze der Zeit wegen in der Stadt unseren Lunch. Dann fuhr Mary, die in Houston zu Besuch gewesen war, zusammen mit mir im Pullman bis San Antonio.

Wenn ich gewußt hätte, was sich in der Zukunft ereignen würde – alles war ja so ungewiß –, ich glaube, ich hätte mich nicht so über die Reise freuen können. Aber es quälte mich nichts, und ich freute mich darauf, bei Atlanta und ihrer Familie einige Monate bleiben zu können und, wenn möglich, ein Trost in ihrer sorgenvollen Zeit zu sein.

Die Fahrt nach San Antonio hatte ich schon einmal gemacht, sie interessierte mich also nicht so sehr, und so verging die Zeit mit Plaudern zwischen mir und Mary. Schneller als gedacht waren wir in San Antonio, und Marys Freunde erwarteten uns. Die Zeit reichte nur für einen Imbiß im Speiseraum des Bahnhofs. Der Zug traf ein, und ich mußte Mary verlassen. Ich fand meinen Platz und ließ mich für eine lange Reise nieder. In dieser ersten Nacht schlief ich nicht, zu viel war zu bedenken. –

Am nächsten Morgen war ich die Erste im Waschraum und fand es gar nicht so schwer, mit allem zurechtzukommen. Der Wagen war nicht sehr besetzt, ich hatte ein Abteil für mich allein und benutzte nachts die untere Schlafgelegenheit. Am nächsten Tag, am 16. Juli, war mein Geburtstag; da öffnete ich meine Bonbondose und fand sie in zwei Blechdosen aufgeteilt, gefüllt mit Schokolade. Ich ließ eine Dose bei meinen Reisegefährten herumgehen, die andere wollte ich nach Portland mitnehmen; aber als ich ankam, war ich traurig, die Hitze hatte alles geschmolzen, es war ein einziger Mischmasch und nicht mehr zu essen. –

Ich sah immer auf meine Landkarte und wartete darauf, daß wir Alpine erreichten, wo ich Laura, Ethels Schwester, zu sehen hoffte. Als wir im Bahnhof einliefen, sah ich Laura am Zug entlangrennen, bis sie mich am Fenster entdeckt hatte. Ich ging zur Tür und dann die Stufen hinunter auf den Bahnsteig. Oh, es war wunderschön, sie zu sehen! Sie brachte mir einen Korb mit Obst und einen großen Blumenstrauß. Die Früchte waren hübsch in gelbes Kreppapier eingewickelt und mit Bändern geziert. Das Obst und die Blumen stammten aus ihrem eigenen Garten. Es war nur ein sehr kurzer Aufenthalt, wir konnten kaum miteinander sprechen, aber es war schön, sich wiedergesehen zu haben.

Ich mußte den Schaffner um einen Tisch bitten, auf dem ich meine Geschenke ausbreiten konnte; ich schmückte das ganze Abteil und wurde damit zu einem Anziehungspunkt. Eine Mrs. Jones aus Houston saß auch im Wagen. Sie kannte Helen vom Methodistenchor her.

Es war schrecklich heiß im Zug, ich fühlte mich ganz elend und hatte Kopfschmerzen. Als wir zum Mittagessen gingen, war der Handlauf so heiß, daß man ihn nicht zu berühren wagte. Unter den Mitreisenden befand sich ein junger Arzt mit seiner Frau. Die nahm einige Handtücher, die sie in Eiswasser getaucht und ausgewrungen hatte, und legte sie über meinen Hals und auf meinen Kopf – das half – für eine Weile. Auf jeden Fall waren alle Leute sehr nett.

Wir kamen in El Paso an, da rief der Schaffner „Mrs. Rollfing". Er überbrachte mir ein Telegramm von August, der mir viel Glück zum Geburtstag wünschte. Er hatte es zeitlich so abgepaßt, daß es mich in El Paso erreichen mußte, das machte mich glücklicher, als ich es sagen kann. Kein anderer im Zug erhielt solch eine Überraschung wie ich.

Dann erinnerte ich mich, daß ich in meiner Tasche ein Paket von Nookie Moore aus Galveston haben mußte, ich sollte es erst an meinem Geburtstag öffnen. Es enthielt ein

Kästchen mit Schreibpapier sowie eine Schachtel mit Taschentüchern, und ein ganz lieber Brief war dazugelegt. Es kommt mir so vor, als ob ich Jahr für Jahr verwöhnt worden bin, aber ich erhebe keine Einwendungen dagegen, ich habe es zu gern.

Als wir in Yuma eintrafen, stiegen alle Fahrgäste aus, um sich im Freien etwas zu bewegen. Was für ein gutes Gefühl, wieder festen Boden unter den Füßen zu haben!

Neben den Gleisen hatten einige Indianerinnen, die ersten, die ich jemals sah, auf einem Tuch ihre Waren auf der Erde ausgebreitet. Ich kaufte einen Seidenschal für Atlanta und zwei Perlengeldtäschchen für Edith und Norma, sie waren sehr billig. Die Indianerinnen sprachen nicht, sondern saßen ganz ruhig da. Zwei Jungen von Mitreisenden benahmen sich roh und frech. Sie warfen Dreck und Steine auf die Waren, sie machten alles schmutzig, und sicherlich ruinierten sie manches auf diese Weise. Die Frauen falteten ihre Tücher zusammen und gingen weg. Die Eltern der Jungen lachten nur, aber niemand wies sie zurecht. Ich schämte mich in diesem Augenblick meiner eigenen Rasse. –

Die Landschaft in Nord-Texas war lieblich gewesen, ich war froh, mich daran erinnern zu können, als wir nun die lange Fahrt durch die Wüste machten. Alle Fenstervorhänge waren heruntergelassen, und im Wagen herrschte eine drückende Hitze.

Ich lernte zwei Damen kennen, Schwestern, die nach Los Angeles fuhren, um ihren Bruder zu besuchen, und die dann einige Wochen in den Bergen verbringen wollten. Ich mußte in Los Angeles in einen anderen Zug steigen. Während unserer Unterhaltung meinten sie, ich solle mir keine Sorgen machen, ihr Bruder würde mir in jeder Weise behilflich sein. Immer fand sich jemand, der sich meiner annahm; die Welt ist voll netter Leute; alles was man zu tun hat, ist ... zu lächeln.

In dem Augenblick, in dem ich den Zug in Los Angeles verließ, erlebte ich eine neue Überraschung. Da standen Nettie, Atlantas Freundin, und Lillibert, Helens Freundin, und ein junger Mann, Lilliberts Begleiter, auf dem Bahnsteig. Beide umarmten und küßten mich. Der Bruder der beiden Damen aus dem Zug kam auch hinzu; aber nun brauchte er mir nicht weiterzuhelfen. So lachten wir nun alle und sagten uns „Farewell" und „Auf Wiedersehen". Lanta hatte Nettie telegrafiert, und Helen hatte Lillibert benachrichtigt, mich zu suchen, wenn der Zug einlief. Ich war so froh, die Mädchen zu sehen, ich mochte sie gern und hatte überhaupt nicht erwartet, sie hier zu treffen.

Als es Zeit war, den Wagen zu besteigen, winkte der junge Mann die Gepäckträger heran und verließ mich nicht eher, als bis ich bequem in meinem neuen Pullman-Sessel saß. Wie freute ich mich über meine Reise. Ich schaute und schaute, bis mein Nacken steif wurde; wie schade, daß ich in der Zeit, in der ich ins Bett gehen mußte, nicht die Gegend betrachten konnte, durch die wir in der Nacht fuhren. Ich stand darum immer früh auf, und nachdem ich mich im Wasch- und Ankleideraum zurechtgemacht hatte, ging ich in den Aussichtswagen, der dann leer war und freute mich, nach beiden Seiten hinausschauen zu können. Später am Morgen legte ich keinen Wert darauf, mich dort aufzuhalten. Ich saß dann lieber auf meinem Sitzplatz.

Die Berge beeindruckten und erschreckten mich zugleich. Der Zug fuhr hinauf und hinunter und um sie herum. Nie werde ich die Fahrt in den Shasta Mountains vergessen, sie war wundervoll, obwohl sie mich aufregte. Die Lokomotiven, manchmal waren es zwei, keuchten voran, und der Zug, gleich einer Schlange, folgte ihnen. Hinunter ging es, immer hinunter, und wir in den hinteren Pullmanwagen? Wir waren noch irgendwo oben. Dann ging die Lokomotive in eine Kurve, und in der Zeit, in der wir bergab fuhren, sahen wir den Zug schon wieder hochklettern. Für mich war diese Bahnstrecke ein Wunderwerk, da die Schienen so dicht am Abhang der Berge verlegt waren, denn wie war es an der anderen Seite? Oh, da mußte man die Augen schließen, da ging es steil nach unten, so tief, daß es einen schaudern mußte. Wie man es fertig gebracht hat, diese endlos langen Züge so sicher zu machen, ist mir unbegreiflich.

Eines, weiß ich, tat ich jeden Abend, wenn ich meine Gebete sprach. Ich bat, Gott möge seine Hände über alle meine Lieben halten, und dann fügte ich ein kleines Gebet hinzu für den Lokomotivführer, daß er während seines Dienstes nicht einschlafen möge. Wenn ich an seine Verantwortung denke, so gibt es nicht Geld genug, um ihn entsprechend zu bezahlen.

In Shasta Springs mußten wir alle aussteigen und von dem Quellwasser trinken. Sogar Harold hatte mir aufgetragen, es nicht zu vergessen. Aber es war das widerlichste Wasser, das ich je probiert habe; es roch nach Schwefel, ein ekliges Zeug.

Wir waren durch Sacramento gefahren, aber wir hielten nicht an. Es erinnerte mich an Galveston, es sah so sauber aus und war in Quadraten angelegt wie unsere Heimatstadt.

Wir überquerten die Grenze nach Oregon, und da wurde ich nervös. Ich studierte meine Landkarte, wann wir nach Salem kämen; ich hatte mich frisch gemacht, da ich erwartete, daß Harold und Lanta mir bis hierher entgegen kommen würden. Aber darin wurde ich enttäuscht. Sie waren nicht da.

„Portland! Alles aussteigen!" wurde ausgerufen. Ich verließ den Zug, und gleich sah ich Atlanta auf mich zulaufen. Wir lachten und weinten zugleich, und meine Gedanken flogen zu dem Augenblick zurück, als Jahre vorher Mutter und ich uns in den Armen lagen und vor Rührung nicht sprechen konnten. Es ist sonderbar, daß in solch einem Moment meine Gedanken nicht bei meinem Mädchen waren, aber es ist wahr: sie waren weit weg.

Dann kam Mr. Rose, Harolds Onkel, mit der kleinen Norma auf dem Arm und Edith an der Hand. „Lanta rannte uns einfach weg, aber nun sind wir hier, und ich freue mich, Sie zu sehen, Lantas Mutter."

Nachdem wir uns ein bißchen beruhigt hatten, brachte er uns und meine Sachen in ein Taxi, und ich muß gestehen, ich achtete nicht darauf, wohin wir fuhren, bis wir in die kleine Straße kamen, wo Atlantas Haus stand, da dachte ich, wir wollten sicherlich umdrehen. Die Straße war nicht gepflastert und die Rillen von den Autorädern waren tief. Wir drehten nicht um, und schließlich war ich am Ziel einer langen Reise. Es war ein wundervolles Erlebnis gewesen, es war mir, als ob ich heimgekommen wäre.

„Wo ist Harold, Lanta?" „Er kommt zum Essen nach Hause, er ist in Rosenberg bei einem Baseballspiel." Die Mädchen waren ein bißchen scheu, sie konnten sich nicht an mich erinnern, sie waren ja noch so klein, als sie mich zum ersten Mal gesehen hatten. Bis dahin hatte ich nicht bemerkt, wie verändert Atlanta aussah, aber nun stellte ich es fest, sie war schmal geworden und war ganz anders, als ich sie zu Hause bei ihrem Besuch erlebt hatte.

Es machte mich glücklich zu sehen, wie sie alles zu meinem Empfang hergerichtet hatte; überall standen Blumen und auch einige zarte Zweige, an denen kleine Blüten zitterten. „Wie heißen diese Blumen?" „Babybreath, Mutter liebte sie so sehr." Und dann brach sie in Weinen aus. „Oh, Mama, wie bin ich froh, daß du hier bist, ich brauche dich so, und Harold auch."

Dann ging sie ans Mittagessenbereiten. Sie hatte ein Kaninchen gebraten; ich hatte nie zuvor eins gegessen, aber es schmeckte gut. Während der Mahlzeit kam Harold. Er nahm mich gleich in die Arme und küßte mich. „Es hat lange gedauert, bis du nun gekommen bist. Wir haben darauf gewartet. Ich freue mich, dich zu sehen." Dann: „Atlanta, ich mußte 10 Dollar Strafe wegen Zuschnellfahrens bezahlen, ich glaube, ich wollte zu geschwind nach Hause kommen." „Nun, es könnte Schlimmeres passiert sein, vergessen wir's." Das war Atlantas Antwort. Da schien etwas zwischen den beiden zu sein, aber ich wußte es nicht und verhielt mich still.

Nachdem ich zu Bett gegangen war, kam er zu mir herein, und wir unterhielten uns lange. Zum Schluß sagte er: „Großmutter, ich habe mit dir über Mutter gesprochen, und ich möchte dir nur sagen, Atlanta war wundervoll zu ihr. Sie tat für sie mehr, als eine Tochter tun könnte. Gott segne sie! Es war schwer, mit den Kindern für alles zu sorgen, und ich konnte nicht viel bei ihnen sein. Nun ist das ausgestanden; aber bitte sprich zu mir nicht wieder von Mutter, ich kann es nicht ertragen."

Dieses war das einzige Mal, daß er über Edith gesprochen hat. Lanta und ich taten es so oft. Atlanta meinte einmal: „Ich bin froh, daß wir so gute Freunde waren. Sie liebte mich, und ich liebte sie. Ich habe nichts getan, was sie nicht mochte, und das ist jetzt ein Trost für mich."

Zwischen Harold und Lanta schien mir in den ersten Tagen etwas nicht zu stimmen, und ich fragte sie: „Was ist los zwischen euch?" „Oh, ich bin so böse auf Harold. Ich wollte dich in Salem abholen, mit ihm zusammen und den Kindern. Dann jedoch sagte er, er könne nicht, er müsse bei einem Baseballspiel Schiedsrichter sein. Das machte mich so wütend, ich weiß nicht, was ich ihm alles an den Kopf warf, aber er ging. Dann rief Onkel Norman an, und ich erzählte es ihm. Er sagte: „Das macht nichts, zieh die Kinder an und komm in die Stadt; ich werde mit euch gehen und deine Mutter abholen."

Also, das war der ganze Ärger, mein Gefühl hatte mich nicht getäuscht. Nun, es dauerte nicht lange, und alles war wieder in Ordnung, aber es beunruhigte mich anfangs doch, zu wissen, daß unser kleines Mädchen nicht ganz glücklich sein könnte, und ich war froh, bei ihm zu sein.

Der Mann, der den Stadtteil geplant hatte, pflanzte zu beiden Seiten der Straße Eßkastanienbäume, die jetzt schon recht groß waren. Die Ernte an Kastanien war reichlich, und Atlanta sammelte eifrig und konnte sie gut verkaufen. Als wir einmal auf der Landstraße nach Hause fuhren und wir ihr kleines Haus inmitten der grünen Bäume sahen, war ich nicht überrascht, als Mrs. Winhurst sagte: „Atlanta könnte in keinem schöneren Teil von Portland wohnen." Die Zimmer in dem Haus waren klein, aber sie hatte fünf und eine Küche, eine hübsche Eingangsveranda und hinten eine geschlossene Vorhalle. Oben war ein Schlafzimmer schon fertig, der Rest sollte ein größeres und weitaus schöneres Schlafzimmer ergeben.

Die Hälfte des Hauses besaß einen geräumigen Keller, wo die Waschmaschine, Wannen, Arbeitstische und die Feuerung für den Winter aufbewahrt wurden. Hier waren große Regale aufgestellt für das Eingemachte und Tische, auf denen die Hausfrau die Konserven und die Vorräte zubereitete; insgesamt also ein behagliches kleines Haus.

Nach Einbruch der Dunkelheit ging ich gern ins obere

Stockwerk, um über Portland mit seinen Hügeln zu blicken. Es sah so aus, als ob die vielen beleuchteten Fenster der Stadt direkt in die Sternenwelt übergingen. Der Anblick war überwältigend schön.

Eines Tages äußerte ich den Wunsch, Ediths Grab sehen zu wollen. So machten wir uns an einem Morgen auf den Weg. Wir mußten dreimal die Straßenbahn wechseln, und für das letzte Stück wurden wir noch von einem Auto mitgenommen, bis wir schließlich den Friedhof erreicht hatten.

Er war schön angelegt und wirkte wie ein Park. – Ediths Grab befindet sich auf einer kleinen Anhöhe. Man setzt hier keine Denkmäler, nur Platten liegen auf der Erde, an der Stelle, wo der Tote bestattet worden ist. Man hat nicht das Gefühl, auf einem Friedhof zu sein. Ich war froh, als wir fortgingen, denn ich sah, wie schwer es Atlanta fiel, die Tränen zurückzuhalten.

Dann nahm der Alltag uns wieder voll in Anspruch. Bald ergab sich ein fröhlicher Anlaß zum Feiern. Hier muß ich etwas nachtragen: Ein Jahr nach Atlantas Hochzeit heiratete ein Galvestoner Mädchen ebenfalls einen Marineangehörigen aus Portland, es war Gladys Rubbright, die Dale Ruebush zum Mann erwählte. Nun lebten sie hier in Portland, und die junge Frau und Atlanta kamen oft zusammen. In Galveston kannten sie sich nicht, aber wenn man so weit von zu Haus fort ist, fühlt man sich schon fast als Nachbarn. Gerade in dieser Zeit war Mrs. Rubbright mit einer weiteren Tochter zu Besuch bei ihrer Tochter Gladys in Portland; ferner hielten sich noch zwei Damen und vier kleine Jungen aus Galveston hier auf. Eine andere Familie mit Namen May hatte in dieser Stadt ebenfalls eine verheiratete Tochter, und so waren wir zur Zeit dreizehn Galvestoner in Portland.

Das ergab eine Menge Einladungen, gemeinsame Mittagessen und fröhliche Picknicks. Harold versuchte, ein bißchen mehr zu Hause zu sein, aber es ergab sich kaum die Gelegenheit, miteinander vertrauter zu werden. Er war so ruhig. –

Ich erhielt viele Briefe aus Galveston und von sonstigen Freunden, und auch ich schrieb an jedem Abend einige. Als ich Harold bat, mir für einen Dollar Briefmarken mitzubringen, war er verblüfft. „Für einen Dollar? Die wirst du nicht in zwei Jahren verbrauchen!" Ich wußte es besser.

Dann hatte ich einen Einfall: Wenn Harold und Lanta einmal allein irgendwohin fahren würden, könnte ihnen das nicht vielleicht helfen? So sagte ich eines Tages: „Warum wollt ihr nicht anläßlich eures Hochzeitstages am 10. August noch einmal so etwas Ähnliches wie eure Flitterwochen erleben oder eine Art zweite Hochzeitsreise machen? Ich würde gerne bei Edith und Norma bleiben und mit ihnen spielen." Es schien mir, als hätte ich mit meinem Vorschlag die richtige Saite angeschlagen, denn sie fuhren los und ließen mich mit den Kindern allein. Nach zehn Minuten kam Lanta zurückgelaufen, um zu sehen, ob die Kleinen nicht zu sehr weinten. Natürlich taten sie das jetzt; ich mußte sofort mit ihnen spielen, um sie abzulenken. Die Tage vergingen schnell, und als Harold und Atlanta zurückkehrten, sahen sie wie ganz andere Menschen aus. Meine „Medizin" hatte geholfen.

Da sagte Harold: „Wir sollten alle am Labourday nach Rockaway fahren. Du wirst dich freuen, den Pazifischen Ozean zu sehen." Ich willigte ein. Wir wurden pünktlich mit den Vorbereitungen fertig. Rockaway liegt nur 75 Meilen (120 km) von Portland entfernt. Wir fuhren alle mit dem Wagen, ein anderes junges Paar mit einem Baby schloß sich an, und so planten wir, zusammen ein Haus zu mieten, zusammen zu kochen und eine Woche dort zu bleiben.

Ich freute mich über den Anblick des Meeres, fand aber nicht, daß der Strand mit dem von Galveston zu vergleichen war. Ich füllte etwas Sand in eine Flasche, weil er soviel feiner war als der Sand in Galveston, aber ich verlor sie. Ich stellte fest, daß der Pazifische Ozean viel ruhiger ist als der Atlantik, vielleicht hat er wirklich deshalb den Namen „Pazifik", der „Friedliche".

Die Woche verging schnell, und wir waren wieder daheim. Aber ich war noch nicht in der Nähe des „Mount Hood" gewesen, einem schneebedeckten Berg, den man von Portland aus sehen kann. Dazu muß man frühmorgens aufstehen, um die Fahrt an einem Tag schaffen zu können. Die Entfernung täuscht, ich dachte, es könnten etwa 50 Meilen (80 km) sein, aber wir kamen nicht vor 3 Uhr nachmittags dort an und hatten ungefähr den halben Weg erklommen – es war kalt dort oben, und wir sahen viel Schnee. Die Landschaft, die wir durchfuhren, war herrlich, jede Wende der Straße zeigte uns ein neues Panorama. Nun hatte ich also auch den Mount Hood kennengelernt.

Die Zeit meiner Ferien aber näherte sich dem Ende, und ich begann darüber nachzugrübeln, was wohl August zu tun beabsichtigte. Gerade da schrieb er, daß das Haus, in dem wir 17 Jahre gewohnt hatten, verkauft sei, und er ein anderes Haus gemietet hätte, daß er mit seinen Sachen umzöge und einige neue Einrichtungsgegenstände anfertige. Es schien mir, daß er den Plan mit Kalifornien gänzlich aufgegeben hatte. Natürlich war ich traurig, alle unsere Möbel verkauft zu haben und wieder von vorne anfangen zu müssen, versuchte aber, das Vorteilhafte dabei zu sehen; ich würde in Galveston bleiben in der Nähe meiner Kinder.

Nun war alles fertig zur Heimreise. Der Besuch bei Harold und Lanta war so reizend gewesen, und wir waren uns wieder nähergekommen. Der Abschied fiel mir nur deswegen nicht so schwer, weil Harold versprach, daß Atlanta etwa in einem Jahr mit den Kindern nach Galveston kommen würde. Das half mir, beim „Auf Wiedersehen" nicht zu weinen.

Als ich in Los Angeles eintraf und gerade den Zug verlassen hatte, war ich überrascht, ganz unerwartet Mert Hollinger mit seiner Mutter auf mich zukommen zu sehen.

Es war erst 6 Uhr morgens. Harold hatte, ohne daß ich etwas davon wußte, seinem Freund aus der Zeit bei der Marine geschrieben, wann ich in Los Angeles Aufenthalt hätte. Mrs. Hollinger sagte: „Mrs. Rollfing, und wenn es 2 Uhr nachts gewesen wäre und ich die Gelegenheit gehabt hätte, Sie zu sehen, ich wäre gekommen, um Ihnen für alles zu danken, was Sie und Ihr Mann für unseren Sohn getan haben." Und da ich schon gefrühstückt und nur eine halbe Stunde Aufenthalt hatte, gingen wir auf und ab und plauderten. Sie hatte mir einige Zeitschriften und ein kleines hübsches Taschentuch mitgebracht. Dann führte mich Mert zu meinem Pullmanwagen, und ich hatte Zeit, über alles Schöne nachzudenken.

Meine liebe Freundin Anna Puelle hatte mich eingeladen, in Tucson, Arizona, einen kurzen Aufenthalt einzulegen, und ich hatte versprochen, zwei Tage bei ihr zu wohnen. Als mein Zug einrollte, stand Anna schon da und erwartete mich. Die Unterbrechung freute mich, gab sie mir doch Gelegenheit, bei meiner liebsten Freundin zu verweilen. Die Zeit flog nur so dahin. Anna unternahm mit mir viele Ausflüge, um mir in der kurzen Zeit soviel von Arizona zu zeigen, wie möglich.

Dann mußte ich sie verlassen und in Richtung San Antonio weiterfahren. Dort erwartete mich meine Schwester Mary mit Augusts Schwester Louise Hill in ihrem Wagen. Meine Fahrkarte erlaubte mir, zwei Tage in San Antonio zu bleiben. Louise hat zwei erwachsene Kinder, einen Sohn Harold und eine Tochter Louise. Sie ist Witwe und Grundstücksmaklerin mit einem sehr hübschen Haus. Sie machte mir den Besuch wirklich angenehm, und wir fuhren mit dem Wagen durch den Breckenridge Park und suchten auch andere interessante Orte auf.

Dann nahm ich Abschied, um mich wieder meiner eigenen Heimatstadt zu nähern. Ich war sicher, in Houston August und Ethel, Helen und E. J., Burton und Adrian zu sehen und möglicherweise auch August. Oh welche Freude! Es war eine großartige Heimkehr. Die ganze Familie hatte sich versammelt, um mich willkommen zu heißen, und alle freuten sich, daß ich gesund zurückgekehrt war. August war auch gekommen. Das erste, was er mir erzählte, war, daß wir fortan bei August und Ethel in Houston wohnen würden. Das traf mich unvorbereitet, und ich hatte mich schon damit abgefunden, in Galveston neu anzufangen!

Alles schien fest abgesprochen zu sein, das beruhigte mich, nur konnte ich mir nicht vorstellen, wie alles geplant sei, aber ich fragte nicht. Dafür hatten wir Zeit, wenn wir allein waren.

Wir fuhren noch am selben Tag mit dem Zug nach Galveston, da meine Fahrkarte so weit reichte. Zuerst suchten wir Mary Viehmann auf und aßen dort zu Mittag. Später gingen wir zu dem Haus, das August gemietet hatte, und verbrachten dort die Nacht. Für den Tag darauf hatte August einen Möbelwagen bestellt, der unsere Sachen nach Houston bringen sollte, Kostenpunkt 40 Dollar. Ich fand, das sei zu teuer, wir hatten doch nur einige Möbelstücke, 3 Kisten und Augusts Leitern und Malutensilien. Ich rief bei verschiedenen Spediteuren an, und Moon Bros. waren auch mit 20 Dollar einverstanden. Das klang schon besser, aber August wollte mit der Firma das Geschäft nicht am Telefon, sondern persönlich vereinbaren. Es regnete in Strömen, und er zog sich seine Langschäfter an. Er kam gut hin; aber auf dem Rückweg verfehlte er die Stufe und fiel von der hohen Bordschwelle auf der Strandstraße und verletzte sich dabei seinen Fußknöchel. Er wurde nach Hause gebracht, und ich hatte Mühe, ihm die Stiefel auszuziehen – sie waren voll Wasser –, der Fuß war sehr geschwollen, und ich rief den Arzt an. Der bandagierte den Fuß und erklärte, es sei eine sehr schwere Verstauchung. Ich rief in Houston an und fragte meinen Sohn, was wir tun sollten. „Wenn Papa es aushalten kann, wäre es besser für euch, hierher zu kommen, wir werden für alles sorgen."

Sobald es aufhörte zu regnen, waren wir bereit. In der Zwischenzeit hatte ich zwei Krücken in Schotts Drogerie bekommen. Man konnte es so einrichten, daß August bequem beim Fahrer des Möbelwagens unterkam, und ich fuhr mit der Bahn. Als ich in der Harvardstraße eintraf, luden sie schon aus, und August, über seinen Krücken hängend, überwachte alles.

Ethel hatte das hintere Schlafzimmer geräumt, und unsere Bettstellen waren dort hineingetragen worden. Im Augenblick übersah ich gar nicht, wieviel Veränderung unser Umzug in ihrem kleinen Haus verursacht hatte, alles war in solcher Eile vor sich gegangen, daß ich keine Zeit zum Nachdenken hatte und auch ihre Freundlichkeit nicht richtig anerkennen konnte; aber als alles in Ordnung war, wurde mir klar, wieviel Arbeit es gegeben hatte, besonders für Ethel, doch die Kinder ließen sich nichts anmerken, sie versuchten, uns das Gefühl zu geben, zu Hause zu sein. August mußte es besonders schwer fallen, für eine lange Zeit nichts tun zu können; aber ich war überrascht, ihn so geduldig zu sehen; es war für ihn ungewohnt, so ruhig zu leben.

August und Ethel gingen morgens fort, und wir waren den

ganzen Tag allein, da hatte ich Zeit, die Hausarbeit zu machen und das Dinner fertig zu haben, wenn sie zurückkehrten. Ich nahm es dankbar an, daß mein Sohn August so gut zu uns war; aber daß Ethel sich genauso verhielt, war wundervoll. Nicht viele Schwiegertöchter würden so sein wie sie. Wie sollte ich ihr für ihre Güte danken? Ich konnte nichts anderes tun, als sie von Herzen zu lieben. Es gab niemals ein unfreundliches Wort, beide Eheleute waren immer in guter Stimmung, wenn sie heimkamen.

Als August ohne Krücken auskam, war er eifrig dabei, einige Dinge rund um das Haus zu erledigen. Er fertigte einen neuen Zaun, erweiterte die Garage und richtete die Wände hübsch her.

Am 11. Mai 1926 erhielten wir die Nachricht, daß in Portland noch ein Mädchen angekommen sei. Daß es unterwegs war, wußte ich, so war es für mich nicht eine so große Überraschung wie damals mit Norma, – sie nannten die Tochter Kathleen Atlanta. Diesmal sandte Harold kein Telegramm, er wartete ruhig und schrieb einen Brief; ich vermute, das Ereignis war für ihn nicht so aufregend, als wenn es ein Junge geworden wäre. Aber es sah so aus, als ob Atlanta die Mädchen und Helen die Jungen haben sollte. Alles verlief zufriedenstellend, ich weiß jedoch, daß Atlanta in dieser Zeit Edith vermißte, denn sie hatte immer darauf geachtet, daß für Atlanta vor und nach der Geburt ihrer Kinder gut gesorgt wurde. Aber Atlanta wurde mit allem fertig, und bald schrieb sie selbst.

Später merkte August, daß er wieder auf der Leiter auf- und absteigen konnte, und er bekam einige Arbeit in der Stadt. Er ging in die Painters Union (Malervereinigung), etwas, das er vorher nie getan hatte. Er war ein „Master Painter" – ein Malermeister – und machte bisher seine Vertragsabschlüsse selbst; aber er wurde älter, und ich glaube, er fürchtete sich, in einer fremden Stadt neu anzufangen.

XVII. Augusts Lebensabend

Wir hatten bei den Kindern ein Jahr gewohnt und waren glücklich, aber dann nahm ich mir doch vor, wieder für uns selbst zu sorgen und ein kleines Haus zu mieten, und da August nun sicher war, etwas Geld zu verdienen, würde das möglich sein. – Ich bin überzeugt, daß wir dies schon früher gemacht hätten, wäre nicht Augusts Unfall gewesen. Ich wußte nicht, welche Vereinbarungen getroffen waren, bevor ich aus Portland heimkam, aber sicher war nicht daran gedacht, daß wir für immer bei August und Ethel leben sollten, das wäre unfair gewesen, besonders Ethel gegenüber.

Nun kam aufs neue die Möbelfrage auf uns zu; alles, was wir besaßen, waren ein Schlafzimmer und ein paar Kleinigkeiten. Wie bedauerte ich, alle hübschen Sachen verkauft zu haben, aber welchen Sinn hätte es gehabt, sich darum zu grämen?

Nachdem wir ein kleines Haus, nur fünf Blöcke von Helen entfernt, gefunden hatten, war Ethel wieder die Rettung. Sie gab mir ihren Gasherd, da sie sich einen neuen gekauft hatte, und auch ihr Frühstückszimmer. Ethel wollte eine neue Eßzimmereinrichtung haben, wenigstens sagte sie das. In Wirklichkeit, glaube ich, wollte sie uns nur helfen.

Das Haus, das wir gemietet hatten, war sehr klein. Es besaß vorne zwei Zimmer, und hinten war der Raum gedrittelt in eine kleine Küche und in ein Badezimmer, und in der Mitte befand sich eine geschlossene und verglaste Veranda. Mehr brauchten wir auch nicht, und es fiel uns nicht schwer, die Zimmer einzurichten. Ich kaufte einen großen, aber billigen Teppich für das sogenannte Eßzimmer, und August fertigte eine Bank, die uns als eine Art Fenstersitz diente, dann kaufte ich Cretonne und stellte aus demselben Stoff Vorhänge für die Fenster und die Bezüge für die Sitzpolster her. Es sah sehr hübsch aus.

Es dauerte eine Zeit, sich an die kleine Küche zu gewöhnen,

wir zwei paßten zur gleichen Zeit nicht hinein, aber wir nahmen es spaßig auf, man ersparte sich unnütze Wege.

Durch die Nähe zu Helens Wohnung sahen wir die Jungen fast jeden Tag. Am Sonntag ging ich zu ihnen hinüber, um das Dinner fertigzumachen, während Helen in der Kirche sang. August kam nach, und wir aßen alle zusammen. Nachmittags gingen wir dann nach Hause, und oftmals kamen August und Ethel zu Besuch. Wir waren zufrieden. August hatte das Glück, die meiste Zeit etwas Arbeit zu haben, sein Fuß machte ihm keine Beschwerden mehr.

Nun, zum ersten Mal in unserer Ehe, gab er mir das Geld, das er verdiente, und er bedauerte, daß er es nicht schon früher so gemacht hatte.

Wir hatten kaum sieben Monate in unserem Haus gewohnt, als wir schon wieder ausziehen mußten. Wie es uns in Galveston schon so manches Mal passiert war, daß wir uns gerade eingelebt hatten und dann die Wohnung wechseln mußten, weil der Hauseigner selbst es bewohnen wollte, so geschah es auch jetzt. Aber wir machten das Beste daraus. In der Nähe von Helens Wohnung etwas Passendes zu finden, gelang uns nicht, dafür lag unsere neue Wohnung jetzt in der Thomasstraße, und damit in der Nachbarschaft von August und Ethel. Wenn sie zur Arbeit gingen, konnten sie schnell mal bei uns vorbeischauen. Ein weiterer Vorteil war, daß wir jetzt mehr Platz zum Wohnen hatten als vorher. Zum ersten Mal konnte August ein Zimmer ganz für sich in Anspruch nehmen, wenn er Bilder malen wollte, das machte ihn glücklich. Ich besaß jetzt ein Schlafzimmer, ein Eßzimmer und wieder eine große Küche sowie ein Badezimmer und eine sehr schmale Diele. Hier hängte August alle seine Bilder auf, und so nannten wir den Flur unsere „Bildergalerie".

Ich richtete alles so hübsch ein, wie ich konnte. August und Ethel gaben uns noch zwei große Lehnstühle, sie brauchten sie nicht, da sie sich eine neue Wohnzimmereinrichtung und einen Stutzflügel gekauft hatten.

Mit den Nachbarn kamen wir auch gut zurecht, es waren alles nette Leute, mit denen wir uns anfreundeten.

Im Sommer 1928 schrieb uns Lanta, daß sie gern mit den

drei Mädchen nach Houston kommen möchte. Kathleen war nun zwei Jahre alt, und wir hatten sie noch nicht gesehen. Nun mußten wir alles herrichten, daß sie bei uns auch schlafen konnten, wir besaßen doch nur unser eigenes Bett. Es gab keine andere Möglichkeit: Papa mußte sein Zimmer freimachen und alle seine Sachen in die Garage bringen, die wir vorher nicht benutzt hatten. Aber es machte ihm nichts aus, wir freuten uns viel zu sehr über den zu erwartenden Besuch. Wir entschlossen uns, in dem Raum den Fußboden zu streichen und ihn zu unserem Schlafzimmer zu machen. Es war dort hell und kühl, und er lag mit unseren Zimmern auf derselben Seite.

So würde die andere Hälfte des Hauses für die Kinder frei sein, dort konnten sie ungestört spielen. Wir kauften ein neues Schrankbett, das im geöffneten Zustand von zwei Personen genutzt werden konnte. Weiterhin besorgten wir uns aus zweiter Hand eine Art Sitzbank, die, aufgeklappt, den beiden anderen Möglichkeit gab, darauf zu liegen. Ich bezog sie und die Stühle mit einem hellen Stoff, und alles sah jetzt hübsch und freundlich aus.

Helen half mir, das Vorhangproblem zu lösen, und so war im Hause alles für unsere Besucher vorbereitet. Wir besorgten uns auch eine Schaukel, und August vervollständigte die Veranda mit einem Geländer. Ich fürchtete gebrochene Beine, wenn es nichts gab, was die Kinder aufhalten konnte.

Endlich kam der Tag, an dem wir sie vom Bahnhof abholen konnten, und in meiner Vorstellung sehe ich sie noch aus dem Pullman steigen, alle schauten sie nett aus, und natürlich waren sie alle sehr aufgeregt.

August nahm die kleine Kathleen hoch, und es schien ihr zu gefallen. Mrs. Taylor und Miss Charlotte kamen mit demselben Zug und waren sichtlich überrascht, uns Atlanta abholen zu sehen. Sie waren gute Freundinnen von Helen. Mrs. Taylor sagte: „Wir haben die ganze Zeit diese Kinder beobachtet, sie sind so reizend; wenn wir gewußt hätten, wer sie sind, was für eine interessante Unterhaltung würde das gegeben haben."

Lanta war überrascht, uns so behaglich eingerichtet vorzufinden, sie wußte, daß wir alle unsere Sachen verkauft hatten, aber unsere einfache Lebensweise machte ihr nichts aus, sie wollte nur uns alle wiedersehen.

Kathleen war ganz allerliebst, und sie wurde von allen vergöttert. Ethel und August wollten sie gern hierbehalten, aber natürlich wollte Lanta sie ihnen nicht lassen. Schließlich kamen sie mit der Bitte: „Wenn du noch ein kleines Mädchen bekommen solltest, so gib es uns." Lanta versprach es. Ich glaube, sie dachte: „Das wird nicht geschehen!" Nun, man kann nie wissen.

Edith und Norma schlossen mit den vielen Nachbarskindern Freundschaft und hatten eine herrliche Zeit. Und wie hingen sie an ihrem Großvater! Er war die heiße Fährte zum Lebensmittelgeschäft mit seinen Süßwaren gleich gegenüber.

Atlanta machte für ein paar Tage einen Besuch in Galveston, wo sie während dieser Zeit von Fred und Bertha Rollfing herzlich aufgenommen wurde. Sie sah ihre alten Freundinnen wieder, kam aber bald zurück, die Zeit mit uns war ihr zu wichtig. Dann mußte sie wieder abreisen, versprach aber, bald wiederzukommen. Das machte uns den Abschied leichter.

Weihnachten 1928 hatten wir geplant, alle unsere Kinder zum Mittagessen bei uns zu haben. Am Weihnachtsabend wurde Burton, Helens Sohn, der gerade 16 Jahre alt geworden war, ernstlich krank. Er hatte eine schlimme Erkältung und hohes Fieber. Er verdiente sich in diesen Tagen durch Zeitungsaustragen etwas Geld und war so stolz, für jeden ein Weihnachtsgeschenk kaufen zu können. Nun lag er krank im Bett.

Helen telefonierte, daß sie und Burton nicht kommen könnten, die anderen Kinder würden zum Essen da sein. Das Essen wollte uns nicht schmecken, wir alle waren traurig. Dann brachten wir Helen ihr Dinner und sahen, wie sehr Burton darniederlag.

Wenn jemand in der Familie krank war, gab es keine bessere Pflegerin als Helen. Sie denkt dann überhaupt nicht an sich, sie ist Tag und Nacht bereit, alles für den zu tun, der sie braucht. Verschiedene Male besuchte ich Burton, aber wenn er mich kommen hörte, sagte er zu Helen: „Mutter, sag ihr, daß ich schlafe." Er wollte nicht mit mir sprechen, ich nehme an, er befürchtete, ich würde weinen; es war eine schwere Zeit für mich.

Am Neujahrstag fuhr mein Sohn August Ethel und mich am Abend in seinem Auto zu den Flakes, um Burton zu besuchen. Es war sehr kalt, und jeder von uns dreien hatte einen dicken Mantel an. Es ging dem Kranken nicht viel besser, und auf der Rückfahrt sprachen wir darüber.

Als wir uns in der Höhe der Texas- und der La-Branch-Straße befanden, kam uns plötzlich ein Wagen im Zickzack-kurs entgegen. August fuhr so dicht an den Bordstein, wie er nur konnte, dann ein Krachen, ein Schrei von uns, unser Wagen wurde auf die Seite geschleudert und kippte um, und wir selbst lagen wie gestapelt einer über dem anderen; August befand sich ganz unten, dann kam ich und Ethel lag als oberste auf mir. Natürlich dauerte es keine Minute, da waren Hunderte von Leuten um uns versammelt. Wir wurden oben durch die Tür herausgezogen, einer nach dem anderen. Aber keiner schien verletzt zu sein, nur August klagte über eine schmerzende Seite, sicherlich war unser Gewicht für ihn zu schwer gewesen. Ich glaube, daß uns die feste Verpackung in unseren dicken Mänteln das Leben gerettet hat. Wir waren mit dem Schrecken davongekommen, aber vor Aufregung kamen Ethel und mir doch die Tränen. Wir gingen erst einmal in das De-George-Hotel, um uns dort allmählich zu beruhigen, während August sich mit dem betrunkenen Fahrer auseinandersetzte und schließlich eine Bergungsfirma beauftragte, den Wagen abzuschleppen.

Ethel rief ihren Vater an und sagte, es würde spät werden, gab aber keinen Grund dafür an. ,,Schon gut'', meinte der, ,,ich mache mir keine Sorgen. Wollt ihr ins Kino gehen?'' ,,Nein, wir sehen uns keinen Film an'', entgegnete sie wortkarg. Wir fuhren mit einem Taxi heim, und als wir August von unserem Unfall berichteten, schien er gar nicht zu begreifen, was geschehen war. Mag sein, daß es ihm deshalb schwer fiel, weil wir noch genauso ausschauten, wie er es von uns gewöhnt war, und keine Verletzung davongetragen hatten. Wir hatten Glück gehabt.

Burtons Erkrankung hielt uns weiterhin in Atem. Der Junge

hatte seinen Vater gebeten, ihm ein Gewehr zu kaufen, schließlich erfüllte der ihm seinen Wunsch. Da lag nun Burton so still im Bett, das Gewehr mit seinen Armen umklammert ... es sah mitleiderregend aus. Zuletzt sagte der Arzt zu Helen: „Wir müssen ihn ins Krankenhaus bringen und operieren, ich sehe keine andere Möglichkeit." Helen antwortete: „Sagen Sie es ihm, Doktor, ich kann es nicht." So übernahm Dr. Taylor die Aufgabe, Burton klar zu machen, daß er im Krankenhaus operiert werden müsse, nur auf diese Weise könne er wieder gesund werden. „Kann ich in Vaters Auto gefahren werden, Doktor?" „Nein, Burton, das geht nicht, du wirst mit dem Krankenwagen fahren." „Ich will nicht, daß Mutter mich begleitet, und ich möchte auch nicht, daß Kinder herumstehen und zuschauen, wenn man mich holt." „In Ordnung, Burton." Als die Ambulanz kam, war da kein einziger Junge und kein Mädchen weit und breit zu sehen. So wurde Burton hinausgetragen. Dann wollte er doch, daß seine Mutter bei ihm sei und sein Gewehr und ... die Dose mit Bonbons, die Großmutter ihm zu Weihnachten geschenkt hatte ... E. J. folgte ihm in seinem eigenen Wagen.

Die Operation wurde vorgenommen, und Helen blieb bei ihm Tag und Nacht. Es war lange ungewiß, ob Burton wieder gesund würde. Er hatte Lungenentzündung der schwersten Art, und er war so schrecklich schwach. Der Doktor ließ ihn später jeden Tag Luftballons aufblasen.

Mehrere Wochen lag er im Memorial-Krankenhaus, dann konnte er heimkommen. Helen fuhr danach mit ihm regelmäßig ins Hospital zum Neuverbinden der Wunde, und Burton mußte noch lange Zeit im Bett liegen. Am Ende wurde er wieder gesund, jedoch war es danach schwer, mit ihm auszukommen, er war so schrecklich verwöhnt; aber wie glücklich waren wir, daß er alles überstanden hatte. Über ein Jahr lang konnte er nicht zur Schule gehen!

Im folgenden Jahr 1929 ging die Grippe um in der Stadt, und viele Leute erkrankten. August, jetzt 74 Jahre alt, traf es besonders schlimm. Ich betreute ihn, und – wie es so kommt – als es ihm ein bißchen besser ging, war ich es, die sich elend fühlte und sich hinlegen mußte. Da versuchte er, für mich zu sorgen. Ich glaube, er war zu früh aufgestanden, er erlitt einen Rückfall, und so wurden wir beide zur gleichen Zeit bettlägerig. August und Ethel halfen uns, so gut sie konnten. Nachdem sie zu Hause gefrühstückt hatten, kamen sie auf ihrem Weg zur Arbeit bei uns vorbei, machten uns Kaffee und kümmerten sich um uns. Ich konnte als erste wieder aufstehen, aber es schien, als ob August mit der Krankheit nicht fertig wurde, er fühlte sich gar nicht wohl und konnte seine alte Kraft nicht zurückgewinnen. Später jedoch versuchte er, wieder zur Arbeit zu gehen, immer war es sein Bestreben gewesen, sich so schnell wie möglich in alter Weise wieder zu betätigen.

Im November schrieb ihm Pastor Murphy von der St.-Patrick-Kirche in Galveston, er möchte gern, daß er herüberkäme und einige Aufträge in der Kirche ausführe. Es ging um eine Innenarbeit, er sollte die ganzen Stationen des Leidenswegs Christi restaurieren. Er sagte zu und freute sich über die Aufgabe.

Er beabsichtigte, sich ein Hotelzimmer zu mieten, und er versprach mir, gut auf sich aufzupassen. Er war gesundheitlich noch nicht ganz auf der alten Höhe, und es war kalt. Sonnabends kam er nach Hause, und am Sonntagabend fuhr er wieder nach Galveston. Jeden Tag schrieb er eine Karte, und immer brachte er mir bei der Heimkehr etwas Hübsches mit. Er plante, wenn er die Arbeit kurz vor Weihnachten abgeschlossen hätte, anschließend wirklich Ferien zu machen. Wir beide freuten uns auf diese Zeit.

Es kam nicht mehr dazu, denn zuletzt kehrte er mit einer schlimmen Erkältung nach Hause zurück, und er konnte nirgendwohin fahren.

Als Dr. Taylor ihn später untersuchte, meinte er, es könnte Wassersucht werden, weil die Füße so geschwollen waren und auch andere Symptome darauf hindeuteten. Das war ein schrecklicher Schlag für mich, und August resignierte und sagte, es würde nie wieder besser werden, das wäre das Ende . . .

Ich hatte von Leuten gehört, die dieses Leiden überstanden hatten und wieder gesund geworden waren; ich versuchte deshalb, August neuen Lebensmut zu geben, aber er wollte weder mir noch irgendjemand anderem glauben.

Im Februar sagte Dr. Taylor, er möchte ihn für eine kurze Zeit ins Krankenhaus nehmen – zur Beobachtung. August sträubte sich wegen der entstehenden Kosten, aber mein Sohn versprach, alles zu übernehmen, und er wünschte, daß der Vater dem Rat des Arztes folgte.

So brachte August ihn am nächsten Tag mit seinem Wagen ins Hospital. Er bekam ein hübsches Zimmer. Ich besuchte ihn jeden Morgen und saß bei ihm.

Am 26. Februar, seinem Geburtstag, erhielt er einen Berg von Karten, Zeitschriften, Büchern, Zigarren, Taschentüchern und Blumen. Das machte ihm große Freude, und als sogar ein Telegramm von Atlanta und Harold eintraf, meinte er, das sei das Beste von allem; er wußte jetzt, daß er ihnen etwas bedeutete.

Nach zehn Tagen erlaubte uns der Arzt, ihn wieder nach Hause zu nehmen, vorausgesetzt, daß August sich nach seinen Anweisungen richten würde. Der versprach alles, bloß um von den Schwestern wegzukommen und mich als Pflegerin zu haben.

Als er zum Ausgehen fertig angezogen war, sagte er zu seinem Sohn: „Ich möchte in den 6. Stock gehen und einen Mann besuchen, der dort krank liegt." „Gut, Papa, wenn du denkst, daß du es schaffst." „Und dann würde ich gern in die Stadt gehen und mir dort die Haare schneiden lassen." „Gut, das machen wir auch." Aber er änderte seine Absicht mit dem 6. Stock, und als wir hinuntergingen, meinte er: „Ich will mir gleich hier die Haare schneiden lassen." Er wollte nicht zugeben, daß er sich schwach fühlte. Dann schlug er vor: „Laß uns die Hauptstraße hinunterfahren." Ich saß hinten im Wagen und konnte kaum die Tränen zurückhalten. In seinem Nakken waren so tiefe Falten, die Kleider saßen nicht richtig, er sah ganz verändert aus. Die Fahrt durch die Stadt machte ihm Spaß. Es war seine letzte . . .

Zu Hause angekommen, freuten wir uns alle darüber, den Patienten wieder bei uns zu haben. August war auch froh darüber. Ich entwickelte mich nun zu einer richtigen Krankenschwester, ich machte ihm Einläufe, wusch ihn jeden Morgen und machte ihn ordentlich zurecht. Sein kleiner Tisch, den er sonst für das Zitherspiel benötigte, erwies sich jetzt für etwas anderes nützlich: Ich servierte ihm darauf sein Frühstück. Zum Essen wollte er im Bademantel auf der Bettkante sitzen. Nachdem er sich eine Weile ausgeruht hatte, bat er um sein Rasiermesser, seine Zahnpasta und die Bürste, einen Kamm und einen Spiegel; er wollte sich selbst rasieren und zurechtmachen, das tat er bis zum letzten Tag, und immer sah er nett und lieb aus.

Wenn ich ihm sein Bad richtete, wurde er ganz verlegen, und er fragte: „Hättest du gedacht, daß du das einmal für mich tun müßtest?" „Oh, das macht mir nichts aus. Ich bin es gewöhnt, Babies zu waschen, du bist für mich nur ein großes Baby, da ist vieles an dir, was mich daran erinnert." Er mußte lachen. „Du machst dir soviel Arbeit, die Bettlaken und das andere aufzuziehen. Ich bin nicht ein bißchen schmutzig." „Das sollst du auch nicht, das ist das einzige Vergnügen, das ich habe, seit ich dich pflege. Du sollst immer hübsch aussehen, läßt du mir diese Freude, bitte?"

Sein Zustand wurde trotzdem nicht besser. Alle paar Tage mußte ihm Wasser abgenommen werden. Dr. Warner war der behandelnde Arzt. August und ich konnten ihn gut leiden; er war jung, und er gab uns das Gefühl, er könne unser Sohn sein (Dr. Taylor befand sich zur Zeit außerhalb der Stadt).

Vor allem in der Nacht bemerkte ich, wie oft August vom Bett in den Lehnstuhl überwechselte, um besser atmen zu können. Der Arzt hatte salzlose Kost angeordnet, die schien August nicht besonders zu schmecken. Die einzige Möglichkeit, ihn zum Essen zu veranlassen, war, mit ihm gemeinsam zu speisen. Oft wollte er nachprüfen, was auf meinem Teller lag. Er war mißtrauisch. Aber ich war stets ehrlich und versicherte ihm: „Es schmeckt gar nicht so schlecht."

Die Kinder standen mir in dieser Zeit tatkräftig zur Seite, aber alle kleinen Dinge mußte ich schon selbst tun; und ich war zufrieden, wußte ich doch, daß ich jetzt wirklich gebraucht wurde.

Helen hatte an Lanta geschrieben und ihr mitgeteilt, wie

schwer Papa erkrankt war. Sie antwortete sofort und kündigte an, sie werde kommen und nur die kleine Kathleen mitbringen. Ich erzählte es August, allerdings erst einen Tag vor ihrer Ankunft, damit er sich nicht aufregen sollte: „Diese lange Reise unternimmt sie, und das alles, nur um mich zu sehen? Sie muß mich liebhaben", meinte er, und er war glücklich.

Am nächsten Tag traf Atlanta mit Kathleen ein. Wir alle waren froh über ihr Kommen; sie versuchte auf jede erdenkliche Art, mir Arbeit abzunehmen, aber wenn sie vorhatte, August zu helfen, sagte der nur: „Laß Mama das machen, die kennt den Trick."

Ich konnte nun mehr bei dem Kranken sein als zuvor, und das war es, was er brauchte. Eines Nachts, als August auf der Bettkante saß, nahm er meine Hand und sagte ein kleines mir unbekanntes deutsches Gedicht auf . . .

> „Wenn ein Liebes Dir der Tod
> aus den Augen hat entrückt,
> such es nicht im Morgenrot,
> nicht im Stern, der abends blickt, –
> nur im Herzen immerdar."[90]

Ich wunderte mich, wieviele liebevolle Gedanken in seiner Erinnerung verwahrt waren, von denen ich nie zuvor etwas gewußt hatte.

Ein anderes Mal sagte er plötzlich: „Dieser Adrian, dieser Junge, er kann wirklich gut zeichnen; Mama, findest du nicht auch? Er wird seinen Weg gehen." Eines Sonntags, als die ganze Familie versammelt war, außer Ethelo Morey, rief er Burton zu sich: „Ich will dir meine Uhr geben." „Aber du wirst sie selbst gebrauchen." „Ich will sie nicht mehr, ich gebrauche sie nicht; ich gebe sie dir." Und zu Adrian sagte er: „Du sollst all meine Skizzen und meine Pinsel haben, paß gut auf sie auf, du kannst sie später gebrauchen!" Wir alle waren erschüttert, ihn so sprechen zu hören, es war uns klar, er hatte die Hoffnung, wieder gesund zu werden, aufgegeben.

An einem anderen Tag sprach er ganz verzagt: „Ich habe nichts mehr, für das es sich zu leben lohnt, ich kann nichts mehr tun, aber es ist recht so. Ich bin bereit zu sterben, ich hatte ein erfülltes Leben."

Bevor August wegen seines Auftrags in der St.-Patrick-Kirche nach Galveston ging, hatte er den Entwurf für ein großes Bild gezeichnet, das in einer neu eingerichteten Kirche Platz finden sollte. Es stellte die Szene dar, in der Christus sagt: „Lasset die Kindlein zu mir kommen!" August hatte die Skizze mit einem festen Preis angeboten, dann aber nichts mehr davon gehört. Schließlich mußte er wegen seiner Erkrankung ins Krankenhaus. Eines Abends kam ich von einem Besuch bei August spät nach Hause zurück, da warteten zwei Männer auf mich, die wollten August sprechen.

„Das ist zur Zeit nicht möglich, er liegt im Krankenhaus. Ist es etwas Wichtiges? Vielleicht könnte ich es ihm mitteilen?" „Ja, wir möchten, daß er das Bild für unsere Kirche malt. Der Entwurf und der Preis wurden angenommen. Der Kirchenbau selbst ist zwar noch nicht ganz fertig, aber wenn es Mr. Rollfing besser geht, kann er jederzeit beginnen." – Ich wußte nicht, ob ich es August gleich sagen sollte oder später. Ich folgte dem Rat meines Sohnes, erst noch abzuwarten und ihn nicht aufzuregen.

Jetzt jedoch, als er so schwermütig darniederlag und in seinem Leben keinen Sinn mehr finden konnte, dachte ich, ich könnte ihm die Nachricht überbringen, sie würde ihn vielleicht wieder froh machen.

Ich sagte also: „Oh, du hast schon etwas, für das es sich zu leben lohnt, du mußt nur wieder gesund werden, damit du das große Bild malen kannst!" „Was sagst du da? Meinst du das Christusbild? Hast du etwas davon gehört?" Da erzählte ich ihm, daß er den Auftrag erhalten hatte. Er sagte nur: „Zu spät, Mama. Wie gerne hätte ich dieses Bild noch gemalt. Ich kann es nicht mehr, zu spät . . ."

Keiner vermag nachzuempfinden, was es heißt, eine frohe Haltung zu bewahren, wenn einem das Herz so schwer ist. Oft nahm mich Lanta, wenn August es nicht sehen konnte, in die Arme und weinte sich an meiner Schulter aus. „Oh Mama, wie schaffst du das nur, so gefaßt zu sein. Aber ich war es bei Mutter Demmon auch. Wir dürfen Vater nicht sehen lassen, was wir fühlen."

Lanta wurde von ihren Gefühlen hin- und hergerissen,

242

einerseits wollte sie bei uns bleiben, solange sie konnte, zum anderen aber war sie beunruhigt wegen der anderen beiden Mädchen, die sie in Portland zurückgelassen hatte. Sie hatte sie einer jungen Frau übergeben, war aber nicht so sicher, ob diese die Kinder nicht doch manchmal allein ließ, und Harold war nicht da, er kam nur sonntags nach Hause. Wir fragten Dr. Taylor, was er meinte und wie er Papas Befinden einschätze. Er sagte: „Fahren Sie heim zu ihren Kindern. Ihr Vater kann noch monatelang leben, wenn nichts dazwischen kommt, es kann auch schnell mit ihm zu Ende gehen, ich vermag es nicht zu sagen. Aber Sie haben alles getan, was man einer Tochter in einer solchen Situation zumuten kann. Sie waren gekommen, um ihm Hilfe und Trost zu spenden. Aber nun müssen Sie nach Hause fahren."

Als sie von uns Abschied nahm, wußten wir alle, daß sie Vater niemals wiedersehen würde.

Am selben Nachmittag noch geschah es, daß August, als er von seinem Stuhl aufstand, nicht mehr die Kraft hatte, zu seinem Bett zurückzugehen. Das hatte er bislang immer geschafft, selbst, wenn er dazu eine lange Zeit brauchte, aber diesmal ging es nicht. Ich mußte einen Nachbarn rufen, der mir half, ihn hochzuheben und ins Bett zu bringen. Ich weiß nicht, ob er sich beim Hochheben verletzte oder nicht, ich sah Blutflecke und wußte, daß etwas nicht in Ordnung war. Es war die Zeit, in der August und Ethel ihr Büro verließen, daher telefonierte ich, sie möchten gleich kommen. Helen benachrichtigte ich ebenfalls und bat sie, schnell zu kommen und gleich einen Arzt mitzubringen. Es dauerte nur kurze Zeit, dann waren sie alle versammelt. Dr. Taylor und Dr. Warner befanden sich beide außerhalb der Stadt, daher kam Dr. Ehlers. Glücklicherweise gelang es Helen, auch noch eine Krankenschwester zu finden. Sie wurde jetzt dringend gebraucht. August erlitt einen Blutsturz. Jeder der Anwesenden erhielt eine Aufgabe, außer mir, ich wurde nicht in das Zimmer gelassen. E. J. stellte sich für eine Blutübertragung zur Verfügung – aber es war alles vergebens. –

Ich mußte eine traurige Erfahrung machen. Die ganze Zeit über war ich fähig gewesen, für meinen Mann zu sorgen. Aber als sein Ende nahte, wurde ich plötzlich nicht mehr gebraucht; andere taten das Notwendige.

Die Kinder gaben nicht eher Ruhe, bis ich mich eine Zeitlang hinlegte, und ich muß für einen Augenblick sogar geschlafen haben. Dann riefen sie mich, und wir saßen alle an Augusts Bett. Dann wurde es so still.

Ich beugte mich über ihn und flüsterte: „August, ich habe dich von Anfang an geliebt – bis jetzt. Und ich bin dir immer treu geblieben." Ich weiß nicht, ob er mich noch hören konnte, aber ich wollte es ihm sagen.

August, Helen, Ethel, E. J. und E. M. waren bei mir. Es war 1 Uhr, am 11. April 1930, als August starb. – Nun war ich allein – aber die Kinder ließen es mich nicht spüren.

So manche Dinge mußten bedacht sein, jedoch die anderen taten alles für mich. Bertha Rollfing kam mit dem ersten Zug aus Galveston, um mir in dieser schweren Zeit beizustehen, und ich war dankbar dafür. August wurde eine Stunde nach seinem Tode zur Morse-Kapelle überführt; alles verlief anders, als ich es mir vorgestellt hatte. Ich war immer der Meinung gewesen, mit ihm ganz allein sein zu müssen, wenn er vor mir sterben sollte, allein, ohne die vielen Freunde, um von ihm Abschied zu nehmen.

Nun aber sollte schon am nächsten Tag, am Sonnabend, dem 12. April, um 5 Uhr die Trauerfeier stattfinden, auf dem Waldparkfriedhof. Durch August und Ethel war alles geregelt worden. Was hätte ich in dieser Zeit der Not ohne die Hilfe meiner Kinder machen sollen? August und Ethel blieben über Nacht bei mir, und Bertha schlief in meinem Zimmer. Ich wachte am Morgen mit einem Ruck auf und begriff nicht, warum Bertha bei mir war. Ich hatte die ganze Nacht hindurch geschlafen. Ich weinte bitterlich. Wie konnte ich schlafen, und August lag draußen ganz allein! Ich konnte es mir nicht verzeihen, ich kam mir so herzlos vor. Die Kinder trösteten mich: „Gott wußte, daß du Ruhe brauchtest, und der Grund, weshalb du so tief schliefest, ist, daß du ein reines Gewissen hast, du tatest alles, was ein Mensch tun konnte, du hast dich aufgeopfert." Kann sein, daß es so war, trotzdem schämte ich mich.

Bei der Trauerfeier sah ich August aufgebahrt, er wirkte ganz natürlich, und der Raum war schön geschmückt. Viele Blumen lagen zur Seite des Toten, und die Anzahl der Freunde, die ihm das letzte Geleit gaben, war groß. Rev. Harder hielt eine zu Herzen gehende Predigt, und Rev. Smith von der Methodistenkirche las ein Gedicht vor.

Alle Verwandten von Galveston und Houston waren erschienen und viele von Augusts und Helens Freunden und etliche von unseren eigenen. Die Sargträger waren: O. T. Wallace, Henry Juenger, Frank Meyers, John Wesley Graham, William Lawes (Galveston) und Fred Hubele (Galveston). Die Heimkehr nach einer solchen Feier ist bedrückend, alles erscheint einem hohl und nichtig. Und dann kommt der Augenblick, in dem man merkt, was man verloren hat.

Am nächsten Tag war Ostersonntag, und Dorothy Rollfing wurde in der Lutherischen Kirche konfirmiert. Wir gingen alle anschließend zum Friedhof, und jetzt erst sah ich, was für eine würdige Grabstelle August für seine letzte Ruhe bekommen hatte. Ein schöner großer Baum stand am Fußende unseres Platzes, der einzige Baum in diesem Teil des Friedhofs. August hatte immer das Lied gesungen:

> „Unter schattigen Bäumen,
> da leget mich zur Ruh',
> dort unten will ich träumen,
> dort decket mich stille zu."

Sein Wunsch war in Erfüllung gegangen.

An dieser Stelle der Lebenserinnerungen der L. Ch. Hansen-Rollfing meint die Übersetzerin, Frau Ambs, die Nichte der Autorin, den Schlußpunkt setzen zu können, denn mit der Schilderung des Ablebens von August Rollfing (sen.) hat sich für den Leser ein wichtiger Lebensring geschlossen. Im letzten, hier unveröffentlichten Teil ihres Buches beschreibt L. Ch. Hansen-Rollfing, wie sie im Hause ihres Sohnes August und dessen Frau Ethel Aufnahme findet. Dadurch wird es ihr möglich, Anteil am Leben der jüngeren Generation zu nehmen und sich weiter der Sorge um Kinder und Enkel widmen zu können. Sie schildert noch einige interessante Reisen zu Verwandten und Freunden und schließt dann ihr Buch im Jahre 1938 ab.

L. Ch. H.-Rollfing wurde 89 Jahre alt und starb 1949.

Wie sehr sie durch ihren Lebensmut, ihre Kontaktfreudigkeit und Hilfsbereitschaft in ihrer Familie und in ihrem großen Freundeskreis geschätzt, ja verehrt wurde und wie sie bis ins hohe Alter am täglichen Geschehen Anteil nahm, das wird in einer Ansprache deutlich, die sie anläßlich ihres 85. Geburtstages hielt. Ihr Sohn August hat sie den Lebenserinnerungen beigefügt. Sein Bericht und die Rede der Autorin sollen auch in diesem Buch den Abschluß darstellen.

XVIII. L. Ch. Hansen-Rollfings Ansprache

August Rollfing (jun.): Die folgende Ansprache wurde von Mama an ihrem 85. Geburtstag am 16. Juli 1944 gehalten. Wir hatten etwa hundert Gäste eingeladen und veranstalteten eine Party auf dem Rasen hinter unserem Haus. Nach einer Weile kam Mutter auf mich zu und sagte: „Ich möchte gerne eine Ansprache halten." Ich schaute Ethel an und sie mich, aber da wir wußten, daß es schwer war, Mama etwas auszureden, rieten wir ihr, nach vorne zu gehen, ohne die geringste Ahnung zu haben, was sie wohl sagen würde. Als sie geendet hatte, drängten sich E. M. und Sarah[91] an sie heran und sagten, daß sie von dieser Rede nichts geahnt hätten, sie wäre sonst von ihnen aufgenommen worden. Mama meinte: „Ich werde sie für euch noch einmal halten", was sie auch wirklich tat. Am nächsten Tag wurde Großmutter von den beiden in deren Radiogeschäft mitgenommen, und ihre Worte wurden auf einer Schallplatte festgehalten. Ich besitze sie noch und kann deshalb hier niederschreiben, was sie damals sagte:

Liebe Freunde!
Vor 17 Jahren, als mein Mann und ich nach Houston kamen, um hier zu wohnen, kannten wir nur wenige Leute außer unseren Kindern August und Ethel, Helen und E. J. und die Jungen. Es sollte nicht sein, daß wir lange zusammen hier sein konnten, nur drei kurze Jahre.

So bin ich nach dem Tode meines Mannes 14 Jahre allein bei meinen Kindern gewesen und habe niemals ein hartes Wort von ihnen gehört, weder von meiner Familie noch von sonst jemand. So wißt ihr, daß ich eine glückliche alte Großmutter bin.

Ethel und Helen haben beide viele Freunde, und sie ließen mich mit vielen von ihnen zusammenkommen, so habe ich das Gefühl, als ob ich selbst viele Freunde hätte.

Im letzten Jahr hatte ich das seltene Glück, meine drei

Kinder und ihre ganzen Familien bei mir zu haben, ausgenommen meine Enkelin Edith. Es war das erste Mal, daß wir .meinen 5jährigen Urenkel Russell gesehen haben, er gewann unser aller Herzen. Sogar mein Schwiegersohn Captain Demmon kam am nächsten Morgen von New Orleans, manche von euch waren hier und einige junge Freunde, die jetzt Soldaten sind. Es war ein gelungener Tag für mich.

In der Zwischenzeit hat sich einiges geändert. Meine Tochter Atlanta und ihre Familie sind nach Oregon zurückgekehrt. Ihre Tochter Norma ist verheiratet. Edith bestand ihre Abschlußprüfung am College und wird gleichfalls heiraten. Ihr zukünftiger Mann war mehrere Monate in Indien, um Eisenbahnbauten zu überwachen.

Mein Enkel Burton R. Flake ist nun in Kalifornien, für wie lange, wissen wir nicht, andere aus unserer Familie sind über die ganze Welt verstreut, in England, Frankreich, Alaska; einer ist in deutscher Gefangenschaft. Weitere sind noch in den Staaten und einige auf Schiffen im Pazifischen Ozean. Laßt uns hoffen und beten, daß sie bald zurückkommen, gesund, wie sie uns verließen.

Für alle diese Abwesenden haben wir nur einen Ersatz: Ethels Schwester, Mrs. Middlebrook, kam aus Del Rio, um an meinem Geburtstag bei uns zu sein. Es wäre zu schön gewesen, wenn Dr. Middlebrook mitgekommen wäre; aber ihr wißt, Ärzte sind heutzutage Sklaven ihres Dienstes und können nie dorthin gehen, wohin sie gerne möchten. So mußte sie die ganze Strecke allein fahren; aber sie tat es.

Ihr müßt sie heute abend kennenlernen. Sie ist wirklich reizend. –

Ich denke, jedem ist erlaubt, einen Geburtstagswunsch zu haben, meiner betrifft euch alle: Hört gut zu: Ich wünsche, daß jeder hier von euch wenigstens 85 Jahre alt wird, damit ihr wißt, wie wundervoll das Alter sein kann, wenn jeder versucht, euch glücklich zu machen. Dann werdet ihr wissen, was ich heute empfinde.

Ich möchte euch allen für das Kommen zu meinem Geburtstag danken, ebenso danke ich meinen Kindern, daß sie mir diesen schönen Tag bereitet haben.

Peter Christian Hansen und Ida Maria Hansen geb. Oest

Juliane Hansen mit Eltern vor dem Haus in Nieblum, Bi de Süd

Ehemaliges Haus des Lehrers J. J. Kertelhein in Nieblum

Steinzeitfund 1866 vom Grundstück des P. Chr. Hansen in Nieblum

Auswanderungsgründe. Steindruck von W. Steck, um 1849.

Amtmann: *Aber Kinder, Ihr habt es hier so gut, Gesetze und Beamte
die Fülle, und da wollt Ihr in ein gesetzloses Land gehn, wo es nicht
einmal Polizei gibt? Glaubt Ihr denn, daß euch dort die gebratenen
Tauben ins Maul fliegen?*
Bauer: *Ne, Herr Amtmann! Aber wenn eene geflogen kömmt, dann
ess'n wir sie auch selber!*

*Zwischendeck der „Samuel Hop" (Illustrierte Zeitung, Leipzig,
3. Nov. 1849)*

„Nürnberg", Baujahr 1873, 3118 Bruttoregistertonnen

„Nach Amerika!" Abschiedsszene im Hamburger Hafen

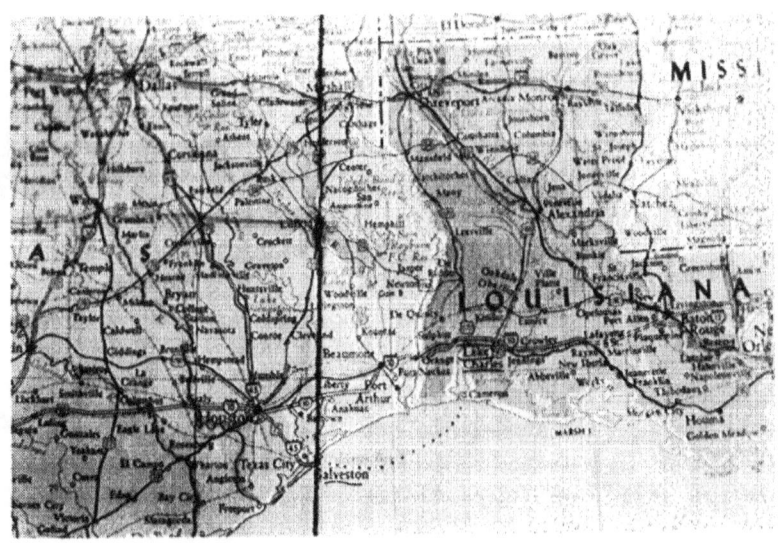

Die Lage von Lake Charles und Galveston

Der Schoner „George Lock", nach einem Aquarell von J. Stockfleth

Galveston 1850. Nach einer Vorlage im Friesenmuseum Wyk/Föhr

Galveston 1885, Blick nach Westen. Nach J. Stockfleth. – Im Vordergrund rechts ein Teil der Eisenbahnbrücke zum Festland

Die Konstruktion der Holzbrücke

John Conners Haus, Galveston. Es war der 4. Wohnsitz der Rollfings

Greenrood Home, Galveston, Avenue G, 1886. Nach J. Stockfleth

Louisa Christina Rollfing und August Rollfing, ca. 1896

August Otto und Helen Rollfing, ca. 1896

Hapag-Lloyd-Schiff ,,Auguste Victoria"

Schlafabteilung 3. Klasse der „Auguste Victoria"

Musiksalon der „Auguste Victoria"

J. J. Kertelhein

Nach dem Sturm (After the Storm, 8. 9. 1900). Nach J. Stockfleth

Der Hurrikan warf den Schoner an Land, 8. 9. 1900

*Dokumentarfoto vom Hurrikan am 8. 9. 1900: Galveston in Trüm-
mern*

Kanal und Straße in Galveston während der Arbeiten zur Erhöhung des Bodenniveaus der Stadt. Zeichnung von J. Stockfleth

Galveston, der Seedeich (Seawall), 1904

Louisa Christina Rollfing und August Rollfing

Atlanta Rollfing   *Helen Rollfing*

August Rollfing jun.

*Atlanta und Edith Demmon,
ihre Schwiegermutter*

Maria Hansen

Ich muß noch einige Worte über etwas sagen, was nichts mit meinem Geburtstag zu tun hat:

Einige wissen es, andere hingegen nicht, daß mein Sohn August Rollfing und Ethel am 5. Juli ihren 20. Hochzeitstag hatten und daß mein Enkel Adrian Flake und seine Frau Betty am selben Tage neun Jahre verheiratet waren. Laßt uns ihnen allen viele glückliche Ehejahre wünschen.

Thank you!

Anmerkungen

1. Damals gehörte die Insel Föhr noch zu Dänemark. Erst 1864 bzw. 1866 (Prager Frieden) wird sie deutsch.
2. Das Reetdachhaus ist noch erhalten. Bi de Süd (Hausbesitzer: D. Tüll und E. Diehl).
3. Das Haus befindet sich heute noch in der Kertelhein-Allee. Die Schule war damals zweiklassig. Der erste Lehrer war zugleich Küster an der St.-Johannis-Kirche (1864-1892: J. J. Kertelhein). Ab 1877 gab es auch an der Unterstufe einen seminaristisch gebildeten Lehrer (vgl. O. C. Nerong, „Die Insel Föhr" u. „Föhr früher und jetzt").
4. Meta Peters, später verh. Meta Arfsten (vgl. Grabstein der Eheleute Arfsten, St.-Johannis-Friedhof, Nieblum).
5. Sicherlich Caroline Arfsten, später verh. Oldis. Sie ging mit ihrem Mann nach Clinton (Iowa/USA).
6. Sein Grabstein steht auf dem St.-Johannis-Friedhof, Nieblum.
7. Vgl. Peter la Baume: „Was wissen wir über die Lembecksburg auf Föhr?"
8. In einigen Dörfern auf der Insel Föhr wird dieses Brauchtum heute noch gepflegt. Die Kinder fertigen die Schleuder aus einem Stück Leder (ca. 18 × 7 cm) und schneiden in der Mitte ein auf der Spitze stehendes Quadrat (ca. 2 cm Seitenlänge) aus. An den beiden Schmalseiten des Leders wird je ein Bindfaden von ca. 35 cm Länge befestigt. Der eine wird am Ende mit einer Schlinge und der andere mit einem dicken Knoten versehen. Das Ei wird in den Ausschnitt gelegt. Dann wird die Schleuder mit dem „Wurfgeschoß" an den Fadenenden mit der Wurfhand hochgehoben – das Fadenende mit der Schlinge ist über den Zeigefinger gestreift. – Man bringt die Schleuder in Umdrehung. Im richtigen Augenblick wird dann der Faden mit dem Knoten losgelassen – das Ei wird hinausgeschleudert.
9. Vermutlich handelt es sich hierbei um Zwerghuhneier.
10. Harald Lorenzen, Sohn des Färbers in Nieblum.
11. Carl Christian Magnussen (1821–1896).
12. „Begräbnis auf Föhr" (1874), Städt. Museum Flensburg.
13. Vgl. Ingeborg Magnussen „C. Chr. Magnussen auf Föhr" aus: „Kunst in Schleswig-Holstein", Jahrg. 1960, S. 94–101.
14. Obstschiffe mit neuer Ernte aus dem Alten Land.
15. Simon Hansen Möller. Der Brunnen seines Hofes ist in Borgsum noch erhalten.
16. Vgl. Joh. Braren, Witzum, „Die vorgeschichtl. Altertümer der Insel Föhr", 1935, S. 101–105, und Kersten – La Baume, „Vorgeschichte der nordfr. Inseln", 1958, S. 288 und Tafel 16. Zusammenfassung: Die Fundstücke stammen aus der Jg. Steinzeit (rd. 3000–1600 v. Chr.).
17. Frühjahr 1872.
18. Das alte Föhrer Haus besaß Dachträgerbalken aus Eichenholz, die auf Feldsteinen standen.
19. Söhne Friedrichs III.: Prinz Wilhelm (1859–1941) und Prinz Heinrich (1862–1928).
20. Kronprinz von Preußen Friedrich III., 1830–1888; 1866 mit Familie in Wyk auf Föhr.

21. Prinz Wilhelm wird als Wilhelm II. 1888 deutscher Kaiser.
22. Bronzezeit 1600–600 v. Chr.
23. Frh. v. Minnigerode reihte den Fund von Nieblum in seine Privatsammlung in Rossitten/Ostpr. ein; nach dem Erwerb 1872 gab er ihn 1934 der Insel Föhr zurück. Aufbewahrungsort: Friesen-Museum in Wyk.
24. Eine der schönsten Trachten Deutschlands. Sie besteht aus dem Kopfputz, einem breiten Schultertuch, schwarzer Bluse, knöchellangem Rock und farbiger Schürze. Prunkstück ist der Brustschmuck: Breites Silberfiligran-band mit Kettengehänge, an dem bis zu 12 Silberfiligrankugeln befestigt sind. In der Mitte des Gliederbandes befindet sich oftmals ein Medaillon mit der symbolhaften Darstellung von „Glaube, Liebe, Hoffnung".
25. Föhr (ehemals dänisch) wurde 1864 als Ergebnis des Preußisch-Dänischen Krieges deutsch. Danach nahm die Auswandererquote zu. Ein Grund dafür neben anderen mag die Unbeliebtheit des Wehrdienstes bei den „Preußen" gewesen sein; die Bewohner der Nordseeinseln waren lt. alter Privilegien unter dänischer Herrschaft vom Militärdienst befreit gewesen. Erst nach Jahren gab man verschiedene Vorurteile auf (vgl. „Preußen im Spiegel der öffentlichen Meinung Schleswig-Holsteins 1866–1870" von G. Reichardt, Wachholtz Verlag, Neumünster 1954).
26. Folge des „Goldrausches" von 1848; Petaluma (bei San Francisco) wurde zum Hauptsiedlungsort der Föhrer.
27. Z. B. New York; viele Föhrer wurden dort Feinkosthändler.
28. Geraldine Amalie Goos, Tochter des Goldschmieds Richard Goos, Nieblum.
29. Sandwall Nr. 139 (vgl. Anzeige im Wyker Führer von 1895: „Mein Logier-haus für Kurgäste, nahe am Strand gelegen, mit Balkon steht zu vermieten." C. Michelsens Wwe.).
30. „Nürnberg", Bj. 1873, 3118 BRT; für 667 Fahrgäste vorgesehen – lt. Schiffs-liste Norddeutscher Lloyd.
31. Vielleicht auch Lene Hirsch (Schreibweise bei Autorin unklar).
32. Von 1820–1860 wanderten 4,5 Mill. Europäer nach den USA aus, bes. Iren und Deutsche. Der Zustrom riß auch danach wegen des Wirtschaftsauf-schwungs in den USA nicht ab.
33. Wahrscheinlich doppelstöckige Kojen.
34. Es standen 1- bis 4-Bett-Kojen zur Wahl. Jeder Passagier hatte Anspruch auf eine Fläche von 12 Quadratfuß (1,68 m × 0,63 m) (vgl. B. Ebeling „Auswan-derung nach Übersee", S. 41).
35. Vgl. B. Gelberg, „Auswanderung nach Übersee" (Verpflegung S. 44).
36. 1803 siedelte hier als Erster Charles Sallier in der Nähe der ca. 300 Jahre alten Eiche („Sallier Oak"). 1867 wurde die Stadt gegründet.
37. Sein Elternhaus steht heute noch in Boldixum, Buernstraat 7.
38. Kutschfahrt in einem leichten vierrädrigen Wagen mit Verdeck.
39. Maria Gerdsen.
40. Galveston – Insel im Golf von Mexiko, 32 Meilen (51 km) langer Sand-strand. Geschichte: Don Louis Aury besetzt das Land 1816 für Mexiko. Er wird von dem Piraten Lafitte vertrieben, der von 1817–1821 die Insel beherrscht. Sklavenhandel, Piraterei, Schmuggel blühen. 1821 flieht Lafitte vor der US Navy. Nach dem Bürgerkrieg (1861–1865) wird Galveston Tiefwasserhafen, der einzige zwischen New Orleans und Vera Cruz, und damit bedeutender Umschlagplatz für Baumwolle und andere Landespro-dukte. 1880: 22 248 Einwohner, 1900: 30 000 Einwohner. Galveston war in den 90er Jahren des vergangenen Jahrhunderts, nach der Zahl seiner Ein-

wohner gerechnet, die zweitwohlhabendste Stadt der USA (vgl. Stockfleth, a.a.O.).

41. Krieg zwischen Nord- und Südstaaten (1861–1865). Anlaß: Nach der Wahl von A. Lincoln, der die Sklavenwirtschaft der Südstaaten abschaffen will, trennen sich die Südstaaten von der Union. Die Nordstaaten gewinnen den Krieg. A. Lincoln wird ermordet. Aber die Union ist gerettet. Die USA entwickelte sich zur führenden Wirtschaftsmacht der Welt.

42. Nach dem Buch von I. McGuire „Julius Stockfleth, Gulf Coast Marine and Landscape Painter" (Rosenberg Library Galveston 1976), S. 1, war es der 13. Nov. 1885, an dem es in Galveston brannte.

43. Insgesamt 40 „blocks" (Blöcke) = Straßenzüge.

44. Sicherlich Nickels Arfsten (vgl. Grabstein der Fam. Arfsten auf dem St.-Johannis-Friedhof, Nieblum).

45. Gemeint sind wohl die Speigatten.

46. Pferdeomnibus.

47. Sicherlich ist die „Wingst" gemeint.

48. Pastor Broder Oke Friedrichsen, *1860 in Nieblum im heutigen Haus „Ulmenhof", später Pfarramtsstelle in Apenrade (Dänem.).

49. Pastor Harald Lorenzen (1861–1942), *in Nieblum; verschiedene Tätigkeits-orte: Heiligenstedten b. Itzehoe, Insel Amrum (1928–1935), Schleswig.

50. Oder Lene Hinch; Schreibweise schwankt bei der Autorin.

51. „Elbe" (Norddeutscher Lloyd); Bauj. 1881; 4511 BRT, 5600 PS, 1117 Fahrgä-ste; 1895 in der Nordsee gerammt und gesunken (!).

52. Am 14. 8. 1892 in Hamburg Cholera-Epidemie. – 1893 wieder Aufnahme des Transits von Deutschland nach den USA (vgl. „Nach Amerika", Museum f. Hbg. Geschichte, Heft 5, S. 50-54, Jg. 1976).

53. Vgl. Grabstein der Ida M. Hansen auf dem Friedhof St. Johannis in Nieblum.

54. Teilstück des „Kaiser-Wilhelm-Kanals" (heute Nord-Ostsee-Kanal).

55. Untergang der „Elbe" 1895 in der Nordsee (vgl. „Norddeutscher Lloyd" von Georg Bessell, 1957, „Schiffsliste", S. 195, sowie Abbildung S. 31).

56. Archie Larsen.

57. Winter 1897/98.

58. Mr. Nelson.

59. Gemeint ist der Bruder Justus, der ebenso wie L. Ch. Rollfings Schwester Maria in Galveston wohnte.

60. Ehemann der Cousine Josina.

61. Gericht aus Fisch, Pökelfleisch und Schiffszwieback.

62. Spanisch-Amerikanischer Krieg 1898. Spanien verliert Cuba und die Philip-pinen an die USA. Die Vereinigten Staaten werden Weltmacht.

63. Im September 1900 besaß die Insel Galveston 38 000 Einwohner. Am 8. 9. 1900 tobte von 8.00 Uhr früh bis spät in die Nacht ein Hurrican mit Spitzengeschwindigkeiten von 110 Meilen pro Stunde (176 km/Std.) und mehr über der Stadt und setzte sie vollkommen unter Wasser, mindestens 6 Fuß hoch. 6000 Einwohner wurden getötet, 8000 Einwohner wurden obdachlos und verließen die Insel, manche für immer. Auf der Südseite der Insel (Golfseite) versank auf der Länge von 5 km ein 100 m breites Stück Land ins Meer. 400 Mann Staatstruppen hielten anfangs unter Kriegsrecht-gesetzen die Ordnung aufrecht. Alle arbeitsfähigen Männer wurden dienst-verpflichtet. (Vgl. Föhrer Nachrichten Nr. 80, 9. Oktober 1900.) – Später errichtete man auf der Golfseite einen 5 m hohen Deich und schüttete das Land dahinter auf.

64. Das Haus lag etwa in der Mitte der Stadt.

65. Die Tochter von Julia und Jim (?).
66. Fred Viehmann.
67. Fred und Willie Viehmann, Stiefbrüder des August Rollfing.
68. Banden von Leichenräubern wurden beim Abschneiden von Menschenfingern und den Ringen daran von der Miliz gestellt. Bis zum 12. Sept. wurden 50 von ihnen füsiliert („Föhrer Nachrichten", Nr. 80, 9. Oktober 1900).
69. Julius Stockfleth verlor am 8. Sept. 1900 12 Angehörige seiner Familie. Er ging 1907 als gebrochener Mann wieder nach Deutschland, Insel Föhr, zurück (vgl. Buch S. 10).
70. Der Brief wurde am 11. Sept. 1900 geschrieben. P. Ch. Hansen, der Vater der L. Ch. R., ließ das Schreiben in den „Föhrer Nachrichten" Nr. 79 am 15. Oktober 1900 veröffentlichen (heute im Archiv des „Inselboten", Wyk auf Föhr). Er sandte den Zeitungsausschnitt an seine Tochter in den USA. Dadurch wurde sie an ihren Brief erinnert.
71. 8000 von ehemals 38 000 Einwohnern verließen die Insel zeitweilig („Föhrer Nachrichten" Nr. 80/9. Oktober 1900).
72. A. Rollfings Geschäft hatte den Sturm überstanden (vgl. Brief der L. Ch. R. aus Galveston an ihre Eltern vom 11. Sept. 1900 in den „Föhrer Nachrichten" Nr. 79).
73. Sicherlich die jüngste Tochter der Jessens, die während des ersten Aufenthalts der L. Ch. R. in Lake Charles geboren wurde.
74. Maria Jessen ist die Frau von Martin Jessen, dem Bruder von Dietrich Jessen. Sie lebten auch in Lake Charles.
75. Vermutlich ein Trödlerladen.
76. Vgl. Grabstein der I. M. Hansen auf dem St.-Johannis-Friedhof in Nieblum/Föhr.
77. Geschichte des Hauses: Fritz Cohrs verkaufte es an Schneider P. Ch. Hansen, von ihm erwirbt es Dr. Rudolf Trapp. Heutige Besitzer: die Trapp-Töchter D. Tüll und E. Diehl.
78. Hildesheim, Alfelder Straße.
79. Aus dieser Familie lebt heute nur noch St. Ambs, die Übersetzerin dieses Buches.
80. Der älteste Teil des „Seawall", dessen Bau L. Ch. Hansen-Rollfing schildert, wurde im Okt. 1902 begonnen und im Juli 1904 vollendet. Der Deich war damals 3,3 Meilen (5,28 km) lang. Heute beträgt seine Gesamtlänge 10 Meilen (16 km). Seine Höhe ist 17 Fuß (5,18 m) über dem mittleren Niedrigwasser. Ihm vorgelagert ist ein Wellenbrecher aus Granitblöcken. – Das Niveau der Stadt wurde durch Aufschüttung von Sand aus dem Golf erhöht; die Arbeit daran dauerte von 1903–1910. Der Boden erreicht dadurch an der Golfseite Deichhöhe, nach Nordwesten fällt er langsam bis zur natürlichen Höhe der Bucht ab. – Der Deich hat bis heute allen Stürmen standgehalten (vgl. „Texas, A Guide to the Lone Star State", S. 271, H. Hansen, s. Lit. verzeichnis, und „WEATHERWISE magazine" Aug. 79).
81. Zwischen Houston und Lake Charles gelegen.
82. August Rollfing jr. berichtet von sich und seinem Verwandtenkreis, es sei bis etwa Ende des 2. Weltkrieges üblich gewesen, daß bei Eheleuten nur die Frau einen Ehering trug.
83. Sicherlich St. Mary's Cathedral, vgl. Stockfleths Buch, S. 20, 21.
84. Bei einer „Regenbogenhochzeit" tragen die Brautjungfern nicht Kleider in einer einheitlichen Farbe, sondern einige wählen als Kleiderfarbe ein pastellartiges Rot, andere wählen Orange, Gelb, Grün, Blau oder Violett – die Regenbogenfarben.

85. 6. 4. 1917: Eintritt der USA in den 1. Weltkrieg.

86. Shriner-Orden = Nebenerscheinung der Hochgrade in der amerikanischen Freimaurerei; vgl. Alec Mellor, „Logen, Rituale, Hochgrade"; Graz, Wien, Köln 1967, S. 89 ff.

87. Eastern Star = Organisation der amerikanischen Freimaurerei für weibliche Mitglieder (vgl. Alec Mellor, „Logen, Rituale, Hochgrade", S. 460).

88. Bekannte der L. Ch. H.-R.

89. Vermutlich St. Mary's Cathedral (Gemeindesaal), vgl. Stockfleth-Buch, S. 20/21.

90. In der Urform lautet das Gedicht:
    „Wenn ein Liebes dir der Tod
    aus den Augen hat entrückt,
    such es nicht im Morgenrot,
    nicht im Stern, der abends blickt,
    such es nirgends, früh bis spät
    als im Herzen immerfort.
    Was man so geliebet,
    geht nimmermehr aus diesem Ort."   Justinus Kerner (1786–1862)

91. Ethelo Moreys Frau.

Literaturverzeichnis

Bessell, Georg: Norddeutscher Lloyd 1857–1957, Bremen

Braren, Johannes: Die vorgeschichtlichen Altertümer der Insel Föhr, Witzum 1935

Engelsing, Rolf: Bremen als Auswanderungshafen 1863–1880. Veröffentlichungen aus dem Staatsarchiv der Freien Hansestadt Bremen, Heft 29, Bremen 1961

Fenske, Hans: Die deutsche Auswanderung in der Mitte des 19. Jahrhunderts in der öffentlichen Meinung und der amtlichen Politik. In: Geschichte in Wissenschaft und Unterricht 1973, Heft 4

v. Freeden, H., und Smolka, Georg: Auswanderer, Leipzig 1937

Gelberg, Birgit: Auswanderung nach Übersee, Soziale Probleme der Auswanderungsbeförderung, Verein für Hbg. Geschichte, Band 10, 1973

Gerstäcker, Friedrich: Nach Amerika, Leipzig/Berlin 1855, Band 1–6, bes. Band 1

Hansen, Harry: Texas – A Guide to the Lone Star State, New York 1969

Kersten, K., und La Baume: Vorgeschichte der Nordfriesischen Inseln, Neumünster 1958

La Baume, Peter: Was wissen wir über die Lembecksburg auf Föhr? Föhrer Heimatbücher Nr. 27, 1961

Magnussen, Ingeborg: Mein Vater Carl Christian Magnussen. In: Kunst in Schleswig-Holstein, Jahrgang 1959, und: Carl Christian Magnussen auf Föhr. In: Kunst in Schleswig-Holstein, Jahrgang 1960

Marschalck, Peter: Deutsche Überseewanderung im 19. Jahrhundert, Stuttgart 1973

Mellor, Alec: Logen, Rituale Hochgrade, Graz, Wien, Köln 1967

McGuire, James Patric: Julius Stockfleth – Gulf Coast Marine and Landscape Painter, Galveston/Texas 1976

Moltmann, Günter: Die deutsche Amerikaauswanderung im 19. Jahrhundert. In: Nach Amerika (Museum für Hamburgische Geschichte 1976)

Nerong, O. C.: Föhr früher und jetzt (Wyk 1885), und: Die Insel Föhr (Dollerup 1903)

Reinhardt, Georg: Preußen im Spiegel der öffentlichen Meinung Schleswig-Holsteins 1866–1870, Neumünster 1954

Schelberg, Leo, und Rappolt, Hedwig: Alles ist ganz anders hier, Olsen 1977

WEATHERWISE-magazine, Aug. 1979, Washington, D. C. 1979

Wittek, Gerd: Der Friesenmaler C. Ch. Magnussen, Wolfshagen-Scharbeutz 1954

Namensregister

Abkürzung: L. Ch. R. = Louisa Christina Rollfing.

Demmon, Atlanta, geb. Rollfing, Portland 199 ff., 217 ff.
– , Edith, Schwiegermutter der Atlanta D., Portland 202 f., 207 ff.
– , Edith Louisa, Tochter der Atlanta D., Portland 208 f.
– , Harold, Ehemann der Atlanta D., Portland 199 ff., 217 ff.
– , Kathleen Atlanta, Tochter der Atlanta D., Portland 231
– , Norma Dale, Tochter der Atlanta D., Portland 209 f.
Deubner, Dorothy 206
Dirks, Mr., Geschäftsmann, Galveston 161 f.
Dulitz, Mr., Musikalienhändler, Galveston 76, 173

Edmundson, Ingenieur auf der „Nueces" 106, 124
Eicholt, Mrs., Galveston 166
Eli, Mr., Lake Charles 63

Fischer, Dr., Arzt, Galveston 125
Flake, Adrian Estes, Sohn der Helen F. 190
– , Burton Rollfing, Sohn der Helen F. 186
– , Ethelo, Ehemann der Helen F. 173, 179 f., 181, 183 ff., 189, 196
– , Ethele Morey, Sohn der Helen F. 185
– , Helen, geb. Rollfing 183 ff., 189 ff., 196, siehe auch Rollfing, Helen
– , Lotti, Schwester des Ethelo F. 181
– , Naomi, Schwester des Ethelo F. 181
– , Ray, Schwester des Ethelo F. 181
Fricke, Mr., Untermieter der Fam. Rollfing, Galveston 100, 130
– , Heinrich, Kaufmann, Lake Charles 61 f.
Friedrichs(en), Broder, Pastor 117

Gallagher, Familie, Lake Charles 64
Garth, Mr., Galveston 140
Gerdsen, Mr., Bruder der Maria G., Lake Charles 62
– , Maria, Lake Charles 60
Geßler, Christine, geb. Landau, siehe Landau, Christine
– , Harald, Ehemann der Christine G. 53
Goerlich, Mrs. 167

258

– , Olga, Tochter der Mrs. Seibel, verh. Ahlers 177
Shaw, Conway, Kapellmeister, Galveston 198
Sievers, Klaus, Ehemann der Julia S. 166
– , Julia, geb. Hansen, Schwester der L. Ch. R. 166
Sieverts, Pastor, Nieblum 30, 32
– , 1. Offizier der „Nürnberg" 51
Springer, Mr. 169
Sykes, Dr., Arzt, Galveston 101, 136

Taylor, Dr., Arzt, Houston 238
Thomas, Mr., Kassierer, Houston 201 f., 204
Tolex, Mrs., Galveston 133

Vickers, Mr., Houston 205
Viehmann, Fred, Stiefvater des August Rollfing sen. 78, 81, 139, 152
– , Fred, Sohn des Fred V. 79, 147, 152
– , Julia, Tochter des Fred V. 78
– , Louisa, Tochter des Fred V. 79, 229
– , Minni, Tochter des Fred V. 78
– , Nelli, Tochter des Fred V. 78
– , Wilhelmine, geb. Harvey, verw. Rollfing, Mutter des August Rollfing sen. 78, 81, 139, 152, 229
– , Willi, Sohn des Fred V. 78, 81, 152
Voelker, Ella, geb. Beißner, Galveston 70 f., 83, 90 f.
– , Mr., Ehemann der Ella V., Galveston 83

Warner, Dr., Arzt, Houston 240
Watters, Ethel, Ehefrau von August Rollfing jun. 214 ff.
Werner, George 119
Wilkens, Mr., Galveston 92
Wilson, Mrs., Galveston 136
Wolfer, Mr., Hausbesitzer, Galveston 166, 170
– , George, Galveston 210
Woodman, Hannah 67

Zwernermann, Carrie 199, 207